MARIT REIERSGÅRD

Blut auf deiner Haut

Über das Buch:

Tranby, Norwegen. Für den Polizisten Verner Jacobsen ist es keine leichte Zeit: Die Beerdigung seines Sohns steht kurz bevor, als ihn ein Anruf im Morgengrauen weckt. Im Wald wurde die Leiche eines jungen Mädchens gefunden: Idunn Olsen ist in der Nacht als vermisst gemeldet worden, als sie nach einer Party nicht zur verabredeten Zeit nach Hause gekommen ist. Kurz darauf haben zwei Männer die Tote gefunden, die tief im Schnee begraben war. Eine Wunde prangt an ihrem Kopf. Jacobsen, gefangen in seiner Trauer, erreicht den Unglücksort und wird von seinen Gefühlen übermannt. Ihn erwartet kein einfacher Fall, denn die Wunden, die der Tod seines Sohnes gerissen hat, sind tief! Kurz darauf bricht in einem Haus nahe dem Tatort ein Feuer aus – und in den Ruinen liegt eine weitere Leiche … Jacobsen beginnt zu ermitteln und ahnt nicht, welch dunkle Geheimnisse in der norwegischen Kleinstadt lauern!

Über die Autorin:

Marit Reiersgård wurde 1965 geboren und ist in Lier aufgewachsen. *Blut auf deiner Haut* ist der zweite Kriminalroman aus ihrer Feder.

Die Romane von Marit Reiersgård bei LYX:

1. Immer wenn der Schnee fällt
2. Blut auf deiner Haut

MARIT REIERSGÅRD

BLUT AUF DEINER HAUT

Roman

Ins Deutsche übertragen von
Magnus Enxing

LYX
EGMONT

Die Originalausgabe erschien 2014
unter dem Titel *Jenta uten hjerte*
bei Gyldendal Norsk Forlag AS, Norwegen.

Deutschsprachige Erstausgabe März 2015 bei LYX
verlegt durch EGMONT Verlagsgesellschaften mbH,
Gertrudenstraße 30–36, 50667 Köln

This translation has been published with
the financial support of NORLA.

1. Auflage
Redaktion: Friederike Arnold
Umschlaggestaltung © bürosüd, München
Umschlagabbildung © Plainpicture/Anja Weber-Decker
Satz: Greiner & Reichel, Köln
Printed in Germany (670421)
ISBN 978-3-8025-9393-2

www.egmont-lyx.de

MIX
Papier
FSC FSC® C083411

Für Papa

Meine Tat hatte nicht einmal jenen mangelhaften, nachäffenden Reiz, wie ihn Sünden haben, die uns täuschen (indem sie sich als Tugenden darstellen).

Augustinus (354–430)

Die Tür geht auf. Die Geräusche von der Party sind nicht länger nur fernes Bassgedröhne aus den Lautsprechern, Musik und Stimmengewirr dringen in das Zimmer. Das Gelächter wogt herein, während sie mir die Wahrheit in den Kopf einhämmern. Die Wahrheit darüber, dass ich nicht dazugehöre. Dass ich nicht erwünscht bin.

Ein Kissen über dem Gesicht. Weich. Dunkel. Und dann diese Kälte am Bauch.

Was tut ihr da? Nein! Macht das nicht!

Ich bin nackt. Sie nehmen mir meine Haut. Sie nehmen mir alles, was ich bin. Ich verschwinde. Und immerzu dieses Gelächter: Haha, haha!

Ich dachte, es würde schön werden. Dass nun der Augenblick gekommen sei, wo sich alles drehen würde. Und es dreht sich. Dreht sich. Dreht sich. Ich hab geglaubt, Fredrik hätte die Tür abgeschlossen. Er hat gesagt, er hätte abgeschlossen! Der gehört auch dazu. Ist auch dabei. Er ist ene, mene, muh! Und raus bin ich.

Aus Versehen nur bin ich hier. Ich bedeute nichts. Kann genauso gut ein neues Schild an der Haustür anbringen: »Hier wohnt Niemand«.

Ich habe niemanden, bin niemand.

Niemand.

Ich bin tot.

1

Mittwoch, 26. November

Schmutzig war die Welt im Lauf des Tages geworden. Auf den Straßen hatte ein braunschwarzer schäbiger Teppich aus mit Salz vermengtem Schnee gelegen, den die Räumfahrzeuge einige Meter breit auf den ehemals so weißen Straßenrand geschleudert hatten. Inzwischen hatte die plötzliche Kälte alles festgefroren.

Bloß ein paar schlaftrunkene Leute saßen im Bus. Der Busfahrer blickte kaum auf, als Agnar den Hunderter auf die kleine Fläche legte, wo andere ihre Fahrkarten registrierten.

Wie lange mochte es her sein, dass er im Bus gesessen hatte und durch die verschneiten Apfelwiesen von Lier geschlingert war? Mindestens zwanzig Jahre mussten vergangen sein. Er erinnerte sich nicht, gewöhnlich leistete er sich ein Taxi. Die Linienführung war auch geändert worden, und er hatte vergessen, in Lierbyen umzusteigen. Deshalb musste er einen endlosen Umweg in Kauf nehmen, die Westseite des Tals hinauf bis ans Ende des Bezirks nach Sylling, bevor der Bus auf der Ostseite endlich wieder Kurs Richtung Tranby nahm. Bisweilen war die Straße so schmal, dass große Fahrzeuge nur gerade eben aneinander vorbeifahren konnten. Der Bus verlangsamte sein Tempo und hielt beinahe an, während ein Lastzug passierte.

Ob er sich einen Kleinen genehmigen sollte? Agnar zog die Flasche aus der Tasche. Nein. Nein. Die sollte doch ein Geschenk sein. Steck sie schön zurück. Schön zurück. So, ja, genau.

Über zweihundert Kronen hatte er sich die Halbliterflasche im Vinmonopol für seine Mutter kosten lassen. Als der Bus am Altenheim vorüberfuhr, befand sie sich seltsamerweise wieder in seiner Hand. Nur einen Kleinen. Es konnte ja wohl nicht schaden, wenn er einen kleinen Schluck nähme. Er schraubte den Verschluss ab und setzte die Flasche an den Mund, schnell, damit der Busfahrer nichts merkte.

Mit der Hand auf der Jackentasche blieb er sitzen. In seiner Brust brannte eine wohlige Wärme.

»Ja, nun gut, wenn du also absolut herauswillst, dann …«

Agnar lachte über seinen Witz und setzte die Flasche an seinen Mund.

Die Fensterscheibe war von einem dreckigen Muster bedeckt, das ihn an den grau gesprenkelten Linoleumbelag aus den Sechzigern in der Küche seiner Mutter erinnerte. Durch den Schmutz machte er vereinzelte Einfamilienhäuser aus, die an den Wänden Brennholz aufgestapelt hatten. Eine schmale Skispur über ein Feld. Mit schläfrigem Blick registrierte er alles, was an ihm vorüberzog. Haus, Felder, Bäume, Wald, Briefkästen, Zaun, Haus, Felder, Bäume. Dann verweilten seine Augen wieder auf dem Schmutzmuster, und er nahm bloß noch die Konturen der Landschaft dahinter wahr. Der Schlaf drohte, ihn zu übermannen, doch wollte er die Augen nicht schließen. Schlösse er sie, würde sie auftauchen.

Konzentrierte er sich auf das schmuddelige Fenster, konnte er sie vielleicht noch eine Weile verdrängen. Doch es half nichts. Der Matsch auf der Scheibe veränderte sich, und plötzlich war sie da, so wie er an einem Sommertag Tiere und Trolle in den Wolken erahnen konnte. Sie starrte zurück und schürzte ihre Lippen, fletschte ihre kaputten Zähne. »Willkommen zu Hause«, sagte sie.

Agnar betrachtete wieder die Landschaft und versuchte herauszufinden, wo er war. Es senkte sich etwas in seine Brust hinein, als er bemerkte, dass er sich der scharfen Kurve an der Felsschlucht näherte. Er hatte Erinnerungen an einen ähnlichen Ort. Erinnerungen, die sich nicht tilgen ließen, die wie ein Abgrund immerfort in ihm schlummerten, tief und tödlich. Der dort unten auf dem Grund fließende Bach war zugefroren und von Schnee bedeckt, doch unter dem Eis tropfte und sprudelte das Wasser fortwährend. Es hörte niemals auf.

Tropf.

Tropf.

Tropf.

Wie Folter.

2

Donnerstag, 27. November

Das Handy auf dem Nachttisch klingelte. Polizeihauptkommissar Verner Jacobsen klatschte mit seiner Hand darauf, als wäre es ein Insekt; schnell und zielsicher, um Ingrid nicht zu verärgern. Er linste auf das Display, während er aus dem Bett glitt. Das weiße frisch gebügelte Hemd, das auf einem Bügel am Kleiderhaken hinter der Tür hing, fiel auf den Boden, als er daran vorbeiging.

»Hallo«, sagte er und räusperte sich, während er damit beschäftigt war, es wieder aufzuhängen. Im Halbdunkel streifte seine Hand den dunklen Anzug, der ebenfalls frisch gebügelt war und daneben hing; es war, als schrumpfte das Zimmer um ihn zusammen. Er taumelte hinaus und versuchte zu hören, was die Stimme am anderen Ende mitten in der Nacht von ihm wollte.

»Hab ich dich geweckt?«

Verner grunzte eine Antwort, aber der Leiter der Kriminalpolizei Thomas Lindstrand tat, als wäre nichts.

»Kannst du nach Tranby fahren? Wir haben einen zweifelhaften Todesfall. Eine Teenagerin, aufgefunden in einem Waldstück.«

Mit einem Mal war Verner Jacobsen hellwach. Nicht noch mehr Kinder, dachte er. Ich ertrage keine weiteren toten Kinder. Im selben Augenblick wallte ein gewaltiger Zorn in ihm auf. Wusste Thomas Lindstrand denn verdammt noch mal nicht, was er gerade durchmachte?

»Thomas, ich …«, begann er, doch sein Zorn verebbte ebenso schnell, wie er gekommen war. »… bin schon unterwegs«, schloss er. Es war besser, sich für etwas einzusetzen, als wach zu liegen und auf den Morgen zu warten.

»Gut«, sagte Lindstrand. »Und kannst du auch Bitte Røed Bescheid geben? Die braucht noch Erfahrung. Außerdem ist Roar schon auf dem Weg dorthin, es könnte hilfreich sein, wenn sie ihn treffen würde.«

Verner legte auf. Lorca streckte die Schnauze aus seinem Körbchen hervor und sah ihn erwartungsvoll an.

»Jetzt nicht, Lorca«, flüsterte er. »Wir gehen eine Runde, wenn ich wiederkomme.«

Aus dem Bad rief Verner Jacobsen Bitte Røed an. Er schlug vor, sie zu Hause abzuholen, da sie kürzlich nach Tranby gezogen war. Während er sprach, durchwühlte er die oberste Schublade unter dem Waschbecken, bis er ein Haarband fand. Er beendete das Gespräch und band seine Haare zu einem Zopf, wobei er es vermied, seinem müden Gesicht im Spiegel zu begegnen. Dann schlich er sich zurück ins Schlafzimmer, öffnete den Kleiderschrank und zog ein Paar Socken heraus, griff sich im Dunkeln irgendeinen Pullover und die Thermounterwäsche, auf der Ingrid bestand, wenn er in der Kälte mit dem Hund spazieren ging. Ingrid drehte sich um und gab einen schläfrigen Seufzer von sich.

Einen Moment lang blieb er stehen und betrachtete die Kleidungsstücke, die hinter der Tür hingen; das weiße Hemd, das einem bleichen Gespenst glich, und den Anzug, der eins mit der Dunkelheit wurde.

3

Agnar erinnerte sich nicht genau, wie er ins Haus gekommen war. Er war aus dem Bus gestiegen. In seinem Kopf war es finster gewesen, wie auch um ihn herum. Er hatte den einen Fuß vor den anderen gesetzt, besaß eine vage Erinnerung daran, dass er gestolpert war und sich auf dem Schneewall am Wegrand auf die Schnauze gelegt hatte. Er hatte sich in ein paar Ästen verheddert oder … er wusste es nicht mehr. Seine Hände waren voller Striemen und Punkte wie nach einer unangenehmen Begegnung mit struppigem Gebüsch. An den Weg aber hatte er sich erinnert. Jetzt war er hier. Warum hatte er bloß nicht mehr zu trinken dabei? Er brauchte einen kleinen Schluck und klopfte sich auf die Brust, doch die Flasche, die in der Tasche gesteckt hatte, war weg. Er stützte sich am Geländer ab und lehnte sich mit dem ganzen Körper gegen die Tür.

»Schließ auf deine Heeerzenstür und lass die Sooonne rein …«, krächzte er einen Countryschlager.

Die Tür war nicht abgeschlossen und schwang auf.

»Hui!«

Er hatte sich schon vorgestellt, im schlimmsten Fall ins Haus einbrechen zu müssen, sollte sie nicht öffnen. Erleichtert schloss er die Tür hinter sich und schob aus alter Angewohnheit den Riegel vor. Er schlich sich hinein, stolperte jedoch über Mutters Pantoffeln, die mitten im Flur lagen, und torkelte gegen die Wand. Ein Bild fiel von der Wand, und das Glas barst.

»Pscht!«

Er legte den Finger auf die Lippen und grinste eine jüngere und weit hübschere Ausgabe seiner selbst hinter dem zersplitterten Glas an.

»Mensch, da liegst du also einfach so da …«

Das Lächeln verzog sich zu einer Grimasse, er ging in die Hocke und sammelte die Glassplitter auf. Dabei schnitt er sich in Zeigefinger und Daumen, spürte allerdings keinen Schmerz. Er blieb einfach sitzen und sah beinahe fasziniert zu, wie das Blut seine Finger hinunterrann. Ein Atemgeräusch ließ ihn aufblicken.

»Lilly! Tatsächlich … da ist ja unser kleines Lillymädchen …«

Der Hund stand in der Türöffnung. Seine Nase vibrierte, der Schwanz hing herunter. Ein leises Knurren.

»Na komm schon, Hundchen, du wirst dich doch an den kleinen Agnar erinnern. Ich weiß, beim letzten Mal warst du noch ein Welpe, aber verflixt, nu' komm schon!«

Mit hoher Stimme versuchte er, den Hund zu sich zu locken.

»Lillybitch, komm, komm, komm.«

Der Hund näherte sich und ging in einem Bogen um ihn herum, und als er nahe genug war, griff er ihn im Nacken und drückte ihn an sich.

»Siehste, Lilly, ich bin nich' gefährlich. Musst keine Angst haben. Hab dir nie was getan.«

Etwas löste sich. Es strömte aus ihm heraus. Jetzt saß der Hund still, er winselte zwar, ließ sich aber streicheln.

»Pscht! Nicht Mutter aufwecken. Weiß' du, ob sie was zu trinken hat? Ich brauch bloß 'nen kleinen Schluck. In dem Restaurant da haben die sich geweigert, mir mehr zu geben. Einfach geweigert! An meinem großen Entlassungstag! Und hier stand auch niemand an der Tür und hat mich mit 'ner geöffneten Flasche empfangen.«

Er weinte. Der Hund schleckte ihm das Gesicht. Dann erhob Agnar sich. Er sollte verdammt noch mal nicht hier herumsitzen und flennen wie irgend so ein Drecksblag. Vielleicht hatte Mutter eine Flasche selbst gemachten Johannisbeerwein im Keller? Er taumelte auf der Schwelle und stützte sich auf den Handlauf, während er die Treppe hinabstieg. Dennoch glitt er auf halber Strecke aus und polterte auf dem Rücken nach unten. Er stöhnte, schaffte es nicht, aufzustehen, und krabbelte die letzten Meter bis zum Vorratsraum. Als sein Blick auf die alte Gefriertruhe mit dem Vorhängeschloss fiel, musste er feixen.

»Niemand hier will dir deinen Proviant klauen, Mutter.«

Er kroch weiter und tastete sich bis zu den Regalen an der Rückwand.

»Mit den Flaschen nimmste's nich' mehr so genau. Mannomann! Kognak!«

Schnell war der Verschluss ab und die Flasche an seinen Lippen. Oh, heilige Nacht! Es brannte in der Speiseröhre. Er rappelte sich auf und ging schwerfällig die Treppe wieder hinauf. Gott sei Dank hatte sie einen festen Schlaf. Kurz erwog er, ob er nicht in die Küche gehen und sich eine Stulle schmieren sollte, ließ den Gedanken aber wieder fallen; jetzt, wo er den Kognak hatte, brauchte er nichts anderes mehr. Er setzte sich ins Wohnzimmer. Eine Fluppe wäre gut. Beim Durchforsten der Jackentaschen fand er einen Stummel und summte leise, als er ihn anzündete.

»Oooh, heilige Nacht, oh, heil'ge Weil der Welt …«

Vier Züge schaffte er von der halb gerauchten Zigarette, bevor die Glut den Filter erreichte.

»… und heiß' frohlockend meine Freiheit willkommen.«

Agnar stand auf. Die Wände drehten sich. Nur noch einen Kleinen vor dem Schlafengehen, dachte Agnar und versuchte, sich daran zu erinnern, wo er die Flasche hingestellt hatte.

»Ach, da stehst du ja! Steht alleine auf dem Couchtisch und sagt nichts …«

Er nahm die Flasche, wollte auf Zehenspitzen an Mutters Schlafzimmer vorübergehen, hielt aber einen Augenblick inne und flüsterte durch das Schlüsselloch:

»Besten Dank fürs Schnäpschen, Mutter.«

Dann stieg er die Treppe hinauf ins Obergeschoss. Er setzte sich auf die Bettkante, und während er nach und nach die Flasche leerte, umschloss ihn langsam die Dunkelheit.

4

Zwei Wartehäuschen und ein Taxistandschild verrieten, dass der Platz, auf den Verner Jacobsen einbog, eine Haltestelle war und kein großer Kreisverkehr. Hohe Kiefernbäume thronten in der Grünanlage in der Mitte. Der Ort wurde seinem Namen *Ahornhain* also nicht ganz gerecht – oder *hornhai*, wie ein ganz Kreativer sich an einer Haltestelle verewigt hatte. Verner Jacobsen ließ das Auto im Leerlauf stehen, während er auf Bitte Røed wartete. Die niedrigen Reihenhäuser aus den Siebzigern standen in Reih und Glied wie graue Baracken, und in Verbindung mit der russischen Eiseskälte, die das Østland die letzten vierundzwanzig Stunden im Griff hatte, weckte es in ihm Assoziationen an die dunkelsten Zeiten der Sowjetunion. Vor einem Haus hatte jemand versucht, der Gegend ein wenig Leben einzuhauchen, indem er eine rot, grün und blau blinkende Lichterkette um einen wuchernden Lebensbaum gewunden hatte. Im selben Moment wurde die Autotür aufgerissen.

»Meine Güte, was für eine Kälte!«

Bitte Røed warf sich auf den Sitz und schlug ihre Arme um den Oberkörper.

»Wohin fahren wir?«, fragte Verner Jacobsen und rollte behutsam auf die Hauptstraße zu.

»Hier vorne rechts und dann an der nächsten Kreuzung links. Hab's noch nicht geschafft, mich näher mit der Umgebung vertraut zu machen, aber direkt hinter der Kreuzung soll es einen Forstwirtschaftsweg geben.«

Das Auto geriet auf dem eisigen Asphalt ins Trudeln, als er von der Haltestelle auf die Straße fuhr.

»Alles in Ordnung?«, fragte Bitte Røed.

Verner merkte, wie sich sein Gesicht anspannte. Er brachte keine Antwort zustande.

»Willst du, dass ich zur Beerdigung komme?«

Wollte er das? Natürlich wollte er, dass sie kam.

»Nein, geht schon«, sagte er knapp.

Stille breitete sich zwischen ihnen aus. Er tat, als sei er damit beschäftigt, die Abbiegung zu finden.

»Da ist es«, sagte Bitte Røed. »Du brauchst bestimmt ein bisschen Schwung, das erste Stück ist ganz schön steil.«

Der Weg war schmal und führte durch dichten Wald. Von beiden Seiten kroch die Dunkelheit bis dicht ans Auto heran. Sie passierten ein kleines Gehöft mit einer baufälligen Scheune und etwas später zwei dicht nebeneinander stehende Häuser mit gemeinsamem Spielhäuschen im Garten. Weiter zurück lag ein kleines, mit Eternitplatten verkleidetes Haus, das über einen umzäunten Hundeauslauf verfügte. Über dem Eingangsbereich hing an einem Metallarm eine einzelne Glühbirne. Ansonsten bestand die Gegend aus Wald.

»Erinnere mich daran zu erwähnen, dass wir in den umliegenden Häusern kein Licht oder sichtbare Aktivitäten ausmachen konnten, wenn wir den Tatortbericht schreiben«, sagte Verner.

»Ist für die meisten Leute wohl noch ein bisschen früh.« Bitte Røed gähnte und notierte die Uhrzeit: 05.38 Uhr.

»Für uns ist wichtig, dass wir uns den Tatort anschauen, solange er noch warm ist«, murmelte Verner, während er das Auto dicht am Schneewall am Wegrand parkte.

»Wie warm kann der noch sein? Weißt du, dass das Thermometer zu Hause minus achtzehn angezeigt hat?«

Bitte Røed fröstelte.

»Eine Teenagerin«, sagte Verner, als sie sich den ersten Flatterbändern näherten. Von Weitem konnten sie das Licht von Taschenlampen erkennen, die im Dunkeln aufblitzten, dort, wo wahrscheinlich die engere Umgebung des Tatorts lag.

»Ein Mädchen«, fuhr er fort. »Thomas Lindstrand meint, es gebe Grund zur Annahme, dass wir es mit einem verdächtigen Todesfall zu tun haben.«

Bei einer solchen Nachricht war sein Körper normalerweise voller Adrenalin. Dieses Mal nicht. Die prickelnde Rastlosigkeit, die sich bei der vordringlichen Frage – war es ein Unglück, Suizid oder Mord? – sofort einstellte, war einer Art Traurigkeit gewichen. Der dunkle Anzug hinter der Schlafzimmertür hatte ihn in eine Art Dämmerzustand versetzt, in dem Gefühle auf Sparflamme liefen.

Am Tatort waren zwei weiß gekleidete Kriminaltechniker schon in Aktion. Sie glichen in der Landschaft schwebenden Geistern. Flackernd erhellte der Blitz einer Fotokamera die Umgebung, und ein Lasermessgerät schnitt einen blauen Strich in die Nacht. An der Absperrung standen zwei uniformierte Beamte. Verner Jacobsen und Bitte Røed wurden im Protokoll registriert und bekamen jeweils einen Papieroverall ausgehändigt und Plastiküberzieher, die sie über die Stiefel streiften. Sie gingen abseits des Weges, um keine möglichen Spuren zu vernichten. Verner Jacobsen kam sich vor wie ein Astronaut, als bewegte er sich in einem luftleeren Raum. Dass es schneite, konnte er nicht erkennen, fühlte aber ein unangenehmes Stechen im Gesicht.

»Mist, verdammt«, rief Bitte Røed aus, die hinter ihm herging und in seine Fußstapfen trat.

Verner wandte sich um und richtete die Taschenlampe auf sie.

»Stimmt was nicht?«

Bitte hob ein Bein und schüttelte es. Unmittelbar drängte sich Verner eine Ähnlichkeit zu Lorca auf, der sein Hinterbein hob, um gelbe Löcher in den Schnee zu machen.

»Hab die Halbstiefel genommen. Und die Strumpfhose vergessen. Ich frier mich hier noch tot.«

Verner sagte nichts, nahm jedoch an, dass sich sein Gesicht verhärtet hatte, denn ihr Mund klappte augenblicklich wieder zu.

5

Donnerstag, 27. November. Nachts

Grauenhaftes Tagebuch,

ja, so nenne ich dich jetzt.

Und niemand soll jemals erfahren, was heute Abend geschehen ist. Darüber kann man nicht schreiben, aber irgendwie muss ich es mir trotzdem von der Seele schreiben. Worte stillen den Schmerz. Worte sind Rausch. Du, mein Tagebuch, bist das Einzige, was ich jetzt noch habe. Der Einzige, mit dem ich über das Unaussprechliche reden kann. Worüber man nicht tuschelt, woran man nicht denkt. Ich habe solche Angst. Mehr Angst, als ich für möglich gehalten hätte. Niemals hätte ich gedacht, ich würde … Und Fredrik … ich habe wirklich geglaubt … ich habe nicht geglaubt, du könntest … Nein! Stopp! Nicht mehr schreiben. Kein einziges Wort mehr.

Und wenn du das hier in diesem Augenblick liest! Wenn du bis hierher gelesen hast … dann ist es höchste Zeit, dieses Buch aus den Händen zu legen, ansonsten …

»Marte?«

Marte schob ihr Tagebuch unter das Kopfkissen, schloss die Augen und tat, als wäre sie bei eingeschaltetem Licht eingeschlafen. Wenn sie still daläge, würde er sie vielleicht in Ruhe lassen.

»Du bist zu Hause, Gott sei Dank. Ich hatte solche Angst …«

Langsam drehte sie sich um, als erwachte sie aus einem Traum. Ihr war, als versuchte ihr Gehirn neue Gesetzmäßigkeiten aufzuspüren, um irgendwie rechtfertigen zu können, dass sie nicht mit ihrem Vater sprechen wollte.

»Ich hab dir deinen Stiefel mitgebracht.«

Sie zuckte zusammen.

»Wieso bist du denn mit nur einem Stiefel nach Hause gegangen?«

Fest kniff sie ihre Augen zu, und ein paar zusammengepresste Tränen tröpfelten zwischen ihren Wimpern hervor.

»Dein Handy hast du hoffentlich nicht auch noch verloren? Ich hab versucht, dich zu erreichen.«

Marte schüttelte den Kopf.

»Du musst mir sagen, was passiert ist, Marte.«

»Akku leer«, flüsterte sie.

»Ich meinte, dass du mir erzählen musst, was heute Abend passiert ist. Das kann von entscheidender Bedeutung sein.«

»Für was denn?«

Ihr Vater zögerte.

»Ich weiß auch nicht genau. Für alles, was in Zukunft noch geschieht.«

»Aber es ist doch nicht sicher, dass sie's noch mal machen, oder?«

»Was haben die gemacht, Marte?«

»Nichts.«

»Es ist wichtig, dass ich Bescheid weiß. Du musst dir von mir helfen lassen.

»Du kannst nichts tun.«

»Wir können sie anzeigen.«

»Weswegen?«

Die Furcht traf sie hart, presste ihr Herz platt wie eine Flunder. Sie warf sich herum, begrub ihr Gesicht im Kissen. Ihr

Vater legte die Hand auf ihren Rücken. Sie schüttelte sie ab, kauerte sich unter der Decke zu einem Ball zusammen.

»Nicht!«

»Was ist heute Abend vorgefallen, Marte?«

»Nichts.«

»Doch, es ist was passiert.«

»Nein!«

»Na gut«, sagte er. »Wir unterhalten uns morgen weiter. Schlaf jetzt.«

Er versuchte, sich nichts anmerken zu lassen, doch er wusste genau, wie seine Stimme sich anhörte, wenn er ihr nicht zeigen wollte, dass auch er Angst hatte.

6

Das aus dem Schnee hervorlugende Gesicht hatte einen unheimlichen Weißton, ganz ähnlich dem in einem verdrehten Auge. Auf der blauen Daunenjacke hatte der Frost brokatähnliche Rosen gezeichnet. Zuerst nahm er an, sie trüge eine Spange im Haar; ein rötlicher Schimmer unter der dünnen Schneeschicht, festgefroren in der plötzlichen Kälte. Dann begriff er, dass es Blut war. Mehrmals sog er die kalte Luft ein und merkte, dass es in den Lungen ziepte. Das Mädchen lag unter einem ungefähr vier bis fünf Meter hohen Felsvorsprung. War sie gefallen?

»Sie wurde gestoßen«, meinte Bitte Røed.

»Was?«, sagte Verner und überlegte, ob sie seine Gedanken gelesen hatte.

»Ich glaub, sie wurde gestoßen. Schau dir an, wie sie daliegt. Sie hat ihre Hände nicht zu Hilfe genommen. Sieh mal, wie der eine Arm unter dem Köper liegt und der andere abgespreizt zur Seite. Falls sie noch gelebt hat, als sie fiel, wohlgemerkt.«

»Muss kalt gewesen sein heute Nacht, ohne etwas auf dem Kopf«, bemerkte Verner.

»Und an den Händen«, sagte Bitte.

Ihre Stimme brach, und Verner dachte, das Mädchen müsse ungefähr im selben Alter wie Julie sein, ihre Tochter.

Er legte die Hand auf die Schulter der Kollegin, doch Bitte Røed schüttelte sie ab. Er näherte sich dem toten Mädchen. An der Hand, die zu sehen war, waren die leicht gebogenen

Finger gespreizt und glichen einer Kralle mit violett lackierten Nägeln. Sie war schön, gebrauchte aber ein bisschen zu viel Make-up; außerdem befand sich eine kleine rote Kratzwunde auf ihrer Stirn. Ist da jemand wütend auf dich gewesen, wunderte sich Verner Jacobsen und ging neben ihr in die Hocke. Die Augen waren weit aufgerissen. Als er dem leeren, starren Blick begegnete, überflutete ihn der Schmerz, drang ein unter seine Haut und verschleierte alles, was er sich vornahm. Ich bin nicht objektiv, tadelte er sich. Aber ganz gleich, was er auch versuchte, er wünschte sich bloß, dass sie plötzlich wie durch ein vorweihnachtliches Wunder blinzelte. Er legte zwei Finger an ihren Hals.

»Sie ist bereits für tot erklärt«, sagte eine scharfe Stimme hinter ihm. »Fass sie bitte nicht an, sei so gut.«

Verner Jacobsen zog schuldbewusst seine Hand zurück. Als er sich erhob, blickte er auf die Schulter von Roar Holm-Hansen, einem stattlichen Mann, den Verner auf eins fünfundachtzig groß wie breit schätzte.

»Du kennst Bitte Røed noch nicht«, sagte Verner und lenkte den Fokus auf die Kollegin.

»Roar Holm-Hansen, Pathologe«, sagte der kräftige Mann.

»Bitte Røed, äh … Kommissarin«, entgegnete Bitte Røed.

»Was hast du herausgefunden?«

»Sie ist jung«, antwortete Roar Holm-Hansen. »Und falls es das Mädchen ist, das heute Nacht von seinen verängstigten Eltern gesucht wurde, ist sie erst fünfzehn. Es ist noch zu früh, um etwas über die Todesursache zu sagen. Sobald alle Spuren gesichert sind und die Umgebung vermessen und abfotografiert ist, nehm ich sie mit auf meinen Tisch. Auf den ersten Blick sieht es so aus, als wäre sie erschlagen worden. Das Blut lässt womöglich darauf schließen, dass sie eine Schädelfraktur am Hinterkopf hat. Die Geröllhalde, die sie runtergefallen ist, ist ziemlich steil.«

Verner sah sich um. Zunächst hatte er gedacht, die ganze Umgebung sei von einer einen halben Meter hohen Schneedecke bedeckt, doch nun bemerkte er, dass genau die Stelle, an der das Mädchen lag, beinahe frei von Schnee war. Ein Vorsprung über dem felsigen Boden fungierte als eine Art Markise.

»Wie lange ist sie schon tot?«, fragte er.

»Den genauen Zeitpunkt kann ich noch nicht nennen, es ist extrem kalt, sie ist leicht bekleidet und schneller ausgekühlt als normal. Von der Augenflüssigkeit habe ich eine Hypoxantin-Probe genommen, das verschafft uns eine präzisere Antwort als die übliche Methode zur Messung des Körperkerntemperaturabfalls.«

Roar Holm-Hansen kratzte sich am Hinterkopf, sodass seine Mütze in die Stirn rutschte.

»Ich gehe davon aus, dass das Unglück sich irgendwann zwischen 20.30 und 23.00 Uhr gestern Abend ereignet hat. Es stellt sich die Frage, ob sie augenblicklich gestorben ist oder ob sie bewusstlos war und anschließend erfroren ist.«

Das Unglück, dachte Verner Jacobsen und spürte, wie in ihm ein Anker auf Grund ging. Womöglich ist sie bloß gestrauchelt und wehrlos liegen geblieben, während die Kälte an ihr zehrte. Unfälle passieren, das billigen wir, und die meisten akzeptieren, dass die Natur gnadenlos ist. Verbrechen hingegen …

»Kurz nachdem ihr hier fertig seid, werd ich schon einen vorläufigen Bericht abgeben können. Ihr habt Toppriorität.«

Verner Jacobsen hatte dem Mädchen den Rücken zugekehrt und sah dem Pathologen hinterher, der sich schwer atmend wie ein Übergewichtiger zum Hauptweg hinaufmühte. Sein frostiger kondensierender Atem umgab ihn, bis er oben auf dem Weg außer Sicht war. Verner fühlte, wie die Kälte seinen Rücken hinaufkroch. Plötzlich drehte er sich um und ließ das Licht der Taschenlampe über das tote Mädchen gleiten. Ihm war, als hätte es einen letzten eiskalten Atemzug gemacht, der ihn im Nacken traf.

»Unsinn. War bloß der Wind.«

»Was hast du gesagt?«

Entgeistert sah Verner Bitte Røed an. Hatte er laut geredet?

»Nichts, nichts«, brummte er und richtete seinen Blick wieder auf die Leiche.

Diese weit aufgerissenen Augen. Hilf mir, dachte Verner Jacobsen, es ist, als wollte sie »Hilf mir!« sagen. Ein Gesetz müsste es geben, wonach es verboten war zu sterben, wenn man noch sein ganzes Leben vor sich hatte. Und irgendwo saßen eine Mutter und ein Vater und erwarteten sie, während ihre Herzen sich vor hoffnungsvoller Angst zusammenpressten.

»Was ist denn das da?«

Bitte Røed berührte ihn am Arm und ließ ihre Taschenlampe über die verschneiten Steine und aufwärts an etwas entlanggleiten, das im Dunkeln mit einem dicken Baumstamm verwechselt werden konnte.

»Ein Obelisk«, sagte Verner Jacobsen erstaunt. »Was für ein seltsamer Ort für ein Monument, mitten im tiefen Wald.«

Im selben Augenblick wusste er, dass, welche Bedeutung er ursprünglich auch gehabt haben mochte, ihm von nun an eine neue beigemessen würde. Er atmete durch die Nase und merkte, wie seine Nasenhaare gefroren. Es raschelte im Unterholz, und eine Schneewolke rieselte herunter, als ein Vogel aufflog. Dann wurde es still. Die Kälte durchdrang ihn. Es kam ihm vor, als wäre bereits ein Monument für das Grab aufgestellt worden. Oder hatte jemand bewusst exakt diesen Ort gewählt, um ein junges Leben zu beenden?

7

»Stopp! Agnar, hör auf! Hörst du, Schluss!«

Ein hohler Schrei erklang. Die Stimme seiner Mutter war in einer Sprechblase gefangen, genauso wie in den Comicheften, und konnte ihn nicht länger treffen. Trotzdem hatte er Angst. Er stand am Flussufer und beobachtete, wie der Schnee seine Farbe änderte. Aus dem Eis tröpfelte das Wasser wie aus der aufgesprungenen Kruste einer Wunde.

»Agnar!«

Er hielt sich die Ohren zu.

Agnar schlug die Augen auf. Das Laken war feucht. Der Hals trocken. Die Zunge klebte am Gaumen, und er reckte sich nach dem Wasserglas, das immer auf dem Tischchen neben dem Bett stand. Seine Hand fand das Tischchen nicht. Im Halbdunkeln erkannte er, dass keines dort stand. Erst verstand er nicht, wo er war, doch dann entdeckte er das verblichene Plakat an der Wand. Das Titelblatt eines Donald-Duck-Heftes. An der Decke hing noch immer das Modellflugzeug, das er und sein Vater gebaut hatten. Damals waren sie glücklich gewesen. Damals, bevor Agnar zu schlagen angefangen hatte.

Im Haus war es still. Agnar blieb liegen und lauschte. Er hörte den Hund unten im Erdgeschoss über den Boden tapsen. Dann begann er zu winseln. Ließ die Alte ihn denn nicht raus? Hatte die alte Schachtel vergessen, ihr Hörgerät einzuschalten? Er stöhnte und erbrach sich beim Versuch, sich aufzusetzen. Ein gelber Brei landete auf dem Flickenteppich vor dem Bett. Auf dem Boden lag eine Halbliterflasche Kognak.

»Verflucht, ich muss schon sagen, wo zur Hölle hast du die denn aufgetrieben, kleiner Agnar, hm? Nicht schlecht, verdammt noch mal. Guter Junge, guter Junge.«

Er hob sie auf und schüttelte sie. Ein kleiner Rest war noch drin.

»Reparieren, restaurieren, retournieren, äh reparieren …«

Das Winseln aus dem Erdgeschoss ging in Gekläffe über. Das also hatte ihn geweckt, Lillys Bellen. Nicht die Schreie seiner Mutter, die, wie er jetzt verstand, Teil eines Traums gewesen waren.

»Mutter!«

Seine Stimme klang kratzig. Er räusperte sich, zog von tief unten Schleim hoch und spuckte einen Klumpen auf den Teppich.

»Mutter! Lass die Töle raus!«

Das Bellen verstummte, und er hörte, wie Lilly die Treppe herauflief.

»Immer mit der Ruhe, Lilly. Feine Lilly.«

Als er den Hund mit dem bunt gesprenkelten Fell streichelte und kraulte, bemerkte er das getrocknete Blut an seinen Händen und stutzte. War er in eine Schlägerei geraten? An den Vorabend konnte er sich nur bruchstückhaft erinnern: Aus dem Restaurant war er hinausgeworfen worden. Auf der Straße hatte eine Gruppe Jugendlicher gelacht. Ein Aufblitzen von Blaulicht. Blaulicht? Er war sich nicht sicher. Aber an den Schnee in seinen Stiefeln erinnerte er sich; mehrere Male nämlich hatte er sie ausgezogen und geleert. Und dichter Wald, eine unerfreuliche Begegnung mit einem Schneewall am Wegrand, alles andere verblieb im Dunkeln. Und dann war da noch zersplittertes Glas. Hatte er sich geschnitten? Es sah so aus, als hätte er Schnitte in der Hand. Da entdeckte er, dass auch sein Hemd voller braunroter Flecken war. Hatte er so stark geblutet?

»Sollen wir mal gucken, wo Muttchen steckt, hm, Lilly?«

Mit dem Hund zu reden beruhigte ihn irgendwie. Lilly wedelte leicht mit dem Schwanz, drehte sich blitzartig um und verschwand die Treppe hinunter.

»Ja, okay, dann geh ich halt mit dir raus«, rief er. »Muss bloß erst selber pinkeln.«

Er stieg die Treppe hinab ins Erdgeschoss. Er fühlte sich, als stünde er auf dem Dach eines Wolkenkratzers, der sachte und Übelkeit erregend hin- und herschwankte. Verdammte Hacke, vierzehn Tage lang besauf ich mich, dachte er und klammerte sich ans Geländer. Er musste unbedingt etwas essen.

Noch halb benommen stützte er sich am Türrahmen ab und öffnete die Küchentür.

Bei dem sich bietenden Anblick musste er sich erneut übergeben.

Erster Gedanke: Aaach du Scheiße!

Zweiter Gedanke: Ach du Scheiiiße!

Unversehens meldeten sich Geistesblitze vom Vorabend. Er hatte die Haustür geöffnet, den Geruch des Elternhauses eingeatmet und war über Mutters Pantoffeln gestolpert. Das Foto von sich als Junge unter zerbrochenem Glas. Dann war alles schwarz. Keine Ahnung, wie er in sein Jugendzimmer gekommen war und sich auf das alte Bett gelegt hatte. Es war nicht das erste Mal, dass er sich bis zum Blackout betrunken hatte, nicht das erste Mal, dass er sich einer Psychose näherte. Die Anzeichen kannte er. Dass auch wirklich stimmt, was er sah, war längst keine ausgemachte Sache.

Es ist nicht wahr, dass sich alles dreht, wenn man voll ist, dachte Agnar. Ist irgendwie mehr wie ein Sprung in der Platte. Es läuft nicht rund, wiederholt sich nur. Er sah seine Mutter und das Blut. Die Mutter und das Blut. Das Blut und seine Mutter, die mitten in der Lache lag, neben der Spüle und der

Bank. Ein Teller mit verkrusteten Essensresten. Das hatte er vorher schon gesehen. Wie viele Male hatte er nicht geträumt, ihr ein Messer in den Rücken zu rammen? Sie fallen zu sehen? Sie schreien zu hören? Und im letzten Augenblick kurz vor ihrem Tod würde er ihr sagen, wie abgrundtief er sie hasste. Aber das hier war kein Traum. Was er sah, war die Realität.

8

Nach Rücksprache mit den Kriminaltechnikern entschied Verner Jacobsen, über der Toten ein Zelt aufzustellen, um zu verhindern, dass der Schnee wichtige Spuren verwischte. Die Eltern wurden betreut, und er verspürte eine beschämende Erleichterung darüber, gerade diese Aufgabe nicht selbst übernehmen zu müssen. Das hätte er nicht bewältigt. Nicht heute. Der 27. November würde ein finsterer Tag des Gedenkens nicht nur für ihn sein.

»Frierst du?«, fragte er seine Kollegin.

Bitte Røeds Lippen waren blau, und sie bewegte sich wie ein Pinguin. Ob sie mit dem Kopf schüttelte oder zitterte, konnte er nicht sagen.

»Hier sind wir wohl fertig«, fuhr er fort. »Lass uns noch kurz mit den Beamten sprechen, die zuerst vor Ort waren.«

Die beiden Polizisten standen noch immer auf ihrem Posten an der Absperrung oben am Weg. Arme Schweine, dachte Verner Jacobsen, werdet ihr nicht bald abgelöst? Sie stapften auf und ab und versuchten, sich warm zu halten. Noch waren sie nicht von mit Teleobjektiven bewaffneten Journalisten umringt, doch das würde sicher nicht mehr lange dauern.

»Ich möchte gern ein paar Auskünfte darüber, was Sie gesehen haben, als Sie am Tatort angekommen sind«, sagte Verner Jacobsen. »Wer hat den Fund gemeldet? Mal abgesehen vom Pathologen habe ich hier ausschließlich Polizisten gesehen.«

»Der Krankenwagen war schon da, als wir angekommen sind«, antwortete einer der Beamten. »Der Amtsarzt ist ziemlich schnell eingetroffen. Von Anfang an waren zwei Zeugen am Tatort. Wir haben sie kurz vernommen, sie dann aber nach Hause geschickt. Sie sollen heute noch ihre Zeugenerklärung auf der Wache abgeben.«

»Warum wurden sie nicht direkt zur Vernehmung gebracht?«, fragte Verner schroff.

Unsicherheit flackerte in den Augen des Polizisten auf.

»Äh, wir haben die Situation dahingehend beurteilt, dass es nicht notwendig war«, sagte der kleinere der beiden. Sein Mund glich einem Hühnerschnabel. Er spitzte die Lippen und sah ängstlich zu seinem Partner.

»Ja«, übernahm der andere. »Der Arzt, der hier war, äußerte die Vermutung, das Mädchen sei schon eine Weile tot gewesen, und der Junge hatte Bedenken, er würde seine Eltern beunruhigen, die noch wach waren und auf ihn warteten. Und der Mann stand ziemlich unter Strom. Er hat nach seiner Tochter gesucht, die er nicht erreichen konnte. Natürlich hatte der Todesangst, dass seiner Tochter auch etwas zugestoßen sein könnte. Deshalb haben wir sie nach einer kurzen Vernehmung gehen lassen. Sie sind instruiert worden, im Lauf des Vormittags auf der Polizeiwache zu erscheinen.«

Verner musterte die Beamten. Beide noch so jung, dachte er. Womöglich war dies ihr erster Tatort, und auf einmal entsann er sich, wie er selbst zum ersten Mal vor Adrenalin bebend ein Absperrband um einen Garten gezogen hatte, in dem eine alte Dame tot zusammen mit ihrer Katze aufgefunden worden war. Er dachte daran, wie er die Tatort-Utensilien mit zitternden Händen aus dem Streifenwagen geholt hatte, während die Gedanken durch seinen Kopf rasten und er sich an alles zu erinnern versuchte, was er über die Sicherung von Spuren und den Umgang mit Zeugen gelernt hatte. Stress, dachte Verner Jacobsen, lähmt als Erstes die Hirnregionen, die normalerweise eine intelligente Person ausmachen. Im Nachhinein sah er ein, dass es nicht sein Verdienst gewesen war, dass die Polizei den Fall gelöst hatte. Beruhigend lächelte er den jungen Männern zu.

»Haben Sie die Namen der beiden?«

Hühnerschnabel sah erleichtert aus.

»Der Junge heißt Fredrik. Fredrik Paulsen«, sagte er nicht ganz ohne Stolz, weil er seine Notizen dafür nicht zurate ziehen musste. »Und derjenige, der die Polizei kontaktiert hat, heißt Kristian Skage.«

Er blickte auf die Uhr.

»Sie führen wahrscheinlich die Vernehmungen durch?«, fragte er.

»Das wird deine Aufgabe sein«, sagte Verner an Bitte Røed gewandt.

»Hä?«, entgegnete Bitte Røed und atmete durch den Mund.

Verner Jacobsen fühlte sich plötzlich müde.

»Hast du was dagegen?«, fragte er. »Ich würde die Vernehmungen ja gern selbst machen, aber du weißt doch, dass ich mich heute um andere Dinge kümmern muss.«

Er fühlte Verärgerung in sich aufsteigen und musste sich auf die Zunge beißen aus Angst, vielleicht einen unpassenden Kommentar abzugeben oder, noch schlimmer, zu weinen anzufangen.

»Hast du was dagegen?«, wiederholte er.

»Dieser Name?«, sagte Bitte Røed. Sie ignorierte Verner Jacobsen und starrte den Beamten an. »Sind Sie sicher?«

»Ja, natürlich bin ich das«, sagte der Mann. Er holte sein Notizbuch aus der Brusttasche und zeigte ihr, was er geschrieben hatte.

»Fredrik Paulsen hat das Mädchen gefunden. Kristian Skage hat die Polizei informiert. Ich selbst hab mit ihnen gesprochen.«

Bitte Røed fühlte ihren Körper nicht mehr. Die schneidende Kälte durchdrang urplötzlich ihren ganzen Körper.

»Kennst du die beiden?«, fragte Verner.

Bei dieser Frage fingen ihre Zähne an zu klappern. Sie überlegte hin und her, wie viel sie erzählen sollte, dachte an das letzte Mal, als sie eine der in einen Mordfall verwickelten Personen gekannt hatte. Seinerzeit war der Freund ihrer Tochter in einen Fall involviert gewesen, in dem ein fünfjähriges Kind verschwunden war. Sie erinnerte sich noch genau, wie aufgebracht Verner gewesen war, als er mitbekam, dass sie Informationen zurückgehalten hatte.

»Er ist mein Lebensgefährte«, sagte sie schnell.

Als sie weitersprach, schaffte sie es nicht, ihm in die Augen zu schauen.

»Kristian Skage. Er ist Journalist. In unserer Kindheit waren wir schon einmal ein Paar und jetzt … Er wohnt hier in Tranby.«

Selbstverständlich wusste sie, dass ihr neues Verhältnis früher oder später bekannt werden würde, aber sie hatte es vor sich hergeschoben, ihrem Kollegen davon zu berichten. Jetzt verstand sie auch, warum sie sich davor gedrückt hatte. Ein verletzter Ausdruck in seinem ansonsten scharfen Blick. Verner Jacobsen war nicht schön. Er war mager und klein, und seine Narben im Gesicht glichen kleinen Kratern. Und trotzdem schimmerte da irgendetwas durch, das sie mit Schönheit verwechselte.

»Dein Lebensgefährte?«

Verner Jacobsen sprach die beiden Worte aus, als hätte er etwas gegessen, das ihm Übelkeit bereitete.

9

Weshalb konnte er sich an nichts mehr erinnern? Agnar Eriksen stand in der altvertrauten Küche mit dem Linoleumboden aus den Sechzigerjahren. Die Furcht saß ihm wie ein scharfer Schmerz im Rücken, unmittelbar unter den Schulterblättern. Der Anblick seiner Mutter mit den kreidebleichen Haaren, die in Blut schwammen, brachte seinen Magen abermals in Aufruhr. Er war leer, aber er würgte dennoch. Agnar bemerkte den sauren Geschmack gelber Galle und braunen Schnapses.

Auf der Küchenablage und den weißen Türen des Küchenschranks befand sich Blut. Hatten sie miteinander gekämpft? Verdammte Kacke, ich kann mich nicht erinnern, dachte Agnar. Ein taubes Gefühl in den Knien, die dabei waren, ihren Dienst zu versagen, ließ ihn einen Schritt zurücktaumeln. Vor der Küchentür sackte er zusammen und lehnte sich mit dem Rücken an die Wand.

Er versuchte, nüchtern zu werden, doch seine Gedanken kreisten umher wie in einem allzu schnellen Karussell, und tief in seinem Innern nahm er ein fremdes Gefühl wahr. Ein Schluchzen entglitt ihm. Was, verdammt, war das? Trauer? Verlust? Deshalb war er ja nun nicht gerade gekommen. Er war vorbeigekommen, damit sie, seine Mutter, noch eine letzte Chance bekam, alles zu erklären. Damit sie ihm etwas geben würde, damit er sein Leben fortführen konnte, für das er leben konnte. Er wusste nichts mehr, aber sie musste ihn wieder in Rage gebracht, ihn zur Weißglut getrieben haben.

Im Gefängnis behaupteten einige, sie säßen für Dinge ein,

die sie nicht begangen hatten. Agnar hatte einfach mit den Wölfen geheult, sich gedacht, dass sie das Geschehene verdrängt hatten, so wie er seine Kindheitserinnerungen. Jetzt war er sich da nicht mehr so sicher. Und was immer auch hier in der Küche geschehen war, er würde dabei schlecht abschneiden. Er war ihr Sohn, hatte Gründe, ihr den Tod zu wünschen, er war wegen einer Gewalttat verurteilt worden, hatte sie vorher schon geschlagen. Ein bisschen länger als vierundzwanzig Stunden war er ein freier Mann gewesen. Seine Gedanken zogen ihn hinab in den dunklen Abgrund. Er musste unbedingt weg von hier, weit weg von allem, das ihn mit diesem Ort in Verbindung brachte. Aber das Blut? Was sollte er mit all dem Blut anstellen? Nicht bloß das von seiner Mutter, sondern auch sein eigenes war höchstwahrscheinlich überall verteilt. Und dann noch die Kotze. Und Rotze.

Auf dem Küchentisch stand eine Kerze. Mit dem Feuerzeug in seiner Tasche könnte er sie anzünden. Und dann könnte sie umkippen, die Decke und die *Lierposten* entzünden, die auf der Seite aufgeschlagen war, wo die Geburtstagsglückwünsche mit den Todesanzeigen um die Wette eiferten. Bald schon würde es dort schwarz auf weiß stehen, dachte Agnar. Unvermittelt sah er die kleine Spalte vor sich; ein einfaches Kreuz, darunter Erna Eriksen in hervorgehobener Schrift und weiter: »… wurde heute im Alter von achtundsiebzig Jahren jäh aus dem Leben gerissen«. Nur sein Name würde dort stehen und dem gesamten verfluchten Lier zeigen, dass er genau das immer gewesen war – alleine. Er stellte sich vor, wie sich das Feuer bis zum Häkelzeug ausbreitete, das sie auf die Sitzbank unter dem Fenster gelegt hatte, und sich zu den zart verzierten Kissen weiterfraß. Das Blut würde verdampfen und verschwinden. Nur Asche und Ruß würden übrig bleiben.

Agnar ging in den Hausflur, nahm Jacke und Handschuhe, die er in der Nacht zuvor dort hingeschleudert hatte. Auf der

Kommode lag eine Strickmütze. Gestern war es eiskalt gewesen ohne Mütze, die Kapuze der Daunenjacke war ihm immer wieder vom Kopf geweht. Er hielt sie an sein Gesicht. Sie roch ein wenig nach Parfum. Hatte Mutter auf ihre alten Tage noch damit begonnen, sich in Wohlgeruch zu hüllen? Er zog sie bis über die Ohren und musste daran denken, wie seine Mutter immerzu gemeckert hatte, er solle sich richtig anziehen.

»Jetzt zufrieden, Mutter?«, wisperte er und schluckte das erstickende Gefühl herunter, das seinen Hals emporstieg.

Dann ging er zurück in die Küche, vermied den Blick auf seine Mutter, während er die Kerze anzündete. Seine Hände zitterten. Agnar kniff seine Augen zusammen und stützte sich mit der einen Hand auf der Tischkante ab. Als er die Kerze umstieß, schwankte es unter ihm. Er öffnete seine Augen wieder, die Kerze war erloschen. Verdammt! Als er wieder das Feuerzeug herausholte, zog er das Futter der Hosentasche mit heraus, es hing herab wie ein Kaninchenohr. Dieses Mal legte er die Kerze vorsichtig hin und hielt die Zeitung in die Flamme. So! Bald würde das Haus in Flammen stehen. Leute würden kommen. Und Feuerwehrwagen. Bis dahin musste er das Dorf hinter sich gelassen haben.

Feuerzeug und Futter steckte er zurück in die Tasche, ließ die Haustür sperrangelweit offen stehen, sodass Lilly eine Chance hatte, abzuhauen. Er hoffte, sie gehörte nicht zu den Hunden, die ungeachtet der äußeren Umstände an der Seite ihres Besitzers treu sitzen blieben. Mitnehmen konnte er sie nicht. Sollte sie versuchen, ihm zu folgen, würde er sie fortjagen. Würde er mit dem Hund gesehen, könnte er sich auch gleich schnurstracks bei der Polizei melden und alles gestehen. Aber den Gedanken, dass ein Tier leiden sollte, ertrug er nicht. Tiere waren schwach und unschuldig. Genau wie kleine Jungen.

Nachdem er den Hügel hinabgegangen war, überquerte

Agnar den kleinen Schotterweg und torkelte in den Wald hinein. Zum Glück wurde der alte Pfad immer noch benutzt und war gangbar. Im Lauf der Nacht hatte es geschneit, und das tat es auch jetzt noch. Hoffentlich waren all seine Spuren bald verdeckt. Wenn er sich nicht irrte, führte ihn der ausgetretene Pfad auf den Joseph Kellers vei. Vielleicht würde er einen Bus erwischen und nach Oslo fahren? Dort könnte er in der Masse untertauchen, in ein Flugzeug Richtung Süden steigen, so tun, als wäre er nie in Lier gewesen.

Versuchsweise überschlug er, wie viele ihn gesehen haben könnten. In seiner Erinnerung klafften riesige schwarze Löcher, aber an ein paar Jugendliche auf der Straße erinnerte er sich. Leute im Restaurant, der Alte, der sich geweigert hatte, ihm noch mehr auszuschenken und ihn schließlich vor die Tür gesetzt hatte. Der Busfahrer. Aber niemand von denen kannte ihn. Keiner wusste, wer Agnar Eriksen war. Sie konnten nicht wissen, dass er der Sohn Erna Eriksens war, deren Haus gerade vor sich hin schwelte. Mal abgesehen von einigen wenigen Freigängen war er seit seinem sechzehnten Lebensjahr kaum je zu Hause gewesen. Und seine Haare würde er wachsen lassen, seinen Stil verändern und den Bart abnehmen, sodass sein Äußeres nicht länger in das eventuelle Schema des glatzköpfigen Säufers passte, der auf dem Lande aufgetaucht war. Womöglich kann ich diese Gelegenheit als Neustart nutzen, dachte er und sah einen Hoffnungsschimmer. Die Vergangenheit würde sich mit einem Vorhang aus Rauchschwaden hinter ihm schließen. Er hatte seine Strafe abgesessen, konnte ein neues Leben beginnen. Dass er auf alten Pfaden gewandelt war, würde er schlichtweg leugnen. Es könnte klappen. Wenn er nur schnell genug wegkäme.

Agnar näherte sich der Straße. Ein Räumfahrzeug dröhnte vorüber und schleuderte eine Ladung mit Eis gespickten Schnees bis dort hinauf, wo er zwischen den Fichten stand.

Dann wurde es still. An der Bushaltestelle wartete niemand. Von der Statoil-Tankstelle leuchtete es warm, und er meinte, den Geruch von Kaffee wahrzunehmen. Es grummelte in seinem Magen. Wann er zuletzt gegessen hatte, wusste er nicht mehr. Doch, eine Pizza gestern Abend, hauptsächlich als Alibi, um an einem warmen Platz möglichst lange trinken zu können. Entweder er besorgte sich etwas zu essen, oder er kam an mehr Alkohol. Aber er hatte keine Lust, sich unten an der Tankstelle blicken zu lassen. Er musste sich unbemerkt davonmachen, und deshalb konnte er den Bus in die Hauptstadt ad acta legen.

Da entdeckte er ein Auto an der Einfahrt zur Waschanlage. Ein Mann in einem feinen dunklen Anzug stieg aus und eilte zur Tankstelle.

Ein unvermittelter Gedanke.

Jetzt hieß es, rasch zu handeln.

Er ging über die Straße, machte einen großen Bogen um die Zapfsäulen, um den Überwachungskameras zu entgehen, die sicher auf potenzielle Benzindiebe ausgerichtet waren, und schlich in die Waschstraße. Lass mich Glück haben, betete er. Ein beschissenes Mal im Leben, lass mich Glück haben! Glück! Glück! Glück!

Er hatte Glück.

Der Kombi war nicht abgeschlossen. Die Schlüssel steckten im Zündschloss. Beiläufig bemerkte er, dass es ein exklusives Auto war, mit getönten Scheiben. Er schlüpfte auf den Fahrersitz, legte den Gang ein, gab Gas und fuhr auf der anderen Seite aus der Halle. Zu spät erkannte er, dass er rückwärts hätte fahren sollen, und landete auf dem Fußweg. Sein Kopf explodierte. Er klammerte sich ans Lenkrad, raste weiter den nicht geräumten Gehweg entlang, bevor er das Auto herumriss und auf die Hauptstraße lenkte. Niemand vor ihm, es kamen ihm keine Autos entgegen. Agnar beschleunigte. Voll und ganz darauf konzentriert, aus dem Blickfeld zu verschwinden, bevor der Besitzer des Autos bemerkte, dass die Waschanlage leer war. Nach wenigen Sekunden war er schon an der Kreuzung. Jetzt war es nur noch ein kleines Stückchen bis zur Schnellstraße und zur E18. Er dachte daran, den Blinker zu setzen, hatte aber vergessen, welche Ausfahrt er nehmen musste, und kam in Richtung Drammen heraus.

»Komm jetzt mal runter, kleiner Agnar«, sagte er laut. »Bist ja nicht ganz nüchtern, ne, vielleicht 'n bisschen weniger Gas.«

Seine ganze Konzentration richtete er darauf, das Auto ordnungsgemäß auf der Straße zu halten. Die morgendliche Rushhour in die Hauptstadt raste ihm in einer endlosen Schlange entgegen.

Agnar blickte starr geradeaus. Es ging alles zu schnell. Er konnte nur schwer mit dem Verkehr mithalten, der Asphalt kam auf ihn zu und verschwand unter dem Auto. Der Kater ließ den Horizont in einer schiefen Wirklichkeit erscheinen. Die Landschaft, die er in den Augenwinkeln als graublauen Brei wahrnahm, verursachte ihm Schwindel. Bei der nächsten sich bietenden Gelegenheit wollte er von der Schnellstraße abfahren. Er nahm die nächste Ausfahrt und spürte, wie sein Puls einen niedrigeren Gang einlegte, als er auf die stille Landstraße einbog. Ein Rentner mit Hund stakste den Schneewall entlang. Er blieb stehen, zog den Köter dicht an sich. Mit seiner freien Hand nahm er die Pelzmütze vom Kopf und verneigte sich. Agnar fühlte ein Lachen in sich aufsteigen. Meine Fresse, wie höflich die Leute in der Provinz geworden sind, dachte er, stellte den Rückspiegel richtig ein und warf einen Blick zurück.

Das Lachen blieb ihm im Halse stecken.

»Oh Mann, zur Hölle noch mal!«

Er wäre beinahe von der Straße abgekommen, als er entdeckte, was der Fußgänger gesehen hatte.

10

»Sie hätten direkt zur Vernehmung gebracht werden müssen«, sagte Verner Jacobsen.

»Du hast doch gehört, was sie gesagt haben, es gab keinen Grund, sie zu verdächtigen«, wandte Bitte Røed ein.

Verner Jacobsen verstand selbst nicht, warum er so verärgert reagiert hatte, als er hörte, dass einer der wichtigen Zeugen Bitte Røeds Lebensgefährte war. Da er selbst für den Rest des Tages verhindert war, konnte keiner von ihnen Kristian Skage vernehmen.

»Die beiden waren die Ersten am Tatort, an dem möglicherweise ein Mord stattgefunden hat«, sagte er. »Hast du im Unterricht zur Untersuchungslehre und zum Umgang mit Zeugen gepennt, oder hast du die oberste Regel noch nicht auf dem Kasten?«

Er sah, dass es schmerzte. Plötzlich wollte er sie einfach nur verletzen.

»Suchen, sichern, Spuren sammeln, die auf den tatsächlichen Tathergang und die Schuld beziehungsweise die Unschuld der Beschuldigten schließen lassen.«

Die Regel, die sie als Polizeistudentin gepaukt hatte, sprudelte nur so aus ihr heraus.

»Sie soll uns daran erinnern, dass nicht notwendigerweise eine strafbare Handlung stattgefunden hat. Wie dem auch sei, Kristian hat jedenfalls nichts damit zu tun«, sagte sie bestimmt.

»Und wie kannst du dir da so sicher sein?«

»Weil er gestern Abend bei mir war.«

»Offensichtlich nicht den ganzen Abend.«

»Nein, er musste seine Tochter abholen. Er hat einen Anruf bekommen und hatte Angst, dass ihr etwas zugestoßen war.«

»Wer hat angerufen?«

»Na Marte, seine Tochter. Sie war bei ein paar Freunden, auf einer Party, glaub ich, und offenbar ist was passiert. Am Telefon wollte sie nicht erzählen, was vorgefallen war, aber Kristian hat gesagt, dass Marte Angst hatte und nach Hause wollte. Wahrscheinlich hat er sie weder auf der Party noch zu Hause angetroffen und ist wieder raus, um sie zu suchen. Ich kann mir gut vorstellen, wie es gewesen sein muss, ziellos auf der Suche nach seinem Kind in der Gegend herumzulaufen und jemanden um Hilfe rufen zu hören. Dieser Junge, Fredrik, vielleicht hat er geschrien, dass er ein Mädchen gefunden hat und …«

Hastig fuhr sie sich mit dem Handschuh über das Kinn.

Mein Kind, dachte Verner Jacobsen, während sich sein Herz zusammenzog. Er drehte sich um und blickte über das abgesperrte Gebiet. Vom Weg aus wirkte es so, als neigte sich das Gelände nur sachte gen Süden. Unmöglich von ihrem Standpunkt aus zu sehen, dass nur einige Meter entfernt ein Abgrund lag, der in einem Geröllhang endete. Ein alter Marmorbruch. Aus dem achtzehnten Jahrhundert. Das jedenfalls stand auf der Tafel, die über das Kulturdenkmal informierte. Bitte Røed hatte ihm den Rücken zugekehrt und war weiter an den Rand herangetreten.

»Finger Gottes …«, sagte sie.

»Hm?«, brummte Verner und folgte ihr.

»Obelisken, werden die nicht auch Finger Gottes genannt?«, sprach Bitte Røed weiter. »Oder nein, eher Sonnenfinger. Aber siehst du nicht auch, wie das hier einer Opferstätte ähnelt mit dem Obelisken als überdimensional warnendem Zeigefinger? Und da! Sieh dir mal den Arm des Mädchens an. Von hier oben sieht es so aus, als würde sie direkt darauf zeigen, als wollte sie uns was mitteilen.«

»Lass uns nicht über Ritualmord spekulieren, bevor wir überhaupt wissen, ob wir es mit einer Straftat zu tun haben«, sagte Verner und verspürte den Drang, seinen eigenen mahnenden Zeigefinger zu erheben.

Eng umstanden die Bäume das Zentrum des Tatorts. Doch hinter dem Obelisken konnte Verner Jacobsen die aufgehende Sonne erkennen. Das Licht stahl sich zwischen den dunklen Fichtenstämmen hindurch den Hügel hinunter und sandte einen Fächer warmer Sonnenstrahlen über den schneebedeckten Waldboden. Mein Kind, dachte Verner wieder und schluckte. Victor würde schönes Reisewetter haben. Er schaute auf die Uhr. Sie mussten auf der Stelle zum Polizeipräsidium fahren, wenn er den Bericht vom Tatort noch fertig bekommen wollte, bevor er nach Hause musste. Als er daran dachte, was ihm bevorstand, setzte er sich in Bewegung und ging zum Auto. Während er die Schlüssel hervorkramte, klingelte sein Handy.

Das Bestattungsunternehmen. Die Nummer kannte er inzwischen. In letzter Zeit hatten sie viele Gespräche geführt. Seit sein Sohn den Kampf gegen die Leukämie hatte aufgeben müssen.

Dass es so viele Wahlmöglichkeiten gab, hatte er sich nicht vorstellen können. Blumen. Sarg. Lieder. Öffentliche Leichenschau. Nicht öffentliche. Feier im Krankenhaus. Keine Feier. Gedichte. Musik. Welche Kirche? Welche Kleidung? Grabstätte. Grabstein. Beerdigung oder Bestattung. So vieles, an das man denken musste. Und sie mussten sich einig sein. Die Eltern. Er und Trine. Die meisten Entscheidungen hatte er ihr überlassen. Nicht, um die Verantwortung von sich zu schieben, aber immerhin hatten Trine und ihr Mann Victor über achtzehn Jahre aufgezogen, ihn zu einem jungen Mann heranwachsen sehen, nur um Zeugen seines ebenso raschen Dahinsterbens zu werden. Für Verner war sein Sohn lediglich ein verdrängtes schlechtes Gewissen und ein wohlbehütetes Geheimnis gewesen, bis sein Sohn eines Tages auf der Treppe gestanden und seiner Frau Ingrid einen Schock versetzt hatte.

»Verner Jacobsen«, antwortete er und überlegte, zu welchen Einzelheiten er jetzt am letzten Tag noch seine Meinung abgeben musste.

Die Stimme am anderen Ende atmete tief ein, und kurz bevor Verner schon überlegte, ob die Verbindung unterbrochen worden war, sagte sie:

»Ich weiß nicht, wie ich es Ihnen erklären soll, Verner Jacobsen, aber wir haben ein Problem.«

11

Augenblicklich war Agnar nüchtern. Hastig drehte er seinen Kopf, um sich noch einmal zu vergewissern.

»Oh mein Gott. Verdammt!«

Das Auto, das er fuhr, war kein gewöhnlicher Kombi. Es fehlten die Rücksitze, und der Sarg war schwarz, aber ohne Blumenschmuck.

»Entschuldigung, tut mir total leid, aber …«

Wie hatte er das übersehen können? In der ganzen Hektik hatte das Auto wie ein ordinärer Kombi ausgesehen. Ein Mercedes zwar, aber ohne offensichtliche Merkmale, dass es sich um etwas anderes als ein normales Auto handelte, weder war ein Kreuz auf dem Dach noch ein Firmenname auf der Tür.

»Bitte vielmals um Verzeihung, aber Scheiße auch, du musst jetzt mitkommen, ich kann dich nicht einfach hier an der Straße rauslassen.«

Fahr normal, dachte Agnar. Zieh bloß keine Aufmerksamkeit auf dich. Und beruhig dich, verflucht noch mal!

»Wo willst du hin? Obwohl … nee, antworte am besten nicht. Nicht antworten!«

Angst durchflutete seinen Körper. Ein toter Mensch. Tot wie in »todlangweilig«. Tot wie in »dem Tod nahe«. Okay, eine Glasscheibe schied Führerhaus vom hinteren Teil des Wagens, doch irdische Grenzen zählten irgendwie nicht mehr.

»Kacke, wo soll ich dich denn jetzt bloß hinbringen?«

Denk nach, denk nach, denk nach!

Er war an einen Kreisverkehr gelangt und sich einen Moment

unsicher, wohin er fahren sollte. Einige Runden später fand er die Ausfahrt Richtung Drammen. Er musste das Auto loswerden. Nach einem Leichenwagen würde unmittelbar gefahndet, und er wurde wahrscheinlich schnell wiedererkannt. Jedenfalls von nüchternen Menschen, dachte Agnar in einem klaren Augenblick.

»Tut mir leid, wenn dir schwindelig wird, doch was hältst du von einer letzten Runde durch die Stadt? Werd mir ein Plätzchen überlegen, wo dich sicher jemand findet. Bloß plag mich in Zukunft nicht. War keine Absicht, das weißt du doch, oder? Hätt ich gewusst, dass du hier hinten liegst, dann …«

Er redete laut, musste die Furcht mit Geräuschen füllen. Dann richtete er sich auf und versuchte, bedachtsam zu fahren, mit einer – und den Gedanken mochte er irgendwie – gewissen Würde, um kein Aufsehen zu erregen. Parken und abhauen, so schnell wie möglich. Aber wo? Wo würde ein Bestattungswagen am wenigsten auffallen? Augenblicklich wusste er es.

»Das läuft schon«, sagte Agnar. »Entspann dich einfach und mach dich locker. Ich fahr dich nach Hause.«

12

»Was ist los?«

Bitte Røed betrachtete Verner Jacobsen, der mit fortschreitender Gesprächsdauer immer bleicher geworden war. Sie hatte mitbekommen, dass es etwas mit der Beerdigung zu tun hatte.

»Victor ist weg«, sagte er.

»Ich weiß, das tut weh«, erwiderte Bitte und legte die Hand auf seine Schulter. Die Anschuldigung, dass sie dem Unterricht auf der Polizeihochschule nicht gefolgt war, wollte sie ihm verzeihen. Doch tief in ihrem Inneren wusste sie, dass er an eine alte Wunde gerührt hatte.

»Physisch weg, meine ich!«

Bitte schaute ihn an, wollte ihm zeigen, dass sie verstand.

»Ich muss die Zentrale anrufen«, sagte er und wählte die Nummer, während er sich vom Auto entfernte. Bitte überlegte, ob dem Kollegen das alles über den Kopf gewachsen war. Seit sein Sohn verstorben war, war er nicht mehr er selbst gewesen. Vielleicht sollte sie ihn nach Hause fahren, womöglich sollte er sich auch krankmelden oder wenigstens ein paar Tage freinehmen. Sich eine Phase der Trauer zugestehen. Sie würde ihm diesen Vorschlag unterbreiten. Verner kam zurück. Er schloss das Auto auf, ohne sich hineinzusetzen, und sah sich um, als ob er sich nicht erinnerte, wo er war oder was er gerade machen wollte.

»Verner, wir fahren jetzt«, sagte Bitte. »Die Techniker haben genug zu tun. Um das Mädchen kümmert sich der Pathologe. Wir können hier nichts mehr machen.«

»Sie schicken eine Fahndung raus«, sagte Verner.
»Fahndung?«
»Der Fahrer wollte bloß den Wagen waschen, und als er wieder rauskam, waren das Auto und Victor weg.«
»Redest du vom Leichenwagen? Gibt's denn so was? Ist das denn erlaubt, das Auto zu waschen mit …«
Bitte Røed wusste nicht, wie sie die Frage am schonendsten stellen sollte. Einem Sarg? Einer Leiche?
Sie ließ die Frage offen.
»Eine Vertretung hat den Transport des Sargs übernommen. Wir wollten kein Geleit vom Krankenhaus zur Kirche und hatten entschieden, dass das Bestattungsunternehmen Victor mit einem neutralen Transportwagen nach Tønsberg bringen und in der Kirche alles vorbereiten sollte, bevor wir kommen.«
»Und was passiert jetzt?«
»Keine Ahnung. Wer zum Teufel stiehlt denn einen Leichenwagen?«
»Jemand, der verzweifelt ist?«
Verner drehte sich um und blickte zum Wald.
»Meinst du, es gibt da einen Zusammenhang?«
»Kam auf einmal drauf. Kann es unser Täter sein?«
»Falls ja, muss er sich die ganze Nacht in der Gegend aufgehalten haben, ist aber natürlich eine Möglichkeit. Wer einen Leichenwagen mit einem Sarg klaut, ist nicht nur verzweifelt, sondern auch ziemlich stumpf.«
»Was ist jetzt mit der Beerdigung?«
Verner sackte in sich zusammen, es sah aus, als sei er kurz davor, in Tränen auszubrechen.
»Keine Ahnung.«

13

Agnar fuhr ins Stadtzentrum. Den Hügel hinauf und am Gericht vorbei. Er warf der Justitia mit den verbundenen Augen und den Waagschalen einen Blick zu. Eigentlich gleicht sie mehr einem Mann, dachte er, kaum Brüste und breitschultrig.

»Geh nicht zu hart mit mir ins Gericht, liebe Frau! Ich geb hier alles.«

Er fuhr an dem großen Parkplatz vorbei und in eine Seitenstraße, folgte ihr ein Stückchen und musste wieder wenden, als er merkte, dass er sich verfranzt hatte. Auch wenn er schon lange nicht mehr in der Stadt gewesen war, hatte er die internen Verkehrsregeln von Drammen noch parat. Wenn man den Fluss entlangfuhr, hatte man Vorfahrt, fuhr man quer dazu, passte man besser auf. Ein schwarzer Passat hupte an der Kreuzung, unmittelbar bevor er sie erreichte. Er unterdrückte den Impuls, dem Fahrer den Stinkefinger zu zeigen, bog hinter ihm ab und fuhr auf den Platz. Agnar ließ das Auto erhaben an der Bragernes-Kirche vorbeirollen und stellte ihn auf der Rückseite ab, zwischen Kirche und einem flachen Mauerbau, der wie eine Art Geräteschuppen wirkte. Einen Moment lang blieb er sitzen. Das Fenster der Sakristei war erleuchtet, aber drinnen sah er niemanden.

»Tja, war jetzt keine riesige Stadtrundfahrt«, flüsterte er. »Aber ich muss verduften, verstehst du? Die finden dich hier, jetzt bist du schon fast zu Hause.«

Agnar öffnete die Tür und schlüpfte aus dem Auto. Wie ein Bestatter war er nicht gerade gekleidet. Er ließ die Schlüssel stecken und schloss die Tür mit einem Klick. Zum Glück hatte er seine Sinne so weit beisammengehabt, dass er die Lederhandschuhe nicht ausgezogen hatte. Mit seinen auf ewig sicher im Datenarchiv gelagerten Fingerabdrücken hätte die Polizei nur ein paar Sekunden gebraucht, um eine Übereinstimmung zu finden. Haare würden sie auch keine entdecken. Er zog die Mütze tiefer über den kahlen Schädel. Wie auch immer, weshalb sollte die Polizei darauf kommen, gerade ihn mit einem gestohlenen Leichenwagen in Verbindung zu bringen? Er hatte die Möglichkeit, da herauszukommen. Musste bloß noch herausfinden, wo er hinsollte.

Sein Plan war gewesen, bei seiner Mutter zu wohnen, bis er wusste, was er mit dem Rest seines Lebens anfangen wollte. Jetzt brauchte er einen Alternativplan. Und außerdem musste er sich auf den Schock vorbereiten, den Schock, den er vorgeben musste, wenn ihm jemand, wahrscheinlich ein Priester, mitteilte, dass seine Mutter zu einem Haufen Kohlenstoff reduziert worden war, der in etwa der Menge von zwei Säcken Grillkohle entsprach. Obendrein würde er für die letzten vierundzwanzig Stunden ein Alibi brauchen.

Er ging um die Kirche. Jetzt, da er das Auto verlassen hatte und in Sicherheit war, wurden seine Beine plötzlich weich, als wären ihm Weichmacher direkt in die Gelenke gespritzt worden. Auf der obersten Stufe der Treppe, die hinab in den Ortskern führte, hielt er inne und schaute sich um. Die schon weihnachtlich geschmückte Stadt lag vor ihm, der Marktplatz, der Brunnen, der Fluss und die Brücke. Alles, was einmal seine Stadt gewesen war. Nun stierte sie ihn an, als wäre er ein Eindringling. Seine Knie waren immer noch weich, ein Beben durchfuhr seinen Körper, und eine Stimme nahm ihre zermalmende Arbeit auf, mahlte kleine Körner aus den wenigen klaren Gedanken, die er hatte.

Wo soll ich hin? Kein Ort, wo ich hinkann. Gehen. Einfach nur gehen.

Er stieg die Stufen hinab.

Und jetzt bin ich alleine. Nein. Ich bin nicht mehr und nicht weniger alleine als zuvor.

Am Fuße der Treppe sank er nieder.

Ist nicht schade um mich. Verdammt, na klar ist's schade um mich. Ich hab niemanden. Niemanden. Kann nirgendwo hin. Soll ich in einen Zug steigen? In den Wald fahren? Zum Bach? Zur Schlucht? Nein, zum Fluss. Gleich in den Fluss, da kann ich mich versenken. Hinabsacken und wegfließen. Weg. Zwei Jahre später in Svelvik wieder auftauchen, weil ich mich bei Holmen in einem alten Autowrack am Grund verhakt habe. Ich muss weg. Ich komm nicht weg. Die schnappen mich. Schnappen mich. Ich will nicht geschnappt werden. Nicht geschnappt werden. Ich muss irgendwo anders hinfahren. Ich kann nirgendwohin fahren. Ich muss jemanden haben. Ich habe niemanden.

Dann kam er darauf. Finn! Unversehens erhob er sich. Finn wohnte in Drammen. Jedenfalls, als sie zuletzt miteinander gesprochen hatten. Vor fünfundzwanzig Jahren.

»Finn, verfluchte Scheiße! Ich hab ja noch Finn!«

14

Pressekonferenz. Fernsehen. Bitte Røed schaffte es, ein Grinsen zu unterdrücken, das sich auf ihrem Gesicht auszubreiten drohte, als der Chef der Kriminalpolizei Thomas Lindstrand sie bat, für Verner Jacobsen einzuspringen. Ihrem Vorgesetzten gegenüber hatte sie nicht erwähnt, dass sie mit dem Anrufer, der die Leiche gefunden hatte, bekannt war, und entschied sich spontan, zu warten. Thomas Lindstrand hatte den Namen desjenigen ebenfalls nicht genannt, sodass sie ihn eigentlich auch nicht kennen konnte, als sie kurzerhand einwilligte, als Verner Jacobsens Stellvertreterin zu fungieren. Außerdem war ihr Chef viel mehr damit beschäftigt, sie alle daran zu erinnern, wie entscheidend es war, Tempo in die Ermittlung zu bringen, dass sie alle technischen Spuren sicherzustellen hatten, sich um die Zeugen kümmern und mögliche Verdächtige eingrenzen mussten und, am wichtigsten: die Ermittlung breit anzulegen, aber wiederum auch nicht so breit, dass sie die heißesten Spuren nicht mehr verfolgen konnten.

»Und Sie, Bitte Røed«, hatte er gesagt und auf sie gezeigt, wie sie da im Besprechungsraum am Ende des Tisches gesessen hatte, wo sich alle verfügbaren Kräfte versammelt hatten – insgesamt fünf Personen –, »Sie sind gerade noch am Tatort gewesen und können meine Ausführungen bei Bedarf ergänzen.«

Sie hatte Kristian eine SMS geschickt, aber keine Antwort erhalten. Jetzt stand sie vor der Garderobe. Lange war es her, dass sie ihre Uniform gebraucht hatte. Sie hielt die Luft an und bekam gerade eben so ihre Hose zu. Mit der Bluse war es noch schlimmer. Kritisch betrachtete sie sich im Spiegel. Konnte sie so im Fernsehen auftreten? Platzierte sie die Krawatte und ihren Dienstausweis so, dass sie die klaffenden Öffnungen verdeckten, fiele es vielleicht nicht weiter auf. Auf jeden Fall musste sie roten Lippenstift tragen. Den Fokus nach oben lenken. Sie probierte, ernst auszusehen. Nicht lächeln. Nicht lächeln.

Bitte Røed ging davon aus, dass ihr die Rolle der ernsthaften Beamtin zufiel, die nicht so viel sagen, die Polizei gewissermaßen als Team verkörpern sollte. Dennoch verspürte sie ein nervöses Magenstechen. Sie beruhigte sich damit, dass der Chef der Kriminalpolizei Thomas Lindstrand sicher den Löwenanteil übernehmen würde. Sie strich über die Bluse, zog den Bauch ein und ging zum Konferenzraum, wo alles für den Empfang der Presse vorbereitet war.

Sie starrte auf all die auf dem Tisch stehenden Mikrofone und blickte kurz zu den wartenden Journalisten. Das leise Raunen verstummte, und einzig das Schrappen der Stühle, die über den Boden geschoben wurden, war noch zu hören, als der Polizeichef und sie sich an den Tisch setzten. Thomas Lindstrand hielt eine kurze Einführung.

»Die Polizei teilt mit, dass es sich bei dem fünfzehnjährigen Mädchen, das bei Tranby in Lier tot aufgefunden worden ist, um Idunn Olsen handelt. Idunn Olsen ist heute Nacht als vermisst gemeldet worden, als sie nicht zur verabredeten Zeit nach Hause gekommen ist. Sie wurde in einem Waldstück gefunden. Die Angehörigen wurden in Kenntnis gesetzt und werden vom Kriseninterventionsteam betreut. Die Umgebung ist abgesperrt, und es werden fortlaufend technische und taktische Ermittlungen durchgeführt. Bislang gibt es in diesem Fall keine Verhaftungen, allerdings werden gerade wichtige Zeugen vernommen.«

Deshalb meldet sich Kristian nicht, durchfuhr es Bitte.

»Können Sie etwas über die Todesursache sagen?«, rief ein Journalist in der hintersten Reihe, der die ganze Zeit mit dem Arm gewedelt hatte.

»Dafür ist es noch zu früh. Das Mädchen wird routinemäßig obduziert.«

»Vermuten Sie einen Mord?«

Bitte schaute zu Thomas Lindstrand, der antwortete:

»Wir können bestätigen, dass wir es hier mit einem verdächtigen Todesfall zu tun haben, aber vorläufig können wir nicht mit Bestimmtheit sagen, dass dem eine kriminelle Handlung zugrunde liegt. Daher bitten wir Personen, die sich möglicherweise in der Gegend aufgehalten haben oder Auskünfte liefern können, sich bei der Polizei zu melden, damit wir einen schnelleren Überblick über die Geschehnisse erhalten.«

»Wer hat sie gefunden?«

Thomas Lindstrand nickte Bitte zu, die schluckte, als sie begriff, dass sie nun an der Reihe war. Sie schaute in die Unterlagen, die ihr vor der Konferenz ausgehändigt worden waren. Sie hätte Bescheid geben sollen, als sie die Papiere überflogen hatte, würde es jedoch auf den Schock schieben, der sie stumm hatte werden lassen. Wie auch immer, sie hatte die Anweisung erhalten, noch keine Namen zu nennen.

»Ein sechzehnjähriger Junge aus Tranby hat sie gefunden, und ein …«, sie schluckte, »Mann, siebenundvierzig Jahre alt, hat den Fund über die Notrufnummer gemeldet. Der Arzt vor Ort hat den Tod des Mädchens bestätigt. Aus Rücksicht auf die laufenden Ermittlungen können wir die Identität dieser beiden Personen zum jetzigen Zeitpunkt noch nicht bekannt geben.«

»Es geht das Gerücht um, Jugendliche hätten eine Party veranstaltet, die außer Kontrolle geraten sei. Nachbarn haben sich wegen des Krachs beschwert. Gibt es da einen Zusammenhang?«

»Richtig, es hat eine private Feier stattgefunden«, sagte Bitte und dachte an Kristians Tochter. Sie hatte noch die Berichte der letzten Nacht durchgesehen, nachdem sie vom Tatort zurückgekehrt war, und die Bestätigung erhalten, dass die Kollegen eine Party entschärft hatten. Die Eltern waren nicht zu Hause gewesen. Sie hatte vergessen, Thomas Lindstrand zu fragen, ob sie das erwähnen sollte. Aber das hier war in etwa, wie auf der Bühne zu stehen und Theater zu spielen; die ersten Sätze waren die schwierigsten, danach lief alles wie von selbst. Sie traute sich nicht, ihren Chef anzusehen, sondern fuhr fort:

»Derzeit können wir noch nicht sagen, ob die Verstorbene ebenfalls anwesend gewesen ist. Die Polizei ist dabei herauszufinden, wer sich auf der Party befunden hat.«

»In den Morgenstunden wurde eine Fahndung nach einem in Tranby gestohlenen Leichenwagen rausgegeben. Was können Sie dazu sagen?«

Jetzt schaute Bitte zu Thomas Lindstrand hinüber. Darauf sollte der Chef der Kriminalpolizei antworten.

»Wir können bestätigen, dass ein Leichenwagen als gestohlen gemeldet wurde. Aber darüber hinaus geben wir keinen Kommentar ab.«

»Hat der Täter vielleicht das Auto geklaut?«

»Nichts lässt darauf schließen.«

Thomas Lindstrand gab wortkarge Antworten. Darin kam eine Autorität zum Ausdruck, die Bitte sich zu eigen machen wollte.

»Was können Sie über den Fundort des Mädchens berichten? Jemand hat etwas von einem Ritualmord gesagt. Weil es sich um einen besonderen Ort handelt, nicht wahr?«

Der etwas ältere Journalist wandte sich an Bitte Røed, und Thomas Lindstrand gab ihr grünes Licht. Er nahm wahrscheinlich an, dass sie mit dem Ort vertraut war, wohnte sie doch in Tranby.

»Sie wurde am alten Kongeveien gefunden. Auffällig ist, dass dort im Wald in unmittelbarer Nähe zum Fundort ein Obelisk steht und …«

Bitte unterbrach sich. Hatte sie nicht bestimmt und zugeknöpft wie ihr Chef auftreten wollen?

»Es gibt keinen Grund zur Annahme, der Ort sei für den Fall von spezieller Bedeutung«, schloss sie.

15

Agnar ging weiter Richtung Zentrum, setzte entschlossen ein wackeliges Bein vor das andere, passierte die beiden turmartigen Gebäude, die einmal die Feuerwehr beherbergt hatten. Inzwischen war dort ein Computerladen eingezogen. Er überquerte die Straße. Irgendetwas war anders, ohne dass er genau fassen konnte, was. Aber ja doch, es herrschte wenig Verkehr. Schließlich befand er sich hier doch auf der Engene, der Hauptschlagader der Stadt; die Verkehrsführung musste sich geändert haben. Neue Lokale hatten aufgemacht, und die Stadt hatte offensichtlich auf die Pauke gehauen und sämtliche Bäume rund um den Marktplatz mit Lichterketten versehen – zusätzlich zu dem gängigen Tannenbaum drüben am Taxistand. Im Springbrunnen prangten monströse, beleuchtete Plastik-Eiszapfen, während St. Hallvard reglos auf der Spitze thronte, mitten auf dem Bragernes torg, mit seiner Frau, dem Boot und allem Drum und Dran. Und wie eh und je zog unter der Stadtbrücke ein vor grauer Kälte dampfender kühler Luftzug vom Fluss herüber.

Vor zwanzig Jahren hatte Finn auf der anderen Seite des Flusses gewohnt, in einer Wohnung in der Konnerudgata. Der winterliche Gegenwind fegte ihm ungehindert durch die Kleidung, als Agnar sich über die Brücke kämpfte. Drammen muss bei Gott die kälteste Stadt des Landes sein, dachte er, doch immerhin hielt die Kälte das Chaos in seinem Oberstübchen ein wenig im Zaum. Womöglich wurde er gerade nüchtern. Der Gedanke, sich vom Fluss davontragen zu lassen, war längst vergessen. Er blieb stehen und schaute in das schwarze Wasser hinab. Von seinen Knien ging ein Sog aus, der sich durch den ganzen Körper ausbreitete. Eisschollen zogen vorüber. Um keinen Preis wollte er da rein. Rechts bemerkte er eine neue Brücke, einem Zirkuszelt ohne Plane gleich, dessen kahle Masten in die Luft ragten.

Er eilte weiter. Den ersten Tag auf freiem Fuß, dachte er, und schon wieder auf der Flucht. Die Bahnhofsgegend hatte sich verändert, und das alte Hotel Müller bekam hinter grünen Bauschutznetzen gerade ein Lifting. Ihm war die Umgebung fremd geworden. Nur der gute alte gelbe Globusgården mit seinen Cafés und Geschäften hatte sich nicht verändert. Er war sich nicht mehr ganz sicher, wie er zur Konnerudgata kam, fand dann aber bei der Baptist-Kirche eine beschilderte Unterführung. Auf der anderen Seite auf dem Bürgersteig versuchte er, sich in Erinnerung zu rufen, in welchem der Blöcke Finn gewohnt hatte. Er überquerte die Straße, sah sich um. An die Stelle der alten Eisfabrik, die in die Luft gesprengt worden war, war ein moderner Bau mit Glasfassaden getreten. An der Ecke, wo er abbiegen musste, hatte eine Leiharbeitsfirma einmal ihr Büro; nun befand sich dort eine Fahrschule. Agnar ging um den Block herum, wusste die Hausnummer nicht mehr, doch jetzt fanden seine Beine den Weg irgendwie von selbst, als säße das Gedächtnis in seinem Körper. Auch blind hätte er sich zurechtgefunden. Streng genommen bin ich das auch gewesen, dachte er. Im Stadion Marienlyst hatten sie viele Fußballspiele gesehen. Danach waren sie für gewöhnlich im Kings gelandet und hatten gesoffen, bis man sie rausschmiss. Ob es seine alte Stammkneipe immer noch gab? Oder war sie saniert worden und hatte etwas Modernerem weichen müssen?

Vor der Eingangstür eines Wohnblocks las er die Namensschilder. Da war er. Er war immer noch hier! »Finn und Elin Berget« stand da in verblichener Schrift. Geheiratet hatte er also, der Kollege. Sein Herz schaltete einen Gang höher, als er auf den Klingelknopf drückte. Stille. Gerade wollte er sich umdrehen und die Treppe wieder hinuntersteigen, als es in der Gegensprechanlage knarzte.

»Ja, hallo?«

Eine Frauenstimme. Agnar räusperte sich.

»Hallo, hier ist Agnar. Ein Kumpel von Finn …«

Kein Summen im Schloss. Er nahm sich zusammen und konzentrierte sich darauf, eine klare Stimme zu bewahren – nuschelte er, könnte er seinen Plan vergessen.

»Ja, also, ich hab mich gefragt, ob Finn zu Hause ist?«

»Ja, ist er.«

»Darf ich reinkommen?«

Endlich summte das Türschloss, und er schlüpfte hinein. Zweite Etage. Ohne Aufzug. Beinahe gelang es ihm, sich einzubilden, alles wäre wie früher.

Finn stand schon an der Wohnungstür, als er die letzten Treppenstufen nahm.

»Agnar?«

»Finn?«

Einen Augenblick lang blieben sie stehen und betrachteten einander, beide suchten sie nach der jüngeren Ausgabe eines fast vergessenen Freundes.

»Komm rein«, sagte Finn und öffnete schließlich die Tür.

Agnar erkannte die Wohnung nicht wieder. Wo einmal ein altes Liegesofa und ein Tisch gestanden hatten, der größtenteils mit Bierflaschen und Aschenbechern übersät gewesen war, befand sich jetzt eine einfache graue Couch mit hellrosa Kissen. Auf dem Tisch mit einer auf die Sofakissen abgestimmten Decke standen zwei silberne Kerzenleuchter.

»Hast es dir ja richtig hübsch gemacht«, meinte Agnar, der nicht wusste, was er sagen sollte.

»Meine Frau kümmert sich um das meiste hier«, erwiderte Finn. »Kaffee?«

Agnar nickte, überlegte sich, ob es zu dreist wäre, nach einer Scheibe Brot zu fragen. Das musste warten, beschloss er. Vielleicht stellte seine Frau zum Kaffee noch etwas anderes auf den Tisch. Er fühlte sich schwindelig und setzte sich auf das Sofa, noch bevor ihm jemand einen Platz angeboten hatte. Gerade wollte er sich die Jacke vom Leib zerren, als ihm das blutbefleckte Hemd einfiel. Dann muss ich wohl so tun, als würde ich ein bisschen frösteln, dachte er und zog den Reißverschluss noch ein Stückchen weiter hoch.

16

Verner Jacobsen parkte auf dem schmalen Weg, der zum Haus führte, das er und Ingrid gekauft hatten, als sie frisch verheiratet waren. Das Haus hatten sie noch für unter eine Million bekommen, so lange war das schon her. Er öffnete die Haustür und hörte eifriges Gebell.

»Ja, Lorca, ja«, sagte er.

Der Hund sah betreten drein, als er begriff, dass er es war. Doch dauerte es bloß einen Moment, bis er die Pfoten auf seine Knie legte und sich ausgiebig streckte. Lorca war klein, langhaarig und rastlos. Bisweilen auch ein Kläffer, man wurde nicht so leicht schlau aus ihm, aber mit den richtigen Ködern konnte er erstaunlich folgsam sein. Ingrid nicht ganz unähnlich, dachte er. Der Hund war ihre Idee gewesen, nachdem sie herausgefunden hatte, dass er ihr seine Vaterschaft zu einem fast schon erwachsenen Sohn verschwiegen hatte. Verner war sich also die ganze Zeit über im Klaren gewesen, dass die Ursache des unerfüllten Kinderwunsches bei ihr lag. Deshalb hatte sie eines Tages einen Welpen ins Haus geschmuggelt, als ob sie gewusst hätte, wie skeptisch er der Anschaffung eines Schmusetieres gegenüberstand.

Er ging in die Hocke, kraulte den Hund hinter den Ohren und streichelte ihm über den Rücken.

»Feiner Junge, ja. Du bist Papas bester lieber kleiner Lorcajunge, stimmt's?«

Dabei merkst du nicht einmal, dass ich dir meine Verzweiflung in den Pelz reibe, dachte Verner. Du siehst mich bloß mit deinem treuen Blick an, blinzelst und gähnst, und wenn ich aufhöre, dich zu streicheln, scharrst du mit deiner Pfote und bettelst um mehr.

»Papas lieber kleiner Junge.«

»Wo bist du gewesen?«

In ein schlichtes schwarzes Kleid gehüllt kam Ingrid die Treppe herunter. Er bemerkte, wie sie sich zusammennahm, um nicht verärgert zu wirken.

»Er muss Gassi gehen, bevor wir fahren«, fuhr sie fort.

Lorca wandte sich von Verner ab, schüttelte sich und wedelte voller Erwartung mit dem Schwanz.

»Ich kann das übernehmen«, sagte Verner. Er erhob sich, ohne Anstalten zu machen, nach Halsband und Leine zu greifen, die in einem Korb an der Haustür lagen.

»Bist du bei der Arbeit gewesen?«

Verner nickte.

»Ein Mädchen«, erwiderte er nur.

Weiter fragte sie nicht.

»Ich komm mit an die Luft«, sagte Ingrid. »Wollte mich sowieso gerade anziehen.«

Sie sprach mit der festen Stimme, die die Kontrolle übernahm, wenn es schwierig wurde. Das mochte er an ihr, denn gerade jetzt brauchte er jemanden, der die Ruhe bewahrte.

»Wir liegen noch gut in der Zeit«, sagte Ingrid und sah auf ihre Armbanduhr.

Verner nickte wieder.

»Zeit genug«, murmelte er und bückte sich, zog dem Hund das Halsband, das Ingrid ihm reichte, über den Kopf.

Verner richtete sich mühevoll auf, als wäre sein Körper am liebsten in der auf den Knien zusammengekauerten Embryonalhaltung verharrt. Ingrid tat einen Schritt vor und legte ihre Arme um ihn.

»Der Wagen wurde gestohlen«, sagte Verner.

»Was sagst du?«

»Der Leichenwagen. Hast du noch keine Nachrichten gesehen? Die suchen nach einem Leichenwagen, der heute früh an einer Statoil-Tankstelle in Tranby gestohlen wurde. Victor … Wir haben keine Ahnung, wo er ist.«

Mit einem argwöhnischen Blick starrte sie ihn an. Dann stieg sie in die Stiefel.

»Lorca muss trotzdem an die Luft. Komm!«

Fügsam folgte Verner ihr.

Lorca hatte es gerade eben geschafft, am Gartentörchen sein Bein zu heben, als Verners Handy klingelte. Bitte Røed war am Apparat.

»Sie haben den Wagen gefunden! Jemand hat ihn hinter der Bragernes-Kirche abgestellt. Der Autofahrer, der den Fund gemeldet hat, hatte eben die Suchmeldung im Radio gehört, als er beinahe mit einem Leichenwagen zusammengestoßen wäre, der die Vorfahrt bei der Kirche missachtet hat. Die Techniker kümmern sich schon um das Auto und …«

»Und der Sarg? Und Victor ist …«

»In Sicherheit«, sagte Bitte.

Verner hörte ihrer Stimme an, dass sie aufgeräumter Laune war, und spürte, wie er beinahe lächelte. Etwas Schweres rückte an seinen Platz, ein Stein in seiner Brust, eine stete Mahnung an das schmerzhafte Leben.

»Ach, was sag ich da! Entschuldige, Verner. Er ist ja tot, aber ich meine …«

»Schon in Ordnung, Bitte«, sagte Verner. »Ich verstehe, was du meinst.«

Ihre Stimme legte sich wie Honig von innen auf seine Haut, während sie weiterplauderte. Anfangs hatte er sie genau deshalb nicht leiden können, doch nach und nach hatte er sich an das gleichmäßige Geplapper gewöhnt. Es war ein behagliches Geräusch, das einem vermittelte, dass alles in Ordnung war, dem alltäglichen Brummen der Spülmaschine ganz ähnlich.

»Auf der Pressekonferenz musste ich für dich einspringen«, sagte sie.

Oha, dachte Verner. Sie mit den Journalisten sprechen zu lassen musste ungefähr so sein, wie mit Lorca Gassi zu gehen. Sicher wollte sie ihr Revier markieren, doch konnte man nie wissen, in welche Richtung sie sich bewegen würde.

»Und wie lief's?«, fragte er.

»Lindstrand hat mich von dem Obelisk-Fall abgezogen, ich darf in der Sache nicht mehr ermitteln. Hildegunn Ebbestad tritt an meine Stelle.«

Der Obelisk-Fall? Klar, genau so würden die Zeitungen den Fall nennen. Obelisk, ein gediegenes Phallussymbol, errichtet, um etwas hervorzuheben. Einen Augenblick lang sah er das Mädchen im Schnee vor sich. Den einen Arm seitlich ausgestreckt. Hatte Bitte Røed recht? Hatte das Mädchen versucht, auf etwas hinzuweisen? Er blickte in ihre jungen Augen. Winteraugen. Und die weiße Haut. Die viel zu junge Haut. Was für eine Verschwendung von Leben.

»Weshalb? Ach ja, wegen …«, er atmete sanft ein, bevor er seinen Satz vollendete, »… deines Lebensgefährten.«

»Ja.«

Enttäuschung machte sich breit. Er mochte es, mit ihr zusammenzuarbeiten.

»Aber zur Beerdigung komme ich trotzdem.«

Jählings blieb Verner stehen. Lorca zog Ingrid weiter mit sich zur nächsten Straßenlaterne. Er wartete, dass sie weitersprach, und wusste nicht, ob diese Neuigkeit ihn froh oder nervös machte.

»Marius Moe und ich wurden um Anwesenheit in Zivil gebeten. Tja, denn die Beerdigung findet ja jetzt wohl wie geplant statt? Ist vorstellbar, dass der Autodieb auftaucht. Kann man nie wissen. Hab so ein Gefühl, dass wir es hier mit einer psychisch labilen Persönlichkeit zu tun haben. War irgendwie rücksichtsvoll, den Wagen an der Kirche abzustellen.«

»Victor wird aber nicht in Bragernes beerdigt«, warf Verner ein. Plötzlich gefiel ihm der Gedanke nicht, dass sie vor Ort war. Wollte ihr gegenüber nicht seine Verletzlichkeit offenbaren, denn er wusste, dass sie heute zum Vorschein käme.

»Schon klar, aber wir kommen trotzdem. Und wir bitten dich und deine Angehörigen, darauf zu achten, ob jemand anwesend ist, der eigentlich nicht dazugehört. Der Zeuge meinte, es könnte sich um einen erwachsenen Mann handeln, es ist jedoch alles so schnell gegangen, dass er sich nicht ganz sicher ist. Kann auch ein Jugendlicher gewesen sein, schwierig zu sagen, aber schau einfach, ob du jemanden entdeckst, der nicht reinpasst, okay? Also, wenn du's schaffst«, fügte sie an.

»Natürlich«, antwortete er kurz und beendete das Gespräch. Er wusste, sie würde ihm seinen knappen Ton vermutlich übelnehmen, aber es half nichts. Seine Rettungsweste bestand aus kurzen, kalten Kommentaren, Gefühle bedeuteten seinen Untergang.

Ingrid und Lorca warteten auf ihn.

»Sie haben ihn gefunden.«

Mit einem warmen Lächeln ergriff Ingrid seine Hand. Während sie sich Hand in Hand auf den Heimweg machten, beobachtete er sie aus den Augenwinkeln und erinnerte sich plötzlich daran, dass er für sie beide einmal einen Paarhandschuh gestrickt hatte. Einen Handschuh mit ausreichend Platz für zwei Hände. Er lag immer noch in der Kommode im Flur, aber wann sie aufgehört hatten, ihn zu benutzen, vermochte er nicht zu sagen. Liebe, dachte er. Ist das Liebe? Ein unvermittelter Anflug von Zärtlichkeit. Aber würde ich sie mehr lieben, wenn sie weg wäre? Wie Victor? Mit seinem Dahinscheiden war eine väterliche Liebe entstanden, von deren Existenz er keine Ahnung gehabt hatte. Ein Verlust, der von innen an seinen Rippen nagte und ihn aushöhlte. Lieben und Vermissen standen im Begriff, zu Synonymen zu werden. Er drückte die Hand seiner Frau fester und probierte zugleich, die Stimme Bitte Røeds aus seinem Kopf zu verdrängen, doch zischelte es da drinnen nur so, und von seinem Ohr wurden kleine elektrische Stöße Richtung Herz entsandt. Bitte Røed würde zur Beerdigung kommen.

17

Erna Eriksens Küche stand in Flammen. Als Erstes hatte die Kerze die *Lierposten* entzündet, sich danach die Decke herunter- und die Gardinen wieder heraufgefressen. Bald schon würde das Feuer ihre Hose und ihre leicht entflammbare Acryljacke erreichen. Sie trug Wollsocken, die Pantoffeln lagen im Flur und würden auch bald von den Flammen verzehrt werden.

Die geöffnete Haustür sorgte für Zugluft, und es dauerte nicht lange, bis das gesamte Erdgeschoss brannte. Die Fensterscheiben barsten, der Qualm quoll hervor und machte deutlich, dass die Katastrophe eine Tatsache war. Unmittelbare Nachbarn gab es keine. Das Haus lag abgeschieden, obwohl es nur ein kurzer Spaziergang bis Tranby war. Daher machte die Polizei den Brand als Erste aus. Ein Streifenwagen auf dem Weg zum Tatort am Obelisken entdeckte die Flammen und den dicken giftigen Qualm von den Eternitplatten, die der Hitze schlussendlich doch nachgegeben hatten. Allerdings kamen die Polizisten zu spät und konnten nur noch die Feuerwehr rufen. Kurz danach schallten die Sirenen abermals durch Lierdalen.

18

Was für eine törichte Erfindung Kirchtürme doch sind, dachte Hauptkommissar Verner Jacobsen, während er an der Längsseite der Kirche parkte. Wie der Versuch, eine Abkürzung in den Himmel abzustecken. Einen Augenblick blieb er am Eingang stehen und richtete den Blick auf den Altarraum. Er vermied es so lange wie möglich, den schwarzen Sarg anzusehen, der unter all den Kränzen kaum zu erkennen war. Ingrid hakte sich bei ihm ein und führte ihn an den leeren Bankreihen vorbei, als hätte sie seinen Widerwillen wahrgenommen. An dem Kerzenständer, der wie ein Globus geformt war, blieben sie stehen. Ingrid zündete zwei kleine Kerzen an und drückte ihm eine in die Hand, worauf er sie in den Zirkel stellte. *Amazing Grace* ertönte von der Orgel auf der Empore hinter ihm, und er bekam unter seinem schwarzen Anzug eine Gänsehaut. Wo andere Ruhe fanden, wurde der Kirchraum für Verner Jacobsen zu einer unangenehmen Mahnung an die Zerbrechlichkeit des menschlichen Lebens.

Sie setzten sich ans äußere Ende der zweiten Reihe. Verner fixierte Trine schräg vor ihm. Ein großer, breitschultriger Mann saß neben ihr. Victors Stiefvater, streng genommen ein besserer Vater, als Verner es für Victor jemals gewesen wäre. Er beobachtete, wie sie schluchzte und ihre Schultern sich dabei bewegten. Behutsam legte er ihr die Hand auf den Rücken. Sie wandte sich um, versuchte ein Lächeln, brachte jedoch nur eine schmerzverzerrte Grimasse zuwege. Da kam der Priester. Begrüßte sie allesamt mit Handschlag. Kondolierte.

Still, beinahe unmerklich füllte sich die Kirche. Jungen in Konfirmationsanzügen mit zu kurzen Ärmeln, Mädchen mit maskaraverschmierten Wangen. Die Jugendlichen weinten ganz offen. Die zurückhaltenderen Erwachsenen grüßten einander flüchtig, als sie hereinkamen, nickten und wussten nicht, ob sie lächeln sollten. Und so kam es, dass die meisten sich verhaltene, unsichere Gesichtszuckungen zuwarfen.

Ein weiteres Mal an diesem Tag schmiegte Ingrid ihre Hand in seine. Ingrid, mein Anker, dachte Verner. Er hatte sich dazu entschlossen, sich ausschließlich schöne Gedanken über sie zu machen. Das half. Schob er ihre Launigkeit und Quartalssäuferei beiseite, empfand er nach wie vor positive Gefühle für sie. Ihre Taille war schmal wie bei einem jungen Mädchen, und sie hatte in dem schwarzen Kleid eine gute Figur, doch ein paar Kilo extra hätten ihr nicht geschadet. Eine kleine Kinderzulage. Aber Kinder haben wir nie bekommen, dachte er. Und ich habe einen Sohn verloren.

Die Glocken läuteten. Der Sarg war aufdringlich präsent, überfrachtet von Blumen und den letzten Grüßen auf gelblich bleichen Schleifenbändern. Da liegt er, mein Sohn, den ich kaum kennenlernen konnte. Verner dachte zurück an die letzten vierundzwanzig Stunden im Krankenhaus. Victor hatte die meiste Zeit geschlafen, vollgedröhnt mit Schmerzmitteln, die er intravenös über eine Pumpe verabreicht bekam. Er hatte keine Schmerzen, als er starb, nahmen sie an, bloß sein Atem war zusehends angestrengter geworden. Und jetzt lag er in einen von Verner gestrickten Pullover gekleidet im Sarg. Grün, Victors Lieblingsfarbe, mit auf dem Rücken eingestricktem *Victory*. Sein Körper würde wohl als Erstes verwesen, der Pullover schlaff über den Knochen hängen, bis auch er zu Staub zerfiele.

Noch wusste Verner nicht, ob er es jemals wieder fertigbrächte zu stricken. In der untersten Schreibtischschublade seines Büros lagen die Rundstricknadel und der Rest eines grünen Garnknäuels traurig ineinander verknäult. Ich sollte mir ein anderes Hobby zulegen, dachte er. Ein Hobby, das ihn nicht bei jeder Stricknadel an den Tod denken ließ. Wieso kann ich keine Fliegen binden wie andere Männer? Weil ich Angeln nicht mag, ganz klar, dachte er. Er spürte schon beim bloßen Gedanken daran, einen Flussbarsch totzuschlagen, Übelkeit in sich aufsteigen.

Unvermittelt dachte er daran, wie sein Vater und er zum Eisfischen in der Dämmerung auf Skiern über einen zugefrorenen See gelaufen waren. Immer noch konnte er das Gefühl der glatten, harten Fläche unter den Skiern spüren. Die Stöcke, die keinen Halt hatten. Beim Gedanken an das eiskalte Wasser nur einige wenige Zentimeter unter seinen Füßen beschleunigte er. Es sei vollkommen sicher, hatte sein Vater gesagt. Vollkommen sicher. Aber was, wenn er einbrechen würde? Dann würde er ins Dunkle schwimmen. »Such immer nach dem Dunkeln. Merk dir das, Verner!« Den Rat seines Vaters hatte Verner niemals vergessen. In der Dunkelheit stand Eis für Licht. Und Licht war der Tod. Wogegen die Öffnung im Eis, die Rettung, immer dunkel war. Von da an hatte er das Dunkel gesucht.

Der Priester stand neben dem Sarg. Er hatte ein hellbraunes Mikrofon vor dem Mund und berichtete, wie gut Victor mit der Krankheit umgegangen sei, wie er bis zum Schluss gekämpft habe und was für ein einzigartiger Mensch er gewesen sei, der die Hoffnung nie aufgegeben habe. Die Schmerzen in der Milz in der letzten Zeit erwähnte er nicht, ebenso wenig, dass Victor durch den Entzug der Schmerzmittel ziemlich selbstmitleidig geworden war, als er einsah, dass er sterben würde. Auch ich weiß, dass ich sterben werde, dachte Verner Jacobsen und bemerkte, wie er das Programmheftchen mit dem Bild eines lächelnden Victors in grünem Pullover zerknüllte, doch mein

Leben schleicht so sachte dahin, dass ich vergesse, mich zu fürchten.

Verner stellte auf Durchzug, wollte nichts hören. Die Furcht würde ihn überwältigen, ließe er die Worte des Priesters auch nur einen Augenblick an sich heran. Dann würde ein Kanal sich zu seinen Gefühlen öffnen, die er sich nicht eingestehen wollte. Er zwang sich, nicht daran zu denken, dass Victor unter dem mit Bolzen verschlossenen und Blumen bedeckten Deckel lag. Das ist nicht Victor. Ich höre nichts. Ich bin nicht hier. Ich bin gar nicht hier.

»Zeit ist nicht Länge. Zeit ist Tiefe«, sagte der Priester. »Obwohl Victors Lebens also …«

Trotzdem krochen die Worte in seine Ohren. Verner merkte, wie der Schlips sich um seinen Hals schnürte und sich sein Herz unter dem weißen Hemd zusammenzog. Er schaute hinauf zu den Kronleuchtern, reckte den Hals, als verspürte er das plötzliche Bedürfnis, seine Muskeln zu strecken. Dann drehte er sich um und lenkte den Blick auf das Schiff, das von der Decke hing, ließ ihn zurückgleiten auf die Bank vor ihm und auf Trines zuckenden Rücken. Victors Mutter, seine Jugendliebe, die ihn für diesen stattlichen Bär von einem Mann, der nun neben ihr saß und sie im Arm hielt, verlassen hatte. Aber ich habe Ingrid. Er drückte ihre Hand. Jetzt waren die zwei Frauen in seinem Leben an einem Ort versammelt. Nein, drei. Die drei Frauen. Bitte Røed saß in der hintersten Bank und hatte sie alle im Blick.

19

Donnerstag, 27. November

Grauenhaftes Tagebuch,

ich wusste gar nicht, ob ich gestern dorthin wollte. Hatte eigentlich gehofft, nicht hinzudürfen, aber Papa war einfach nur froh, als Linnea und Idunn vorbeigekommen sind und mich abgeholt haben und ich gesagt habe, ich würde zu Linnea gehen. Konnte es nicht übers Herz bringen, ihn zu enttäuschen. Dann bin ich los. Ich hätte es nicht tun sollen. Ich hätte zu Hause bleiben sollen, dann wäre es nie passiert. Papa möchte, dass ich erzähle, was vorgefallen ist, aber das werde ich nie tun. Eines Tages erzähle ich es dir vielleicht, dir allein, mein liebes, grauenhaftes Tagebuch. Ich bringe es nicht fertig, darüber nachzudenken, und trotzdem tue ich es. Ich denke, ich bin böse. Denke, dass ich den Tod liebe. In mir drin habe ich einen hässlichen Fleck, der wächst und wächst. Es fühlt sich an, als würde ich ertrinken.

Aber von außen betrachtet geht es mir ganz gut.

Meistens wohne ich bei Mama, in unserem alten großen Haus mit Whirlpool, zwei Geschossen, drei Wohnzimmern und Zweiundfünfziger-Flachbildschirm. Ich habe eine Stereoanlage von Bang & Olufsen. Ich habe einen Mac, Breitbandinternet und Handy mit Allnet Flat. Mama und/oder Papa bezahlen. Wie auch immer. Ich habe einen Haufen Schuhe, Schminke und Schmuck. Ich habe Freunde. Oh ja. Vierhundertdreiundvierzig auf Facebook.

Auf der letzten Seite in diesem Buch habe ich mit einer Büroklammer eine in Alufolie eingewickelte Rasierklinge angebracht.

»Marte?«

Marte schloss ihr Tagebuch und schaute auf die Uhr ihres Handys. Schon fast zwei. Bald würde die Schule aus sein. Papa hatte sie heute Morgen gefragt, ob sie es ertragen könne, hinzugehen. Ob sie es ertrug? Wann hatte sie es zuletzt ertragen? Dann hatte er gesagt, sie könne zu Hause bleiben. Zunächst die totale Erleichterung, wie als hätte sie sich vor einem Zahnarzttermin gefürchtet und schließlich festgestellt, dass er doch nicht heute war. Und dann die Angst, weil sie wusste, dass es nur ein Aufschub war.

Den ganzen Tag hatte sie auf dem Bett gelegen und willkürlich irgendwelche Seiten in ihrem Tagebuch gelesen, um herauszubekommen, ob sie das gestrige Geschehen hätte vorhersehen können, aber nichts gefunden. Auf Facebook war sie nicht gewesen, hatte sich nicht getraut, es nicht geschafft. Da würde sie höchstwahrscheinlich auf Sachen stoßen, die sie nicht sehen wollte. Säße sie still und gäbe keinen Laut von sich, glaubte Papa vielleicht, sie schliefe. Vielleicht drückte er die Klinke nicht herunter und prüfte, ob die Tür abgeschlossen war. Sie hatte abgeschlossen.

Er drückte die Klinke herunter. Marte sah, wie sie sich senkte, sanft zunächst. Vorsichtig, als erwartete er, dass die Tür offen war. Und dann schnell. Fest. Auf und nieder.

»Marte, mach auf.«

Sie schloss nicht auf.

»Marte!«

Ihr Vater wurde ungeduldig.

»Marte, hör auf mit dem Unsinn. Schließ auf. Was machst du da drinnen?«

Sie hatte nicht vorgehabt, ihm zu erzählen, was sie machte. Vorsichtig nahm sie die Rasierklinge aus der Alufolie. Nun lag sie in ihrer Hand, und wenn sie wollte, sie tat es zwar nicht, aber wenn sie wollte, könnte sie ihre Finger fest darum schließen und das Blut aus der Faust tröpfeln sehen. Meine Lebensversicherung, dachte sie. Eine Rückfahrkarte. Wenn sie wollte.

»Marte, jetzt mach auf!«

Sie packte die Rasierklinge wieder ein und steckte sich die Kopfhörer ihres iPods in die Ohren. Drehte die Lautstärke auf, während sie das kleine silberne Päckchen wieder auf der letzten Seite befestigte. Das Tagebuch legte sie auf den Boden ihrer Übernachtungstasche, die sie jede Woche mit sich herumschleppte. Sie sammelte einen kleinen Haufen Schmutzwäsche zusammen, sodass sie etwas in den Händen hielt. Dann ging sie zur Tür und schloss auf, und während sie den Schlüssel herumdrehte, achtete sie darauf, dass, wenn sie öffnete, ihr Gesicht einen überraschten Ausdruck annahm, nach dem Motto: Was stehst du denn hier?

»Marte!«

Ihr Vater war kurzatmig, als wäre er gejoggt.

»Was machst du denn? Wieso antwortest du nicht?«

Marte zeigte auf ihren iPod.

»Wie oft schon habe ich dir gesagt, dass du Probleme mit deinem Gehör bekommst, wenn du älter wirst.«

Sie drängte sich an ihm vorbei, warf die Wäsche auf den Boden im Badezimmer, bevor sie weiter in die Küche ging.

»Sollen wir Frikadellen zum Mittagessen machen?«, fragte sie, als sie die weiße Plastikbox auf der Küchenablage sah.

Ihr Vater schüttelte den Kopf. Wieder hatte er diesen verletzlichen Blick.

»Ist was?«

Sie fragte so beiläufig wie möglich und ging an ihm vorbei, ohne ihn anzuschauen. Schaffte es nicht, dieses Gesicht anzuschauen. Das Sorgengesicht.

»Hast du's im Internet gesehen?«, fragte ihr Vater.

»Was gesehen?«

»Das mit Idunn.«

Marte drehte sich nicht um. Musste erst herausfinden, wie ihr Gesicht aussehen sollte, bevor er sie anblicken durfte.

»Nein«, sagte Marte, sie hatte ihm noch immer den Rücken zugekehrt. »Was gibt's denn?«

Ihr Vater atmete tief ein.

»Du weißt doch, gestern bin ich spät nach Hause gekommen.«

»Ja?«

»Es ist was mit Idunn passiert«, sagte er.

Marte antwortete nicht.

»Man hat sie im Wald gefunden.«

Marte sagte nichts.

»Hörst du, was ich sage? Sie ist gefunden worden, Marte. Ich habe sie gesehen. Idunn ist tot.«

Marte wusste nicht mehr, wie sich die Wörter im Mund bildeten, noch viel weniger, wie man ihnen einen Laut verlieh. Die Stille wuchs sich zu einem Abgrund aus. Sie verschwand, wurde mit hinabgerissen. Ihr Vater nahm sie bei den Schultern. Seine Hände zuckten, als wollte er die Stimme aus ihr herausschütteln.

»Marte«, sagte er. »Ich musste die Polizei rufen. Ich bin gerade von der Zeugenvernehmung auf dem Polizeirevier zurückgekommen. Niemand hat eine Ahnung, was vorgefallen ist.«

20

Agnar begriff, dass Finn und seine Alte ungeduldig wurden. Elin wuselte zwischen Wohnzimmer und Küche hin und her und räumte hastig auf. Dann schloss sie die Tür zum Badezimmer, zog sie laut zu, als wäre sie verärgert. Natürlich war sie verärgert. Er hatte schwarzen Kaffee getrunken, ohne dass sein hungriges Loch im Bauch gestopft worden wäre. Lange nachdem die Kaffeetassen schon in die Spülmaschine geräumt worden waren, saß er immer noch da, während ihm das Koffein wie Ameisen durch den Körper krabbelte. Ein paar höfliche Fragen hatte er gestellt und kleine Details seiner Lebensgeschichte erdichtet, erzählt, dass er bald seine alte Mutter besuchen wolle. Ziemlich schlau von mir, dachte er. Schließlich hatten sie ihn zum Essen eingeladen. Oh, herrliche Fischfrikadellen in weißer Soße mit Curry! Er musste sich zusammenreißen, den Teller nicht abzulecken. Doch nun wurde von ihm erwartet, dass er sich zuvorkommend bedankte und ging. Jetzt war er gezwungen, etwas zu erfinden.

Elin kam vom Bad und rief nach Finn, bat ihn zu sich in die Küche.

»Du, Finn«, sagte Agnar auffallend langsam.

Er sah, wie sich Finns Lippen strafften.

»Erinnerst du dich noch an damals, unten am Bach? In dieser Schlucht da, du weißt schon.«

Finn blickte ihn an. Was einen Moment wie ein Anflug von Wut oder bestenfalls Unmut gewirkt hatte, verwandelte sich in Angst.

»Was brauchst du?«

Finn hatte nicht vergessen.

»Ich brauch einen Platz, an dem ich ein paar Nächte schlafen kann. Gern auf dem Sofa. Und falls jemand fragt, sagst du, dass ich die letzte Nacht auch schon hier geschlafen hab. Aber es ist wichtig, dass deine süße junge Madame mitzieht. Du bist verliebt in deine Tussi, stimmt's?«

Finn machte weder Anstalten zu nicken, noch mit dem Kopf zu schütteln. Das war nicht nötig, Agnar konnte sehen, wie die Gedanken in dem Brei da oben unter den hellen Locken rotierten.

»Bist mich bald schon wieder los«, schloss Agnar und gab Finn sein Okay, dass er nun zu Elin in die Küche gehen könne. Agnar lehnte sich im Sofa zurück und prüfte die Federung. Doch, hier könnte er gut schlafen.

»Ich muss jetzt zur Arbeit«, hörte er Elin hinter der Küchentür sagen, die zugezogen, aber nicht geschlossen war. Ob es Absicht war, dass er ihre Worte mitbekam, konnte er nicht sagen.

»Hast du das hier schon gesehen?«, fragte sie.

Einen Augenblick Stille. Agnar erhob sich und ging lautlos Richtung Tür. Sehen konnten sie ihn nicht, doch sicherheitshalber bezog er am Bücherregal Stellung und tat so, als studierte er das Inventar. Tastenlaute. Schnelle Finger. Klick, klick, klick.

»Guck! Der Name da … eingetragen auf Erna Eriksen? Heißt dein Kumpel hier nicht Eriksen? Er hat doch gesagt, dass er vorher in Tranby gewohnt hat.«

Schweigen.

Von dem geflüsterten Gespräch bekam er bloß Bruchstücke mit. Und dann Finns Stimme:

»… die Polizei sucht nach etwaigen Angehörigen.«

»Das muss er sein«, sagte Elin. »Glaubst du, er weiß Bescheid?«

Eine lange Pause. Agnar hielt die Luft an, um ja nichts zu verpassen. Finn flüsterte etwas Unverständliches, aber dann fuhr er mit lauterer Stimme fort, als sollte er es hören:

»Eben hat er mich gefragt, ob er auf dem Sofa übernachten kann. Was soll ich sagen?«

Ihre Antwort hörte er nicht, obwohl er sich so sehr anstrengte, dass es in seinen Ohren sauste. Allerdings fing er auf: ... die Polizei verständigen.

Jemand öffnete den Kühlschrank, und kurz darauf klimperten Flaschen. Schritte. Er schnappte sich ein Buch, trat eilends ein paar Schritte zurück und gab vor, den Klappentext zu lesen.

»Liest du gern?«, fragte Finn, als er mit zwei Bierflaschen ins Wohnzimmer zurückkam.

»Ja, na klar!«, sagte Agnar.

Er stellte das Buch zurück ins Regal, und Finn reichte ihm ein Pils.

»Aass magst du wohl auch noch immer«, meinte Finn lächelnd und ließ seine Flasche gegen Agnars klirren.

»Ist das beste.«

Sie hatten Angst. Und Finn, der Drecksack, würde ihm einen Dolch in den Rücken stoßen. Doch Agnar lächelte und trank. Schluckte. Mein Gott, wie gut das schmeckte. Der Flascheninhalt rann ihm durch die Kehle und rauschte direkt in die Blutbahn, heilte das, was ihn verletzlich machte.

»Noch eins?«

Agnar nickte. Eins konnte er wohl noch nehmen. Betrinken durfte er sich aber nicht wieder, er musste auf Zack sein. Sie glaubten, er verstecke sich. Beinahe zu komisch. Die ahnten nicht, dass er gefunden werden wollte. Natürlich nicht in der Nähe seines Elternhauses. Dann käme ein Priester und tröstete ihn. Doch er brauchte Zeit zum Nachdenken. Und Finn und seine Alte sollten ihm diese Zeit verschaffen.

»Tschüss dann, Agnar.«

Elin steckte ihren Kopf ins Wohnzimmer, während sie ein Tuch um ihren Hals schlang.

»Nett, dich getroffen zu haben. Ich muss zur Arbeit.«

Sie winkte und lächelte. Falsche Fotze, dachte Agnar und leerte Pils Nummer zwei.

»Sie ist Krankenpflegerin«, erklärte Finn. »Hat diese Woche Spätschicht im Heim.«

»Und du?«, fragte Agnar ohne aufrichtiges Interesse.

»Ach, ich sammle mich gerade ein bisschen. Bis sich was tut.«

»Du sammelst dich?«

»Ja, ich bin arbeitslos«, sagte Finn.

Einen Moment strafften sich seine Gesichtszüge, bevor sie sich in ein Lächeln auflösten. Finn ging in die Küche und holte zwei weitere Flaschen.

In seinem Hirn hatte das Bier einen wunderbaren Schleier ausgebreitet. Agnar spürte, dass die Welt dabei war, davonzugleiten. Nicht entgleiten, dachte er. Nicht entgleiten. Womöglich war genau das Finns Plan. Ihn so weit abzufüllen, dass es ein Leichtes war, ihn rauszuschmeißen. Konzentration! Mit einem Knall stellte er seine Flasche auf den Tisch.

»Du nimmst jetzt das Telefon«, sagte er und zeigte auf Finns Handy, das auf dem Wohnzimmertisch lag. »Und du rufst deine Alte an und teilst ihr mit, was ich dir jetzt sage: Sie soll mit niemandem sprechen. Noch nicht. Erst brauche ich Zeit zum Nachdenken. Also, sie verliert kein Wort, weder gegenüber der Polizei noch einem Priester, spricht nicht mit ihrer Mutter, Freundin oder ihren Kollegen. Mit absolut niemandem. Verstanden? Ich hab jetzt das Kommando hier.«

Er grinste und zog ein Buch hervor, das er unter dem Couchtisch erspäht hatte. *Bald Mama* stand mit hellroter Schrift auf dem Cover.

»Verstehe«, sagte Agnar und schlug das Buch an einer Stelle auf. »Toll, eine junge produktive Frau gefunden zu haben. Faszinierend, nicht wahr?«

Er hielt das Buch in die Höhe und zeigte seinem Kumpel ein Bild.

»Nur drei Monate später … und ein weiterer kleiner Teufel ist fertig.«

Er lachte über seine Wortwahl. Finn lachte nicht.

»Alles wird gut«, fuhr Agnar fort. »Von jetzt an erhältst du Anweisungen von mir. Ich hoffe, deine Alte ist vernünftig.«

Agnar strich über das glänzende Bild eines neugeborenen Babys auf dem Buchcover. Als er sich nach seiner Bierflasche umdrehte, ließ er gleichsam zufällig das Buch von seinem Schoß gleiten und mit einem dumpfen Schlag auf den Boden fallen.

21

»Lasst uns ehrfürchtig verneigen und die Gnade des Herrn anrufen.«

Idunns Vater faltete die Hände und neigte seinen Kopf. Idunns Mutter saß neben ihm auf dem Sofa und tat das gleiche. Sie nahm seinen schiefen Blick wahr, mit dem er kontrollierte, ob sie den Kopf auch genug beugte.

Welche Hilfe kann ich jetzt noch vom Herrgott erwarten?, dachte Sølvi. Er war ihnen nicht gnädig, hatte ihnen das Einzige von Bedeutung genommen; sollte sie ihn etwa weiter anbeten? Den ganzen Tag über hatte sie neben sich gestanden. Gespräche mit der Polizei, dem Priester und mit den Gemeindemitgliedern hatten stattgefunden. Immer noch konnte sie ihre Stimmen hören, ein Brei aus Fragen und Sympathiebekundungen, und ihre eigene, wie sie mühsam hervorbrachte: »Danke, dass ihr gekommen seid. Danke für das Mitgefühl, das ihr uns erweist. Danke für die Blumen. Danke. Danke. Danke.« Das war nicht sie, sie erkannte die Stimme nicht, ahnte aber, dass dieser Klon, der immer noch imstande war zu sprechen, seit jeher schon unter ihrer Haut geschlummert und darauf gewartet hatte, die Kontrolle zu übernehmen.

Die Polizei hatte so viele Fragen gestellt. Und von ihr wurde erwartet, dass sie auf alles eine Antwort hatte. Etwa: Wann haben Sie Ihre Tochter zum letzten Mal gesehen? Wussten Sie, dass sie auf diese Party wollte? Haben Sie gestritten, bevor sie ging? Wann ist ihr Geburtstag? In welche Klasse ging sie? Welche Freunde hatte sie? Hatte sie einen Freund? Das meiste hatte sie ihrem Mann überlassen. Der konnte ja so gut mit Worten umgehen.

Sølvi erhob sich vom Sofa, ihre Knie waren weich.

»Sølvi«, sagte Gustav, »wir beten.«

Du betest, dachte sie. Das würde ihnen Idunn auch nicht zurückbringen. Alles war kaputt. Sie konnte jetzt einfach aufstehen und gehen, es war nichts mehr übrig.

Sie überhörte Gustavs Ermahnung und ging auf Idunns Zimmer, wo sie sich in einen auf dem Boden liegenden Wäscheberg kniete. Derselbe Haufen, über den sie sich noch vor zwei Tagen beschwert hatte, dass ihre Tochter ihn in den Waschkeller hinuntertragen sollte. Sie legte ihr Gesicht auf Idunns Pullover. Er roch nach Idunn, ein flüchtiger Teil von ihr war immer noch hier.

Die Polizei hatte ihre Sachen durchgehen, das Zimmer durchsuchen wollen. Sie hatte sie angefleht, ihr wenigstens ein oder zwei Tage zu geben. Nein, gefleht hatte sie nicht, sie hatte gebrüllt: »Können Sie nicht wenigstens ein bisschen Respekt an den Tag legen? Sie dürfen nicht in ihr Zimmer gehen, nein, Sie dürfen nicht!«

Geweint hatte sie nicht. Die Trauer war ein Hohlraum, umgeben von einer dünnen Hülle. Wie mit einem Schrei schwanger zu gehen. Eines Tages würde er vielleicht entbunden, sie mitten in der Nacht aufwecken und aus ihr hinausdrängen. Doch nun befanden sich sämtliche ihrer Körperfunktionen im Stand-by. Alles wandte sich nach innen, die Tränen stauten sich in ihr auf. Innerhalb kürzester Zeit würde sie ertrinken.

Was sollte sie mit den ganzen Sachen tun? Sie ließ ihren Blick über den Schminktisch mit dem Spiegel gleiten, den Idunn von ihrer Oma geerbt hatte. Ihr Haarspray. Die Parfumflaschen. Puder und einen Mascara, den sie nicht richtig verschlossen hatte, alles so plötzlich in etwas verwandelt, wofür niemand mehr

Verwendung hatte. Hinterlassenschaften, die genau so liegen bleiben mussten, wie Idunn sie zurückgelassen hatte. Das war die einzige Möglichkeit, wie sie Idunn bewahren konnte. Justin Bieber starrte sie von allen Plakaten an. Die Schulbücher lagen in einem Stoß auf dem Schreibtisch. Obenauf lag der Deutschaufsatz, den sie geschrieben und ihr laut vorgelesen hatte. Sie hatte nicht richtig zugehört, konnte ja schließlich kein Deutsch.

Ich habe sie nicht gesehen, dachte Sølvi. All die Tage, die einfach vorübergegangen sind. All die Jahre, die sie für selbstverständlich gehalten hatte. Die Zukunft hatte doch die ganze Zeit vor ihnen gelegen. Jetzt war die Zeit aufgeschnitten, zerhackt in kleine entsetzliche Stücke. Idunn sei tot, hatte die Polizei gesagt. Das stimmte nicht. Sie nahm einen Pullover von dem Haufen, führte ihn an ihr Gesicht. Der Geruch ihrer Tochter lebte. Idunn käme jeden Augenblick in ihr Zimmer und beklagte sich darüber, dass sie in ihren Sachen stöberte. Jeden Moment jetzt. Sie lauschte auf Schritte auf der Treppe. In der aufkommenden Stille sah sie es. Etwas in dem Wäscheberg blinkte. Ein blaues Licht. Idunns Laptop.

Sie schob den Wäschehaufen beiseite, öffnete den Laptop und ließ einen Finger über die Tastatur gleiten und weckte den Computer aus seinem Dämmerzustand. Sofort leuchtete Idunns Bild vor ihr auf. Ein Selbstporträt aus dem vergangenen Sommer. Im Hintergrund konnte sie den Apfelbaum im Garten und einen Fetzen blauen Himmels erkennen. Idunn hatte vergessen, sich bei Facebook auszuloggen.

Sølvi saß da und blickte auf das Profil ihrer Tochter, während ihr Atem irgendwo tief in ihr verschlossen war. Idunn lächelte sie an, und Sølvi glitt mit ihrem Zeigefinger über die Wange ihrer Tochter. Trockene Schluchzer brachen sich Bahn aus ihrer Brust. Idunn hatte über siebenhundert Freunde, und die Nachrichten tickerten die ganze Zeit über herein.

R. I. P. Idunn.
Vermisse dich, Idunn!
<3 <3 <3 <3 <3
Ich wünschte, R. I. P. würde Return Is Possible bedeuten!
Unfassbar, dass du weg bist.
Liebe dich <3.
Ruhe in Frieden.

Die Liste war endlos. In dieser Maschine lebte Idunn noch. Sølvi dachte plötzlich an etwas, wovon sie einmal gelesen hatte, es musste in der Wissenschaftszeitschrift *Illustrert Vitenskap* gewesen sein, dass Raumfahrer nicht richtig weinen können. In der Schwerelosigkeit blieben die Tränen im Augenwinkel hängen.

Schließlich kam sie doch ans Ende der Grußliste und las Idunns letztes Update, das Allerletzte, was sie auf Facebook geschrieben hatte:

This is the night! Will I survive ;-)

Sølvi fühlte sich schwerelos. Alles verschwamm. Sie konnte nicht weinen.

22

Freitag, 28. November

»Mensch, Mama, er wird sterben.«

»So was kommt leider vor«, sagte Bitte Røed und öffnete den Brotkasten, entschied sich dann jedoch um, reckte sich zum obersten Regal im Küchenschrank und holte eine Packung Knäckebrot hervor. Nachdem sie eine Aufnahme von sich auf der Pressekonferenz am Vorabend gesehen hatte, war sie nun fest entschlossen, hellem Brot oder allem, was zu viel Stärke enthielt, zu entsagen. Low-Carb war die Lösung. Müssten die Kilos dann nicht eigentlich wie Butter dahinschmelzen?

»Oh Mama, du bist so zynisch!«

Julie sah nicht auf vom Bildschirm. Ihre Tochter hatte eine Nudelpackung geöffnet und aß sie direkt aus der Tüte. Die auf den Tisch herunterrieselnden Krümel glichen kleinen weißen Maden.

»Julie, wie oft schon hab ich dir gesagt, dass das kein ordentliches Frühstück ist.«

»Was ist zynisch?«, mischte sich Peder ein, während er weiter Cornflakes mit Milch in sich hineinschlürfte.

»Das bedeutet, dass es ihr vollkommen gleichgültig ist, wenn jemand stirbt«, sagte Julie.

Peder schaute seine Mutter an.

»Stimmt das?«

»Zynisch kann bedeuten, sich nicht zu scheren, das ist richtig, aber mich kümmert es selbstverständlich, wenn jemand stirbt. Immerhin bin ich Polizistin.«

»Dann können wir ihn doch nicht einfach so sterben lassen.«

Julie drehte ihrer Mutter den Laptop zu und zeigte ihr den Artikel in der Netzausgabe der Lokalzeitung.

Hund gefunden.
Die Polizei Drammen hat am 27. November einen Hund in Tranby, Lier, aufgelesen. Eine Hündin, wahrscheinlich ein Mischling, braun mit weißen und schwarzen Flecken. Der Hund wies Verletzungen auf, die darauf hindeuten, dass er entweder in einen Unfall verwickelt war oder misshandelt wurde.

Bislang hat sich niemand nach dem Hund erkundigt, weshalb die Polizei ihn ins Tierheim gibt. Sollte sich kein Besitzer melden, muss der Hund leider eingeschläfert werden.

Die Behörden bitten den Besitzer, Kontakt zur Polizei aufzunehmen.

»Der Besitzer holt ihn sicher ab, Julie. Da steht, dass der Hund vielleicht einen Unfall hatte. Bestimmt ist er weggelaufen und konnte nicht mehr nach Hause finden. Jetzt ist der Besitzer sicher froh.«

»Und wenn er nicht abgeholt wird? Oder wenn der Besitzer ihn so misshandelt hat, dass er abgehauen ist? Als Polizistin kannst du das doch checken, oder? Mama, ich versprech's dir, ich geh jeden Tag Gassi mit ihm. Ich übernehme Verantwortung.«

»Ich auch«, sagte Peder.

»Und wenn du umziehst oder auf diese Weltreise gehst, von der du herumfantasierst? Was glaubst du, wer dann die Verantwortung tragen muss?«

»Aber dann fahre ich doch nicht«, sagte Julie. »Ich wünsch

mir so sehr einen Hund. Hast du dir nie ein Schmusetier gewünscht, Mama?«

Bitte lockerte den Gürtel ihres Morgenmantels ein wenig, der ihre Taille einschnürte. Als einziges Tier wünsche ich mir einen Bandwurm, dachte sie und stöhnte.

»Kommt nicht infrage, Julie. Die Antwort ist Nein, wir schaffen uns keinen Hund an.«

Jählings sprang Julie auf und marschierte aus der Küche. Peder äffte seine große Schwester nach und trampelte ihr hintendrein. Sie griffen sich ihren Schulrucksack und knallten die Tür hinter sich zu.

»Einen schönen Tag euch«, rief Bitte ihnen hinterher, doch sie waren schon aus der Tür. Laut seufzend wandte sie sich den Nachrichten im Internet zu. Natürlich drehten sich die Schlagzeilen um das beim Obelisken aufgefundene Mädchen. Idunn Olsen. Was, wenn Julie Røed dort gestanden hätte?, dachte Bitte. Ihre Rippen zogen sich zusammen, hinderten sie beim Ausatmen. Stell dir nur vor, es passierte etwas mit Julie. Heute. Den Rest meines Lebens würde ich daran denken, was Julie als Letztes zu mir gesagt hat – dass ich zynisch sei. Unvermittelt stand sie auf, vergaß, dass sie noch Morgenmantel und Pantoffeln anhatte, stürzte hinaus und sah sie ganz am Ende des Weges, gleich bei der Bushaltestelle.

»Julie! Peder! Hab euch lieb!«

Sie drehten sich um, und selbst auf die große Entfernung konnte sie erkennen, dass sie meinten, jetzt habe sie den Verstand verloren.

Irgendwo, dachte Bitte Røed, als sie wieder hineinging, versucht jetzt womöglich eine Mutter herauszufinden, welche die letzten Worte ihrer Tochter gewesen sind oder was sie selbst gesagt hat, als sie zuletzt zusammen gewesen waren. Das mit dem Hund hätte sie nicht so brutal wegwischen sollen. Nicht dass sie einen Hund wollte, doch sie hätte sich auch ein bisschen diplomatischer ausdrücken können. Einmal kommt es notgedrungen, dachte Bitte; mein letztes Wort, das letzte Update auf Twitter oder Facebook, die letzte SMS. Sie nahm ihr Telefon und prüfte ihre Nachrichten. Die letzte hatte sie Julie am Mittwochabend gesendet.

Wo bleibst du? Es wird langsam spät.

Und Julies letzte SMS an sie lautete:

Bin mit Beate auf dem Fußballplatz. Komm bald ☺

Bitte Røed schüttelte das Gefühl einer bevorstehenden Katastrophe von sich ab und überlegte, dass sie noch verrückt würde, ginge sie tagaus tagein umher und dächte, es sei das letzte Mal, dass sie die Kinder sah. Für heute Abend mache ich aber Pizzaschnecken, dachte sie und hatte ihren ursprünglich geplanten Krieg gegen die Kalorien schon wieder vergessen.

Bevor sie zur Arbeit musste, konnte sie noch die wichtigsten Nachrichten überfliegen. Natürlich stand Idunn in allen Netzausgaben der Zeitungen an oberster Stelle. »Gestohlener Leichenwagen gefunden« stand als kleine Notiz in der *Drammens Tidende*, doch die Polizei, sie selbst also, hatte keine Spur von dem Dieb. Durch einen Brand in Tranby war ein Haus zerstört worden, und im Einkaufszentrum Liertoppen fand ein dreitägiger Angebotsmarathon statt.

23

Verner Jacobsen saß alleine in dem Büro, das er sich mit Heiki Stenvald und Ida Madsen teilte. Er studierte die Bilder vom Tatort und würde gleich in einem Vernehmungsraum mit dem Jungen sprechen, der das Mädchen gefunden hatte. Verner ertappte sich dabei, Bitte Røed zu vermissen. Nun, da sie von dem Fall abgezogen worden war, hatten ausschließlich Mitglieder des Ermittlungsteams Zugang zu den Fallakten und konnten darüber sprechen. Lebensgefährte. Wie ein eifersüchtiger Teenager hatte er reagiert. Werd erwachsen, Mann, wies er sich zurecht, weshalb sollte sie sich keinen Lebensgefährten zulegen? Was hatte er eigentlich erwartet? Zwischen ihnen war nie etwas gewesen, mal abgesehen von seiner ungestümen Fantasie. Und mehr würde es auch nie werden. Alles andere wäre moralisch verwerflich. Wann es seinen Anfang genommen hatte, wusste er nicht genau. Schleichend wie eine Virusinfektion hatte es vielleicht mit dem Tag begonnen, als Bitte Røed als neue Ermittlerin bei der Morgenbesprechung aufgetaucht war, durch das Schneewetter einigermaßen verspätet. Er konnte sich noch daran erinnern, wie sie hineingepoltert war. Die feuchten Haarsträhnen hingen ihr ins Gesicht, und ihr immerzu lächelnder Mund war irritierend rot. Plötzlich fühlte er sich niedergeschlagen, weil sie nicht mehr im Ermittlungsteam war. Das muss vom Begräbnis gestern herrühren, dachte er. Selbstredend lag hier die Ursache für die leere Traurigkeit, die er verspürte.

Aber jetzt würde er sich in Arbeit begraben und eine Weile von der Trauer anderer zehren. War er eigentlich Ermittler geworden, um seiner eigenen Trauer zu entkommen? Oft schon hatte er darüber nachgedacht, weshalb er einen Beruf gewählt hatte, dessen Hauptbeschäftigung darin bestand, sich in Gewalt, Mord und Tod zu vertiefen. Weil ich den Leuten Ruhe geben möchte, dachte er. Den Leuten Ruhe zum Trauern geben, weil sie die Wahrheit erfahren.

Er lächelte schief. Als brächte die Wahrheit Ruhe. Ja, ja. Letztendlich hatte bei ihm zu Hause auch Ruhe geherrscht. Aber es war eine turbulente Zeit gewesen, nachdem Ingrid bemerkt hatte, dass er log; na ja, es waren keine direkten Lügen gewesen, sondern er hatte vielmehr die Wahrheit über die Vergangenheit umschifft. Er hatte sich entschlossen, sie nie wieder anzulügen. Mal abgesehen von den Gelegenheiten, wenn er an Bitte dachte, während er Ingrid im Arm hielt, nachdem sie das Licht am Abend ausgeschaltet hatten. Aber ein bisschen träumen war doch wohl erlaubt? Standen Träume schon auf einer Stufe mit Lügen? Nein, aber die Grenze war freilich hauchdünn.

Er las die Namensliste der Jugendlichen durch, die diese Party besucht hatten. Aller Wahrscheinlichkeit nach war sie weder korrekt noch vollständig. Viele Jugendliche waren abgehauen, nachdem sie Wind von der Polizei bekommen hatten, und Linnea Løvås, die in dem Haus wohnte, hatte nicht gewusst, wer alles vorbeigekommen war. Er überflog die Liste und hielt inne. Julie Røed! Bittes Tochter war dort gewesen. Wusste sie davon? In seinem Innern machte sich ein Kribbeln breit. Nun hatte er einen legitimen Grund, ihr Büro aufzusuchen.

24

Bitte Røed bebte vor Wut. Ihre Tochter bezeichnete sie also als zynisch. Haha! Das mit dem Hund konnte Julie vergessen! Sie hatte gelogen. Ihr dreist ins Gesicht gelogen und behauptet, sie sei den ganzen Abend mit Beate auf dem Sportplatz gewesen. Jetzt tauchte ihr Name hier auf. Auf ihrem Schreibtisch! Und sie hatte sich vor der halben Nachbarschaft lächerlich gemacht, als sie halb nackt auf die Straße hinausgelaufen war, nur um ihr nachzurufen, dass sie sie lieb hatte. Warte nur, bis ich nach Hause komme, da haben wir ein Wörtchen miteinander zu reden, dachte sie, doch gleichzeitig mischte sich die Wut mit etwas anderem. Julie war auf derselben Party gewesen, zur selben Zeit wie Idunn.

Inzwischen hatten sie die Bestätigung, dass es sich um einen Mord handelte. Kannten sie einander? Wusste Julie etwas? Höchstwahrscheinlich würde sie vernommen werden. Das kleine Mädchen. Und immer noch lief da draußen ein Mörder oder eine Mörderin herum.

Verner war in ihr Büro gekommen und hatte freudig erregt ausgesehen. Glaubte er, sie hätte ihre Kinder nicht im Griff? Fand er das vielleicht witzig? Sie fühlte Groll in sich aufsteigen, und, schlimmer noch, Tränen pressten sich in ihre Augen. Sie versuchte, nicht zu blinzeln, und antwortete knapp:

»Ja, selbstverständlich wusste ich, dass sie dort war.«

Sie stand auf und drehte ihm den Rücken zu, tat, als suchte sie etwas im Regal hinter sich, und sagte, Marius Moe und sie seien auf dem Sprung zum abgebrannten Haus in Tranby.

Marius saß hinter dem als Raumtrenner fungierenden Regal und sprach am Telefon.

»Das halbe Präsidium liegt mit Grippe flach, deshalb muss ich die Suche nach dem Leichenwagendieb vorläufig ruhen lassen«, sagte sie, ohne sich umzudrehen. Sie war froh darüber, dass Marius beschäftigt war und nicht mitbekam, worüber Verner und sie redeten.

»Das Auto ist ja ohnehin wieder aufgetaucht«, fuhr sie fort. »Auch wenn das ein bisschen eigenartig ist, wissen wir beide, dass Autodiebstahl nur selten vorrangig behandelt wird. Und jetzt ist mir da also dieser neue Fall in den Schoß gefallen …«

»Ja, ja, ich dachte bloß …«, nuschelte Verner und verließ das Büro.

Einen Moment lang hatte er traurig dreingeschaut, als er mit seinen vermaledeiten Listen hinausgegangen war. Nun bereute sie, dass sie von diesem Leichenwagendieb gesprochen hatte.

Sie musste das jetzt zur Seite schieben. Die Feuerwehrleute hatten die frühen Morgenstunden mit Nachlöscharbeiten zugebracht, und die Überreste einer verkohlten Leiche lagen nun in der Kühlung und sollten bald routinemäßig obduziert werden. Das Haus war registriert auf eine Erna Eriksen, Rentnerin, alleinstehend und inzwischen als vermisst gemeldet. Vermutlich war sie es, die man dort gefunden hatte, wo einmal die Küche gewesen war. Mit höchster Wahrscheinlichkeit das Resultat einer Kombination aus seniler Demenz und einem Kessel auf dem Herd, dachte Bitte und betrachtete den Fall als aufgeklärt.

25

Agnar erhob sich vom Sofa, ging hinüber zum Fenster und sah hinaus. Den halben Tag hatte er geschlafen. Elin war in der Nacht nach Hause gekommen, ohne dass er etwas davon mitbekommen hatte, und war schon wieder bei der Arbeit, als er aufgewacht war. Musste heute eine Doppelschicht schieben, erklärte Finn. Im Pflegeheim waren viele krank. Agnar machte sich Sorgen, Finn könnte sie nicht unter Kontrolle haben, aber er konnte sie auch schlecht als Geisel nehmen, bis er einen Plan ausgeheckt hatte. Schwangere Frauen kamen auf so viele seltsame Dinge, hatte er gehört und gelesen. Aber Finn hatte ihm versichert, sie würde sich den Anordnungen gemäß verhalten. Furcht ist etwas Tolles, dachte Agnar, sie macht die Menschen gefügig.

»Hat sich viel verändert hier«, sagte er, ohne sich umzudrehen.

»Ja«, bestätigte Finn.

»Du auch. Hast dich gut gemacht. Freundin und alles. Nicht schlecht. Und jetzt gibt's auch noch Nachwuchs.«

Finn antwortete nicht.

Agnar wandte sich um, sah noch den Schatten eines stolzen Lächelns, das Finn nicht zu verbergen vermochte, erwiderte es aber nicht. Kinder. Er mochte keine Kinder. Am wenigsten mochte er den Gedanken an sich selbst als Kind. Das Bild von der Schlucht mit dem Bach, der unter einer dicken Schicht unschuldig weißen Schnees dahintröpfelte und rann, stand ihm klar vor Augen.

»Interessant«, sagte er.

»Was denn?«

»Das mit den Kindern.«

Agnar nahm wieder einen Schluck von dem Bier, das Finn ihm angeboten hatte, obwohl es erst kurz nach Mittag war.

»Kinder können einem das Leben zur Hölle machen. Sie schreien genau wie Katzenjungen.«

Finn runzelte die Stirn. Zwei tiefe Angstfurchen. Agnar wusste, dass auch er wieder zurück auf dem Grund der Schlucht war.

»Ich weiß ganz genau, du und deine Alte, ihr hättet nicht übel Lust, mich bei der Polizei zu verpfeifen. Ist in Ordnung. Tatsächlich will ich sogar, dass die mich finden, aber ich will auch, dass ihr, du und Elin, denen sagt, dass ich schon seit Mittwoch hier bin. Ihr gebt an, dass ich saufen war und wie ein kleines Baby hier auf dem Sofa geschlafen hab, ohne einen Scheißdreck von meiner Mutter zu wissen.«

Das Wort Baby betonte er, zuckerte seine Stimme und registrierte, wie ekelhaft sich das anhörte. Finn schüttelte den Kopf. Sachte, als wäre er sich selbst nicht im Klaren darüber, und schaute Agnar aus fragenden Augen an. Er war ein schlechter Schauspieler.

»Du brauchst gar nicht so überrascht zu tun, Finn. Du weißt genauso gut wie ich, dass es ihr Haus war, das gebrannt hat. Und du weißt auch, dass sie mir die Schuld dafür in die Schuhe schieben werden.«

»Bist du's gewesen? Hast du den Brand gelegt?«

Agnar leerte seine Bierflasche, schüttelte sie und blinzelte mit einem Auge hinein.

»Du schuldest mir einen Gefallen«, sagte Agnar und wedelte mit der leeren Flasche.

Finn nahm sie und ging zum Kühlschrank. Aufmerksam beobachtete Agnar ihn. Er brauchte ein Alibi, das Finn und seine Alte ihm geben sollten.

»Ich schulde dir gar nichts«, sagte Finn, als er zurückkam. Agnar bemerkte, dass er versuchte, ruhig zu bleiben. Augenscheinlich entspannt setzte er sich auf das Sofa und legte seine Beine auf den Tisch. Was für ein arroganter Arsch du geworden bist, dachte Agnar. Laut sagte er:

»Kennt Elin deine Vergangenheit?«

Finn stellte seine Füße wieder auf den Boden, richtete sich auf.

»Sie weiß alles, was sie wissen muss«, antwortete er.

»Alles?«

Keine Antwort von Finn.

»Was glaubst du, wird sie sagen, wenn ich ihr alles erzähle?«

»Sie wird dir nicht glauben.«

»Nein? Sicher?«

Finn stand auf, ging ungeduldig zum Fenster und stierte auf den Rasenweg zwischen den Wohnblöcken. Agnar stellte sich hinter ihn. Ein vergessenes Dreirad lag umgekippt vor dem Mülltonnenverschlag. Plötzlich schien Agnar selbst etwas dort unten entdeckt zu haben. Die langen Beine, die Knie, die oben an den Lenker des Fahrrads stießen. Immer noch empfand er Scham, wenn er daran dachte, wie er auf einem Kinderrad gefahren war, während die anderen Jungs in der Straße schon Bonanza-Fahrräder bekommen hatten, obwohl sie noch zu klein waren, um auf den Sätteln zu sitzen, und auf den Pedalen stehen mussten.

»Wird dein Kind einmal da draußen spielen?«, fragte Agnar, schluckte die Erinnerungen hinunter und verfolgte, wie seine unschuldige Frage gleich einem Gewehrschuss traf. »Du schuldest mir einen Gefallen«, wiederholte er.

»Okay«, sagte Finn immer noch mit dem Rücken zu ihm. Dann drehte er sich um und nagelte den Kumpel mit seinem Blick fest.

»Wir werden dir ein Alibi geben, aber dann wollen wir dich hier nie wieder sehen. Verstanden?«

Agnar grinste. Nahm einen Schluck aus der Flasche.

»Ich brauch Rasierzeug und neue Klamotten«, sagte er. »Und anschließend verbrennst du die, die ich anhabe.« Er öffnete seine Jacke, die er die letzten vierundzwanzig Stunden angelassen hatte, und schleuderte sie von sich auf das Sofa. Finn starrte die braunen Flecken auf seinem Hemd an. Agnar tat, als bemerkte er es nicht.

»Fang' schon an zu stinken.«

Er hielt seine Nase an die Achselhöhle und zog eine Grimasse. Dann warf er einen Blick zum Kamin, in dem es prasselte.

»Seit Mittwochnachmittag bin ich die ganze Zeit hier gewesen«, sagte er behutsam, als spräche er mit einem Zurückgebliebenen.

»Ich bin in Drammen aus dem Zug gestiegen und direkt hierher gegangen. Jetzt kannst du oder deine Alte den Behörden Bescheid geben. Du sagst, ihr hättet gerade herausgefunden, dass es wahrscheinlich das Haus meiner Mutter war, das gebrannt hat, aber dabei tut ihr so, als wüsste ich noch nichts davon. Wie du weißt, sind Mama und ich nie besonders gut miteinander zurechtgekommen. Es gibt keinen Grund, weshalb ich dort gewesen sein sollte, das sagst du, falls die sich wundern.«

Finn nickte.

»Ach, und übrigens, wenn ich's mir recht überlege«, sagte Agnar. »Wenn ich schon nichts davon wissen soll, ist es vielleicht am besten, deine Alte gibt Bescheid. Du hast ja von Mittwoch an die ganze Zeit über mit mir zusammen gezecht und willst nicht telefonieren, weil ich es sonst mitbekommen könnte. Die Neuigkeit wird mich verdammt noch mal völlig aus den Socken hauen, kapiert?«

26

Fredrik wurde von einer Vertreterin des Jugendamtes ins Vernehmungszimmer geführt. Er machte keine Anstalten, seine Jacke auszuziehen. Auch die Handschuhe behielt er an, den Reißverschluss seiner Jacke hatte er bis oben zugezogen und die Mütze in die Stirn geschoben. »Versager« stand mit weißen Buchstaben darauf.

»Willst du nicht die Jacke ausziehen? Es kann sein, dass du eine Weile hierbleiben musst«, sagte Verner Jacobsen und reichte ihm eine Cola. Erst sah der Junge verängstigt aus, doch dann zog er Handschuhe und Jacke aus. Die Mütze hingegen behielt er auf. In kleinen, hastigen Schlucken trank er von der Limonade.

Verner Jacobsen nahm auf dem freien Stuhl Platz. Ein Elternteil hätte dabei sein sollen, aber niemand hatte sich darum geschert, Fredrik zu begleiten. Freilich war sein Vater während der Vernehmung gestern dabei gewesen, doch heute waren sie gezwungen gewesen, das Jugendamt zu verständigen, obwohl der Junge gesagt hatte, dass das nicht notwendig sei.

Verner blätterte aufs Geratewohl zwischen den Dokumenten auf dem Laptop hin und her, den er auf dem Schoß hatte. Dass sowohl Fredrik wie auch das verstorbene Mädchen auf der Party bei Linnea am Mittwochabend gewesen waren, hatte sich bestätigt. Er fand den Bericht der Kollegen, in dem unter anderem stand, dass Fredrik arrogant aufgetreten sei und eine falsche Identität angegeben habe. Zudem hatte er Bier getrunken und war offensichtlich betrunken gewesen. Von seiner

Arroganz war wenig geblieben; der Junge wirkte verschüchtert und furchtsam. Verner Jacobsen fragte sich, ob er einen Grund hatte, ängstlich zu sein. Das würde er jedoch bald herausfinden, obwohl er tief in seinem Innern auf die Unschuld des Jungen hoffte. Zurzeit suchte er offenbar in jedem Jungen nach seinem eigenen Sohn. Beinahe überall stieß er auf dieselbe Unreife, und bei jedem blutete ihm das Herz.

»Fredrik, du bist hier, weil du den Beamten am Tatort gegenüber und bei der Vernehmung gestern angegeben hast, du hättest die Verstorbene Idunn Olsen am Mittwochabend bei den Høgdabakkene gefunden, genauer gesagt beim Obelisken. Kannst du ein bisschen von deinem Verhältnis zu der Verstorbenen berichten?«

»Verhältnis?«

Seine Stimme brach. Fredrik schaute kurz auf und senkte seinen Blick ebenso rasch wieder. Er errötete.

Also hatten sie eine Art Verhältnis, dachte Verner Jacobsen.

»Du bist natürlich nicht dazu verpflichtet, eine Erklärung abzugeben«, sagte Verner, »aber es wäre von großer Hilfe für die Polizei, wenn du auf die Fragen antworten würdest, die wir dir stellen.«

»Sie ist eine Klasse unter mir gewesen. Wir waren kein Liebespaar.«

Das Wort Liebespaar kam ihm über die Lippen, als bereitete es ihm Unannehmlichkeiten, es auszusprechen.

»Kanntest du sie gut?«

»Ja, ich sagte doch, wir sind auf dieselbe Schule gegangen.«

»Wie gut hast du sie gekannt?«

»Was soll ich darauf antworten, ich hab sie gekannt, wie ich andere Mädchen auf der Schule kenne.«

»Ihr wart also kein Liebespaar?«

»Nein!«

»Seid ihr früher ein Liebespaar gewesen?«

»Nein!«

Er schrie fast. Verner ließ die Frage ruhen, versuchte, keine voreiligen Schlüsse zu ziehen. Kleine Bruchstücke von Victor im Krankenbett flackerten vor seinen Augen. Falls ein Mädchen zu Besuch gewesen wäre und er sich im Nachhinein nach ihr erkundigt hätte, wäre Victor rot geworden, ganz gleich, wer es nun war. Verner Jacobsen entschied sich, den Jungen nicht noch verlegener zu machen.

»Früher am Abend bist du auf der Party bei Idunns Freundin Linnea gewesen.«

Obwohl es eine Feststellung war, nickte der Junge, als hätte Verner eine Frage gestellt.

»Wie würdest du die Party beschreiben?«

»Ja, wie denn? War 'ne ganz normale Party.«

»Die ein bisschen aus dem Ruder gelaufen ist?«

Fredrik spürte, wie er errötete. Er dachte an Marte, probierte aber, nicht an sie zu denken. Auf keinen Fall durfte er sie erwähnen, unter keinen Umständen. Er schaute den Ermittler an. Eine Uniform trug er nicht, sah aus wie ein ganz gewöhnlicher Typ, abgesehen von seinem Pferdeschwanz. Lächerlich sah der aus. Der alte Knacker glaubte wohl, seine Frisur lasse ihn cool aussehen. War der deshalb auf ihn angesetzt worden, weil er der Jüngste war, den sie auftreiben konnten? Er wartete auf eine Antwort. Fredrik rutschte auf seinem Stuhl herum und überlegte, was er sagen sollte, während sich in seinem Kopf eine Szene von der Party abspielte. Er hatte schwankend auf der Türschwelle zur Küche gestanden.

Linnea und Idunn sitzen nebeneinander am Tisch, haben die Köpfe zusammengesteckt und die Arme ineinander verknotet. Weinen die? Er hat keine Lust, sich einzumischen. Erträgt keine weiteren Dramen. Obwohl es wie warme Pisse schmeckt, nimmt er noch einen Schluck aus der Bierflasche. Und noch einen. Vergessen will er. All die verfluchten Weiber. Es ist nicht allein seine Schuld gewesen. Nicht alles. Die anderen haben ihn provoziert, dabei wollte er Marte doch nur helfen. Nicht dass er sich getraut hätte, allzu viel zu sagen, es konnte sich alles ja so plötzlich wenden.

Ihre Augen. Verdammte Scheiße! Einen Augenblick war Martes Blick dem seinen begegnet, doch er wusste, dieser Blick würde ihn bis in alle Ewigkeit verfolgen. Ein Katzenjunges mit zwei großen Fäusten um den Hals war sie gewesen, bereit, ersäuft zu werden.

Er will Martes Blick wegtrinken. Das Bier lässt ihn auf eine coole Art abstumpfen. Unfassbar, dass er das nicht schon früher entdeckt hat. Er schluckt. Schnell. In den Körper hinein. Ins Blut. Hinauf in den Kopf. Auf einmal ist alles Chaos. Zwei Männer in Uniform sprechen ihn an:

»Stellst du bitte die Flasche weg?«

»Sie haben mir nicht zu sagen, was ich zu tun und zu lassen habe. Sie sind nicht mein Vater.«

»Nein, aber ich bin Polizist, und als solcher kann ich das sehr wohl. Wie heißt du?«

»Varg Veum.«

»Du weißt, dass du dir eine Strafe von bis zu viertausend Kronen einhandeln kannst, wenn du der Polizei eine falsche Identität angibst?«

Der Rausch ebbt ab.

»Fredrik«, antwortet er. »Fredrik Paulsen.«

»Wie alt bist du?«

»Sechzehn.«

»Wir brauchen die Adresse, Telefonnummer und die Namen deiner Eltern.«

Er gibt den Namen seiner Mutter an.

»Wir haben Beschwerden wegen Lärmbelästigung und Vandalismus bekommen. Kannst du mir erzählen, was hier vorgefallen ist, Fredrik?«

»Keinen blassen Schimmer. Ich wohn nicht hier. Linnea aber. Die ist da drüben.«

Mit einem Nicken weist er auf den Eingang zur Küche und bemerkt, dass Idunn weg ist.

»Wir müssen prüfen, ob du illegale Gegenstände bei dir trägst, okay?«

»Okay.«

Gehorsam streckt Fredrik seine Arme seitwärts aus, wie man es bei Leibesvisitationen am Flugplatz macht.

»Du kannst jetzt nach Hause gehen, Fredrik, aber du musst dich darauf gefasst machen, dass wir dich später noch einmal kontaktieren.«

Mehrere machen sich auf den Heimweg. Irgendwie fühlt es sich an wie bei einer Evakuierung an der Schule, die alljährliche Brandschutzübung. Linnea beneidet er nicht gerade, sie hat nur ein paar Freundinnen eingeladen, doch dann hat die clevere Beate auf Facebook von einer Party unter Freundinnen gepostet. Es war auch lustig gewesen, bis die Sache mit Marte passierte.

Fredrik steckt sich draußen auf dem Hof eine Zigarette an. Die meisten der Jugendlichen wohnen in Lierskogen. Entweder muss er einen Bus kriegen oder zu Fuß durch den Wald marschieren. Er geht ums Haus, späht durch die Küchenfenster, sieht Linnea dort sitzen, mit dem Kopf in den Händen, und klopft an die Scheibe. Linnea schrickt hoch, scheint aber froh, ihn zu sehen. Sie öffnet das Fenster.

»Was ist los?«, fragt Fredrik.

»Die Polizei ist im Wohnzimmer und füllt irgend so ein Formularzeugs aus. Der Fernseher ist Schrott. Die haben gesagt, ich muss eine Liste machen mit allen, die hier gewesen sind, aber von nicht einmal der Hälfte der Leute kenn ich die Namen. Und dann haben die noch Papa angerufen.«

Fredrik schluckt.

»Wo ist Idunn?«, fragt er.

»Ich glaub, sie hat sich verdrückt, als die Polizei gekommen ist«, sagt Linnea. »Du weißt ja, was los ist, wenn ihre Eltern spitzkriegen, dass sie hier gewesen ist, oder?«

Fredrik nickt.

»Und Marte?«

Linnea schneidet eine Grimasse. Ihr Gesicht sieht ganz wellig aus. Schlagartig fühlt er sich schlecht.

»Was kümmert die dich denn?«

»Die ist mir doch egal.«

»Marte hat gesagt, sie wird abgeholt, ist noch vor der Polizei gegangen. Kannst du nicht noch mal reinkommen?«

Sie schaut ihn mit dem Hundeblick an. Dem, der ihn normalerweise gefügig macht. Genau das war zuvor am Abend passiert. Sowohl Idunn als auch Linnea haben haargenau diesen Blick benutzt. Reiß dich zusammen, Fredrik, denkt er. Du bist besoffen. Du musst kotzen. Jetzt nicht noch mehr Weiber. Nicht noch mehr Ärger. Er kotzt auf den Boden. Die Brocken landen direkt vor seinen Stiefeln und bilden einen hellgelben Kreis im Schnee.

»Muss abhauen«, sagt er und meidet ihren Blick. Wenn er rennt, kann er Idunn vielleicht noch einholen.

»Erzähl, woran du dich erinnerst«, sagte Verner Jacobsen.

Fredrik wurde in den klaustrophobisch engen Raum im Polizeipräsidium zurückkatapultiert. Dass sie ein Schaffell über den Stuhl gelegt hatten, nützte nichts. Er saß unbequem.

»Ich weiß nicht mehr so genau«, sagte er und meinte, das würde schon hinhauen. Der Mann saß mit einem Laptop da, auf dem offenbar ein Bericht gespeichert war. Sicher stand da auch, dass er getrunken hatte.

»Ich hatte getrunken«, sagte er und dachte, es wäre bestimmt schlau, seine Fehler, seine kleinen Fehler einzugestehen.

»Ja, das weiß ich«, sagte Verner Jacobsen. »Aber ich möchte gern aus deinem Blickwinkel hören, was auf der Party geschehen ist.«

Ach, zur Hölle!, dachte Fredrik. Das erfährst du nicht. Drei Mädchen tauchten abwechselnd in seinem Kopf auf. Idunn. Linnea. Marte. Auch nachts träumte er von ihnen. Immer begann es damit, dass sie lächelten, aber dann veränderten sie sich, mutierten zu grotesken Geschöpfen, die ihn beobachteten. Er schüttelte den Kopf.

»Du möchtest nichts sagen?«

Die Stimme des Polizisten ließ das Bild der drei Mädchen verschwinden.

»Doch«, sagte Fredrik. »War 'ne ganz normale Party, wir haben Musik gehört, ein paar haben getanzt, ich hab getrunken.«

»Woher hattest du das Bier?«

»Von zu Hause.«

»Zu Hause bekommst du Bier?«

Er wurde still.

»Manchmal. Diesmal hatte ich mich aber, ohne zu fragen, an Papas Vorrat bedient. Gewöhnlich merkt der nichts.«

Verner Jacobsen entschied sich, die Party bis auf Weiteres Party sein zu lassen, und wechselte unvermittelt das Thema.

»Erklär mal, wie du Idunn gefunden hast.«

Die Verantwortliche vom Jugendamt warf Verner einen scharfen Blick zu. Es schien, als wollte sie etwas sagen, doch Fredrick sprach, bevor sie den Mund aufmachen konnte.

»Wie?«

»Du hast gesagt, dass du sie im Wald gefunden hast. Wie hast du sie entdeckt?«

»Ich bin direkt auf sie zugelaufen.«

»Wo?«

»Beim Obelisken.«

»Aber der Obelisk steht ein Stück vom Weg entfernt. Hast du sie oben vom Weg gesehen?«

»Nein, nein.«

Er dachte fieberhaft nach. Sollte er es verraten? Nein, verdammt, auf keinen Fall würde er erzählen, was er getan hatte.

»Dann erzähl mal«, forderte Verner Jacobsen ihn auf.

Fredrik sah, wie die Nasenflügel des Ermittlers bebten. Das erinnerte ihn an ein Tier, das Blut witterte. Er gähnte, griff nach der Colaflasche und trank.

»Ich bin durch den Wald gegangen«, sagte Fredrik. »Da gibt es einen schmalen Pfad. Nüchtern war ich ja nicht gerade, also weiß ich auch nicht, was ich mir dabei gedacht hab, genau da langzugehen, aber ich bin direkt auf sie zugelaufen. Fast jedenfalls. Ich hab sie gesehen, als ich beim Obelisken war.«

Die Frau vom Jugendamt beugte sich vor und flüsterte dem Jungen etwas ins Ohr. Verner Jacobsen ärgerte sich. Die ganze Zeit über hatte er genau auf die Körpersprache des Jungen geachtet. Nervöse Unruhe von dem Augenblick an, als er sich gesetzt hatte, aber jetzt wurde er gelassen. Entweder erzählte er nun endlich die Wahrheit, oder aber er hatte sich in diesem Augenblick entschlossen, zu lügen.

27

Freitag, 28. November

Grauenhaftes Tagebuch,

ich bin ein böser Mensch.

Eigentlich sollte ich ein schlechtes Gewissen haben.

Idunn ist tot.

Und ich bin froh.

Die Zeitung habe ich mit auf mein Zimmer genommen. Idunn ist auf der Titelseite. Ein Ausschnitt vom Klassenfoto. Sie trägt ein türkisfarbenes Top mit weißer Jacke, und auf ihrer rechten Schulter ruht eine Hand. Meine Hand. Das weiß ich, weil ich unmittelbar hinter ihr stand, als das Foto gemacht wurde. Idunns dunkelbraunes Haar wird auf der einen Seite von einer blumenförmigen Spange gehalten, sodass ihre Ohrringe gut sichtbar sind – weiße Perlen. Sie sieht direkt in die Kamera und lacht.

Die Schlagzeile in der Zeitung:

»Tot aufgefunden«.

Tot. Weg also. Komischer Gedanke. Wir waren einmal Freunde. Als das Foto letztes Jahr geschossen wurde, waren wir BFF. Vor Fredrik. Bevor Papa sich gekümmert hat. Vor der Party bei Linnea.

In der Zeitung steht, ein Jugendlicher habe sie gefunden, er stehe im Fokus der polizeilichen Ermittlungen. Ein Name steht da nicht, aber Papa sagt, es ist Fredrik.

28

Das heruntergebrannte Haus lag am selben Weg, der zum Fundort am Obelisken führte. Es musste das Haus mit dem Hundeauslauf sein, an dem sie in der Nacht zu Donnerstag vorbeigefahren waren. Bitte Røed erinnerte sich daran, wie alt und baufällig es gewirkt hatte, die Elektroinstallation war sicher nicht mehr auf dem neuesten Stand gewesen. Die Brandsachverständigen machten gerade Fotos, das Gebiet wurde abgesperrt. Noch immer stieg Qualm aus den Ruinen empor.

»Oh ja, das zieht ordentlich, selbst für einen eingefleischten Raucher«, sagte Marius Moe und führte seine Hand vor den Mund.

»Du rauchst? Wusste ich gar nicht.«

»Versuch' aufzuhören«, sagte Marius, während Bitte einen der Sachverständigen zu sich winkte. Der Mann trug eine das ganze Gesicht umschließende Maske, und sie musste an alte Reportagen über das Ebolavirus denken.

»Können Sie auf die Schnelle schon was sagen?«, fragte sie.

»Schwierig, so früh«, antwortete der Mann. »Allerdings war die Temperatur hoch, das steht mit Sicherheit fest. Die Feuerwehr hat uns mitgeteilt, dass das Haus Eternitplatten hatte. Eigentlich dämmen die ein Feuer ja ein, aber wenn es ausreichend warm wird, geben die Platten dem Druck nach, und wenn man dann noch Wasser draufspritzt, sind die wie Popkorn. Wir gehen davon aus, dass eine Tür oder ein Fenster offen war, sodass Durchzug geherrscht hat, aber natürlich suchen wir auch nach Überresten von explosivem Material. Auf alle Fälle hat im Haus ein Paraffinofen gestanden, und ein Tank im Haus kann die Ursache für die starke Hitzeentwicklung gewesen sein.«

»Wissen Sie, wo der Brand seinen Ausgangspunkt hatte?«

»Noch nicht.«

»Kann es sich um Brandstiftung handeln?«

»Ist noch zu früh, darüber etwas zu sagen. Das finden wir heraus, kann aber etwas dauern. Sie können sich ja selbst davon überzeugen, wie es hier aussieht.«

Der Mann gestikulierte ungeduldig. Er schien wieder zur Brandstätte zurückzuwollen.

»Danke«, sagte Bitte Røed, blieb stehen und betrachtete das abgebrannte Haus. Der Schornstein samt einigen Teilen der Außenmauern stand noch. Das halbe Wellblechdach war zusammengekracht und bedeckte wahrscheinlich alles, was sich möglicherweise noch an Spuren fand. Es würde lange dauern, alles gründlich zu untersuchen.

Man sollte meinen, die Sachverständigen würden unter den Dachplatten nichts weiter als Asche finden, doch wo sie nur Asche und Ruinen sah, würde die mühselige Arbeit dieser Leute hoffentlich in einigen Tagen Ergebnisse zutage fördern, wo der Brand angefangen und welche Entwicklung er genommen hatte. Ein paar Journalisten schwirrten umher, Kristian war aber nicht unter ihnen.

Die *Lierposten* hatte Bilder vom Tatort beim Obelisken ins Internet gestellt, die noch vor der Absperrung des Gebietes gemacht worden waren. Die Verfasserzeile wies zwar den Redakteur des Artikels aus, doch nur Kristian konnte die Fotos geschossen haben. Was sie davon halten sollte, wusste sie nicht. Einerseits war sie erbost und enttäuscht. In einer solchen Situation das Handy zu zücken und Fotos zu machen. Eine andere Stimme sagte ihr, es sei trotz allem seine Arbeit. Und wie oft bekam ein Journalist die Möglichkeit, als Erster an einem Tatort zu sein? Es hätte den natürlichen Gesetzmäßigkeiten widersprochen, sich diese Chance entgehen zu lassen.

Der Redakteur war sich jedenfalls zu gut gewesen, sich in Spekulationen zu ergehen, denn der Artikel beinhaltete nicht mehr als die spärlichen Tatsachen, die schon an die Öffentlichkeit weitergegeben worden waren. Das stimmte sie milder. Vorhin hatte sie Kristian eine SMS geschickt, aber bisher hatte er nicht geantwortet. Womöglich war sein Handy beschlagnahmt worden. Sie würde es später auf dem Festnetz versuchen.

Zum wer weiß wievielten Mal holte Bitte Røed ihr Handy hervor. Kristian strahlte sie vom Display an. Sahneschnitte, dachte sie und steckte das Handy zurück in die Tasche. Doch die Ermittlerin in ihr sandte sogleich ungute Signale aus: Derjenige, der einen Vorfall meldet, ist verdächtig. Sie schob den Gedanken beiseite. Kristian war der rechtschaffenste Mensch, den sie je kennengelernt hatte. Sogar als sie damals noch Teenager und schon ein Paar waren, hatte er ihr umgehend gestanden, sich in Pia verliebt zu haben. Gnadenlos, aber ehrlich. Eine Weile hatte sie ihn dafür gehasst, ihn einen Brutalo genannt und sich geweigert, fallen gelassen zu werden. Sie konnte sich noch daran erinnern, wie sie wütend zu ihm nach Hause gefahren war, ihn mit heftigen Schimpfworten überschüttet und ihn provoziert hatte. Er hatte einen Arm gehoben, und einen Moment hatte sie Angst, er schlüge sie. Doch er streichelte ihr lediglich die Wange und ließ sie behutsam ihrer Wege ziehen, das Herz bis zum Rand gefüllt mit Scham.

Jetzt hatte er bloß getan, was jeder verantwortungsbewusste Erwachsene getan hätte, oder etwa nicht? Krankenwagen und Polizei gerufen. Und er war ja nicht der Erste am Tatort gewesen, da war noch dieser Junge. Der und das Opfer waren beide auf derselben Party gewesen. Und Julie! Nein, nun musste sie vernünftig sein. Julie hatte nichts mit dieser Sache zu tun, und Kristian würde bestimmt auch bald nicht mehr zu den Verdächtigen zählen.

»Können wir mit Sicherheit sagen, wer der Tote ist?«, fragte sie in dem Versuch, sich auf den Brandfall zu konzentrieren. Marius Moe hob seine Schultern.

»Wir werden denjenigen nicht anhand seines Aussehens identifizieren können. Möglicherweise gibt uns das Gebiss nähere Anhaltspunkte. Ansonsten werden Referenzproben genommen, die mit den Verwandten abgeglichen werden, um eine letztendliche Bestätigung zu erhalten.«

»Okay«, sagte Bitte. »Haben wir genug gesehen?«

Marius Moe war ebenso der Meinung, dass ihnen nichts anderes übrig blieb, als zum Büro zurückzufahren, den Bericht zu schreiben und die Angehörigen des auf das Haus registrierten Besitzers ausfindig zu machen.

Eine unverhoffte Eingebung.

»Du, Marius«, sagte sie. »Ich wohn ja nicht weit weg von hier und frag mich gerade, ob du nicht alleine zurückfahren und das Auto wegbringen könntest, dann würde ich von hier nach Hause laufen. Den Bericht kann ich auch von zu Hause schreiben.«

»Alles klar. Aber ich kann dich auch fahren«, schlug Marius vor.

»Ich brauch ein bisschen frische Luft«, sagte Bitte und merkte auf einmal, wie der beißende Rauch ihr in der Nase brannte. Sie tat jedoch, als machte ihr das nichts aus, als sie hinzufügte: »Tut einfach gut, den Kopf mit einem kleinen Spaziergang freizubekommen. Fahr du nur.«

Er schöpfte keinen Verdacht, was sie eigentlich im Sinn hatte. Langsam ging sie den Weg entlang und wartete, bis sie die Rücklichter des zivilen Polizeiwagens nicht mehr sah. Dann machte sie kehrt und ging in die entgegengesetzte Richtung.

29

Die ganze Zeit während der Zeugenvernehmung hatte Fredrik sich gewunden, als säße er auf Steinchen – bis diese Frau vom Jugendamt ihm etwas ins Ohr geflüstert hatte. Da wurde er ruhig und schwieg. Verner Jacobsen hatte sich angeboten, ihn nach Hause zu fahren, doch im Auto auf dem Weg nach Tranby hatte er auch nichts gesagt. Normalerweise hätte Verner die Gelegenheit genutzt, an weitere Informationen zu kommen, aber dieses Mal hatte er kein Glück. Auf einmal saß Victor neben ihm auf dem Beifahrersitz mit seinen langen Beinen, die Arme vor der Brust verschränkt. Und durchbräche er die Stille, würde die Illusion zerbersten.

Fredrik wohnte in einem der grauen Blöcke gleich bei der Schule. Er stellte das Auto auf dem Gästeparkplatz ab und folgte ihm zur Tür.

»Es ist erst halb eins, die letzte Stunde schaffst du noch«, schlug Verner Jacobsen vor, aber der Junge verschwand ohne ein weiteres Wort ins Treppenhaus und ließ die Panzerglastür hinter sich zugleiten. Er drehte sich um und erhob seine Hand zu einer möglicherweise obszönen Geste, allerdings fasste Verner den Entschluss, diese als eine Art Gruß aufzufassen.

Ich muss mich beherrschen, dachte Verner, als er den Gehweg entlangging und die niedrigen Flachdachbauten in Augenschein nahm, von denen er glaubte, es handelte sich um die Gesamtschule. Er musste Schluss machen damit, in jedem Jungen seinen eigenen verstorbenen Sohn zu sehen. Victor kam nicht zurück, das wusste er doch, aber sein Gehirn tat sich schwer damit, die Tatsachen zu akzeptieren. Vielleicht sollte er sich ein paar Tage freinehmen? Verner konnte nicht sagen, was schlimmer war – sich seiner Trauer zu Hause zu stellen, in ihr zu waten, oder mit der Verzweiflung von Idunns Familie konfrontiert zu werden.

Wie immer beschloss er, sich, anstatt in sein eigenes, in das Unglück anderer zu vertiefen, und niemand im Polizeipräsidium schien überrascht zu sein, dass er so schnell wieder bei der Arbeit war. Der Krebs, der das Leben seines Sohnes dahingerafft hatte, konnte schlechterdings nicht angeklagt und vor Gericht gestellt werden, der Mörder Idunns jedoch sehr wohl. Er wollte bloß nicht, dass es Fredrik war. Bloß nicht dieser kleine Junge in seinem allzu erwachsenen Körper. Augenblicklich verdammte er sich, dass er nicht in der Lage war, sachlich zu bleiben.

Die Schulglocke klingelte zum Unterricht, als er um die Ecke bog. Er wartete auf dem Gehweg, bis alle hineingegangen waren, bevor er sich zu dem vereinbarten Treffen mit der Rektorin und der Lehrerin von der Schulaufsicht begab.

Auf einem Tisch unter dem Schwarzen Brett in der Eingangshalle standen ein Blumenstrauß, ein Porträt von Idunn, ein Kondolenzbuch lag aufgeschlagen da. Eine unbehaglich anormale Stille hatte sich unmerklich zwischen den Wänden ausgebreitet. Verner sah sich um. Es gab keinen Hinweis auf das Büro der Rektorin, und er nahm die roten Türen im Flur zur Rechten ins Visier. Er passierte einen Besenschrank und das Büro des Vertrauenslehrers, bevor er an der Tür anlangte, auf der »Rektorin Anne Bengtson« stand. Er klopfte an und öffnete, ohne auf Antwort zu warten. Zwei Frauen erhoben sich gleichzeitig, wie auf ein vereinbartes Signal.

»Verner Jacobsen«, sagte Verner und streckte seine Hand aus.

»Anne Bengtson«, sagte die Frau hinterm Schreibtisch.

Sie war klein, und selbst Verner Jacobsen mit seinen kurzen eins dreiundsiebzig überragte sie. Inzwischen war die Mindestgröße von eins fünfundsiebzig abgeschafft worden, aber als er sich seinerzeit bei der Polizeihochschule beworben hatte, hatte er einen Zentimeter hinzugelogen und sich ein klein wenig auf die Zehen gestellt. Man hatte Gnade walten und ihn durch das Nadelöhr schlüpfen lassen, obwohl er als zu klein galt.

Die grazile Frau vor ihm strahlte rechtschaffene Autorität aus.

»Ich bin die Rektorin, und das ist Kari Halvorsen, die der Schulaufsichtsbehörde direkt berichtet. Kari ist hauptverantwortlich für das Soziale hier.« Die Rektorin und die Schulaufsichtsbeamtin lächelten schwach mit herabgezogenen Mundwinkeln, als erlebten sie beide seit Jahren dieselbe Frustration.

Verner drückte die mollige Hand Kari Halvorsens, bevor er sich auf den freien Stuhl neben ihr setzte. Eine Zeit lang blieb er stumm sitzen, wohl wissend, dass er als Erster das Wort ergreifen sollte; etwas Tröstliches und Wohlartikuliertes über die Situation, in die die Schule geraten war, doch Victor saß unter seinem Brustbein fest und nestelte an seinem Herz.

»Mein Beileid«, sagte er.

»Danke«, sagte Anne Bengtson. »Wir stehen alle unter dem Eindruck dieses Geschehens, allerdings haben wir auch Verständnis dafür, dass Sie Ihre Arbeit machen müssen. Wir möchten Sie gern unterstützen. Wie können wir behilflich sein?«

Verner mochte den effektiven Ton und erkannte ihn als praktisches Instrument im Kampf gegen Gefühle wieder.

»Ich möchte, dass Sie mir alles über Idunn Olsen erzählen, was Sie wissen«, sagte Verner Jacobsen. »Und über ihre Freunde.«

»Wo soll ich anfangen«, sagte die Rektorin. »Idunn war ein nettes Mädchen. Beliebt.«

Die zwei Frauen blickten einander an und nickten.

»Linnea Løvås und Marte Skage waren ihre engsten Freundinnen. Süße Mädchen, die beiden. Gut in der Schule alle drei«, sagte Kari Halvorsen, wobei sie Verner Jacobsens Blick mied.

»Lassen Sie uns Ross und Reiter nennen«, sagte Rektorin Anne Bengtson schroff und schnellte von ihrem Stuhl hoch. Sie ging hinüber zum Fenster, drehte ihnen den Rücken zu und verschränkte die Arme. Ihre Bluse straffte sich über den Schulterblättern, und ein Zipfel hing über dem Hosenbund. Als sie fortfuhr, war es, als spräche sie zu jemandem auf dem Schulhof:

»Idunn war in eine Mobbinggeschichte verwickelt, die uns in der letzten Zeit viel beschäftigt hat. Sie war eine derjenigen, die gemobbt haben.«

Die Rektorin drehte sich wieder um.

»Eine ganze Weile hatten wir hier eine Antimobbingkampagne. Der Vorsitzende des Elternrats Kristian Skage und die Eltern im Ausschuss haben einen fantastischen Einsatz gezeigt. Unter anderem haben sie einen Themenabend auf die Beine gestellt, an dem ein Film gezeigt wurde, wie schnell sich unerwünschte Inhalte im Internet verbreiten. Ich glaube, viele Eltern hatten ein echtes Aha-Erlebnis.«

»Ja, der Elternrat hat sehr gute Arbeit geleistet«, bestätigte Kari Halvorsen, »doch das Problem war, dass es Marte nicht half. Marte ist übrigens die Tochter des Vorsitzenden«, fügte sie an.

»Marte wurde gemobbt?«

»Sie hat das geleugnet, aber nach den Sommerferien hat ihr Vater sich mehrfach bei mir gemeldet. Er hat gesagt, dass …«

Sie hielt inne und biss sich auf die Unterlippe.

»Wir haben im Vertrauen miteinander gesprochen«, sagte sie. »Die Schule hat eine Verschwiegenheitspflicht.«

»Die hat die Polizei auch«, versuchte Verner sie zu beruhigen.

Kari Halvorsen nickte ernst und sprach weiter:

»Hier an der Schule haben wir eine Gruppe Schüler, die wir Back-up nennen. Häufig erzielen wir die besten Resultate, wenn die Jugendlichen selbst für Ordnung sorgen dürfen. Back-up besteht aus leistungsstarken Schülerinnen und Schülern, die angesehen und umgänglich sind und über die richtigen Werte verfügen. Sie müssen sich dafür bewerben, zusammengestellt wird die Gruppe allerdings von den Lehrern. Idunn war anfänglich eindeutig eine Anführerin. Aber in diesem Fall wurde es ein bisschen kompliziert, da Marte mit den meisten im Back-up gut bekannt war.«

»Und Martes Vater hat sich Sorgen gemacht«, sagte die Rektorin. »Sicher, seine Tochter hatte sich nach den Sommerferien verändert. Sie isolierte sich. Aber zuletzt hatte ich den Eindruck, dass sich der Konflikt zwischen Marte und ihren Freundinnen zu lösen begann.«

»Worin bestand die Auseinandersetzung?«

»Genau da liegt die Schwierigkeit. Es geht das Gerücht um, jemand habe unmittelbar nach dem Schulstart unvorteilhafte Fotos von Idunn ins Netz gestellt. Marte soll schuld gewesen sein, doch konnten wir das nie bestätigen. Es stand Aussage gegen Aussage, und verletzende Fotos haben wir nicht gefunden.«

»Die Jugendlichen stellen unentwegt Fotos und Videos ins Netz«, ergänzte Kari Halvorsen. »Über Instagram, Facebook, Twitter, Kik, Ask, Vine, Snapchat und bestimmt auch andere Dienste, von denen wir noch nichts wissen. Einige glauben, es sei sicher, Bildmaterial über Snapchat zu versenden, weil die Bilder nur für ein paar Sekunden zu sehen sind. Gut möglich, dass wir bestimmte Bilder nie zu Gesicht bekommen haben. Und vielleicht existieren sie immer noch. Die Jugendlichen, verstehen Sie, haben inzwischen so flinke Finger, dass sie schneller einen Screenshot machen, als wir Erwachsenen Schnapp sagen können.«

»Das eigentlich Merkwürdige ist, dass Martes Vater erzählt hat, sie habe sich zurückgezogen, wohingegen sie hier in der Schule bisweilen extrovertiert aufgetreten ist. Davon konnten wir uns schließlich selbst überzeugen, Kari«, sagte Anne Bengtson.

Kari Halvorsen nickte.

»Vertritt Martes Vater eine bestimmte Meinung darüber, was diese Veränderung seiner Tochter bewirkt haben könnte?«, fragte Verner.

»Ja, seiner Auffassung nach stecken Konflikte mit einigen aus der Schule dahinter. Als ich aber mit Marte gesprochen habe«, sagte Kari, »beharrte sie darauf, alles sei in Ordnung, und wollte absolut keine Hilfe vom Back-up oder jemand anderem.«

»So etwas haben wir schon vorher erlebt«, sagte die Rektorin. »Die Jugendlichen trauen sich nicht, Hilfe anzunehmen, weil sie fürchten, sie schlägt ins Gegenteil um.«

»Und manchmal wird es tatsächlich schlimmer«, sagte die Aufsichtsbeamtin. »Ich glaube, Marte hatte Angst und war sich unsicher, was ihr Verhältnis zu ihren Freunden anging. Jedes Jahr erleben wir dasselbe. Im Laufe des Sommers entwickeln sich die Teenager unterschiedlich, sowohl körperlich als auch geistig. Und wenn dann die Schule wieder anfängt, müssen die Hierarchien neu geordnet werden. Das kann ein schmerzhafter Prozess sein, der in der Regel jedoch nach den ersten paar Monaten beendet ist. Aber das mit Marte …«

Kari Halvorsen nahm einen Stift vom Tisch und knabberte an der Kappe. Rauchsucht, dachte Verner.

»Ich glaub ja, die schwierigen familiären Verhältnisse sind dran schuld«, fuhr Kari Halvorsen fort und drehte den Stift zwischen Zeige- und Mittelfinger. »Deshalb hat sie sich manchmal so aggressiv aufgeführt.«

»Aggressiv? Können Sie ein paar konkrete Vorfälle nennen?«

Verner Jacobsen fühlte sich unruhig. Schwierige familiäre Verhältnisse, dachte er, und einen Augenblick tat Bitte Røed ihm leid, die ein Verhältnis mit Martes Vater hatte. Er fuhr mit der nächsten Frage fort, bevor er Antwort auf die vorige erhalten hatte.

»Von welchen schwierigen Familienverhältnissen sprechen wir hier eigentlich?«

»Von Scheidung«, sagte Kari Halvorsen. »Die soll ziemlich aufreibend gewesen sein. Kristian Skage ist Journalist bei der Lokalzeitung und hat früher schon mehrere Artikel über die verwundbare Rolle des Vaters in Scheidungsangelegenheiten veröffentlicht. In vielem, was er sagt, hat er durchaus recht, dass der Vater häufig am meisten leidet, besonders finanziell.«

»Aber Sie haben nach konkreten Vorfällen mit Marte gefragt«, sagte die Rektorin.

Verner nickte.

»Da hat es leider einige gegeben. Ich erinnere mich an ein Mal, als wir sie mit in mein Büro nehmen mussten. Das war vor der ersten Stunde, erinnerst du dich, Kari, ist noch nicht so lange her, ein paar Wochen vielleicht?

»Ja, Idunn ist vorbeigekommen und hat Bescheid gegeben. Marte hatte ihr den Rucksack in den Rücken geschleudert, sodass Idunn auf den Asphalt gefallen war und sich eine teure Hose ruiniert hatte. Marte ihrerseits meinte, es sei ein Versehen gewesen.«

»Vorher hat es auch schon Zwischenfälle gegeben«, sagte die Rektorin mit einem traurigen Lächeln. »Bälle, die im

Sportunterricht unglücklicherweise im Gesicht gelandet sind, Schwierigkeiten bei der Projektzusammenarbeit, um nur einige zu nennen. Das ist leider nichts Ungewöhnliches. Kinder verändern sich oft in ihrem Verhalten, wenn die familiären Verhältnisse kompliziert werden.«

»Ich glaube, dass es für Marte besonders schwierig war, weil ihre besten Freundinnen aus einem so gut funktionierenden und warmherzigen Elternhaus kamen«, sagte Kari Halvorsen. »Die armen Eltern!«

Sie wedelte heftig mit der Hand vor ihrem Gesicht, um die aufsteigenden Tränen zurückzuhalten.

Verner nickte und dachte, dass er schnellstmöglich die Vernehmungsprotokolle von Idunns Eltern durchgehen musste.

»Wir planen für das Wochenende eine Gedenkfeier für die gesamte Schule«, sagte die Rektorin. »Wir brauchen eine Zeremonie, um gemeinsam trauern zu können und einen Weg zurück in den Alltag zu finden. Die ganze Schule steht stark unter dem Eindruck dieses Todesfalls, und es herrscht ein großes Bedürfnis danach, miteinander zu reden. Idunns Vater hat gesagt, er wolle gern ein paar Worte beisteuern.«

»Ich begreife nicht, wie wir so etwas hinbekommen sollen«, wandte Kari Halvorsen ein. Sie hatte gänzlich aufgegeben, sich zu beherrschen, die Tränen liefen ihr über die Wangen.

»In zehn Minuten habe ich Unterricht«, sagte die Rektorin und reichte ihrer Kollegin ein Papiertaschentuch. »Ich glaube nicht, dass wir zum jetzigen Zeitpunkt mit noch mehr Informationen dienen können, wenn wir also zum Ende kommen könnten …«

Verner stand auf, ein wenig überrascht, dass er sich wie ein Schuljunge dirigieren ließ. Die Frauen begleiteten ihn hinaus in die Eingangshalle.

»Sie sind sich wohl im Klaren darüber«, sagte Kari Halvorsen, während sie sich schnäuzte und die Tränen wegwischte, »dass auf Facebook eine Gruppe gegründet wurde. Eine Art Trauer- oder Gedenkseite. Sie hat schon über tausend Likes. Die Leute stellen Fotos ein und schreiben einen letzten Gruß. Einige verleihen auch ihrer Wut Ausdruck, schreiben, dass sie den kriegen, der das getan hat. Das ist starker Tobak. Haben Sie sich das schon angeschaut?«

»Nein, aber jemand im Präsidium hat sich sicher schon drum gekümmert. Die Polizei ist im Begriff, den gesamten Datenverkehr aufzuschlüsseln. Soziale Medien werden natürlich auch gründlich überprüft. Was für Kommentare meinen Sie?«

»Die Leute wollen, dass der Täter in der Hölle schmort und solche Sachen. Starke Emotionen sind nur allzu verständlich, und man trauert ja so unterschiedlich, also ist es wohl auch nicht so merkwürdig, dass …«

Kari Halvorsen unterbrach sich.

»Was ist nicht merkwürdig?«, fragte Verner Jacobsen.

»Ach, nein, das hat sicher nichts zu bedeuten, aber mir ist aufgefallen, dass zwei, tatsächlich nur zwei von der ganzen Schule, soweit ich das überblicken kann, noch nichts geschrieben oder ihren Kommentar an der Wand abgegeben haben – auch nicht im Kondolenzbuch«, sagte sie und schaute hinüber zu dem aufgeschlagenen Buch auf dem Tisch.

»Und um wen handelt es sich?«, fragte Verner Jacobsen, obwohl er schon eine Ahnung hatte. Die Antwort der Schulaufsichtsbeamtin bestätigte seinen Verdacht:

»Fredrik und Marte.«

30

Bitte Røed war außer Atem. Die Hügel waren anstrengender, als sie gedacht hatte, doch nun wurde das Gelände glücklicherweise flacher. Die eisige Luft zerrte in ihren Lungen. Ihre Zähne fühlten sich schutzlos an. Sie versuchte, durch die Nase zu atmen, gab nach nur zwei Zügen aber schon wieder auf. Sie hatte Haare in der Nase! Winzig kleine Haare, die jedes Mal, wenn sie einatmete, ein eisiges Netz bildeten. Ihren Schal zog sie sich vors Gesicht, doch ihr Atem ließ ihn feucht auf der Haut werden.

Während sie durch den Wald ging, war sie in Gedanken immer noch bei dem Brand, sogar noch, als sie sich dem Obelisken näherte. Sie ärgerte sich ein wenig darüber, dass sie von dem Fall mit dem Mädchen abgezogen worden war. Der schien sich zu einer großen Sache zu entwickeln. Große Fälle mochte sie. Und sie brauchte die Erfahrung. Vielleicht hatte der Leichenwagendieb damit ja etwas zu tun, tröstete sie sich. Dann würde sie auch zur Aufklärung beitragen.

Die Absperrung der Polizei war schon von Weitem zu sehen, und ein uniformierter Beamter hielt Wache. Sie zeigte ihm ihren Dienstausweis. Die Techniker waren weg, und der Beamte teilte ihr mit, sie seien mit dem Abfotografieren des Tatorts und der Umgebung fertig, aber eine Untersuchung eines kleinen Bereichs, der von einer Plane bedeckt war, stehe noch aus. Zudem sollte die Suche um den Fundort ausgeweitet werden. Sie bekam die Erlaubnis, sich bis zur Kante des Abhangs bewegen zu dürfen, an dessen Fuß das Mädchen gefunden worden war. Rund um den Obelisken war die Landschaft wie ein Halbkreis geformt, ein Hohlraum, als hätte jemand einen großen markanten Spatenstich getan und mehrere Erdschichten entfernt. Weiße, eingerahmte Schautafeln beschrieben die Kulturdenkmäler, die dort standen.

Ein Marmorbruch aus dem achtzehnten Jahrhundert. Deswegen glich bestimmt die Umgebung von hier oben einem kleinen, aber tiefen Krater. Von ihrem Standort aus musste sie sich ein bisschen vorbeugen, um die Stelle zu sehen, an der das Mädchen gefunden worden war. Das Zelt, das die Leute von der Spurensicherung über dem Fundort errichtet hatten, war mit einer dünnen Schneeschicht bedeckt.

Sie schaute sich um. Die Bäume spreizten ihre nackten Äste, der Obelisk thronte in der Mitte und ähnelte in der Tat einem mahnenden Finger. Hatte das Mädchen versucht, ihnen mit ihrem ausgestreckten Arm etwas zu sagen? Bitte Røed zügelte sich. Nur konkrete Spuren, Zeugenvernehmungen und akkurate Nachforschungen brachten Resultate, und nicht Spekulationen. Aber solange sie den Fall von außen betrachtete, blieb ihr nichts als genau das – Spekulationen.

Was sie zu finden gehofft hatte, konnte sie nicht benennen. Irgendein Detail, das sie beim ersten Mal, als Verner und sie hier gewesen waren, vielleicht übersehen hatten, eine Vorstellung davon, was womöglich geschehen war. Und, dachte sie widerwillig, wo hat Kristian gestanden, als er den Jungen rufen hörte, wo ist er langgegangen, was hat er gesehen? Und an was hat er gedacht? An Marte selbstverständlich. Möglicherweise war er den verschneiten Schotterweg mit hämmerndem Puls entlanggelaufen, hatte jemanden rufen hören, einen Schrei, der ihn mitten in sein Vaterherz getroffen hatte. Hatte er hier an der Kante gestanden und das leblose Mädchen daliegen sehen? Befand er sich in einer Schockstarre, weil er zuerst dachte, es sei Marte?

Wahrscheinlich. Ich jedenfalls hätte so gedacht, gestand Bitte sich ein. Ich hätte den schlimmsten Albtraum vor mir gesehen. Und wäre erleichtert gewesen, dass ich mich geirrt habe. Sie schämte sich, sich dies eingestehen zu müssen, doch es stimmte. Die Mahnung, dass man selbst nicht betroffen war, wieder einmal nicht, gehörte zu den Nebeneffekten eines Verbrechens. Die beschämende Erleichterung, die mit dem Drang einherging, sämtliche grauenhafte Details bloßzulegen, die einen nicht berührten. Sie war nicht besser.

Bitte Røed dankte dem Beamten, dass er sie durchgelassen hatte, und machte sich auf den Heimweg. Nun ging es leichter, fast die ganze Zeit bergab. Vielleicht sollte ich mit dem Wandern anfangen, dachte sie. Wenn ich meine körperliche Aktivität steigere, werde ich mir ab und an auch einmal ein Plunderteilchen gönnen dürfen. Der Gedanke hob ihre Stimmung.

Es hatte wieder zu schneien begonnen, als sie sich dem Haus näherte, das von nun an ihr Zuhause war – auch wenn sie sich daran noch gewöhnen musste. Es hatte sich zugezogen, und auch das letzte Fitzelchen Blau war verschwunden. Der Himmel wirkte farblos wie Magermilch, deren hellblauer durchsichtiger Ton sie immer beinahe zum Erbrechen brachte. Bei den Briefkästen bog sie um die Ecke, nahm die tägliche eintreffende Reklame mit und ging den schmalen Weg zwischen den Reihenhäusern entlang. Das Wohngebiet war genauso grau wie ein norwegischer Winter, und jede Häuserreihe besaß ihre eigene Nuance derselben toten Farbe. Was hat es bloß mit uns Norwegern und dem Grau auf sich, dachte sie. Verflixt noch eins, bei der nächsten Eigentümerversammlung würde sie vorschlagen, den Häusern einen neuen Anstrich zu verpassen. Rot vielleicht, dachte sie und schloss die Haustür auf. Sie legte den feuchten Schal ab, hängte ihre Jacke auf und nahm ihren Lippenstift aus der Tasche.

»Hallo? Ist jemand zu Hause?«

Stille. Im Wohnzimmer fiel ihr Blick auf einen Stapel Umzugskartons, die stumm ihre Aufmerksamkeit forderten. Sie schaltete das Licht ein. Ein paarmal blinkte es, bevor es sich entschloss, anzugehen. Muss dran denken, ein paar Glühbirnen auf Vorrat zu kaufen, dachte sie und fragte sich, ob sie das Zimmer bis Weihnachten freigeräumt hätten.

»Julie! Peder! Seid ihr zu Hause?«

Keine Antwort, doch verriet ihr ein gleichmäßiges Dröhnen aus dem Obergeschoss, dass auf jeden Fall Peder zu Hause war und Xbox spielte. Das verursachte eine seltsame, kaum hörbare Vibration im Haus, die man lediglich als ein unangenehmes Beben erahnen konnte.

Einen Moment blieb sie im Wohnzimmer stehen und fühlte sich schlagartig von jemandem beobachtet da draußen in der grauen Dunkelheit. Sie musste unbedingt Gardinen fürs Wohnzimmer besorgen. Es konnten alle hereinsehen. Und dann – unmittelbar vor dem Haus das Geräusch von etwas, das zerbrach. Was es verursacht hatte, konnte sie nicht sehen, aber das Geräusch von klirrendem Glas war noch immer zu vernehmen. Im Nu war sie oben, wo sie von Julies Zimmer aus eine bessere Übersicht über das Grundstück hatte.

»Und du willst also Polizistin sein«, lachte sie, als ihr Blick auf den grünen Container gleich hinter dem Weg fiel, wo jemand Glas zum Recycling einwarf.

31

Freitag, 28. November. Abends

Grauenhaftes Tagebuch,

ich habe es ausprobiert und an meinem linken Arm die Rasierklinge die Adern hinaufgleiten lassen. Habe mich geritzt. Eine Spur, der ich später folgen kann. Längs dieses Mal. Ich weiß, dass man längs schneiden soll. Wenn es ernst ist.

Ich dachte, es würde anders kommen. Fast hätte ich geglaubt, wir fänden in der Trauer eine Art Zusammenhalt. Den haben die anderen. Die halten zusammen. Schließen mich aus.

Wie lange kann ein Mensch alleine leben? Ich habe gelesen, dass Babys sterben können, wenn sie in ihrer ersten Lebensphase keinen Körperkontakt haben. Ich sterbe jeden Tag ein bisschen. Die anderen zerpflücken mich. Jeden Tag fehlt ein anderes Stück. Bald ist alles weg. Dann sterbe ich nicht mehr.

Papa trägt jetzt ständig sein Sorgengesicht. Er wird immer so traurig, wenn es mir nicht gut geht. Deshalb habe ich mir vorgenommen, es besser zu verstecken. Nun sitze ich also hier, mit der Rasierklinge und diesem Buch, das beinahe genauso gefährlich ist. Beide sind eine Art Rettung. Auch heute packe ich die Rasierklinge wieder ein. Vielleicht sterbe ich bald von selbst.

32

Verdammt noch mal, so geschmeidig wie ein Babypopo, dachte Agnar und strich sich mit der einen Hand über den glatten Schädel, mit der anderen übers Kinn. Er stand im Bad von Finn und Elin und bewunderte den Mann, der ihn im Spiegel ansah. Frisch rasiert war er und hatte ein feines Hemd an, der lange Bart lag in einem Haufen im Waschbecken. Er war bereit für seinen Auftritt, konnte es nicht länger hinauszögern. Ansonsten würde die Polizei unbequeme Fragen stellen, warum er nichts davon gehört habe. Im Fernsehen hatte man darüber berichtet. Sein Elternhaus lag in Schutt und Asche. In den Ruinen war ein Mensch gefunden worden. Finn hatte ihn aus den Augenwinkeln beobachtet, allerdings dachte er nicht daran, mehr als unbedingt notwendig zu sagen. Ein Geschenk Gottes, dass seine Alte schwanger war; nach einem besseren Druckmittel musste man lange suchen.

Jetzt durfte Elin die Polizei informieren – nach seiner Regie: Seit seiner Entlassung aus dem Gefängnis hatte er mit seinem besten Kumpel durchgesoffen und nicht mitgekriegt, dass seine Mutter tot aufgefunden worden war. Kurz gesagt: Der Suff war schuld. Nun blieb nur noch, sich wieder sinnlos zu betrinken – der Glaubwürdigkeit halber. Finn hatte im Vinmonopol eingekauft, jetzt brauchte es stärkeren Stoff, klares Zeug würde schneller wirken als die braune Soße von Aass. Er war beinahe gerührt, dass Finn derart nach seiner Pfeife tanzte. Schnell hätte er sich daran gewöhnen können, doch entschloss er sich, ihn nicht mehr als nötig auszunutzen. Finn hatte er im

Griff, bei Elin war er sich da nicht so sicher. Die schien eine toughe Frau zu sein. Sie mussten für ihn bloß noch die Show für die Behörden abziehen, anschließend würde er sie in Ruhe lassen.

Die Wodkaflasche hatte er mit ins Badezimmer genommen. Ihr Inhalt erfüllte ihn mit einem wohligen Gefühl, dass sich alles schon regeln würde. Vielleicht sollte er auch auf arbeitslos machen? Nein. Das würde nicht lange gut gehen. Er brauchte einen Job, etwas, wo er jeden Tag hingehen konnte, das ihn von der Flasche und von Schwierigkeiten fernhielt.

Einen eigenartigen Moment lang ertappte er sich, wie er seine Zelle vermisste und die Sicherheit, die ihm der durchstrukturierte Alltag im Gefängnis bot. So schlecht war es ihm nicht ergangen. Wecken und Frühstück und das ungeduldige Warten auf die erste Kippe. Zellenreinigung. Aufschluss. Arbeit. Kippe. Einschluss. Mittag. Kippe. Aufschluss. Training. Kippe und Einschluss. Er hatte Fernsehen und nicht eine Episode von *Hotel Cæsar* verpasst. Hatte in der Küche gearbeitet und mit Salat und Bratwürsten herumhantiert. Der Koch und er hatten viele gute Gespräche geführt. Agnar hatte nie viel daran gelegen, sich mit Leuten zu unterhalten, aber in der Küche, über prasselnden Pfannen und mit der Spülmaschine im Hintergrund, waren die Gespräche wie von selbst gelaufen. Es hatte etwas Beruhigendes, den Abwasch zu machen, die Teller und Töpfe durch die Maschine zu schicken und zu sehen, wie sie blitzblank auf der anderen Seite wieder herauskamen. Die reine Seite. Wie lange würde es dauern, bevor er sich wieder mit Dreck besudelte? Hatte er nicht schon Blut an den Händen?

Er sah seine Mutter vor sich. Das Haus war zerstört. Er schob den Gedanken von sich. Daran wollte er sich nicht erinnern, sonst verplapperte er sich womöglich noch. Aber das Bild, wie er die Kerze angezündet hatte, stand ihm nur allzu deutlich vor Augen. Das Feuerzeug trug er immer noch in der Tasche. Er hatte beobachtet, wie das Feuer sich der Zeitung und der Tischdecke bemächtigt hatte, dann war er gegangen. Lillys Jaulen klang ihm fortwährend in den Ohren. Dummer Köter, hoffe, der hatte genug Verstand, um abzuhauen! Ganz genau hatte er die Bilder seines Elternhauses studiert. Über der Küche war das Dach zusammengefallen. Stell dir bloß vor, die hätten den Brand gelöscht, bevor Mutter vollständig verkohlt gewesen wäre, bevor sich das Blut in Asche verwandelt hätte. Wenn sie nur das Blut nicht entdeckten, dann würden sie auf einen Haushaltsunfall schließen. Immerhin wussten alle, dass alte Weiber nicht alleine leben und unbeaufsichtigt bleiben sollten.

33

Das Pflegeheim war schön gelegen mit Aussicht über den Fjord. Panoramafenster sorgten dafür, dass die Bewohner sie von allen Gemeinschaftsräumen genießen konnten. Verner Jacobsen vermutete, dass dies keinen Einfluss auf seine Mutter hatte. Sie war größtenteils mit der Aussicht in ihr eigenes Inneres beschäftigt. Allzu lange hatte er den Besuch aufgeschoben. Sie zu treffen führte stets dazu, dass er sich schlecht fühlte, was nun keine Rolle spielte. Viel schlimmer konnte es nicht mehr werden.

Mit einer Zeitung im Schoß saß seine Mutter da. Ihre Lippen bewegten sich, und jedes Mal, wenn sie umblätterte, tat ihr Kopf einen Ruck, als hätte sie einen Tic. Doch ihr weißes Haar verrutschte nicht, wohlfrisiert und steif vor Haarspray. Sie bohrte in der Nase, räusperte sich laut. Bohrte noch einmal mit dem Daumen, während die anderen Finger über der Nasenwurzel lagen, also wollte sie ihr Tun verbergen.

Sie sah auf und starrte Verner an, als er aus dem Aufzug stieg. Ihr misstrauischer Blick verursachte einen wohlbekannten Schmerz. Mit einem Mal war er wieder acht Jahre alt und kam zu spät zum Mittagessen. Ich kann noch umkehren, dachte er. Ich bin erwachsen und kann selbst entscheiden. Ich kann wieder in den Aufzug steigen. Sie einfach da sitzen und grübeln lassen. Vielleicht würde sie nicht einmal registrieren, dass er es war, ihr Sohn. Womöglich glaubte sie, er sei irgendein Pfleger. Die Aufzugtüren schoben sich hinter ihm zu, und er tat einen Schritt in den Raum.

»Verner, mein Junge«, sagte sie und streckte ihm ihre knochigen Hände entgegen.

Er setzte sich neben sie, vermied eine Umarmung und legte ihr die Hände in den Schoß. Er streichelte ihr über den Handrücken.

»Wie geht es dir, Mutter?«

»Viel zu tun«, sagte sie. »Wir haben eine Lieferung neuer Bekleidung ins Lager bekommen und wissen noch nicht, welches Thema wir für die Weihnachtsschaufenster nehmen. Schau, heute haben wir eine Anzeige in der Zeitung!«

Verner folgte ihrem Zeigefinger zu einer Reportage über die Wohnungspreise in Drammen.

Seine Mutter war wieder dort, wo sie sich die meiste Zeit seiner Kindheit aufgehalten hatte – bei Ferner Jacobsen. Sie war Schaufensterdekorateurin gewesen und hatte in den Schaufenstern der Hauptstadt Illusionen exklusiven Einkaufsglücks geschaffen. Dank dieses Kaufhauses hatte er seinen Namen erhalten, als müsste sie alles, was sie zwischen die Finger bekam, verschönern – in einem Versuch, die Familie vornehmer erscheinen zu lassen, als sie war. Ich genüge ihren Anforderungen nie, dachte er. Niemand konnte in den Augen seiner Mutter bestehen.

Verner fühlte den unvermittelten Drang, von Victor zu erzählen. Mutter wusste nichts von seiner Existenz. In Absprache mit dem Arzt hatten sie entschieden, ihr nichts zu erzählen. Es ist die richtige Entscheidung gewesen, dachte Verner. Seine Mutter hatte ausreichend damit zu tun, sich in der engen Welt hier oben am Rande Liers zurechtzufinden. Über ihn reden zu können, fehlte ihm. Die ganze Zeit über war Victor da, grub neue Hohlräume in ihn, wie kleine Würmer in morschem Holz. Er sah aus dem Fenster. Der Fjord war zugefroren. Eisiger Nebel stieg auf.

»Jetzt wird es schnell dunkel«, sagte Verner.

Seine Mutter hob den Blick, sah einen Augenblick verwirrt aus.

Eine Pflegerin, die er zuvor noch nicht gesehen hatte, kam auf sie zu; eine Frau mit blondem Pferdeschwanz. Sie sah streng aus, grüßte aber freundlich.

»Hallo!«, sagte sie und reichte Verner die Hand. »Sie haben Besuch, Frau Jacobsen?«

Seine Mutter schaute von der Pflegerin zu Verner, lächelte, schien sich aber unwohl zu fühlen.

»Sie werden sich doch an mich erinnern«, fuhr die Pflegerin fort, »wir gehen immer spazieren, wenn ich die Spätschicht habe. Ich bin Elin, wissen Sie noch?«

Mutter nickte.

»Ich habe Besuch von meinem Sohn«, sagte seine Mutter, und ihre Miene hellte sich mit einem Mal auf. »Er ist Polizist!«

Elin schaute Verner an, so lange, dass es ihm unangenehm wurde.

»Ich komme doch nicht außerhalb der Besuchszeit?«

Die Pflegerin lächelte breit und senkte die Augen, als hätte sie bemerkt, dass sie ihn angestarrt hatte.

»Wir haben hier keine Besuchszeit. Darf ich Ihnen einen Kaffee anbieten?«

Verner nahm dankend an, und gleich darauf kam sie mit zwei Tassen und einer Schale Butterkekse zurück, die sie auf den Tisch vor ihnen stellte.

»Wären Sie ein bisschen früher gekommen, hätten sie Waffeln bekommen. Ihre Mutter hat heute mitgebacken.«

»Ich liebe Waffeln«, sagte seine Mutter und grinste. »Mit guter Butter und Braunkäse.«

»Ich möchte ja nicht stören, aber stimmt es wirklich, dass Sie

Polizist sind?«, fragte die Krankenpflegerin. Sie sprach leise, als wäre das weniger störend.

»Selbstverständlich ist er das«, rief seine Mutter. »Er ist der beste Dekorateur in Buskerud, Süd- … Buskerud, nein, wie heißt das noch?«

Hilflos starrte sie ihn an.

»Polizeibezirk Süd-Buskerud«, sagte Verner ruhig und streichelte abwesend ihre Hand. »Es kommt vor, dass sie die Dinge ein bisschen durcheinanderbringt.« Verner lächelte entschuldigend. »Sie war Dekorateurin. Bei Ferner Jacobsen.«

Mutter nickte und sah stolz aus.

»Ich bin Ermittler«, schloss er.

»Ich hab gehört, Sie suchen Angehörige des Besitzers des Hauses, das gestern in Tranby abgebrannt ist«, flüsterte sie. »Ich hatte vorgehabt, in meiner Pause anzurufen, aber vielleicht kann ich auch einfach Ihnen Bescheid geben?«

»Um was geht es?«, fragte Verner.

»Ich glaube, der Sohn der Hauseigentümerin ist gerade in diesem Moment bei uns zu Hause.«

Verner Jacobsen stand auf. Mit dem Brand hatte er nichts zu tun, doch die unverhoffte Aussicht tat sich auf, Kontakt zu Bitte Røed aufnehmen zu können. Lächerlich, dachte er. Ich benehme mich wie ein Teenager.

»Sie können das auch gern mir sagen.« Lächelnd zog Verner den Notizblock hervor, den er immer in der Tasche bei sich trug, und schrieb die Informationen auf. Agnar Eriksen, ein alter Bekannter ihres Mannes, war unerwartet vor ein paar Tagen aufgetaucht. Erst heute hatten sie und ihr Mann begriffen, dass er der Sohn der Frau sein musste, die in ihrem Haus in Tranby verbrannt war. Agnar Eriksen und ihr Mann hätten alte Erinnerungen aufgefrischt und gesoffen, fügte sie an und blickte beschämt zu Boden.

»Er, also Agnar, weiß noch nichts davon«, sagte Elin zögerlich, als prüfte sie jedes Wort, bevor sie es aussprach. Aber plötzlich löste sich etwas in ihr, und sie begann, ein wenig hektisch zu erklären:

»Wir, äh, ich und mein Mann, sind uns ein bisschen unsicher gewesen, wie wir ihm die schlechte Nachricht beibringen sollten. Er ist nach einer längeren Haftstrafe gerade erst entlassen worden, und außerdem wussten wir ja auch nicht, ob seine Mutter wirklich noch in diesem Haus gewohnt hat. Sie verstehen, er hat es nicht gerade leicht gehabt, wir dachten uns, vielleicht sollte ihm das jemand beibringen, der Erfahrung im Umgang mit Leuten hat, denen eine schlechte Nachricht überbracht wird.«

»So jemanden wie mich meinen Sie?«

Sie sah verlegen aus, und Verner beeilte sich, sie zu beruhigen, indem er ihr versicherte, alles sei in Ordnung. Sie wirkte erleichtert.

»Wissen Sie, wofür er gesessen hat?«

»Nein«, sagte sie und schaute weg, entschuldigte sich damit, sie habe einen Bericht zu schreiben, und verschwand aus dem Aufenthaltsraum.

Verner drehte sich seiner Mutter zu.

»Heute kann ich nicht so lange bleiben, Mutter«, sagte er. »Ich muss wieder an die Arbeit, aber ich komme bald wieder.«

Als er ging, sah sie ihm nicht nach, wedelte lediglich mit den Händen, als scheuchte sie lästige Fliegen weg. Dann raschelte sie mit der Zeitung und fuhr unter ruckartigen Bewegungen fort, zu lesen.

Ich vermisse sie nicht, dachte Verner Jacobsen, als er sich kurz darauf ins Auto setzte. Und zugleich wusste er, dass er sie erst vermissen würde, wenn sie für immer gegangen war.

34

Als Bitte Røed einen der Umzugskartons öffnete, bot sich ihr ein betrüblicher Anblick: Blumenvasen, die Robert und sie zu ihrer Hochzeit geschenkt bekommen hatten. Gerade überlegte sie, ob sie sie wieder in den Karton packen sollte, als es klingelte. Zu schade, sie wegzuwerfen, und wer weiß, eines Tages könnte ich eine gebrauchen, dachte sie und öffnete erwartungsvoll die Haustür.

»Komm rein!«

Ein Stoß in der Brust. Ein Aufflackern von Wärme.

»Äh, du bist's …« Sie errötete ein wenig.

»Ich dachte, es wäre Kristian. Ich erwarte ihn, du verstehst? Er ist raus aus dem Fall.«

Sie wusste, dass ihr Lächeln mit einem Ausdruck von Triumph verwechselt werden könnte, schaffte es aber nicht, es zu unterdrücken.

»Doch jetzt bist du's, Verner. Wie schön!«

Sie fühlte, wie sie sich aufrichtig freute, ihren Kollegen zu sehen, wurde zugleich aber unruhig, dass Kristian ausgerechnet jetzt kommen könnte. Kristian wird erkennen, welch besondere Bedeutung Verner für mich hat, dachte sie. Bestimmte Menschen traf man am besten ohne seinen Partner. Menschen, mit denen man gern vertrauliche Gespräche führte, allerdings nur, wenn man unter sich war. Derlei Gespräche waren keinesfalls geheim, aber trotzdem fühlte es sich an, als müsste sie aufpassen, was sie sagte, wenn andere sich in der Nähe aufhielten. Verner war ein solcher Mensch.

»Oh, ich störe«, sagte Verner und blieb auf dem Treppenabsatz stehen, obwohl sie die Tür weit geöffnet hatte.

»Nein, komm herein.«

Bitte warf einen Blick auf den Weg, um nachzusehen, ob Kristian im Anmarsch war, bevor sie die Haustür schloss. Doch lediglich eine große rote Katze schlich die Hecken entlang, die die Grundstücke voreinander abschirmte.

»Ich bleibe nicht lange«, sagte Verner. »Du bist doch an dieser Brand-Geschichte dran …«

Bitte nickte und war kurzzeitig ein wenig enttäuscht. Die Arbeit also.

»Hübsches Häuschen«, sagte Verner, als er das Wohnzimmer betrat. An der einen Wand standen stapelweise Kartons, dahinter erkannte man die schöne weiß gestrichene Wandvertäfelung. Ein Bücherregal hatte sie schon aufgebaut.

»Bücher hab ich auch, ich weiß bloß gerade nicht, wo die sind«, sagte Bitte und lachte. »Also, nur falls du dich wunderst.«

Sie wusste, dass Verner gern las. Sie lächelte schief.

»Gibt's was Neues in der Sache mit dem Brand?«, fragte Bitte.

Sollte sie ihm etwas anbieten? Wenn sie das tat, würde er auf Kristian treffen. Wollte sie das? Wie wäre es, sie so nebeneinander zu sehen? Würden sie den gegenseitigen Vergleich aushalten?

»Im Präsidium habe ich gehört, dass sie die Hausbesitzerin vermutlich identifiziert haben. Erna Eriksen. Ich habe ihren Sohn ausfindig gemacht. Jedenfalls glaube ich das. Er soll sich derzeit an dieser Adresse aufhalten.«

Bitte nahm den Zettel entgegen, den er von seinem Notizblock abgerissen hatte.

»Ich kann die Information natürlich auch auf der Wache abgeben«, sagte er. »Dann kümmert sich die entsprechende

Schicht darum, fährt hin und unterhält sich mit ihm. Du hast schließlich frei und erwartest Besuch.«

Er wirkte verlegen. Komisch, wie sehr ein Kollege, den du vermeintlich gut zu kennen glaubst, zu einem Fremden wird, wenn er bei dir zu Hause auftaucht, dachte Bitte. Mit einem Mal wurde seine Gegenwart kompliziert. Sie wusste nicht, was sie sagen sollte. Und das ähnelte ihr so gar nicht.

»Oder du entscheidest dich, gleich jetzt hinzufahren«, sprach er weiter. »Denk bloß nicht, dass ich dich unter Druck setzen will, aber ich kann mitkommen, wenn du willst.«

Bitte vernahm zwei Stimmen. Die eine riet ihr, zu bleiben, wo sie war. Peder und Julie waren zu Hause, Kristian würde bald kommen. Und die andere sagte: Der Job ist wichtiger, deine Karriere. Du könntest einen Durchbruch in dem Fall schaffen, willst du das wirklich anderen überlassen? Und Verner wird dich begleiten. Wird. Dich. Begleiten.

»Julie!«

Bitte steckte ihren Kopf in den Treppenaufgang. Keine Antwort.

»Warte kurz«, sagte sie zu Verner und ging die Treppe hinauf. »Ich sag nur Julie kurz, dass sie auf Peder aufpassen soll, während wir weg sind.«

Julie war ziemlich zahm gewesen, als Bitte sie damit konfrontiert hatte, dass sie wusste, dass sie auf derselben Party gewesen war wie das tote Mädchen. Julie war abweisend gewesen und hatte sich auf ihr Zimmer zurückgezogen, sich eingeschlossen wie eine Muschel. Aus strategischen Gründen hatte Bitte erwogen, sie in Ruhe zu lassen. Sie würde keinen Versuch unternehmen, auszubüchsen.

Kristian schickte sie eine SMS, dass sie die abendliche Verabredung verschieben musste.

»Weißt du, weshalb Agnar Eriksen gesessen hat?«, fragte

Bitte, als sie zum Garagenhof gingen. »Ich nehm übrigens mein eigenes Auto, dann brauchst du mich anschließend nicht wieder herbringen.«

»Ich habe Heiki angerufen und ihn die Archive prüfen lassen, als ich auf dem Weg zu dir war«, sagte Verner und kniff seine Lippen zusammen. »Du musst verstehen.« Er bemerkte zu spät, dass er fieberhaft versuchte, eine Ausrede zu finden, warum er bei ihr aufgetaucht war. »Ich komme von Sylling. Habe meine Mutter besucht, und deshalb bin ich hier, habe einen Abstecher gemacht … Tranby liegt schließlich auf dem Weg, also dachte ich …«

Weshalb ist der denn bloß so nervös, dachte Bitte Røed und wollte gerade antworten, er habe sich für seinen Aufenthalt in Tranby doch nicht zu rechtfertigen, als Verner fortfuhr:

»Bis vor zwei Tagen hat Agnar Eriksen eine siebenjährige Haftstrafe abgesessen, weil er versucht hat, seine Mutter zu ermorden.«

35

Es war dunkel, als Bitte Røed und Verner Jacobsen vor dem Wohnblock standen und bei Elin und Finn Berget klingelten.

»Wir sind von der Polizei«, sagte Bitte Røed, als es in der Gegensprechanlage knarzte. »Lassen Sie uns bitte herein?«

Das Türschloss gab ein Klicken von sich, und sie gingen hinauf in die zweite Etage. Bitte Røed zeigte dem Mann, der die Tür öffnete, ihren Dienstausweis, wobei sie zu verbergen versuchte, wie kurzatmig sie das Treppensteigen gemacht hatte.

»Wir suchen nach Agnar Eriksen«, sagte sie. »Sind Sie das?«

Der Mann in der Tür schüttelte den Kopf und drehte sich kurz um.

»Wir müssen uns mit ihm unterhalten, es geht um seine Mutter«, fuhr Bitte Røed fort.

»Ja, ja. Er ist hier.«

Der Mann wirkte nervös, er flüsterte.

»Ich weiß, dass Sie mit meiner Frau gesprochen haben. Hat sie Ihnen auch gesagt, dass Agnar noch nichts von dem niedergebrannten Haus seiner Mutter weiß? Wir haben ihm nichts erzählt. Als wir dann heute erfahren haben, dass nach Angehörigen gesucht wird, wussten wir nicht genau, wie wir es ihm beibringen sollten … außerdem hat er ziemlich viel getrunken.«

»Wir werden behutsam vorgehen«, sagte Bitte. Ein unangenehmes Kribbeln breitete sich in ihrer Magengegend aus. Sie hasste es, schlechte Nachrichten zu überbringen. Zum Glück war Verner Jacobsen dabei.

Sie gingen ins Wohnzimmer, in dem niemand war. Ein Mann in einer feinen Hose und einem hellblauen Hemd kam aus der Küche herein. Abgesehen davon, dass er offensichtlich total besoffen war, entsprach er nicht dem Bild, das sie sich von einem verurteilten Gewaltverbrecher gemacht hatte. Dümmlich lächelte er sie aus gewinnenden und zugleich fragenden Augen an.

»Sie kommen von der Polizei, Agnar«, sagte Finn ernst. »Sie haben schlechte Nachrichten.«

»Ah ja?«

Agnar stützte sich auf die Rückenlehne eines Sessels. Er klammerte sich fest, drehte sich um und setzte sich. Sein verschwommener Blick ging zwischen Bitte und Verner hin und her.

Bitte nahm auf dem Sofa ihm gegenüber Platz. Irgendwie hatte sie das Gefühl, er ziehe eine Show vor ihnen ab. War es etwa normal, so ängstlich zu reagieren, bevor sie auch nur ein Wort gesagt hatten, warum sie hier waren?

»Es geht um Ihre Mutter«, sagte sie.

»Mutter?«

Agnar schluckte auffällig laut. Ein dumpfer Laut. Standen ihm Tränen in den Augen?

»Es besteht Grund zur Annahme, dass sie umkam, als ihr Haus niedergebrannt ist. Haben Sie davon noch nichts gehört?«

»Nein!«

Agnar rief und wandte sich Finn zu.

»Du hast das gewusst? Hast du diese Leute hierher gebeten?«

Bitte Røed schaute zu Verner Jacobsen, der sich im Hintergrund hielt. Ob er auch das Gefühl hatte, Teil des Publikums in einem Theater zu sein? Verner offenbarte mit keiner Miene, was er dachte.

»Elin hat vor ein paar Stunden im Internet davon gelesen«, sagte Finn und sah Agnar nicht an. »Wir dachten, es wäre das Beste, wenn Profis dir helfen.«

»Und dann hast du die Polizei gerufen?«

Finn schaute zu Boden.

»Sie haben die letzten Tage hier gewohnt?«, fragte Bitte.

Agnar nickte und warf Finn einen Blick zu.

»Ja, Mittwochnachmittag ist er hierhergekommen«, sagte Finn. »Ich bin arbeitslos, und er … äh, wir haben unser Wiedersehen gefeiert.«

»Agnar«, sagte Bitte Røed, »wir möchten, dass Sie uns begleiten. Wir versuchen, endgültig die Identität desjenigen festzustellen, der bei dem Brand umgekommen ist. Falls es Ihre Mutter ist, wovon wir ausgehen, werden uns Referenzproben von Ihnen hundertprozentige Sicherheit geben.«

Agnar versuchte aufzustehen, fiel jedoch wieder in den Sessel zurück. Total besoffen, dachte Verner Jacobsen und erinnerte sich unfreiwillig an einige Episoden mit Ingrid. Sie hatte ebenfalls die Tendenz, davon überzeugt zu sein, sie sei vollkommen nüchtern, und wollte dies mit einfachen Aufgaben wie etwa dem Einräumen der Spülmaschine oder dem Ordnen des Zeitungsstapels auf dem Wohnzimmertisch unter Beweis stellen.

»Ich glaube, es ist am besten, wenn Sie mit uns kommen«, sagte Verner. »Sie müssen sich erst ausnüchtern, und dann holen wir jemanden, mit dem Sie reden können.«

»Ich schlafe aber hier auf dem Sofa bei Finn«, sagte Agnar. »Ich kann doch hier nüchtern werden. Oder, Finn? Ich brauch jetzt nicht noch mehr saufen.«

Finn sah ratlos aus.

»Sie kommen mit uns«, sagte Bitte Røed entschieden. »Und Sie halten sich zu unserer Verfügung«, fügte sie an und richtete ihren Blick auf Finn. »Wir werden sehr wahrscheinlich noch einmal vorbeikommen und uns später mit Ihnen unterhalten.«

Erleichterung sprach aus Finns Miene, als sie Agnar mitnahmen, um ihn über Nacht in die Ausnüchterungszelle zu stecken. Agnar folgte ihnen ruhig, stolperte bloß über die Türschwelle auf dem Weg nach draußen.

»Ja, ja, Finn. Tschüss dann. Grüß deine Frau. Tschüss, hab ich gesagt. Tschüss!«

36

Es war Freitagabend und Hochkonjunktur für Weihnachtsfeiern. Die Ausnüchterungszellen waren allmählich schon für das ganze Wochenende ausgebucht. Am Empfang roch es nach Erbrochenem, und vom Flur hörte man Krawall. Bitte war froh, auf dem Absatz kehrtmachen zu können, nachdem sie Agnar an der Metallschranke in der Ausnüchterung abgeliefert hatten. Zum Glück war es nicht so spät, als sie sich ins Auto setzte und nach Hause zu ihren Kindern fuhr. Vielleicht schaffte sie es noch, Peder ein bisschen vorzulesen, bevor er einschlief.

Sie schloss die Haustür auf. Es war still. Abgesehen von einer einsamen Lampe in der Küche lag das gesamte Erdgeschoss im Dunkeln. Dann hatte Julie also Peder ins Bett gebracht. Sie stolperte über einen Karton, der an der Tür zum Wohnzimmer stand.

»Ich hab jetzt echt keinen Nerv«, sagte sie, als ob er sich ihr absichtlich in den Weg gestellt hätte. Sie verpasste ihm einen Tritt. Etwas zerbrach. Oh nein! Die Weingläser!

Ein anderes Geräusch ließ Bitte Røed erstarren. Jemand war im Wohnzimmer.

»Julie?«

Vom Sofa erhob sich ein Schatten. Nicht Julie. Bitte Røed fühlte, wie sämtliches Blut aus ihrem Kopf wich. Ein Brausen in ihren Ohren.

»Anstrengender Tag?«

»Oh, mein Gott! Hast du mich erschreckt!«

Bitte begann krampfhaft zu lachen, was sich eher wie Weinen anhörte.

»Das wollte ich nicht«, sagte Kristian. »Julie hat mich vor zehn Minuten reingelassen«, erklärte er. »Sie hat mir gesagt, du hättest ihr eine SMS geschrieben, dass du bald zu Hause wärst.«

»Sieht mir gar nicht ähnlich, so schreckhaft zu sein«, sagte Bitte und versuchte wegzulächeln, dass sie einen Moment der Angst verspürt hatte. »Weshalb sitzt du denn im Dunkeln?«

»In die Deckenlampe muss 'ne neue Birne«, sagte Kristian. »Ein paarmal hat es geblinkt und dann aufgehört, kurz bevor du gekommen bist.«

»Ich muss mal einen Elektriker kommen lassen, der sich das ansieht.« Bitte gab der Lampe einen Stoß, sodass sie über dem Wohnzimmertisch hin und her baumelte. Sofort ging das Licht wieder an.

»Schön, dich zu sehen!«

Sie lächelte und fiel ihm in die Arme.

»Tut mir leid, dass ich unsere Verabredung abgesagt hab«, nuschelte sie gegen seine Brust.

»Bei mir bringen Absagen nichts, verstehst du, ich komme trotzdem.«

»Darüber freu ich mich«, sagte Bitte und gestattete sich, einen Augenblick der Schwäche zu fühlen. Sie wollte einfach bloß verschwinden in diesen starken, langen Armen. Das Glück pikste kleine, angenehme Löcher in sie hinein, als hätte sie einen winzig kleinen Igel verschluckt. Kristian war hier. Bei ihr. Und er gehörte ihr. Könnte mich schnell dran gewöhnen, dachte sie, und gleichzeitig erinnerte sie sich daran, dass sie die erstbeste Gelegenheit hatte nutzen wollen, ihn danach zu fragen, wie die Vernehmungen gelaufen waren – doch das war auf einmal nicht mehr so wichtig.

»Ist ein harter Tag gewesen«, sagte er und holte sie zurück in die Realität. In der wirklichen Welt konnte sie sich nicht in einer Umarmung festklammern und so tun, als wäre alles in Ordnung.

»Sie haben dir also nichts nachgewiesen und dich verhaftet?«, sagte sie und brachte ein Lächeln zuwege, um zu unterstreichen, dass die Frage scherzhaft gemeint war. Sie musste es einfach sagen. Er musste Verständnis dafür haben, dass es zur Arbeit der Polizei gehörte, wichtige Zeugen zu verdächtigen. Sie sah, wie er sich zurückzog, seine Augen flackerten.

»Hattest du Angst davor?«, fragte sie aufrichtig erstaunt.

»Was denkst du denn.« Kristian schnappte nach Luft.

»In den meisten Mordfällen kennt der Täter sein Opfer gut, nicht selten ist er ein Familienmitglied oder ein Lebenspartner. Wenn ich raten sollte …«

Sie unterbrach sich.

»Kristian, du bist Journalist, ich bin Polizistin, wir sollten uns nicht darüber unterhalten. Kann ich mich darauf verlassen, dass du nichts von dem, was ich dir erzähle, an die Presse weitergibst? Ich bearbeite den Fall nicht, und es ist unprofessionell, Spekulationen anzustellen.«

»Ich liebe Amateure«, brummte er. Dann wurde er ernst. »Bitte Røed, meine Liebe …«

Sie schmiegte sich wieder in seine Arme.

»Du kannst dich auf mich verlassen. Ich liebe dich. Für denjenigen, den ich liebe, tue ich alles.«

»Hmm, hört sich an, als könnte ich das ausnutzen.«

»Du hast meine ausdrückliche Genehmigung«, sagte er und vergrub sein Gesicht in ihrem Haar.

37

Sonntag, 30. November

Am ersten Advent soll man eine Kerze anzünden, dachte Marte. Eine. Nicht tausend. Die Stelle, an der Idunn gefunden worden war, umgab immer noch ein Flatterband der Polizei, aber der Weg bis zur Absperrung war gesäumt von einer Lichterkette. Die hier und da niedergelegten Rosen erinnerten an vereinzelte Blutspuren.

Ihr Vater und sie waren zum Mittagessen bei seiner neuen Freundin eingeladen, und er hatte sie zusammen mit der Tochter seiner Freundin hinausgeschickt. Julie. Jetzt standen sie beide mit Kerzen und Streichhölzern da. Marte platzierte ihre Kerze am Wegrand und zündete sie an, wobei sie es vermied, zum Tatort hinüberzuschauen. Glücklicherweise waren viele Menschen da, sie füllten den Weg mit Kerzen und Geräuschen und bildeten einen Schutzschirm vor der Dunkelheit, die den Obelisken verbarg.

Julie hatte auf dem Weg hierher unentwegt geplappert, sie über alles ausgefragt, was auf der Party und danach passiert war. Ob sie und Idunn beste Freundinnen gewesen waren, was sie fühlte und dachte. Marte war herausgerutscht, dass sie Tagebuch schrieb. Das bereute sie jetzt.

»Vergiss einfach, was ich über das Tagebuch gesagt hab. Und du brauchst nicht so zu tun, als wolltest du meine Freundin sein«, sagte Marte. »Hat deine Mama oder mein Papa dich darum gebeten, so nett zu mir zu sein?«

Julie trat unruhig auf der Stelle und schichtete mit ihren Stiefelspitzen ein Häufchen Schnee auf.

»Meine Mama«, sagte Julie.

Marte kehrte ihr den Rücken zu und machte sich auf den Rückweg.

»He, warte«, rief Julie.

Sie musste rennen, um sie einzuholen. Marte verlangsamte ihr Tempo. Nebeneinander gingen sie den Hügel hinab, ohne einander anzusehen. Ihnen kam ein gleichmäßiger Menschenstrom entgegen, alle mit Kerzen oder Blumen, zielstrebig, wie bei einer Pilgerwanderung.

»Hast du das geglaubt?«, fragte Marte, als sie sich der Wohnsiedlung näherten. »Dass wir heute bei euch essen, weil wir über das Mobbing an der Schule sprechen wollten? Polizei trifft Elternrat!«

»Mama führt sich wie 'ne Vierzehnjährige auf, total peinlich«, sagte Julie.

Ihre Blicke trafen sich. Marte nickte und musste lächeln.

»Papa ist nicht viel besser«, sagte sie.

»Dass alte Leute so kindisch sind, hätt ich nicht für möglich gehalten«, sagte Julie. »Wenn ich heirate, lasse ich mich nie wieder scheiden.«

»Ich heirate gar nicht erst«, sagte Marte.

»Das sagst du bloß, weil du gerade nicht in jemanden verliebt bist.«

Marte musste daran denken, was gestern im Postkasten gelegen hatte. Jemand hatte ihr ein Herz geschenkt. Ein schweres, silbernes Herz an einem abgeschnittenen Lederband. Auf dem Umschlag hatte nur »MARTE« gestanden. Also hatte jemand ihn persönlich in den Postkasten geworfen. Erst hatte sie an Fredrik gedacht, und ihr Herz hatte schneller geschlagen, doch dann war ihr eingefallen, dass Idunn genau so einen Schmuck getragen hatte. Wer hatte den Umschlag in ihren Postkasten geworfen? Weshalb? Ein Post-it-Zettel war auch dabei gewesen. Als wollte jemand seine eigene Handschrift verschleiern, hatte darauf in denselben, beinahe kindlichen Großbuchstaben gestanden:

JETZT BIST DU SICHER.

Niemals werde ich mich mehr sicher fühlen, dachte Marte. Niemals.

»Du bist verliebt«, sagte Julie. »Ich seh's dir an.«

Demonstrativ presste Marte ihre Lippen zusammen, während sie den Kopf schüttelte.

»Erzähl mal«, bat Julie. »Du kannst es mir ruhig sagen. Als Tochter einer Ermittlerin bei der Polizei bin ich zur Verschwiegenheit verpflichtet.«

Marte grinste.

»Da steht's um mich schlimmer. Journalistentöchtern darfst du dich nie anvertrauen.«

»Haha, gut, dass du mich warnst! Nun sag schon, wer ist es? Jemand, den ich kenne?«

»Ich weiß nicht … er geht in eine Klasse über mir. Fredrik heißt er.«

Julie blieb stehen und starrte sie an.

»Fredrik? Ist das nicht der, über den die Leute alle reden? Der, der Idunn …«

Julie biss sich auf die Lippe, hatte keine Lust über das Vorgefallene zu sprechen.

»Genau.«

Sie sagten nichts mehr, bis sie bei den Reihenhäusern einbogen.

»Hoffe, dein Vater kann besser kochen als meine Mutter, ich hab Hunger«, sagte Julie und lächelte, um das ungute Gefühl von sich abzuschütteln, das sie eingeholt hatte. Fredrik. Julie wusste, wer das war. Ein ziemlicher Weiberheld, dachte sie. Schicke Klamotten, schnittige Frisur, aalglatter Charme. Solche Typen mochte sie nicht. Typisch, dass eine kleine graue Maus wie Marte für solche wie den schwärmten. Nicht dass sie eine Chance hätte. Sie erinnerte sich noch, wie er um Linnea und Idunn herumscharwenzelt war auf der Party. Julie erschauderte. Irgendein Drama hatte sich an dem Abend abgespielt, doch Beate und sie hatten keinen Nerv gehabt, sich weiter darum zu kümmern.

38

Verner Jacobsen hatte sich das ganze Wochenende über in Berichten vergraben, war zwischen Präsidium und Zuhause hin- und hergefahren, und in den wenigen Stunden, die er daheim war, wirkte er abwesend. Ingrid hatte ihn, ohne zu murren, gewähren lassen. Es hat auch seine Vorteile, mit einer Schriftstellerin zusammenzuwohnen, dachte er. Ingrid wusste um das Bedürfnis eines sich frei bewegenden Kopfes, unabhängig davon, wo der Körper sich gerade befand.

Jetzt war er zurück am Tatort. Er ging um die abgesperrte Zone herum und beobachtete verhalten das Geschehen. Überall offen zur Schau gestellte Trauer. Kerzen flackerten, das Schluchzen stieg zu den Baumkronen empor. Julie hatte er entdeckt, Bittes Tochter. Sie stand am Weg zusammen mit einem Mädchen, dessen Namen er nicht kannte. Beide zündeten jeweils eine Kerze an. Seit der Leichenfund bekannt geworden war, fanden sich immer mehr Leute ein. Im Lauf des Wochenendes hatten einige vereinzelte Grablichter sich zu einem Wald von Kerzen ausgewachsen. Er fühlte sich wie betäubt. Sah Victors Grab vor sich. Muss dran denken, Grablichter zu kaufen!

Nicht dass das eine Rolle spielt, dachte er. Was bringen schon Kerzen auf einem Haufen Erde oder am Wegrand?

Er winkte Ida Madsen herbei. Sie würden bald aufbrechen, um mit Idunns Eltern zu sprechen. Ida Madsen hatte sich zuvor schon mit ihnen unterhalten. Verner hatte sie noch nicht getroffen.

»Bist du dir sicher, dass du das willst?«, fragte Ida. »Ich kann auch Heiki oder jemand anderen mitnehmen.«

»Geht schon«, versicherte Verner ihr.

»Richtig gut siehst du aber nicht aus«, fuhr sie fort.

Verner spürte ihren forschenden Blick wie ein Prickeln auf seiner Haut. Er wusste, dass sein Gesicht dem Winter glich und er große Tränensäcke unter den Augen hatte. Jeden Morgen, seit er begriffen hatte, dass Victor im Begriff stand, aus seinem Leben zu verschwinden, war er einem Fremden im Spiegel begegnet. Er versuchte ein Lächeln.

»Ich bin schlichtweg in Trauer, verspüre keine Unsicherheit, habe keine Fragen. Mein einziges Ziel ist es, den Eltern Antworten zu geben, sodass sie wie ich in Ruhe trauern können.«

Ida nickte.

Ida Madsen gehörte nicht zu denjenigen, die viel redeten, doch ihre Beobachtungsfähigkeit lag bisweilen hart an der Grenze zur Aufdringlichkeit, sowohl für diejenigen, die beobachtet wurden, als auch für die Ermittler selbst. Sie war Expertin, wenn es um zeitliche Abläufe ging, und hatte von Beginn an an dem Fall mitgearbeitet. Auf ihre schweigsame Art schaffte sie es, die kleinen Zeitlücken auszumachen, die eine Ermittlung voranbrachten. Verner wusste, dass sie den Großteil des näheren Personenkreises um Idunn Olsen schon erfasst hatte, wo jeder Einzelne sich aufgehalten hatte – oder zumindest behauptete, sich aufgehalten zu haben.

»Sie befinden sich immer noch im Schockzustand, ist nicht gesagt, dass wir was Neues erfahren.«

»Nein, das ist mir klar«, antwortete Verner. »Aber vielleicht tut es ihnen gut, wenn wir kommen. Dann gibt unsere Anwesenheit ihnen wenigstens das Gefühl, dass etwas passiert.«

Verner spürte einen stechenden Schmerz, als er seinen Daumen auf die Klingel drückte. Der Mann, der ihnen öffnete, versuchte zu lächeln, eine unbeholfene jahrelang einstudierte Höflichkeitsgeste. Verner ergriff seine Hand und stellte sich vor. Dann gingen sie hinein. Das Wohnzimmer war aufgeräumt. Keine Zeitungen auf dem Tisch, keine schmutzigen Teller, lediglich der Esszimmertisch glich der Auslage in einem Blumengeschäft. Ein süßer, ekelerregender Duft hing im Zimmer. *Odour of Chrysanthemums*, dachte er und sah die braune Ausgabe der Novellensammlung von D. H. Lawrence vor sich, die er im Gymnasium gelesen hatte. Er ging zum Tisch hinüber und schaute sich einige der Karten an. Viele enthielten Verweise auf die Bibel: Joh. 14.27, Mat. 11.28. Verner vermutete tröstende Worte hinter diesen Kürzeln.

»Die meisten kommen von Leuten aus der Gemeinde«, erklärte Gustav Olsen, doch Verner war auf eine aufmerksam geworden, die aus dem Rahmen fiel. »Wir fühlen mit Euch. Im Namen aller Eltern der 9 B, Kristian Skage«.

Ein Stich von Eifersucht beim bloßen Anblick des Namens. Schöne Handschrift.

»Kristian kam gestern vorbei«, sagte Gustav, der bemerkt hatte, wie Verner bei diesem Strauß innehielt.

Verner wusste, dass Kristian Skage bis einschließlich Freitag immer wieder lange verhört worden war. Allerdings gab es keinerlei Spur, die ihn mit dem Verbrechen in Verbindung brachte. Verner hatte eine seltsame Enttäuschung verspürt. Das hätte dem Verhältnis zu Bitte Røed einen dicken Strich durch die Rechnung gemacht. Was ist bloß los mit mir, fiel ihm im selben Moment auf. Wieso bitte gönne ich Bitte nicht einfach ihr Glück? Er unterdrückte ein Lächeln, das sich Bahn brechen wollte … doch, sie verdiente es, aber konzentriere dich jetzt, ermahnte er sich und sah zu Idunns Mutter hinüber. Nie zuvor hatte er Probleme damit gehabt, die wirklich wichtigen Dinge im Fokus zu behalten. Jetzt stoben seine Gedanken in alle Richtungen wie ein aufgescheuchter Krähenschwarm.

Sølvi Olsen war ein Schatten auf dem Sofa, hatte bei ihrem Eintreten kaum aufgesehen, als hätte sie aufgegeben, sich in ihrem eigenen Haus zu Hause zu fühlen. Sie glich einem Menschen im Wartezimmer einer Arztpraxis – zurückgezogen in den eigenen Schmerz, auf die endgültige Diagnose wartend. Mühelos erkannte Verner seinen eigenen Schmerz in ihrem Gesicht wieder.

»Ich muss so viel wie möglich über Idunn erfahren«, begann Verner und setzte sich, obwohl ihn niemand dazu aufgefordert hatte. Idunns Mutter ließ den Kopf in ihre Hände sinken.

»Unser einziges Kind«, sagte sie. »Das einzige! Wie konnte man uns das nur antun.«

»Gott handelt auf für uns oft unverständliche Weise«, sagte der Vater, der sich neben seine Frau gesetzt hatte und vorsichtig den Zeigefinger vor ihr erhob. Er sprach mit fester Stimme, doch irgendwo darunter bebte es, Verärgerung, vielleicht Wut. Verner Jacobsen tat sich schwer, seine Körpersprache zu deuten. Ihm ging auf, dass es wohl am besten gewesen wäre, sie einzeln zu befragen, doch das ließ sich nun nicht mehr ändern.

»Zieh jetzt bloß Gott nicht in diese Sache rein«, brach es aus der Mutter hervor.

Sie hatte dagesessen und an einem Halsschmuck herumgefingert, jetzt zerrte sie an der Kette, dass sie riss. Ein Kreuz an einer dünnen Silberkette landete auf dem Boden.

»Den ganzen Tag über sitze ich in ihrem Zimmer, liege auf ihrem Bett, lese die Zeitschriften, die sie gelesen hat, versuche herauszufinden, wer sie war. Und wissen Sie was …? Ich habe meine eigene Tochter nicht gekannt. Ich dachte, sie wäre eine Christin gewesen, dass sie nette Freunde hatte, und dann muss ich also erkennen, dass …«

»Dass?«

»Sie haben doch ihren Computer mitgenommen, dann können Sie's sich ja selbst ansehen.«

»Daran arbeiten wir gerade, doch es dauert seine Zeit, die Freigabe von Daten wie unter anderem von Facebook zu erhalten«, sagte Verner. »Was meinen Sie damit, Sie erkennen Ihre Tochter nicht wieder? Haben Sie sich den Computer angeschaut, bevor wir ihn mitgenommen haben?«

»Natürlich habe ich das getan, der stand ja da, sogar noch auf Facebook eingeloggt. Eigentlich wollte ich nur die Mitteilungen lesen, die ihre Freunde auf ihre Wand geschrieben haben. Es waren so viele traurige dabei. Ich hab es gerade noch geschafft, ihren privaten Eingang durchzugehen, bevor der Akku leer war …«

»Und?«

»Idunn hat geschrieben … Nein! Ich kann nicht darüber reden, Sie können es selbst nachlesen!«

»So einfach ist das nicht«, sagte Ida Madsen. »Wir haben kein Passwort, und wie Verner Jacobsen schon sagte, es braucht seine Zeit, bis Facebook seine Daten freigibt.«

Eine gewaltige Wut brauste in Sølvi auf, sie schnellte hoch und trampelte aus dem Wohnzimmer. Sie kam nicht zurück, ihr Mann blickte schuldbewusst drein.

»Mit mir hat sie auch nicht darüber sprechen wollen, wenn Sie das tröstet. Ich glaube, sie hat etwas über Idunn entdeckt. Sie konnte schon schwierig sein«, sagte Gustav leise.

Er bückte sich und hob das Kreuz auf, das Sølvi auf den Teppichboden hatte fallen lassen.

»Tatsächlich habe ich mir Gedanken gemacht«, fuhr er fort, »selten zugegebenermaßen, dass sie Hausarrest bekommen sollte. Oder ich weiß auch nicht, eine andere Art der Bestrafung. Wen man liebt, den züchtigt man, nicht wahr?«

Er legte das Kreuz auf den Tisch. Unvermittelt hörte Verner wie ein Echo Bitte Røeds Stimme, als sie am ersten Morgen am Tatort gewesen waren:

»Finger Gottes. Werden Obelisken nicht auch Finger Gottes genannt?«

Verner Jacobsens Blick fiel auf Gustav Olsens Hände. Er saß da und zog seinen Ehering vom Finger und steckte ihn sich wieder an, als quälte er ihn.

Plötzlich stand Sølvi Olsen in der Tür.

»Entschuldigung«, sagte sie. »Gewöhnlich führe ich mich nicht so auf.«

»Machen Sie sich keine Gedanken darüber«, sagte Verner Jacobsen. »Für gewöhnlich befinden Sie sich auch nicht in einer solchen Situation.«

»Nein.«

Sie schnappte nach Luft.

»Sie ist verschwunden! Nicht nur aus ihrem Zimmer. Verstehen Sie? Sie ist nicht mehr im Haus. Auch nicht auf dem Sofa. Normalerweise saß sie da.«

Ihr Blick fiel auf Verner, der sich automatisch weiter in die Mitte setzte.

»Aus dem Flur ist sie auch verschwunden«, fuhr Sølvi Olsen fort. »Lediglich ihre Schuhe stehen da und warten darauf, dass sie ihre Füße reinsteckt. Sie hatte so kleine Füße! Und ihre Kleidung … so leer. Überall ist sie weg. Und zugleich so sehr präsent. In allen Sachen. Im Kühlschrank liegt der Braunkäse, aus dem sie eine Sprungschanze gemacht hat. Was soll ich mit dem jetzt anfangen? Ich kann nicht weiter davon essen, kann ihn aber auch nicht wegschmeißen. Hier ist sie immer noch. Kommen Sie, sehen Sie!«

Verner folgte ihr in die Küche, wo Sølvi auf einen Teller zeigte.

»Krümel! Das ist alles, was noch übrig ist. Nie hat sie was in die Spülmaschine geräumt. Ich hab keine Ahnung, was ich mit alldem anfangen soll.«

Sie wankte und musste sich an der Ablage abstützen. Gustav, der an der Tür gestanden hatte, war bei ihr, nahm sie in die Arme, führte sie zurück ins Wohnzimmer und brachte sie dazu, sich zu setzen. Sie sank aufs Sofa und starrte apathisch vor sich hin.

»Sie befinden sich noch in einem Schockzustand«, sagte Verner Jacobsen. »Körper und Gehirn versuchen, das Geschehene zu verarbeiten. Ida Madsen und ich werden Ihnen helfen herauszufinden, was passiert ist.«

Sølvi nickte.

»Sie hat sich verändert, ich hab das nicht richtig mitgekriegt. Aber ich dachte, es würde sich dahin entwickeln, dass Teenager, Sie wissen schon …«

»Wie hat sie sich verändert?«, fragte Ida Madsen.

»Sie ist missmutiger geworden. Aufsässiger. Aber sind Jugendliche das nicht? Rebellieren gegen einfach alles zu Haus? Ich weiß nicht … wir hatten nur sie!«

Auch wenn sie nicht weinte, registrierte Verner Jacobsen, dass ihre Augen trotzdem überquollen vor Trauer.

»Aber nicht nur zu Hause«, sagte Gustav. »Denk bloß mal an die Treffen mit der Schule.«

»Weshalb haben Sie sich getroffen?«

»Es ging um ein Mobbingprojekt. Der Elternrat hatte eine Initiative gestartet, dieses Problem anzugehen.«

»War das ein großes Problem an der Schule?«

»Kristian, der Vorsitzende des Elternrats, hat gemeint, ja. Er hat den Anstoß gegeben, und dann wurde auch die Lehrerschaft einbezogen. Ein gutes Vorhaben, aber das war schon, nachdem Idunn begonnen hatte …«

Er atmete tief ein und suchte nach dem richtigen Wort.

»… schwierig zu werden.«

»Ist sie gemobbt worden?«, fragte Verner Jacobsen behutsam und dachte daran, was die Rektorin und die Lehrerin von der Schulaufsicht berichtet hatten.

»Nein«, seufzte Gustav. »Leider …«

»Sie ist tot«, schrie seine Frau. »Ihr sitzt hier und plaudert genau wie damals. Laber. Laber. Laber. Gerade so, als wäre sie immer noch ein Problem, das gelöst werden müsste. Idunn ist im christlichen Glauben erzogen worden, sie war rücksichtsvoll, hatte viele Freunde. Ich habe gehört, dass von hier bis nach Lierskogen Kerzen brennen. Alle haben sie gemocht. Alle haben sie vergöttert. Was, wenn Marte bloß Aufmerksamkeit haben wollte? Hast du daran schon mal gedacht, Gustav? Gustav!«

Gustav schüttelte den Kopf. Sølvi nahm das iPad, das auf dem Wohnzimmertisch lag, und hämmerte mit einem Finger auf den Bildschirm. Dann hielt sie es hoch.

»Sehen Sie. Inzwischen gibt es fünftausend, die ihre Gedenkseite mögen.«

Verner kannte die Seite. Das Hauptbild, zunächst eine Collage mit Porträts von Idunn, war nun ersetzt worden durch ein Foto vom Tatort mit all den Kerzen. Auf einem der Fotos im Feed erkannte er Fredrik, der auf einer Sommerreise in Rom gewesen war. Im Hintergrund konnte man hinter den Jugendlichen die Spanische Treppe sehen, auf der er saß und seinen Arm um Idunn geschlungen hielt. Ständig kamen neue Kommentare herein, doch waren sie allesamt sehr ähnlich.

»Ich habe absolut alles gelesen«, sagte Sølvi. »Aber Marte hat die Gelegenheit nicht genutzt, zu zeigen, dass es ihr leidtut. Nicht einmal, als Linnea sie getaggt hat. Und die hat sich beste Freundin genannt. Ist sie neidisch auf die ganze Aufmerksamkeit?«

»Das muss nicht bedeuten, dass Marte nicht trauert«, sagte Verner.

Weder Marte noch Fredrik hatten sich über die sozialen Medien geäußert, und Verner wollte sich schnellstmöglich mit Marte unterhalten.

»Ich habe gerade meinen Sohn verloren«, sprach er weiter.

Seine Stimme klang belegt, und er sah schnell zu Ida Madsen hinüber. Sie hatte ihn sicher im Verdacht, nicht mehr professionell auftreten zu können. Ida saß abwartend da und hatte wie immer alles im Blick, möglicherweise machte sich eine kleine Kummerfalte zwischen den Augen bemerkbar.

»Er ist nur achtzehn Jahre alt geworden«, berichtete er weiter und spielte mit seinem Handy. »Manchmal ertappe ich mich, wie ich anfange, ihm eine SMS zu schreiben.«

Victors Tod hatte seine oberste Schutzschicht, mit der er sich früher umgeben hatte, weggeschält. Verner Jacobsen starrte auf seine Füße. Die Socken waren an der Spitze verschlissen, und am rechten Fuß befand sich am großen Zeh ein kleines Loch. Einen Moment hielt er den Atem an, um sich zu sammeln.

Sølvi hatte gesagt, sie habe etwas im Nachrichteneingang ihrer Tochter gesehen. Er hob seinen Kopf und bat die Mutter zu erzählen, was sie dort gesehen habe – allerdings ohne große Hoffnungen auf eine Reaktion. Doch dann erkannte er, dass seine eigene Trauer als eine Art Türöffner fungiert hatte.

»Ich verstehe«, murmelte sie. Dann öffnete sie ihren Mund, schloss ihn wieder, als bereute sie es, und öffnete ihn erneut.

»Ja, Sie können es genauso gut auch jetzt schon erfahren«, sagte sie.

Sie drehte sich zu ihrem Ehemann.

»Du auch. Idunn hat Hure geschrieben. In einer Mitteilung an Marte.«

Sie erhob sich und ging zu ihrem Mann herüber, stellte sich vor ihn.

»Bist du jetzt zufrieden?«

Gustav sah überfordert aus, als müsse er sich in aller Öffentlichkeit mit einem ungezogenen Kind herumschlagen, und sein unsicherer Blick ging zwischen den Ermittlern hin und her.

Mit Mädchen umzugehen, die andere mobben, dachte Verner Jacobsen, ist schlimmer, als in ein Wespennest zu treten.

39

Auf dem Flurtischchen lag ein Zettel, als Verner Jacobsen das kleine Einfamilienhaus in Drammens Stadtteil Åssiden betrat.

»Bin raus mit Lorca«.

Kurz überlegte er, hinterherzugehen, kannte ihre übliche Route, merkte dann aber, dass er keine Lust hatte. Er nahm den Laptop mit ins Wohnzimmer und schaltete den Fernseher ein. Er wollte die Nachrichten sehen, um herauszubekommen, was die Presse heute im Lauf des Tages wieder ausgegraben hatte. Viel Neues war es wohl nicht. Anschließend würde er sich mit seinem Code bei Mobiliti einloggen und die jüngsten Berichte lesen. Doch zuerst musste er einen Blick auf Facebook werfen.

Victor hatte ihn darauf gebracht. Verner Jacobsen hatte nicht viele Freunde, war nicht aktiv in der Community im Netz, und trotzdem war es zu einer Besessenheit geworden. Ständig musste er auf Victors Seite. Er brachte es nicht fertig, das Profil seines Sohnes zu löschen. Solange sein Sohn auf der Liste der Freunde stand, konnte er das Lächeln auf seinem Profilfoto sehen, solange seine Freunde ihm Mitteilungen schickten, war er nicht ganz weg. Oft verspürte er den Drang, selbst etwas zu schreiben, eine Art letzter Gruß, aber er wusste, das würde den Selbstbetrug nur verlängern. Der Gedanke, ihm jederzeit eine Mitteilung schreiben zu können, obwohl er dies nie tun würde, war schlichtweg tröstlich. Ich werde dich nie löschen, Victor, dachte er und wollte sich gerade abmelden, als ihm eine Idee kam. »Bitte Røed« schrieb er oben ins Suchfenster, und auf einmal war sie da. Ihr Lächeln füllte das Bild vollkommen aus. Ob er sie als Freund hinzufügen sollte?

»Hallo!«

Verner fuhr zusammen und schloss die Seite, ohne die Freundschaftsanfrage abzuschicken, als er Ingrid im Hausflur hörte. Gleich darauf tapste Lorca über das Parkett. Verner hob ihn auf seinen Schoß.

»Das hört sich ja an, als ob du auf Pfennigabsätzen laufen würdest, Lorca«, sagte er und befreite ihn von den Eisklümpchen an den Pfoten.

»Wie geht's?«, fragte Ingrid.

Er mochte es, dass sie sich erkundigte, und begriff deshalb nicht, warum er so kurz und mürrisch antwortete.

»Gut.«

»Du siehst abgekämpft aus.«

Sie meint, ich wirke schlecht gelaunt, traut sich aber nicht, das zu sagen, dachte Verner. Er versuchte, sich zusammenzureißen, und bekam ein unbeholfenes Lächeln zustande. Verner hatte wirklich vorgehabt, fröhlich zu sein, doch wie sie da so in der Tür stand, war sein Vorsatz, ihr mit zuvorkommender Liebe zu begegnen, wie ein Kartenhaus zusammengefallen, verursacht durch den Luftzug, als sie hereinkam.

»Ist es wirklich klug, wieder voll einzusteigen, nach allem, was vorgefallen ist?«, sagte Ingrid. »Du kannst sicher ein bisschen reduzieren, und Urlaub hast du auch noch übrig, oder?«

Verner stellte den Fernseher lauter.

»Wenn wir mitten in einem Mordfall stecken, gibt es so etwas wie geringere Arbeitszeit nicht, ich dachte, das wüsstest du. Ich muss die Nachrichten sehen«, sagte er und starrte auf den Bildschirm.

Er ertrug es nicht, ihrem verletzten Gesichtsausdruck zu begegnen. Sie beschwerte sich nicht darüber, dass er so abwesend wirkte, sondern war verständnisvoll, was ihn beinahe zu Tränen rührte. Aber eben das war kaum auszuhalten.

Ingrid setzte sich neben ihn. Lorca sprang auf das Sofa und legte sich wie ein schützender Wall zwischen sie. Bei den Nachrichten des Senders NRK war Idunn immer noch Topthema, obwohl schon einige Tage seit dem Fund vergangen waren.

Der Reporter stand auf dem Weg vor der Absperrung. Es war dunkel, doch ein flackerndes warmes Licht erhellte sein Gesicht. Es hätte auch der Anfang einer netten Reportage über den ersten Advent sein können. Fehlte bloß noch eine Schulkapelle mit Zipfelmützen, die *Zu Bethlehem geboren* spielte. Stattdessen zoomte die Kamera in den Wald hinein, ins Dunkel, wo man, wenn man von seiner Existenz wusste, gerade eben die Umrisse des Obelisken ausmachen konnte.

»Hier, direkt hinter mir ist es gewesen, dass Idunn Olsen in der Nacht zu Donnerstag, dem 27. November, ermordet aufgefunden worden ist. Die Polizei teilt mit, dass in der Umgebung nach wie vor Befragungen vorgenommen werden und elektronische Spuren eine entscheidende Rolle spielen könnten. Sie äußert sich sehr optimistisch hinsichtlich einer baldigen Aufklärung, bislang jedoch gibt es keine Verdächtigen in dem Fall.«

»Stimmt das? Ihr seid dabei, den Fall zu lösen?«

Verner schüttelte den Kopf.

»Soweit ich weiß, sind wir einer Lösung keinen Schritt näher gekommen.« Mit leicht resignierter Miene wies er auf den Laptop. »Aber ich hatte geplant, mich heute Abend in den Fall einzuarbeiten.«

Die Fernsehbilder wechselten, und die Brandstätte füllte den Bildschirm. Derselbe Reporter fuhr fort:

»Inzwischen bin ich denselben Weg, an dem die fünfzehnjährige Idunn Olsen ermordet aufgefunden wurde, ein paar

Hundert Meter weitergegangen. Der Brand ist in den Morgenstunden am Donnerstag ausgebrochen. Die Polizei teilt mit, dass eine Person tot in den Ruinen gefunden worden ist. Nach den Recherchen von NRK hat das Haus einer älteren Frau gehört, die nach wie vor vermisst wird. Es wird darüber spekuliert, ob zwischen dem Brand und dem Fall Idunn möglicherweise ein Zusammenhang besteht.«

»Und was für Spekulationen das sind!«

Lorca zuckte zusammen und sprang vom Sofa. Ingrid warf ihm einen milde zurechtweisenden Blick zu.

»Ich kapiere ja, dass die davon leben, Sensationen an den Mann zu bringen, aber könnten die nicht ein bisschen respektvoller sein?«

»Könnten sie denn recht haben?«

»Dass es da einen Zusammenhang gibt? Kaum.«

»Du solltest dir ein paar Tage freinehmen«, sagte Ingrid. »Du hast gerade erst deinen Sohn zu Grabe getragen, da ist es erlaubt, ein wenig auf die Bremse zu treten.«

»Ich muss Idunns Eltern eine Antwort auf die Vorfälle geben«, sagte Verner und dachte an die aufgeladene Stimmung, die bei Familie Olsen geherrscht hatte. Er rief sich in Erinnerung, dass Menschen sehr unterschiedlich mit Trauer umgingen. Wenn jemandem auf solch eine Weise sein Kind entrissen wurde, musste sich das anfühlen, wie einen Stacheldraht durchs Herz gezogen zu bekommen. Nicht verwunderlich, dass sie aggressiv waren.

Verner nahm den Laptop mit aufs Bett und loggte sich ein. »Zeugenvernehmung von Fredrik Paulsen. Donnerstag, 27. November, durchgeführt von Ida Madsen und Heiki Stenvald«.

Fredrik hatte während der ersten Vernehmung erklärt, er sei von der Party alleine nach Hause gegangen, auf besagten Weg eingebogen, habe den Obelisken passiert und Idunn unter dem Felsvorsprung etwas weiter entfernt liegen sehen. Dann war jemand von oben den Weg heruntergekommen, und er hatte um Hilfe gerufen, und von da an hatte Kristian Skage übernommen. Mit den Zeugenaussagen anderer konfrontiert, hatte er schließlich zugegeben, dass er den Fernseher bei Linnea zu Hause demoliert hatte. Doch behauptete er, es sei keine Absicht gewesen. Irgendeine Auseinandersetzung habe es gegeben, aber bislang war die Polizei noch weit davon entfernt, herauszufinden, was tatsächlich vorgefallen war.

Beinahe war er schon eingeschlafen, als ihm etwas einfiel: der letzte Bericht der Spurensicherung, dem eine Zusammenfassung eines bei der Wache eingegangenen Telefonats beigefügt war. Das Protokoll der Bereitschaft las er zuerst.

»Hier ist die Polizei.«

»Ja, äh, hallo! Mein Name ist Erna Eriksen, und ich möchte etwas melden ... äh, ich bin mir nicht sicher, ob das wichtig ist, aber ... ja, ich wohne in Høgdabakkene und wollte wissen, ob Sie sich auch um Graffitisprayer kümmern?«

»Hm.«

»Ich war auf dem Weg nach draußen mit meinem Hund, als eine Gruppe Jugendlicher an meinem Haus vorbeiging. Und die haben nach ... also die haben nach Sprühlack gerochen. Es ist schon vorgekommen, dass sie mir die Kellerfenster angesprüht haben, genauso wie die Zaunpfähle, also dachte ich, ich geb mal Bescheid. Sie haben nichts gemacht, sind bloß den Hügel nach Lierskogen hinaufgegangen.«

Dem Bericht nach war eine lange Pause entstanden, bevor der Diensthabende versuchte, die Frau zum Weiterreden zu bewegen.

»Haben Sie gesehen, dass sie Spraydosen dabeihatten?«

»Nein, aber es hat gerochen, und ich weiß, wer diese Jugendlichen sind, die haben Lilly gequält, sodass ich mich nicht mehr traue, meinen Hund alleine draußen zu lassen.«

»Leider kann die Polizei in diesem Fall erst etwas unternehmen, wenn tatsächlich eine kriminelle Handlung begangen wurde.«

Nach einigem Hin und Her wurde das Gespräch beendet.

Verner Jacobsen schloss die Anlage von der Bereitschaft. Erna Eriksen hatte an dem Abend, als Idunn ermordet wurde, die Polizei verständigt, nur wenige Stunden bevor ihr Haus in Flammen aufging. Er sah den Nachrichtenfilm mit dem niedergebrannten Haus vor sich. Gern hätte er sich näher mit Erna Eriksen unterhalten und sie gefragt, wer diese Jugendlichen waren. Doch dazu war es wahrscheinlich zu spät.

Er öffnete das Dokument mit den neuesten Erkenntnissen der Spurensicherung. Es war ziemlich schwierig, gute Fußabdrücke sicherzustellen, da in der Gegend um den Obelisken starker Wind geherrscht hatte. Die Umgebung war so gut wie glatt gefegt, als die Arbeit aufgenommen wurde. Eine der wenigen Fußspuren, die sichergestellt werden konnten, hob sich allerdings von den anderen ab. Sie wurde im Schneewall am Wegrand entdeckt und war nur undeutlich zu erkennen, was darauf hinwies, dass derjenige keine Schuhe getragen hatte.

War der Täter so ausgekocht und hat nur Strümpfe angehabt?, dachte Verner. In der Kälte! Dann las er die Liste der Gegenstände durch, die am Tatort gefunden worden waren, unter anderem Idunns Handy, eine leere Schnapsflasche, ein Fausthandschuh und ein Zigarettenstummel. Fotos lagen ebenfalls bei. Die meisten hatte er schon studiert. Die Fotos des Mädchens, wie es mit dem verrenkten Arm unter sich dalag, was sehr schmerzhaft gewesen sein musste, wenn sie noch gelebt hatte, als sie fiel.

Mit dem nächsten Bild vor sich blieb er sitzen. Er zoomte es heran. Auf einmal begann sein Herz schneller zu pochen, als er erkannte, dass er auf etwas Wichtiges gestoßen war. Das Foto war vom Obelisken, vom Sockel. Weshalb hatte er das nicht vorher schon gesehen? Er sah sich mehrere der Bilder an. Es zeigte die dem Wald zugewandte Seite des Obelisken, also die entgegengesetzte Seite von Idunns Fundort. Die Techniker hatten hinzugefügt, dass sie nicht wüssten, ob es für den Fall überhaupt eine Rolle spiele, da Teile des Textbildes teilweise von Schnee bedeckt seien, der auf den Marmorsockel geweht worden sei. Nachdem sie den Schnee entfernt hatten, war das Wort deutlich zum Vorschein gekommen, geschrieben mit schwarzem Sprühlack: HURE I.

40

»So wunderbar, dass du raus bist aus der Sache.«

Bitte Røed rührte mit dem Pfannenmesser im Hackfleisch, zerkleinerte es und fügte ein Tütchen Tacokräuter hinzu. Kristian Skage stand neben ihr und schnitt Tomaten und Zwiebeln. Er lehnte sich an sie, küsste ihren Nacken und flüsterte:

»Du hattest wirklich Angst, ich könnte verdächtigt werden.«

Bitte lachte. »Du weißt doch, wie eine Ermittlerin denkt?«

»So ähnlich wie ein Journalist, nehme ich an«, sagte Kristian. »Irgendwie ärgerlich, nicht über den Fall schreiben zu dürfen. Aber der Redakteur will meine Hilfe trotzdem. Typisch.«

Bitte merkte, dass er es mit einem Scherz abtun wollte, dass er sich ungerecht behandelt fühlte, weil sein Chef einen Vorteil daraus zog.

»Ich bin froh, Polizistin zu sein«, sagte sie. »Wir brauchen uns jedenfalls nicht darum zu prügeln, wer die schlimmsten Aufgaben bekommt.«

»Sicher? Ich hab immer gemeint, Prestige gebe es in jedem Beruf.«

Bitte antwortete nicht. Er hatte recht, doch sie sah die Polizeiarbeit gern eher idealistisch, wobei das Resultat im Zentrum stand, nicht so sehr, wer den Fall aufklärte. Oftmals war es ohnehin die enge Zusammenarbeit zwischen mehreren Behörden, die zum letztendlichen Durchbruch führte. Ein wenig unfreiwillig musste sie sich jedoch eingestehen, dass sie nicht ganz zufrieden war, da man sie für die Aufklärung eines Brandes und eines Leichenwagendiebstahls abgestellt hatte.

Da kamen Julie und Marte zur Tür herein, und sie wischte den Gedanken beiseite.

»Na, wie war es? Waren viele Leute da?«

»Ja«, antwortete Julie. »Der totale Wahnsinn, so viele Kerzen. Die Polizei ist immer noch da, Mama. Sie haben uns gefragt, ob wir Idunn kannten.«

»Ja, und? Hast du sie gekannt?«

»Nein, ich nicht, aber Marte ist immerhin in dieselbe Klasse gegangen.«

Bitte zwang sich, kein Verhör zu beginnen. Hier stand sie nun in ihrer eigenen Küche mit einer möglichen Schlüsselzeugin, die sie nur danach fragen konnte, ob sie Hunger hatte. Sie fühlte sich wie ein Rennpferd, das aufgrund eines geschwollenen Knöchels im Stall bleiben musste.

»Und, war drüben an der Brandstätte was los?«, fragte sie stattdessen.

»Die war auch mit so 'nem Band abgesperrt«, sagte Julie, »aber da war keiner. Wir gehn auf mein Zimmer. Wie lange noch bis zum Essen?«

Die Mädchen verschwanden die Treppe hinauf, bevor sie antworten konnte.

»Scheint, als hätten sie einen Draht zueinander«, sagte Kristian.

»Wir passen zueinander«, gab Bitte lächelnd zurück. »Wir alle.«

»Ich hoffe, dass sich die Dinge für Marte jetzt regeln. Hässlich, das so zu sagen, und ich möchte nicht gemein von einer Toten sprechen, aber Idunn war in der letzten Zeit nicht besonders nett zu Marte.«

»Wie meinst du das?«

»Immer sind sie Freundinnen gewesen. Sie, Linnea und Idunn. Haben seit der ersten Klasse immer aufeinandergehockt, aber letzten Sommer ist irgendetwas passiert. Marte weigert sich, etwas zu erzählen.«

Kristian schälte die Zwiebel und teilte sie in zwei Hälften, blieb einen Moment mit dem Messer in der Hand stehen, als hätte er vergessen, dass er sie eigentlich klein schneiden wollte.

»Marte schreibt Tagebuch«, sagte er. »Jeden Tag. Vielleicht wäre es möglich, herauszufinden, was vorgefallen ist. Es ist verlockend …«

»Daran darfst du nicht einmal denken«, warnte Bitte ihn. »Wenn Marte herausbekommt, dass du in ihren Sachen herumschnüffelst, wird sie dir das niemals verzeihen.«

»Auch nicht, wenn ich ihr damit helfen will?«

»Was glaubst du denn, in dem Tagebuch zu finden?«

»Tja, ich weiß auch nicht, vielleicht etwas darüber, warum Idunn und Linnea Marte auf einmal hassen. Und die sind richtig boshaft gewesen. Ich hab sie darum gebeten, einen Screenshot als Beweis zu machen, wenn sie gechattet haben, für den Fall, dass die Sache außer Kontrolle geraten würde.«

»Was haben sie geschrieben?«

Kristian zerkleinerte die Zwiebel, vorsichtig, damit das Messer nicht abrutschte.

»Da liegt genau die Schwierigkeit. Die haben keine hässlichen Wörter geschrieben oder sie beschimpft oder dergleichen. Ganz im Gegenteil, das lief mehr nach dem Motto: Du bist die Schönste, Süße, und Marte, die Beste auf der Welt.«

»Aber …?«

»Marte hat behauptet, das sei ironisch gemeint.«

»Und was glaubst du?«

»Ich weiß es nicht. Ich hab echt geglaubt, alles wäre wieder in Ordnung gekommen, dass sie wieder Freundinnen waren, alle drei. Am Tag als … das mit Idunn passiert ist. Die beiden Mädchen kamen vorbei, wollten gemeinsam zu Linnea gehen.

Marte kam runter und hat sie begrüßt. Und sie sah so glücklich aus.«

Kristian legte das Messer weg und häufte die Zwiebelstückchen in ein Schüsselchen.

»Ich dachte, jetzt kommt alles in Ordnung«, sagte er leise. »Ihre Freundinnen kamen wie früher vorbei. Aber du weißt ja, dass Marte mich später am Abend noch angerufen hat. Du hast es selbst gehört.«

»Zum Glück hat es den Anschein, dass die meisten aus einem solchen Erlebnis gestärkt hervorgehen«, sagte Bitte und dachte an Julie. »Manchmal glaub ich, für die Eltern ist es am schlimmsten, Zeugen zu werden, wie das eigene Kind leidet, und nichts tun zu können.«

»Ja, aber eine Zeit lang war es so schlimm, dass ich etwas unternehmen musste«, sagte Kristian. Er fuhr sich über die Augen. »Die Zwiebeln.« Er lächelte.

»Du weißt, dass ich Männer mit Emotionen mag«, sagte Bitte Røed und wischte ihm eine Träne von der Wange.

Kristian schien, als wäre er weit in der Zeit zurückgefallen. Seine Gesichtszüge strafften sich, und er trocknete abermals seine Tränen.

»Was hast du getan?«

»Ich bin doch Vorsitzender des Elternrats, du weißt schon«, sagte er. »Wir vom Ausschuss haben uns zuerst die sozialen Medien vorgenommen. Die Jugendlichen haben so viele Plattformen, für uns Eltern ist es unmöglich, da noch mitzukommen.«

»Ja, ich weiß«, sagte Bitte. »Das sehen wir auch bei der Arbeit. Die meisten Eltern ahnen nicht einmal, was abgeht. Das Neueste vom Neuesten derzeit ist sicherlich der Drogenhandel über Snapchat. Aber was habt ihr unternommen, Kristian?«

»Wir haben die Lehrer mit ins Boot geholt und eine umfangreiche Antimobbingkampagne ins Leben gerufen, doch es schien, als hätte sich für Marte danach nur alles noch verschlimmert. Irgendwann habe ich eine Rasierklinge unter ihrem Bett gefunden. Eine Rasierklinge! Was wollte sie damit?«

Bitte Røed antwortete nicht. Sie nahm die Pfanne vom Herd und schüttete das Hackfleisch in eine Schüssel. Am Montag würde sie bei Verner vorbeischauen, entschloss sie sich. Falls es noch niemand getan hatte, sollte sich mal jemand mit Marte unterhalten.

»Aber versprich mir, Kristian«, sagte Bitte, während sie den Tisch deckte. »Prüf meinetwegen, was sie so über die sozialen Medien postet, aber lies auf keinen Fall ihr Tagebuch. Einen schwerwiegenderen Vertrauensbruch gibt es nicht.«

41

Es war spät geworden. Der Duft von Tacos lag in der Luft, was dem frisch bezogenen Haus den Geruch eines Zuhauses verlieh. Kristian und Marte waren nach Hause gegangen, und Julie und Bitte saßen auf dem Sofa, jeder an einem Ende. Peder lag vor dem Fernseher auf dem Boden und sah sich einen Film an. Es war ein schöner Abend gewesen. Was für ein Glück ich habe, dachte Bitte Røed. Nur zu traurig, dass erst ein Verbrechen geschehen musste, um tatsächlich wertzuschätzen, was man hatte. Eigentlich müsste sie bei ihrem Job permanent daran erinnert werden, aber die Fälle, in denen Kinder eine Rolle spielten, waren glücklicherweise nicht ihr täglich Brot.

Sie ließ ihre Gedanken schweifen, die schließlich bei Idunns Eltern verharrten. Bitte stellte sich vor, wie absurd es war, wenn bei ihnen *O du fröhliche* aus dem Radio schallte. Hatten sie schon Geschenke gekauft? Und was machten sie, wenn sie welche gekauft, sie schön eingepackt und schon Geschenkkärtchen geschrieben hatten? Wie hielten sie sich selbst nur aufrecht?

»Sitz bitte still, Mama«, sagte Julie.

Bitte blinzelte. Sie würde sich jetzt nicht gestatten, zu weinen. Arbeit und Privates voneinander zu trennen, daran musste sie unbedingt arbeiten.

»Wieso denn?«, fragte sie und lächelte ihrer Tochter zu.

»Sitz einfach still.«

Julie richtete das Handy auf ihre Mutter und machte ein Foto.

»Guck mal!«

Bitte nahm das Handy und hielt es mit ausgestrecktem Arm von sich, sodass sie auch ohne Lesebrille scharf sehen konnte. Sie ließ das Handy fallen, las es jedoch von der Decke wieder auf, die sie auf dem Schoß hatte, und starrte noch einmal auf das Display. Ein Schauer lief ihr über den Rücken.

»Mein Gott, was ist denn das da?«

Sie glotzte auf ihr eigenes Bild, auf dem Sofa, mit den Kissen im Rücken und der Decke auf dem Schoß, doch auf ihrer Schulter ruhte eine Hand. Weiß. Knochig. Als stünde jemand direkt hinter ihr. Sie drehte sich um, aber natürlich war da nur der Bücherschrank mit den Glastüren, in den sie schon Bücher geräumt hatte.

Julie lachte.

»Bloß eine App, die ich runtergeladen hab. Pass auf.«

Sie wandte sich ab und machte ein Foto vom Wohnzimmer.

Das Foto zeigte eine verschwommene Frau, die zwischen Decke und Fernseher schwebte, unmittelbar über Peder, der nichts Böses ahnte.

»Das ist unheimlich«, sagte Bitte. »Das sieht ja so aus, als würden wir in einem Spukhaus wohnen. Hör auf damit«, ermahnte sie ihre Tochter, als diese das Handy wieder auf sie richtete. Auf einmal meinte sie, die Hand auf ihrer Schulter zu spüren.

Sie dachte an den gestrigen Tag, als sie ins Wohnzimmer gekommen war und vermeintlich bemerkt hatte, wie jemand sie beobachtete. Sie stand auf und spähte hinaus in den winzig kleinen Reihenhausgarten, sah aber nur die Hecke, die unter all dem Schnee in die Knie gegangen war.

42

Montag, 1. Dezember

Agnar stand unschlüssig vor dem Polizeipräsidium. Sollte er nach rechts oder nach links gehen? Die Polizistin, die ihn vernommen hatte, hatte ihn gebeten, das Sozialamt aufzusuchen. Es lag in derselben Straße wie das Polizeipräsidium, doch nun hatte er vergessen, was sie ihm gesagt hatte. Er wusste, dass ihm übergangsweise eine Wohnung zustand. Die einzige Alternative, die der soziale Notdienst ihm nach dem inszenierten Gastauftritt in der Ausnüchterungszelle geboten hatte, war eine Übernachtung im Hotel. Gar kein so schlechter Service von der AG Norwegen, dachte Agnar. Ein bisschen Luxus hatte er sich trotz allem verdient. Aber inzwischen war das Wochenende vorüber, und in einer billigen Pension oder einer Sozialwohnung einquartiert zu werden ließ sich kaum mehr abwenden. Er ging nach rechts. Aus dem Laden von Bäcker Klausen strömte ein süßer Duft, als er vorüberging, und sein Magen knurrte. Die Polizistin hatte ihm lediglich Kaffee aus dem Automaten serviert.

Für 'ne Polizistin 'ne ganz nette Frau. So eine hätte ich haben müssen, dachte er. Fröhlich und gutmütig und ein bisschen was zum Anfassen. Finns Bestätigung, dass er sich, nachdem er am Mittwoch aus dem Zug gestiegen war, bei ihm und seiner Frau aufgehalten habe, hatte sie geschluckt. Und nachdem er sie überzeugt hatte, sich nicht in der Nähe des Hauses seiner Mutter aufgehalten zu haben, war er abermals ein freier Mann.

Nicht schlecht, dachte er. Innerhalb weniger als einer Woche bin ich zwei Mal auf freien Fuß gesetzt worden.

Agnar war mit seiner Vorstellung zufrieden, drehte sich jedoch mehrmals um, während er die Straße entlanglief, und hatte das Gefühl, von jemandem beobachtet zu werden. Erst als er das Präsidium mit seinen Kameraaugen an den Wänden nicht länger sehen konnte, atmete er ruhiger.

Die Polizei hatte ihn davon in Kenntnis gesetzt, dass es sich aller Wahrscheinlichkeit nach um seine Mutter handelte, die an der Brandstätte tot aufgefunden worden war, obwohl die ersten Proben noch keine eindeutigen Ergebnisse gebracht hatten. Mit der Rolle als trauernder Sohn konnte er sich leicht identifizieren. Im Grunde genommen hatte er sein ganzes Leben lang getrauert. Es deutete einiges darauf hin, dass die Polizei schon gefolgert hatte, seine Mutter sei infolge des Brandes in der Küche ums Leben gekommen. Und niemand konnte ihn mit dem Fahrzeugdiebstahl in Verbindung bringen. Zudem gaben die Ressourcen es sicher nicht her, dem Diebstahl eines Autos nachzugehen, Leichenwagen hin oder her; außerdem hatte er ihn ja unversehrt wieder abgegeben. Und deshalb würden sie wohl auch kaum Nachforschungen hinsichtlich einer alten Schrulle anstellen, die alleine in einem verfallenen Haus mit schlechter Elektroinstallation gewohnt hatte.

Er rieb sich über den glatten Schädel und dachte plötzlich an die Mütze. Mutters Mütze. Die musste wahrscheinlich noch bei Finn und Elin liegen. Unter das Kissen hatte er sie gesteckt, daran erinnerte er sich noch. Der Gedanke daran, dass sie vielleicht weg war, tat ihm ein wenig in der Seele weh. Meine Fresse, wie kannst du nur so verdammt sentimental sein, dachte er.

Er hatte darüber nachgedacht, wieso er eigentlich so leicht sein Elternhaus hatte betreten können. Normalerweise hatte seine Mutter immer gewissenhaft abgeschlossen. Vielleicht war sie tatsächlich senil geworden, überlegte er. Vielleicht hatte sie vergessen abzuschließen, war in die Küche gegangen, über den Flickenteppich gestolpert und auf die Spülmaschine geknallt, in der sicher ein paar Messer mit der Klinge aufwärts gestanden hatten. Das wäre eine mögliche Erklärung. Oder es hatte ein Einbruch stattgefunden, und sie hatte es mit einem bewaffneten Einbrecher aufnehmen müssen, einem Drogensüchtigen oder einer dieser osteuropäischen Banden, die das Land heimsuchten. Oft hatte seine Mutter sich darüber beschwert, dass Ausländer im Sommer an ihre Tür kamen und sich anboten, im Garten Steine zu verlegen oder das Dach auszubessern. Sie hatte sich unsicher gefühlt, das wusste er, hatte Angst vor allem und jedem gehabt. So war sie schon seit dieser Sache mit seinem Vater gewesen.

Gut möglich, dass ich das gar nicht gewesen bin, dachte er, obwohl er das klebrige Gefühl von Blut an seinen Händen immer noch verspürte. Und dabei hatte er Übung im Verdrängen, hatte sein ganzes Leben lang trainiert. Doch wie sehr er auch zu vergessen probierte, die Bilder wurden von Mal zu Mal stärker, wenn sie aus den dunklen Fluren seines Gedächtnisses wieder auftauchten:

»Agnar!«

Mutter ruft. Sie kann uns nicht sehen. Mucksmäuschenstill stehen wir da, bis die Katze, die wir gefangen haben, anfängt zu kratzen. Finn schreit.

»Scheiße, Finn, immer musst du alles versauen.«

Die Katze entwischt die Böschung hinauf, während wir in die andere Richtung abhauen. Wir balancieren über Steine, die aus dem Wasser herausragen, und verschwinden in den Wald auf der anderen Seite, bevor Mutter nach unten gelangt.

»Wir müssen eine neue Katze finden«, sage ich.

Finn nickt, sagt aber nichts. Allmählich hab ich den Eindruck, er hat die Katze absichtlich geärgert, damit sie kratzt. So hatte er eine Entschuldigung, sie laufen zu lassen. Er ist so ein Weichei. Aber er ist der einzige Freund, den ich habe. Finn weiß nicht, dass ich auch gut alleine zurechtkäme. Er glaubt, ich sei genauso abhängig von ihm wie er von mir. Ich mag es, alleine zu sein. Hab es schon immer gemocht, ist aber auch okay, wenn man jemanden hat, der ab und an die Drecksarbeit übernehmen kann. Ich hab nämlich ein Projekt. Einen geheimen Plan. Ich nenn ihn Projekt Tod.

43

Bitte Røed blieb mit dem unbestimmten Gefühl zurück, dass sie ihn zu leicht hatte gehen lassen. Agnar Eriksen hatte sie mit einem Lächeln angesehen, das ihr Übelkeit verursachte. Einen Tick zu lange hatte er auf ihre Brüste gestarrt, und außerdem hatte er etwas provozierend Selbstsicheres an sich. Sie hatte sich in die alten Fallakten und Urteile hineingelesen. Schon im Alter von sechzehn Jahren wurde Agnar in einem Heim untergebracht, nachdem er seiner eigenen Mutter Gewalt angetan hatte. Aus dem Jahr 1983 waren einige Zeitungsartikel aufgetaucht. VATER UND SOHN VERMISST. In fetten Lettern prangte die Schlagzeile der *Drammens Tidende* auf der Titelseite. Bitte Røed überflog den Artikel. Die Mutter hatte sie vermisst gemeldet, nachdem sie von einer Waldwanderung nicht heimgekehrt waren. Erst zwei Tage später war ihr Sohn nach Hause gekommen und hatte erzählt, sie seien voneinander getrennt worden. Spätere Artikel zeigten, dass der Vater noch immer gesucht wurde, wobei die Mutter der Lokalzeitung gegenüber behauptete, ihr Mann habe wohl seine Chance ergriffen und sei abgehauen. Gründe gab es ausreichend. Mutter und Sohn hatten kein Geld und saßen auf einem großen Haufen Schulden. Womöglich war er ins Ausland geflohen, da später behauptet wurde, jemand habe ihn in Deutschland gesehen.

Den Dokumenten zufolge war Agnar Eriksen in mehrere Strafprozesse verwickelt gewesen. Einbruch. Schmuggel. Drogenbesitz. Trunkenheit. Gewaltdelikte. Die Liste war lang. Und seit jenem Wintertag vor etwa dreißig Jahren hatte offensichtlich niemand mehr Kontakt zu Ragnvald Eriksen gehabt. Im letzten Bericht stand, dass Agnar Eriksen am Mittwoch aus der Justizvollzugsanstalt Ila entlassen worden sei. Erneut hatte er eine Strafe abgesessen, weil er seiner Mutter einen Schädelbruch beigebracht hatte.

Agnar war fast vierundzwanzig Stunden auf freiem Fuß gewesen, als das Haus seiner Mutter in Flammen stand. War es Zufall, dass es direkt nach seiner Entlassung brannte? Und warum war er geradewegs zu Finn gegangen? Ich wäre nach Hause zu meiner Mutter gefahren, dachte sie, erinnerte sich aber daran, dass es in ihrem Beruf einer Todsünde gleichkam, die Verhältnisse von ihrem Standpunkt aus zu beurteilen. Außerdem musste Agnar Eriksen ein turbulentes Verhältnis zu seiner Mutter gehabt haben, von daher war es nur normal, dass er nicht zuerst zu ihr fuhr. Falls er nicht immer noch eine offene Rechnung mit ihr gehabt hatte. Doch vorläufig deutete nichts auf seine Anwesenheit in der näheren Umgebung hin. Sie musste daran denken, den Pathologen anzurufen. Agnar Eriksen gegenüber hatte sie nicht erwähnt, dass seine Mutter sich in der Rechtsmedizin befand.

Sie brauchte eine Atempause. Kaffee mit Zucker und Milch gäbe ihrem Kopf sicher einen Schub. Sie ging den langen Korridor entlang, der ihr anfangs das Gefühl vermittelt hatte, sie befände sich an Bord der Dänemark-Fähre. Das Gebäude am Flussufer erinnerte einen ohnehin an ein Schiff, und obendrein waren Teile des Baus rund, wie der Bug eines gediegenen Kreuzfahrtschiffes. Sie setzte sich in den kleinen Aufenthaltsraum gleich beim Büro des Chefs der Kriminalpolizei, Thomas Lindstrand, und blätterte die Tageszeitungen durch. Die großen Aufmacher drehten sich natürlich um den Fall Idunn. Das *Dagbladet* brachte ein Überblicksfoto von den vielen Kerzen, die entlang des Weges angezündet worden waren.

Den schmalen Forstweg verwandelten sie in einen Fluss aus Lichtern, der sich friedlich im Dunkeln verlor. »Gemeinde in Trauer«. Die *VG* ging gewohnt härter zur Sache, um sich ihre Leserschaft zu sichern, und titelte: »Emotionsgeladene Polizei«, darunter die Bildunterschrift: »Kriminalkommissar Verner Jacobsen erleidet nach seinem Besuch des Tatorts einen Zusammenbruch«. Sie schrak auf, als sie sich auf dem Foto sah. Sie stand da und hatte den Arm um Verner Jacobsen geschlungen. Es musste am ersten Morgen aufgenommen worden sein. Der Moment, den sie hier verewigt hatten, war offensichtlich der, als Verner erfahren hatte, dass der Leichenwagen mit seinem Sohn verschwunden war. Sie hatte nichts von der Ankunft der Fotografen mitbekommen. Verner sah tatsächlich aus, als bräuchte er Hilfe, wie er so dastand mit gesenktem Kopf. Er hatte so gar keine Ähnlichkeit mit dem soliden Polizisten, den er eigentlich verkörpern sollte, und sie glich einer schlechten Werbung für Outdoor-Aktivitäten. Ließ die Daunenjacke sie wirklich so konturlos erscheinen?

»Dann hast du's also schon gesehen?«

Wie aus dem Nichts stand Verner da. Er hatte ein Lächeln auf dem Gesicht und wirkte ganz und gar nicht hilfsbedürftig. Das gab ihr ein leises Gefühl von Unzulänglichkeit. Mit einem Mal fühlte sie sich abseits jeglichen Geschehens. Konnten die sie nicht wenigstens als Insider gebrauchen, denn das war sie immerhin! Aber nicht doch! Thomas Lindstrand – immer so penibel und ordentlich.

»Wir müssen das einfach an uns abprallen lassen«, sagte Verner Jacobsen, als er den Ausdruck in ihrem Gesicht sah. »Du wirkst jedenfalls entschlossen.«

»Wie geht's?«, fragte Bitte. »Oder sollte ich danach besser nicht fragen?« Sie kniff ihre Lippen zusammen. »Ich könnte ja was an wichtige Zeugen ausplaudern.«

Sie konnte die Ironie nicht verbergen.

»Ich hätte dich gern im Team gehabt, Bitte.«

Sie schluckte. Herrgott, jetzt bloß nicht weich werden.

»Habt ihr euch schon mit Marte Skage unterhalten?«, fragte sie.

»Der Name hört sich bekannt an. Wer ist das? Die Ex deines Lebensgefährten?«

Oh Mann, wie sie seinen Tonfall hasste, wenn er Lebensgefährte sagte. Dass auch sie einen Lebensgefährten hatte, überraschte ihn offenbar.

»Nein«, sagte sie, ein wenig schärfer als beabsichtigt. »Seine Tochter. Soweit ich weiß, waren sie und die Tote beste Freundinnen, aber irgendetwas ist passiert. So viel weiß ich nicht, aber ich hab mitbekommen, dass einige Jugendlichen in Tranby ziemlich gemobbt wurden.«

»Danke, dass du mir Bescheid gibst, Bitte. Ich werde mich mit ihr unterhalten.«

Eine SMS kam auf Bittes Handy an. Vom Pathologen. Er wollte ihr den vorläufigen Obduktionsbericht der Toten vom Brand schicken. Sie stand auf, nickte Verner zu und ging ins Nebenzimmer zum Fax.

Sie überflog die Seiten nacheinander, als sie aus dem Gerät kamen. Der Bericht bestätigte, dass es sich bei der Leiche um Erna Eriksen handelte, aber plötzlich beschlich sie das starke Gefühl, dass sie vor einem weitaus komplizierteren Fall standen, als sie zuerst vermutet hatten. Sie nahm den Bericht mit in ihr Büro, um ihn dort genauer zu lesen.

44

Fredrik saß in demselben Vernehmungszimmer wie beim vorigen Mal. Zwar war die Polizei am Wochenende bei ihm zu Hause gewesen, um nach Gott weiß was zu suchen, aber ansonsten hatten sie ihn in Ruhe gelassen. Sie hatten ihn gefragt, ob er etwas dagegen habe, dass sie sich seinen Laptop einige Tage »liehen«. Etwas in ihrer Stimme verriet ihm, dass es ein schlechter Zug von ihm wäre, ihnen ihr Anliegen abzuschlagen. Der Blick seines Vaters hatte jeglichen Restzweifel beseitigt. Sein Handy hatten sie sich auch angesehen, doch das durfte er behalten. Er verschanzte sich auf seinem Zimmer und starrte an die Decke. Ohne seine Maschine hatte er nichts zu tun. Es juckte, ein rein physisches Jucken in seinen Fingerspitzen, die Maus zu berühren und wild um sich zu ballern. Das Maschinengewehr rattern zu lassen. Die Befriedigung, zu sehen, wie es spritzte und der Bildschirm rot wurde, während er selbst unverletzt blieb. Er wusste, wie man sich am Leben hielt. Wenn er sich durch das Gras robbte und einen Gegner im Visier hatte, brachte niemand es fertig, einen Treffer bei ihm zu landen.

Ein beschissen langes Wochenende war das gewesen. Linnea hatte ihm eine Nachricht geschickt, wollte ihn treffen. Er war jedoch nicht imstande gewesen, ihr zu antworten. Marte hatte auch eine Nachricht geschrieben.

<3

Sonst nichts. Ein Herz. Nach dem, was er getan hatte? Und jetzt wollte die Polizei sich schon wieder mit ihm unterhalten. Hatten die was auf seinem Computer gefunden?

Um zu verbergen, dass seine Hände zitterten, steckte er sie in die Hosentaschen. Sie würden wieder über Idunn reden, erklärte der Mann mit dem Pferdeschwanz. Die Polizei war dermaßen auf diese Party fixiert. Die gruben und wühlten und bohrten nach. Er musste aufpassen, was er sagte, und sich daran erinnern, was er vorher gesagt hatte. Jedes Mal, wenn er an Idunn dachte, durchfuhr ein blitzartiger Schmerz sein Rückgrat. Er wurde den Anblick des Blutes, das von ihrem Hinterkopf geflossen war und den Schnee rot gefärbt hatte, einfach nicht los. In erster Linie hatte er in ihr immer nur einen Körper gesehen, und als sie nun so im Schnee dagelegen hatte, war ihm aufgegangen, dass sie tatsächlich nicht mehr für ihn gewesen war.

Der Ermittler sah ihn an. Es prickelte auf seiner Haut. Fredrik schaffte es nicht, still zu sitzen, er stand auf, doch gab es nichts, wo er sich hätte hinwenden können, also setzte er sich wieder.

»Was wollen Sie wissen?«, fragte Fredrik.

Hauptkommissar Verner Jacobsen lächelte.

»Die Wahrheit.«

»Die hab ich doch die ganze Zeit schon gesagt!«

»Dann können wir deine Aussage ja noch einmal durchgehen«, sagte Verner Jacobsen. »Du hast erzählt, dass du sie gefunden hast, sie aber schon tot war, bevor du kamst?«

»Ja, jedenfalls glaub ich, dass sie tot war. Sie sah aus, als wäre sie verletzt, ich hab versucht, sie hochzuheben. Dann hab ich sie geschüttelt, sie hat aber nicht reagiert. Es kann doch sein, dass sie bewusstlos war, aber ich bin ja schließlich kein Arzt.«

»Erzähl, was du gemacht hast, bevor du sie gefunden hast. Du warst auf einer Party?«

»Ja.«

»Was ist auf der Party passiert?«

»Passiert? Meine Güte, auf einer Party passiert doch ständig irgendwas, was wollen Sie hören?«

»Was du gemacht hast zum Beispiel? Mit wem hast du geredet? Worüber habt ihr euch unterhalten? Bitte erzähl alles von Anfang an. Als du angekommen bist, mit wem bist zu hingegangen?«

»Mit ein paar Kumpels. Petter, Arne und Jonas. Wir hängen immer zusammen rum.«

»Wie seid ihr zu der Party gekommen?«

»Wir sind über die Høgdabakkene gegangen.«

»Habt ihr unterwegs jemanden getroffen?«

Fredrik zögerte, dann schüttelte er mit dem Kopf.

»Aber du bist dir ganz sicher, dass du mit deinen Jungs zusammen warst?«

»Weshalb sollte ich lügen?«

»Das weiß ich nicht, aber den Aussagen der anderen nach haben alle, mit Ausnahme von dir und Petter, erklärt, ihr hättet mit einer alten Frau gesprochen. Da frage ich mich schon, weshalb ihr offenbar lügt.«

Fredrik spürte es in seinem Hirn brodeln. Sie waren sich doch einig gewesen, nichts zu erzählen, zumal nachdem sie herausgefunden hatten, dass genau dieses Haus abgebrannt war.

»Wir haben nicht mit ihr gesprochen, sie stand bloß da und hat uns angeschrien. Ich hatte keine Ahnung, dass das wichtig sein könnte.«

»Ich entscheide hier, was wichtig ist und was nicht, Fredrik«, sagte Verner Jacobsen. »Die Polizei muss das ganze Bild aus unterschiedlichen Blickwinkeln sehen. Dann ist es leichter, das

Unwesentliche herauszufiltern. Es ist auch nicht gesagt, dass diese Begegnung wichtig ist, aber ich möchte trotzdem gern wissen, was sie zu euch gesagt hat.«

»Daran erinnere ich mich nicht. Irgendetwas von einem Hund und von wegen Taggen oder so etwas.«

»Wolltet ihr sprayen?«

»So was mach ich nicht.«

»Und deine Freunde? Taggen die?«

»Soll ich für die jetzt auch noch verantwortlich sein, oder wie?«

»Nein, aber du kannst Verantwortung übernehmen, indem du die Wahrheit sagst. Wenn wir dich bei einer Lüge erwischen, Fredrik, können wir dich anklagen. Dann musst du hierbleiben. Du weißt schon, dass wir dich in Gewahrsam nehmen können, obwohl du erst sechzehn bist?«

Fredrik starrte den Polizisten an. Machte der Typ Scherze? Er ließ seinen Blick zu der Frau vom Jugendamt wandern, derselben wie beim letzten Mal.

»Das stimmt«, sagte sie und nickte ernst. »Du tust gut daran, die Wahrheit zu sagen.«

Der Junge zog einen Flunsch. War er kurz davor, zu weinen? Eine heftige Zärtlichkeit überkam ihn. Wieder war ihm, als wandelte der Junge seine Gestalt und würde zu Victor, der dasaß, mit seinen Tränen kämpfte und versuchte, erwachsen zu sein.

»Fredrik, eins solltest du verstehen«, sagte er milde. »Auch wenn diese Details bestimmt weder für dich noch für uns von Bedeutung sind, ist es wichtig, dass du uns absolut alles erzählst, was du gesehen, gehört oder erlebt hast an diesem Abend.«

Langsam bewegte der Junge seinen Kopf auf und nieder. Verner vermutete, dass er nickte, und versuchte es erneut:

»Wolltet ihr taggen? Oder hattet ihr vielleicht gerade erst gesprayt?«

»Petter hatte eine Dose dabei, aber er hat bloß in den Schnee gesprüht, hat nichts zerstört.«

»Und was hatte er vor damit?«

»Irgendjemand wollte den ausleihen, ich weiß aber nicht, wer. Sie müssen mir glauben. Petter hat gesagt, er wollte ihn jemandem mitbringen. Es war nicht wichtig.«

Stille, ungefähr so, als würde ein Kessel mit Wasser sogleich zu kochen beginnen. Verner saß regungslos da. Er fühlte sich zusehends bestätigt darin, dass an diesem Abend auf der Party bei Linnea irgendetwas vorgefallen war, etwas mit dramatischen Folgen. Aber was?

Fredrik atmete so unvermittelt tief ein, dass Verner zusammenzuckte.

»Auf der Party ist was passiert«, sagte Fredrik und atmete wieder aus.

Verner sagte nichts.

»Ich hab keine Ahnung, ob das was mit der Sache mit Idunn zu tun hat, aber …«

Fredrik schloss seinen Mund, und es schien, als wollte er sich in den Stuhl hineinpressen und verschwinden. Er biss sich auf die Lippe, als bereute er schon, was er gerade gesagt hatte.

»Also, bestimmt war es wieder bloß typisches Mädchentheater, und es ist gar nicht wichtig und …«

Verner fühlte sein Handy in der Hosentasche vibrieren und gab der Versuchung nach, nachzuschauen. Eine SMS von Thomas Lindstrand. Er las die Nachricht und steckte das Handy zurück in die Tasche.

»Fredrik, es ist etwas dazwischengekommen. Wir müssen den Faden später wieder aufnehmen, aber ich möchte, dass du dich darauf vorbereitest, eine Weile hierzubleiben.«

45

Bitte Røed starrte auf den Faxausdruck und spürte ein Kribbeln.

»Hallo! Was ist los?«, sagte Verner Jacobsen, der seinen Kopf hereinsteckte. »Hast du ein Gespenst gesehen?«

Auf einmal sah Bitte wieder das Foto vor sich, das Julie von ihr am Abend zuvor gemacht hatte. Sie erschauderte.

»Sieh dir das mal an!«

Verner nahm das Blatt und las.

»Es wurden vier Stiche mit einem scharfen Gegenstand nachgewiesen, möglicherweise ein Brotmesser.«

Bitte nickte.

»›Die inneren Organe sind verhältnismäßig gut erhalten trotz großer äußerer Brandverletzungen. Der Knorpel einer Rippe ist durchtrennt, die Lunge verletzt. Bräunliche Masse in der Brusthöhle entspricht etwa einem Liter Blut‹«, murmelte er und las weiter, »›als Folge eines Schnittes in der Hauptschlagader.‹ Erna Eriksen wurde ermordet!«

»Ja«, sagte Bitte tonlos. »Und dass dem Opfer mehrere Stiche mit so großer Kraft zugefügt worden sind, lässt mit ziemlicher Sicherheit darauf schließen, dass dies nicht in Selbstverteidigung geschah.«

»Tja, das ist ja sonst eine gern genommene Ausflucht«, sagte Verner und nickte.

»Die Frage lautet jetzt, ob wir noch genug Leute haben, um zu ermitteln. Mein erster Gedanke war natürlich, dass Agnar Eriksen es gewesen sein muss, ihr Sohn, der zuvor schon verurteilt wurde, weil er seiner Mutter gegenüber gewalttätig war. Das Problem ist nur, dass er ein Alibi hat.«

»Vielleicht sollte sein Alibi noch einmal überprüft werden? Aber, du«, sagte Verner und trat einen Schritt näher. Er wollte gern seine Hand auf ihre Schulter legen, um die Wucht dessen, was er ihr zu sagen hatte, zu dämpfen. »Eigentlich bin ich gekommen, um dich über eine Sache zu informieren.« Er verfluchte sich, dass er sich nicht traute, ihrem Blick zu begegnen. »Es wird dir nicht gefallen«, sagte er und dachte gleichzeitig: Mir gefällt es aber.

Wenn er aufrichtig wäre, hätte er aus Gründen, die ihn beschämten, Kristian am liebsten als Schuldigen gesehen. Neidisch war er. Neidisch und eifersüchtig.

»Äh, ich wollte bloß sagen, dass dein Lebensgefährte …«

»Kannst du nicht einfach Kristian sagen!«, brauste Bitte auf. Sie hatte seinen spöttischen Ton so satt.

»In Ordnung«, sagte Verner. »Kristian wird verdächtigt. Ich habe mir gedacht, es ist am besten, du erfährst es von mir, bevor die Presse Wind davon bekommt.«

Er blieb einen Moment lang stehen, unschlüssig, ob sie um sich schlagen würde oder Trost benötigte. Bitte fuhr hoch und drehte sich zum Fenster.

»Was haben sie gefunden?«

Er hörte sie schlucken, doch wahrscheinlich war sie dem Weinen nahe.

»Auf der Kleidung des Opfers wurden Mikrospuren festgestellt. Die Proben sind gerade analysiert worden, und es gibt Übereinstimmungen mit den Fausthandschuhen, die Kristian getragen hat. Außerdem sind Haare gefunden worden.«

»Er hat sie wahrscheinlich angefasst, als er sie gefunden hat.«

»Sicher, aber Fredrik sagt, er habe sie nicht angerührt. Übrigens wird Fredrik auch verdächtigt und dem Haftrichter vorgeführt. Die Anklagebehörde meint, es bestehe die Gefahr, die Zeugen könnten sich gegenseitig beeinflussen. Ihre Aussagen widersprechen sich. Vielleicht haben sie den Mord gemeinsam begangen, vielleicht beschuldigen sie sich bloß gegenseitig.«

»Kristian ist unschuldig«, sagte Bitte und drehte sich um. Sie weinte nicht, aber etwas Fremdes war in ihr Gesicht getreten. »Ihr habt einen Fehler begangen.«

»Ihre Häuser werden jetzt von der Spurensicherung untersucht, und ich will dich nur darauf vorbereiten, dass die vielleicht auch dein Haus durchgehen müssen, weil ihr schließlich …«

»Lebensgefährten seid!«

Sie spie ihm das Wort ins Gesicht.

»Ich lass dich jetzt alleine«, sagte Verner Jacobsen und zog sich zurück. »Ich muss zu einer Pressekonferenz, ich wollte nur, dass du es von einem Freund erfährst.«

»In Ordnung«, sagte sie. »Meine Sachen zu untersuchen ist ganz einfach, die meisten stecken eh noch in Kartons. Außerdem hab ich gerade andere Dinge im Kopf. Ich ruf mal den ärztlichen Notdienst an und erkundige mich, ob die jemanden mit Schnittwunden nach dem Brand in Lier versorgt haben. Bei mir läuft, im Gegensatz zu dir, ein Mörder frei herum.«

Verner versuchte, den sarkastischen Ton nicht an sich heranzulassen, und verließ das Büro.

46

Verner Jacobsen versuchte sich darauf zu konzentrieren, was er sagen sollte, bekam Bitte Røed aber nicht aus dem Kopf. Er hatte einen Anflug von Panik in ihren Augen erhascht. Und sie war ganz bleich im Gesicht geworden. Beinahe hatte er den Abfall ihres Blutdrucks hören können, den die Nachricht bei ihr ausgelöst hatte. Unschwer war zu erkennen, dass ihr Herz blutete. Ihr erzwungenes Lächeln hatte ihn stark an eine offene Wunde erinnert. Sein Gedankengang wurde von Thomas Lindstrand unterbrochen, der ihn am Arm stieß. Verner sollte die Einleitung übernehmen, so hatten sie es abgesprochen. Er räusperte sich und beugte sich zu den Mikrofonen vor, die sich auf dem Tisch zu einem mehrköpfigen Troll formiert hatten.

»Die Polizei kann heute vermelden, dass es im Fall Idunn Olsen zwei Verdächtige gibt. Inzwischen ist bestätigt, dass wir es mit einem Mord zu tun haben. Die beiden Verdächtigen, die später noch dem Haftrichter vorgeführt werden, sind zudem wichtige Zeugen in dem Mordfall. Sie werden der Falschaussage und Beihilfe zum Mord beschuldigt. Wir reden hier von einem siebenundvierzigjährigen Mann und einem Jungen im Alter von sechzehn Jahren. Keiner von beiden war der Polizei zuvor bekannt. Beide leugnen die Tat.«

Verner überließ die Mikrofone Thomas Lindstrand. Irgendwie auch komisch, kam es ihm in den Sinn, von jetzt an konnten Kristian und Fredrik ganz legal lügen. Ein Verdächtiger kann lügen oder so viel leugnen, wie er will, ohne dass dies strafbar wäre, als Zeuge hingegen ist Lügen strafbar. Einfach paradox, zumal sie genau das zu Verdächtigen gemacht hatte.

»Technische und taktische Ermittlungen werden mit unverminderter Intensität fortgeführt«, sagte Thomas Lindstrand und ließ den Blick durch den Saal schweifen. »Noch immer stehen uns viele Aufgaben bevor, und die Polizei wird alle verfügbaren Ressourcen einsetzen. Die Angehörigen werden über die Entwicklung der Ermittlungen in Kenntnis gesetzt. Uns liegt ein vorläufiger Obduktionsbericht vor, doch aufgrund der laufenden Ermittlungen möchte die Polizei nicht näher auf die Todesursache eingehen. Ebenso wenig können wir etwas zum Tathergang sagen, werden hierzu aber später Stellung beziehen.«

»Wir unterstreichen«, unterbrach Verner Jacobsen seinen Chef, »dass es nach wie vor viele Unsicherheiten im Hinblick auf den Tathergang gibt. Dass wir nun zwei Personen wegen Falschaussage verdächtigen, bedeutet nicht notwendigerweise, dass wir auch schon den Täter haben.«

Er fühlte den Blick Thomas Lindstrands auf sich. Entgegen des Drehbuchs hatte er das Wort ergriffen. Ganz passend war das nicht, doch Bitte hatte recht. Kristian zu verdächtigen beruhte nur auf einer hauchdünnen Grundlage. Er hoffte, dass sie die Pressekonferenz verfolgte. Vielleicht wollte er vorwiegend ihretwegen den Mordverdacht ihres Lebensgefährten entschärfen.

In der hintersten Reihe des halbrunden Saals hob jemand seine Hand. Verner nickte dem Journalisten der *Drammens Tidende* zu.

»Wenn Sie sich nicht sicher sind, den Täter zu haben, wollen Sie damit sagen, dass nach wie vor der Mörder auf freiem Fuß ist? Jemand, der möglicherweise einen weiteren Mord begeht?«

Das war ein schwieriger Balanceakt. Vielleicht lag der Journalist richtig, zugleich sollten sie aber nicht unnötige Furcht schüren. Auch Erna Eriksen war ermordet worden, und die Wahrscheinlichkeit, dass nach wie vor ein Mörder frei draußen herumlief, war groß.

»Wir haben vielversprechende Spuren, denen wir nachgehen«, hörte er sich selbst sagen, »aber wir stehen vor einem verzwickten Fall mit vielen Beteiligten. Wir möchten keine voreiligen Schlüsse ziehen, bevor alle Tatsachen auf dem Tisch liegen.«

Nun übernahm Thomas Lindstrand wieder.

»Wir möchten diese Pressekonferenz mit einem Aufruf an die Bevölkerung beenden: Diejenigen, die eventuelle Informationen zu diesem Fall haben, oder auch einige der Beteiligten selbst, werden gebeten, sich über unsere Hotline zu melden.« Auf dem Bildschirm über ihm tauchte eine Telefonnummer auf. »Weitere Fragen möchten wir heute nicht beantworten, doch sobald wir neue Informationen in diesem Fall haben, werden wir Ihnen diese mitteilen. Vielen Dank.«

Verner überlegte, ob es ein Fehler gewesen war, zu erwähnen, dass die Polizei sich hinsichtlich der Verdächtigten nicht sicher war. Sein Chef hatte ihn ziemlich brüsk unterbrochen. Hatte Ingrid recht damit, dass er sich eine kleine Auszeit gönnen sollte? All diese Gedanken an Victor und Bitte, die ihn ständig überkamen …

Nein, er musste sich konzentrieren und professionell sein.

47

Fredrik war in den erkennungsdienstlichen Raum geführt worden, wo er untersucht, gewogen, seine Größe gemessen und ein Foto von ihm gemacht werden sollte. Zuvor noch hatte er sich geweigert, Referenzproben von sich abzugeben, und seine Eltern hatten ihn bestärkt. Sie wollten nicht, dass er schon im Alter von sechzehn Jahren im Polizeiregister landete, obwohl er, wie er unterstrich, selbstverständlich unschuldig war. Jetzt wurde er verdächtigt und konnte sich nicht länger verweigern.

Er war den Tränen nah, spürte, dass er sie bald nicht mehr würde zurückhalten können. Sie hatten gesagt, sie zögen die Möglichkeit in Betracht, ihm den Polizeigewahrsam zu ersparen. Weil er so jung war. Das Jugendamt war eingeschaltet worden, und es wurde in Erwägung gezogen, ihn stattdessen in einem Heim unterzubringen, wo er rund um die Uhr bewacht würde. Jugendamt, als wäre er ein Drecksblag.

Idunn, dachte er. Hol dich der Teufel, Idunn. Alles war ihre Schuld. Was für eine Erniedrigung, alle Klamotten ausziehen zu müssen. Sie hatten gesagt, er sollte fotografiert werden. Vor seinem inneren Auge hatte er die Porträtbilder von sich gesehen, im Profil und mit einer Nummer darunter, und zuerst gedacht, sie seien eine coole Erinnerung. Etwas zum Vorzeigen auf der nächsten Klassenfete. Vielleicht könnte er eins für seine Abiturientenkarte nehmen, wenn die Zeit dafür reif war. Er hätte nicht geglaubt, dass er sich ausziehen musste. Nackt. Der Polizist hatte eine Nahaufnahme von seiner Wunde und von den blauen Flecken gemacht. Welche Schlüsse die wohl daraus ziehen?

»Nimm's gelassen«, sagte der Polizist. »Wir tun das nicht, um dich runterzumachen oder dich dazu zu bringen, Dinge zu gestehen, die du nicht begangen hast. So arbeiten wir nicht.«

Fredrik wollte seinem Blick nicht begegnen. Um nichts in der Welt wollte er Blickkontakt mit einem Mann haben, während er mit entblößtem Hintern dastand.

»Du musst verstehen«, erklärte der Beamte weiter, »das hier ist ein entscheidender Teil der Beweisaufnahme. Für mich ist das Ganze Routine, gehört zu meiner Arbeit, aber ich kann verstehen, dass es sich für dich seltsam anfühlen muss. Aber falls du unschuldig bist, werden die Proben dich entlasten. Kapiert? Wir werden eine Blutprobe entnehmen und dir ein wenig unter den Nägeln kratzen. Und ich werde dir ein Wattestäbchen in den Mund stecken, doch nichts von alledem tut weh. Anschließend vergleichen wir die DNA, sollten wir biologische Spuren am Opfer finden.«

»Hä?«

»Reine Routine«, sagte der Beamte und lächelte aufmunternd. »Jetzt hab ich die notwendigen Fotos. Du kannst dich wieder anziehen.«

Als Fredrik sich anzog, wuchs seine Angst. Schlimm genug, zusehen zu müssen, wie sie ihm unter den Nägeln herumstocherten, und seinetwegen konnten sie ihm ruhig Haare am Kopf und am Arsch rausreißen, aber diese letzte Info. Der Vergleich von biologischen … mein Gott.

Selbstredend hatten sie Proben von Idunn genommen und …

Er war erledigt.

48

Martes Gesichtszüge sind entspannt, während sie schläft. Sie ist vier Jahre alt. Er steht neben ihrem Bett, das voller Kuscheltiere ist. Ein Eisbär. Kleine, braune Stoffhunde und eine lila Katze. Dann erwacht sie und reckt ihm ihre zarten Arme entgegen. Er begreift nicht, weshalb er nicht früher schon bemerkt hat, dass die Decke nicht aus Daunen ist. Er bekommt Angst. Ihm wird kalt. Die Decke knirscht, als er sie berührt, als wäre sie mit nassem Schnee gefüllt. Dann wird ihre Haut langsam weiß, ihre Augen werden dunkel, bekommen eine Farbe, die man ausschließlich in einem tiefen, mit Moos bewachsenen Brunnen zu sehen bekommt. Er hebt sie hoch, drückt sie auf eine Weise an sich, die sie im realen Leben niemals zugelassen hätte. Sie ist schwer vom Schlaf, dennoch trägt er sie.

Kristian Skage erwachte. Nein, er erwachte nicht, man wachte nicht auf, wenn man nicht geschlafen hatte. Ihm war, als befände sein Kopf sich an einem anderen Ort und als wüsste er nicht, wie er Kontakt mit ihm aufnehmen sollte. Jeden Augenblick drohte er in Tränen auszubrechen, ihn fror. In der Schläfe ein pochender Schmerz. Sein Gehirn glich einem Sumpf, braun, zäh und undurchdringlich. Werde ich gerade wahnsinnig?, dachte er. Die Bilder in seinem Kopf und das Gefühl, seine Tochter fest an sich zu drücken, waren vollkommen echt gewesen.

Tatsächlich aber saß er in einem Raum des Polizeipräsidiums. Nein, nicht in einem Raum. In einer Zelle in Untersuchungshaft. Eine Plastikmatratze und nackte Wände. Keine

Fenster. All seine persönlichen Gegenstände hatte man ihm abgenommen und in den blauen Schrank zur Aufbewahrung verschlossen.

Er hatte keine Ahnung, wann er seine Tochter wiedersehen würde. Bis auf Weiteres sollte Marte bei ihrer Mutter wohnen. Das passte Pia sicher gut! Dann bekam sie endlich die volle Kontrolle. Vor seinem inneren Auge sah er Marte ihre große Tasche packen und sie hinter sich her zum Auto schleppen. Ihm wurde mitgeteilt, dass sie noch am selben Tag seine Wohnung auf den Kopf stellen würden, und plötzlich setzte sich eine Angst in seinem Magen fest. Was fänden sie? Die Weinflaschen, die er über den Svinesund geschmuggelt hatte? Das Manuskript seines Romans, an dem er im Verborgenen schrieb? All die sonderlichen Aufzeichnungen. Die Notizblöcke mit den bekloppten Ideen? Was, wenn jemand die für bare Münze nahm? Und die Fotos. Er machte viele Fotos, löschte wenig. Auf seinem Tower-PC befanden sich massenhaft Fotos der Jugendlichen vom Handball-Cup und vom Chor. Die Strandfotos vom Holsfjord und vom Damtjern-See mit Scharen von Mädchen im Bikini. Bestimmt hatte er auch Fotos von Idunn. Sie war Solistin im Gospelchor gewesen. Allesamt aufgenommen mit irgendeiner Reportage im Hinterkopf, die er schreiben wollte; aber sähe die Polizei das genauso?

Er hoffte, Marte hatte auch an ihre Stiefel gedacht und an die Schokolade, die er ihr in den Kühlschrank gelegt hatte. Sie hatten ihm sein Handy abgenommen, sodass er sie nicht erreichen konnte.

Seine Zelle musste schlecht isoliert sein. Die Wände waren kalt. Oder kam der Frost von innen? Er legte die Hand auf die Wand. So kalt, wie er geglaubt hatte, war sie nicht. Er würde einen Anwalt bekommen. Das war gut. Er würde Hilfe erhalten, damit er wusste, was er beim nächsten Verhör sagen sollte.

Seine Haut war klamm geworden, er hatte gespürt, dass er kurz davor war, das Bewusstsein zu verlieren, als die Polizisten die Paragrafen herunterratterten. Etwas von wegen, dass er trotz Untersuchungshaft eines Verbrechens noch nicht schuldig sei und als unschuldig gelte, bis er möglicherweise angeklagt und verurteilt werde. Sicher sollte ihn das beruhigen, doch er wusste nur allzu gut, was die Leute dachten. Erwischte es einen erst einmal, dann war man schuldig.

Marte, dachte er, wie soll ich dir denn jetzt helfen? Er musste diesen Anwalt dazu kriegen, dass er ihn hier rausbrachte. Beim Gedanken an Marte brannte es in seiner Brust. Stand er etwa kurz vor einem Herzinfarkt? Hatte er nicht im linken Arm schon ein Taubheitsgefühl? Was geschähe jetzt mit Marte? Er vertraute nicht darauf, dass ihre Mutter gut genug auf sie aufpasste. Pia hatte es immer so eilig, und Marte konnte gut verbergen, wenn es ihr schlecht ging. Nur er hatte eine Ahnung, wie sie sich fühlte. Er wagte kaum, es sich selbst einzugestehen, aber er hatte heimlich ein paar Seiten in ihrem Tagebuch gelesen. Dort stand etwas von der Einsamkeit, die so deutlich zutage trat, wenn am Tisch in der Mensa niemand neben ihr sitzen wollte, und von der Unmöglichkeit, in einer Kleinstadt, wo jeder alles über den anderen zu wissen glaubte, in der Menge unterzutauchen.

Sein kleines Mädchen. Etwas an ihrer Art zu schreiben brachte ihn dazu, darüber nachzudenken, ob mit ihr vielleicht etwas nicht stimmte. Vielleicht war sie depressiv oder litt an irgendeiner Form von Asperger- oder Tourette-Syndrom oder an etwas anderem, das ihr den sozialen Umgang erschwerte. Er hatte erwogen, ihr einen Termin beim Kinder- und Jugendpsychologen zu machen, doch bedeutete das nicht, sie als Abweichlerin zu brandmarken? Bittes Bemerkung schoss ihm durch den Kopf, wonach es den schlimmsten aller denkbaren

Vertrauensbrüche darstellte, in dem Tagebuch eines anderen zu lesen. Der Meinung war er nicht. Er hatte Angst um sie, deshalb musste er darin lesen, musste wissen, was mit ihr los war.

Marte war in der letzten Zeit so abweisend geworden. Zog sich zurück wie ein Tier, das sich das Fußgelenk gebrochen hatte und lieber in Einsamkeit starb, als der Welt hinkend zu begegnen. Und auf einmal hatte sie ihr Tagebuch versteckt. Hatte sie herausgefunden, dass er in ihren Sachen schnüffelte? Überall hatte er gesucht. Vielleicht hatte sie aufgehört zu schreiben? Oder versteckte sie es bei ihrer Mutter?

Er dachte daran, wie oft er sich schon an ihre Tür gelehnt und der Stille gelauscht hatte. Eine solche Stille war nicht normal, oder etwa doch? Jugendliche hörten Musik. Musik, die Eltern in den Wahnsinn trieb, voll aufgedreht, rund um die Uhr. Aber bei Marte war es immer still. Er konnte bloß unsicher und wie gelähmt dastehen, mit seiner Hand auf der Klinke und seiner Wange an der Tür, als wäre beides ein lebendiger Teil von ihr.

49

Marte stand unter der Dusche und scheuerte ihren Körper. Die Bürste schabte über ihre Haut, lange hatte sie schon geschrubbt, ihre Haut war wund.

»Bist du bald fertig?«

Ihre Mutter klopfte sachte, aber unruhig an. Marte antwortete nicht, rieb weiter. Sie konnte nicht antworten, ihr Hals war zugeschnürt, als hätte sie ein Stück Papier geschluckt, das festsaß und ihr die Luft abdrückte.

Atme! Atme!

»Marte?«

Sie hörte, dass ihre Mutter verängstigt war. Glaubte sie etwa, sie würde sich in der Dusche ertränken? Oder hatte sie die Rasierklinge gesehen? Die Furcht davor, entdeckt worden zu sein, übermannte sie, als wäre das warme Wasser mit einem Mal zur Neige gegangen.

Irgendwo hatte sie gelesen, dass wenn man sich die Pulsadern aufschneiden will, es unter fließendem Wasser am wenigsten schmerzhaft ist, am besten in einer Badewanne. Sie versuchte, sich vorzustellen, wie es war, in warmem Wasser zu sitzen und das Leben langsam aus sich herausrinnen zu sehen.

Nein, sie kann die Rasierklinge nicht gefunden haben, dachte Marte. Sie liegt in meinem Tagebuch, und das Tagebuch habe ich versteckt.

»Marte, bist du okay?«

Sie musste antworten, falls nicht, würde ihre Mutter den Reserveschlüssel holen und hereinkommen. Hereinkommen und sehen, dass …

»Ja«, sagte sie. »Bin bald fertig.«

Obwohl ihre Haut brannte und prickelte, schrubbte sie weiter, während sich aus dem warmen Dampf, der ihren Körper umfing, eine Erinnerung formte.

»Hast du die Tür abgeschlossen?«

»Hm.«

Ein Kribbeln läuft über ihren Rücken, als er auf dem schmalen Bett näher rückt. Sie bewegt sich nicht, fühlt sich wie geschlagene Sahne, steif und weich zugleich. Seine Lippen legen sich auf ihre. Von diesem Augenblick hat sie schon so viele Male geträumt. Jetzt passiert es, denkt sie und überlegt rasch, wie weit zu gehen sie gewillt ist. Für dich, Fredrik … also, wenn du es ernst meinst …

Seine Hand schlüpft unter ihren Pullover, er fummelt am BH herum. Sie ist glücklich, dass sie sich hat überreden lassen, mitzukommen. Wer konnte so etwas schon vorhersehen? Die Freude saust wie eine Biene auf Speed durch ihren Körper. Jetzt geht es los, denkt sie, als er ihr den Pullover über den Kopf zieht. Unter seinem Blick bekommt sie Gänsehaut. Er betrachtete ihre Brüste, während seine Finger sich weiter vortasten. Er riecht nach Bier, aber das macht nichts. Es ist Fredrik. Gerade geschieht etwas Fantastisches. Sachte schiebt er sie nach hinten, zögert. Er schaut auf die Uhr.

»Was ist?«

»Nichts«, sagt er.

Seine Hand ruht auf ihrem Bauch. Sie möchte nicht, dass er aufhört, muss nachhelfen. Sie muss dafür sorgen, dass er nicht zu Idunn zurückgeht. Zuvor am Abend hat er sich schon mit ihr auf dem Bad eingeschlossen. Oder nein, Idunn war es, die ihn hinter sich herzog. Daran möchte sie nicht denken. Jetzt ist er hier. Bei ihr. Sie darf keine Scham zeigen und windet sich aus ihrer Jeans. Sie hat sich entschieden. Sie will. Was er will. Denn das ist es doch, was er will? Er küsst sie wieder. Lässt seine Lippen über ihren Körper gleiten. Sie schließt die Augen, will sich mit allen Sinnen an das erinnern, was gerade geschieht. Ihr Körper ist übersät mit kleinen Streubomben, die bei jeder seiner Berührungen hochgehen.

»Willst du dich nicht auch ausziehen?«

Er zögert. Noch einmal schaut er auf die Uhr.

»Ist was?«

Er schüttelt den Kopf, lächelt, zieht Pullover und Schuhe aus. Dann legt er sich auf sie. Nie zuvor hat sie die Haut eines Jungen auf ihrer gespürt. Den ganzen Körper eines Menschen. Und dann ist er da, in ihr drin. Wirklich gut ist es nicht, es tut aber auch nicht weh. Es ist Fredrik. Sie hört seinen schweren Atem, er stöhnt und zieht sich zurück. Ist es schon vorbei, denkt sie. Das kann doch nicht sein. Es hat doch noch gar nicht begonnen.

»Ich möchte, dass du etwas weißt, Marte«, sagt er und zieht sich seine Hose an. Mit bloßem Oberkörper und seiner Hand auf ihrem nackten Oberschenkel bleibt er sitzen. Urplötzlich begreift sie, dass etwas nicht stimmt. Wir haben das Kondom vergessen, denkt sie. Macht nichts, will sie gerade sagen. Was auch immer geschieht, sie bekommen das hin, weil sie jetzt zusammen sind. Doch dann entgleitet sein Blick. Die kleine Schlafcouch fühlt sich hart an am Rücken. Die Wolldecke kratzt, und ihr fällt auf, dass es schimmelig riecht hier unten im Keller. Der alte klobige Fernseher ist auf einmal ein blindes Auge, das sie beobachtet. Sie versucht aufzustehen, aber er hat seine Hand weiter ihren Bauch hinaufgeschoben.

»Ich möchte, dass du weißt, dass ich …«

Weiter kommt er nicht. Plötzlich geht die Tür auf. Er hat nicht abgeschlossen. Hat nicht abgeschlossen. Er hat die Tür offen gelassen. Fredrik! Was geht hier ab? Fredrik?

Die Geräusche von der Party sind nicht länger nur fernes Bassgedröhne aus den Lautsprechern, Musik und Stimmengewirr dringen in das Zimmer. Das Gelächter wogt herein, während sie ihr die Wahrheit in den Kopf einhämmern. Die Wahrheit ist, dass sie nicht dazugehört. Dass sie nicht erwünscht ist.

Ein Kissen über dem Gesicht. Weich. Dunkel. Und dann diese Kälte am Bauch.

Was tut ihr da? Nein! Macht das nicht!

Sie ist nackt. Sie nehmen ihr ihre Haut. Sie nehmen ihr alles, was sie ist. Sie verschwindet. Und immerzu dieses Gelächter: Haha, haha!

Marte kniff ihre Augen zusammen, wollte sich nicht erinnern. Wollte nicht wissen, was er ihr hatte sagen wollen. Sie drehte das Wasser ab. Das musste jetzt reichen, obwohl sich immer noch Reste von Farbe auf ihrem Bauch befanden. Die Buchstaben hatten sich eingeprägt in ihre Poren – von nun an würden sie dort stehen, ganz gleich ob die Zellen abstarben und sich neue Haut bildete. Die Vorfälle würden eine dünne Haut bilden, deren Bedeutung für immer in sie eingeätzt war. Niemals mehr würde sie sich selbst nackt sehen können, ohne die mit schwarzem Lack gesprühten Buchstaben zu lesen: HURE.

50

Leises Winseln mischte sich mit tiefem Bellen, als Bitte Røed die Käfige im Tierheim entlangging. Ein Husky hatte seine Schnauze durch das Stahlgitter geschoben und stierte sie mit eisblauem Wolfsblick an. Sie hatte mit den Nachbarn von Erna Eriksen gesprochen und erfahren, dass sie einen Hund hatte. Das wiederum ließ sie an die Anzeige in der Zeitung zurückdenken, an den Hund, den Julie so gern retten wollte. Der Hund war dem Tierheim zufolge an dem Morgen gefunden worden, als der Brand ausgebrochen war.

»Ich erinnere mich sehr gut an ihn«, erklärte ihr die Frau in Gummistiefeln und grünem Overall vom Baumarkt. »Der war so verschmust, aber richtig Lust, mit ihm zu schmusen, hatte ich nicht gerade.«

»Wieso?«

»Sein Fell. Es war blutig. Zuerst hab ich gedacht, er wäre angefahren worden, aber sichtbare Verletzungen hatte er nicht, und der Tierarzt konnte auch nichts feststellen. Daher haben wir angenommen, dass er von jemand so eingesaut worden ist, wir wussten ja nichts über seinen Besitzer. Sie ahnen nicht, was die Leute Tieren alles antun. Ich dachte, jemand hat irgendetwas nach ihm geworfen.«

Bitte nickte, sie wusste Bescheid. Es gab so viele Beispiele dafür, was Menschen einander alles antaten, was würden sie sich bei Tieren nicht erst einfallen lassen? Trotzdem brachte sie das fast mehr auf, da Tiere so oft wehrlos waren. Sie ertappte sich dabei, abzuwägen, ob sie nicht genau dieses eine unschuldige Tier retten sollte. Nein, jetzt musst du dazu stehen, was du Julie gegenüber gesagt hast, rügte sie sich.

»Deshalb haben wir sein Fell ein wenig geschnitten, bevor wir den Hund gebadet haben.« Sie zeigte ihr eine kleine Tüte mit Haarbüscheln, die mit einer eindeutig an geronnenes Blut erinnernden Masse verklebt waren.

»Nur für den Fall, dass er Opfer einer Misshandlung geworden ist«, sagte die Tierpflegerin.

»Besten Dank, Sie haben mitgedacht«, sagte Bitte Røed und nahm die Tüte entgegen. Stellte er sich als Erna Eriksens Hund heraus, war das blutige Hundefell womöglich eine vielversprechende Spur.

Die Frau führte sie zu einem separaten Zwinger. Ein dünner Hund mit langem, braun, schwarz und weiß gesprenkeltem Fell saß hinten im Käfig und wedelte schwach mit dem Schwanz.

»Wir sind angewiesen, streunende Hunde getrennt zu halten. Er trägt keine Hundemarke und auch kein Halsband. Aber ein Rassehund ist er ja auch nicht gerade. Ich tippe auf eine Prise Collie, ein wenig English Setter und vielleicht eine Spur Schäferhund. Mit anderen Worten: Die Hündin ist eine typische Promenadenmischung.«

»Es ist also nicht möglich, herauszufinden, wem der Hund gehört?«

Die Frau schüttelte mit dem Kopf.

»Nur wenn der Besitzer auftaucht und es beweisen kann. Wir haben nicht mal 'ne Ahnung, wie sie heißt, also nennen wir sie einfach Lucky. Irgendwie fand ich, dass sie Glück gehabt und sie jemand gefunden hat.«

Sie ging in die Hocke und lockte den Hund. Lucky kam zu ihr mit gesenktem Kopf, als erwartete er, geschlagen zu werden.

»Ich hoffe bloß, dass sie so viel Glück hat und jemand sie abholt«, fuhr sie fort und schwieg plötzlich.

»Ansonsten wird sie eingeschläfert«, schloss Bitte und gestattete sich nicht, den Hund zu streicheln. Sie hatte genug damit zu tun, die gefährlich zutraulichen Augen zu meiden.

Die Frau schloss die Käfigtür. Der Hund stand auf und trank aus seiner Wassertasse. Agnar Eriksen, dachte Bitte Røed, bald schon darfst du jemandem Hallo sagen.

»Vielleicht weiß ich da einen, der den Hund kennt«, sagte Bitte Røed. »Ist es möglich, den Hund mitzunehmen?«

»Kann derjenige nicht einfach herkommen? Der Hund braucht jetzt größtmögliche Stabilität und sollte nicht schon wieder in eine neue Umgebung kommen. Er wirkt nervös.«

»Das könnte schwierig werden«, sagte Bitte zögerlich. Am liebsten wollte sie, dass der Hund und Agnar Eriksen überraschend aufeinandertrafen, um ihrer beider Reaktion zu beobachten.

»Falls notwendig, darf die Polizei den Hund natürlich in Eigenregie mitnehmen, aber am besten wäre natürlich jemand, der sich mit Hunden auskennt. Tun Sie das?«

Bitte wollte beinahe schon lügen, schüttelte dann aber den Kopf.

»Nein, aber ich kenne jemanden.«

51

Sølvi Olsen lag zusammengekauert auf dem fransigen weißen Teppich in Idunns Zimmer. Ein Zittern durchfuhr ihren Körper. In ihr löste sich etwas. Die Tränen schienen von woanders herzukommen als aus ihren Augen, aus einer großen Tiefe, aus einem Loch in ihrem Herzen. Was verständlich war, schließlich bestand der Körper zu mehr als siebzig Prozent aus Wasser. Sølvi Olsen war siebzig Prozent Tränen, die sich schließlich Bahn gebrochen hatten.

Mit einem Mal drehte sich das Zimmer, und Idunns hohes Bett, das tagsüber als Sofa diente, verwandelte sich zu einem kleinen Gitterbett. Sie drehte ihren Kopf herum; ohne ihn jedoch vom Teppich zu heben, konnte sie das kleine Kind zwischen den Gitterstäben hindurch erkennen.

Das Mädchen mit dem rosa Schnuller und dem Spitzenkragen am Schlafanzug, die molligen Beine, die in der Luft strampelten. Das Kind lag da und wuchs direkt vor ihren Augen. Im nächsten Augenblick krabbelte es über die Bettkante, wackelte über den Boden, schritt über sie hinweg und holte ein rotes Kleid aus dem Schrank. Unmittelbar darauf hörte sie hohe Absätze die Treppe herunterklappern – aus dem Haus und weg. Sølvi schloss ihre Augen, zwang das Kind ins Gitterbett zurück, erinnerte sich daran, wie sie dort gelegen hatte, als sie noch ein Baby ohne Sprache war.

Ihr fiel das Gefühl der Ohnmacht ein, wenn sie auf sie aufpassen sollte. Sie! Wie sollte sie eine solch große Verantwortung bloß schultern? Ihr war, als ob sie schon damals wusste, dass ein

Abschied nahte, wie ein Zug auf Kollisionskurs mit ihrem Leben. Jeden Tag würde sie nun umherlaufen und sich fürchten. Wie oft hatte sie nicht daran gedacht, es wäre einfacher, sich davonzumachen, sich überlegt, wie toll das Leben wäre, wäre sie bloß nie Mutter geworden.

Sie dachte daran, wie sie ihre Hände über die glatten Wangen hatte gleiten lassen, die Haut war so sanft, so neu. Und der Hals so schmal. Eine Hand würde ausreichen. Eine große, erwachsene Mamahand könnte liebevoll einen Moment zudrücken, und dann wäre es vorbei. All zukünftiges Leid. In einem absurden Augenblick hatte sie überlegt, den Abschied möglichst schnell hinter sich zu bringen, damit die Wunde wieder heilen konnte. Dass ihr somit Jahre ewiger Angst erspart blieben. Die Scham darüber, solche Gedanken zu haben, ließ das Wasser in ihrem Körper abermals ansteigen, die siebzig Prozent wallten auf und schlugen inwendig gegen ihre Körperhülle.

»Was liegst du denn hier?«

Gustav stand in der Tür und schaute auf seine Frau herab, die in der Embryonalhaltung auf Idunns Teppich lag.

»Siebzig Prozent Wasser im Körper, ist das immer so?«, fragte Sølvi, ohne ihn anzusehen.

»Wovon redest du?«

»Ist das immer so?«, wiederholte sie. »Weshalb laufe ich nicht aus? Die ganze Zeit fließt es nur so aus mir heraus. Wo kommt all das Wasser her?«

Gustav kniete sich neben sie, strich ihr über den Rücken, versuchte, ihren Arm zu nehmen.

»Du kannst hier nicht so liegen«, sagte er.

»Jetzt bin ich dran«, schluchzte Sølvi. »Nie habt ihr mich an dem teilhaben lassen, was euch beide verbunden hat. Und trotzdem trauere ich am meisten. Wieso trauerst du nicht so wie ich! Wieso?«

»Ich trauere auf meine Art.«

Gustav sah weg.

»Aber du hast ihr so nahegestanden, du musst doch was wissen. Immer ist sie zu dir gekommen.«

Sølvi stand abrupt auf und starrte ihn an. Einige Male hatte sie sich dabei erwischt, wie sie eifersüchtig auf Gustav war, den Gedanken aber stets weggeschoben. Zu dumm. Nun schien es, als höbe sich eine Gardine und sie erhielte Einsicht in etwas, das sie über Jahre hinweg vergeblich zu erkennen versucht hatte.

»Gustav«, sagte sie plötzlich ruhig und trocknete ihre Tränen am Ärmel ihres Pullovers. »Wo warst du in der Nacht, als sie getötet wurde?«

»Das weißt du doch, Sølvi. Ich war im Büro.«

Er rieb sich mit den Händen über sein Gesicht.

»Und als du mir mitgeteilt hast, dass Idunn nicht zur verabredeten Zeit nach Hause gekommen ist, bin ich rumgefahren, um nach ihr zu suchen.«

»Ja, das hast du gemacht«, sagte Sølvi.

Sie probierte, ihren Verdacht, der sie unversehens überschwemmte, herunterzuschlucken. Weshalb hatte Idunn sich ihr nie anvertraut? Immer nur Papa.

52

Kristian Skage saß im Vernehmungsraum und versuchte, ruhig zu atmen. Sein Anwalt hatte ihm gesagt, sie hätten gute Aussichten und man lasse ihn innerhalb kürzester Zeit wieder frei. Kristian hoffte, er behielt recht. Der Mann, der sich ihm gegenübersetzte, stellte sich als Verner Jacobsen vor. Er glich einem Ermittler aus dem Fernsehen; nicht mehr ganz so jung, was seinem Charakter Gewicht verlieh, aber mit einer gekünstelt coolen, jugendlichen Frisur. Und dann noch dieser Pferdeschwanz!

»Kristian Skage, Sie werden der Falschaussage im Zusammenhang mit der Ermordung von Idunn Olsen bezichtigt. Verstehen Sie, was das bedeutet?«

Kristian schaute kurz zu seinem Anwalt, der leicht nickte.

»Ja, er hat mich darüber aufgeklärt, was das bedeutet«, sagte Kristian.

»Gut, dann wissen Sie auch, dass es am klügsten ist, wenn Sie uns jetzt die Wahrheit erzählen.«

Kristian schluckte, dass sowohl sein Anwalt als auch der Ermittler es hören mussten. Er umklammerte den Kaffeebecher mit beiden Händen und unternahm den Versuch, das aufmunternde Lächeln seines Anwalts zu erwidern. Für den ist es leicht, dazusitzen und zu lächeln, dachte Kristian. Der Anwalt hatte klare Ratschläge erteilt, was er sagen sollte und was nicht. Aber kaum auszudenken, wenn er sich nicht richtig erinnerte? Er meinte, am ganzen Körper zu zittern. Als Journalist war er das Reden gewohnt, und normalerweise nahm er es sehr genau damit, dass die Wahrheit ans Licht kam. Doch da führte er Regie, lenkte das Gespräch in die gewünschte Richtung. Sein Problem jetzt war, dass die ganze Wahrheit keine Option bot. Andere konnten Aussagen treffen, die seiner widersprachen.

Kristian trank einen Schluck von seinem Kaffee. Er war stark, fast schon bitter. Ihn schauderte. Er musste jedes Wort auf seinen Wahrheitsgehalt prüfen, bevor er es aussprach. Aber solange ich mich an meine Wahrheit halte, geht alles gut, dachte er. Er lehnte sich zurück und wartete darauf, dass der Polizist mit dem Verhör beginnen würde. »Sagen Sie nicht mehr als nötig«, hatte sein Anwalt ihm geraten.

»Bei früheren Vernehmungen haben Sie schon ausgesagt, was vorgefallen ist und was Sie gesehen haben«, sagte Verner und blätterte die Berichte durch, die er vor dem Verhör gelesen hatte. »Wir müssen nicht alles wiederholen, doch soeben haben Sie erfahren, dass Reste von Wolle am Opfer gefunden worden sind. Wolle, die von Ihren Handschuhen stammt. Ebenso Haare in der Kehle der Toten. Ihre Haare.«

»Ich musste doch nachsehen, ob mit ihr alles in Ordnung war! Schnell jedoch konnte ich mich davon überzeugen, dass dies nicht der Fall war. Ich kann nichts dafür, dass meine Handschuhe fusseln und ich haare wie ein Hund.«

»Fredrik, der Junge, der Sie gerufen und um Hilfe gebeten hat, hat allerdings ausgesagt, Sie hätten das Mädchen nicht angerührt, ganz im Gegenteil, Sie seien ein Stück entfernt stehen geblieben und hätten den Krankenwagen gerufen, ohne überhaupt zu prüfen, ob das Mädchen noch einen Puls hatte.«

»Dann lügt er.«

Der Anwalt räusperte sich und warf ihm einen tadelnden Blick zu.

»Aber es stimmt«, sagte Kristian ohne Rücksicht auf den Anwalt. »Fragen Sie ihn, weshalb er lügt.«

Der Journalist in ihm übernahm die Führung. Er scherte sich nicht um die Weisung, so kurz wie möglich zu antworten. Das widersprach seiner Natur. Er war jemand, der selbst die Fragen stellte.

»Glauben Sie etwa nicht, dass er vielleicht gute Gründe hat, mir die Schuld in die Schuhe zu schieben, den Verdacht auf mich zu lenken? Wer hat das Mädchen denn schließlich ›gefunden‹? Hä? Das wissen Sie genauso gut wie ich«, sagte Kristian und begegnete dem Blick des Ermittlers.

Verner Jacobsen blieb ruhig und wartete ab.

»Ja, ist es denn etwa nicht so?«, fuhr Kristian fort. »Dass derjenige, der ein Opfer findet, schon mal gern der ist, der's getan hat?«

»Oder der, der es bei der Polizei meldet«, sagte Verner.

»Ja, aber das ist doch Unsinn, ich wurde hinzugerufen, es war der Junge, er hockte neben ihr und beugte sich über sie und …«

»Sie haben für den Todeszeitpunkt kein Alibi«, bemerkte Verner Jacobsen.

Dem vorläufigen Obduktionsbericht hatte er entnommen, dass der Tod am Mittwochabend zwischen 20.30 und 23.00 Uhr eingetreten war.

»Ich habe nach meiner Tochter gesucht«, sagte Kristian leise. »Ich bin von dieser Party gekommen, auf der sie gewesen ist. Einen ihrer Stiefel hab ich gefunden. Irgendjemand hat ihn ihr ausgezogen und weggeschmissen. Können Sie sich ausmalen, wie es sich anfühlt, bei minus zwanzig Grad nach seiner Tochter zu suchen und zu wissen, dass sie halb barfuß nach Hause hinken muss?«

Verner erinnerte sich an den seltsamen Abdruck, den die Techniker gefunden hatten – möglicherweise von einem Schuh, stand im Bericht.

»Weshalb hatte Ihrer Tochter jemand den Stiefel weggenommen?«, fragte Verner.

»Das weiß ich nicht«, antwortete Kristian, »aber irgendetwas ist passiert auf der Party. Sie wurde gemobbt.«

»Auf der Party?«

»Nein, keine Ahnung. Aber sie wird schon seit Langem gemobbt. Die anderen schließen sie aus. Ich glaub, der Junge, der Idunn gefunden hat, Fredrik, hat dabei eine zentrale Rolle gespielt. Manchmal hat sie die ganze Nacht in ihrem Bett gelegen und hat gehustet, um mir eine Erkältung vorzugaukeln, nur damit sie am nächsten Tag nicht zur Schule musste. Ich muss gestehen, an manchen Tagen habe ich sie schwänzen lassen und ihr eine Entschuldigung geschrieben, obwohl ich mir im Klaren war, dass sie keine Grippe hatte.«

Unverhofft sah er Marte vor sich, wie sie sich eines Morgens geweigert hatte, aufzustehen. Natürlich war sie nicht krank, aber er brachte es nicht übers Herz, sie aufzuscheuchen und mit der Lüge zu konfrontieren. Stattdessen hatte er an ihrem Bett gesessen, seine Hand auf ihre Stirn gelegt und gesagt: »Tja, mein Liebes, du hast wohl ein bisschen Fieber.« Als er die Erleichterung, den Anflug von Glück auf ihrem Gesicht bemerkt hatte, war er ins Badezimmer gestürzt, damit sie nicht mitbekam, dass er weinte. Auch jetzt spürte er, wie Tränen aufstiegen. Er schluckte und hielt sie zurück.

»Warum vermuten Sie, dass Fredrik eine zentrale Rolle spielte?«, fragte der Ermittler.

»Als Vorsitzender des Elternrates habe ich vertrauliche Informationen.«

»Sie können sich darauf verlassen, dass auch wir die Dinge vertraulich behandeln, Herr Skage. Wir stecken hier mitten in einer Mordermittlung, und es ist im Interesse aller, dass Sie die Fakten, die für den Fall von Belang sein könnten, auf den Tisch legen. Was haben Sie als Vorsitzender des Elternrates herausgefunden?«

Kristian zögerte, warf seinem Anwalt einen Blick zu und betrachtete dann das Mikrofon, das von der Decke hing. Wie ein Angelhaken, schoss es ihm durch den Kopf.

»Fredriks Name tauchte ständig auf im Zusammenhang mit den Mobbinggeschichten. Im Unterricht stellte er einen Unruheherd dar, war sarkastisch und frech sowohl Schülern als auch Lehrern gegenüber. Die Lehrer werden das bestätigen, wen auch immer Sie fragen. Er kommt aus einem Elternhaus, in dem kaum Grenzen gezogen werden. Fredrik hat eine dissoziale Persönlichkeitsstörung. Vernachlässigung der Fürsorgepflicht kann man das auch nennen.«

»Hat er Idunn auch gemobbt?«

»Davon weiß ich nichts, aber ich hatte nicht den Eindruck.«

»Wie viel hat Marte Ihnen erzählt?«

»Marte ist wenig mitteilsam, genau das macht es ja so schwierig. Und die Jugendlichen haben komplizierte Codes. Durch die Arbeit im Elternrat habe ich den Eindruck gewonnen, dass oft nur eine Person oder eine kleine Gruppe das Geschehen in Gang setzt, und dann folgen die anderen einfach. Wir sind Herdentiere, nicht wahr? Der Anführer der mobbenden Gruppe wird zum großen Vorbild, und alle, die sich ihr entgegenzustellen versuchen oder den Kurs wechseln, werden zu Feiglingen gestempelt. Ich kann nicht mit Bestimmtheit sagen, dass Fredrik die führende Position innehatte, aber er war mit von der Partie und stand oben in der Hierarchie, da bin ich mir ziemlich sicher.«

Das Verhör war zu Ende, und Kristian wurde zurück zu seiner Zelle geführt. Hinter ihm schnappte die Tür zu. Er setzte sich auf die Matratze und starrte die Wand an. Wo hat all das nur seinen Anfang genommen?, dachte er. Vor Kurzem noch war er davon ausgegangen, dass alles sich gelöst, das Leben einen wundersamen Neustart genommen hatte. Er hatte die Liebe gefunden. Es schien, als ginge es Marte besser, jedenfalls sah sie so glücklich aus wie schon lange nicht mehr. Die Scheidung lag in den letzten Zügen. Er hatte eine Lohnerhöhung bekommen, sodass er den Kredit für die kleine Wohnung, die er gekauft hatte, bedienen konnte. Und Pia hatte versprochen, ihn bald aus ihrer einstmals gemeinsamen Villa auszulösen. Damals hatte sie ihn davon überzeugt, dass Marte in ihrem Elternhaus am besten aufgehoben war, und so hatte er Pia bis auf Weiteres das Haus überlassen. Alles erschien in freundlicherem Licht, und jetzt saß er plötzlich hier.

Herdentiere, dachte er. Nicht dazuzugehören kann den Tod bedeuten. Er erinnerte sich an den Elternabend von Martes Gospelchor, bei dem sie über den Sommerausflug gesprochen hatten. Der Initiator der Tour hatte die Reiseroute, das Budget vorgelegt und mögliche Gemeinschaftsarbeiten vorgeschlagen. Hatte es damals schon begonnen? Er wusste noch, wie er seinen Arm gehoben und einige kritische Fragen gestellt hatte. Rom? Eine ganze Woche, zudem zu einem Preis, der viele Stunden Gemeinschaftsarbeit voraussetzte für diejenigen ohne Vermögen und abbezahlte Häuser, oder? Jedenfalls war es für ihn mitten in einer aufreibenden Scheidung ausgeschlossen, Marte auf eine solche Reise zu schicken. Jedes Jahr dasselbe, dachte er. Irgendwelche kreativen Leute dachten sich so kluge Sachen aus wie, dass es gut sei für die Jugendlichen, möglichst viel von der Welt zu sehen, wobei die Eltern noch unter Druck gesetzt wurden. Als er nachgefragt hatte, ob es nicht möglich sei, sich ein bisschen weniger zu verausgaben, hatte er mitleidige und verächtliche Blicke geerntet. Ein Mann ergriff das Wort und meinte, wie gut es den Jugendlichen tue, wie stark sie das zusammenschweiße. Wie ein schlechter Vater war er sich vorgekommen und schon fast zur Kapitulation bereit, doch dann hatte der sozial engagierte Journalist in ihm rotgesehen. Sei überhaupt jemandem aufgefallen, dass manche Kinder im Chor möglicherweise nicht aus wohlsituierten Häusern kämen?

Einigen war er im Zuge einer Reportage begegnet, die er für »Den Straßenfeger« gemacht hatte. Familien, die sich heimlich Essenstüten von der Heilsarmee holten und beschämt Almosen von den Tischen der Reichen annahmen. Die gab es, auch wenn man sie nicht sah. Denn es drehte sich längst nicht ausschließlich mehr um Familien mit Alkoholproblemen oder um Einwanderer, die kürzlich ins Land gekommen waren und in heruntergekommenen Wohnungen hausten. Solche Leute fanden sich auch in den Villengegenden, doch für die meisten kam es der achten Todsünde gleich, eingestehen zu müssen, dass sie sich die Instandhaltung der Fassade nicht leisten konnten. Lieber nahmen sie noch einen Kredit auf.

Auch wenn Kristian wusste, dass er im Namen mehrerer sprach, saßen die Leute da und schauten ihn mitleidig an. Dass man sich darüber derart auslassen müsse. Das stachelte ihn nur noch mehr zum Diskutieren an. Querulant hatte er im Nachhinein von einigen gehört, obwohl eine Mutter ihm ins Ohr geflüstert hatte, sie sei eigentlich der gleichen Meinung. Aber dann hatte sie mit den Schultern gezuckt und gesagt, da könne man nichts machen. Außerdem seien womöglich die Kinder die Leidtragenden, wenn man allzu spezielle Meinungen vertrete.

Hatte die Frau recht? Marte war nicht mitgefahren auf diese Reise. Plötzlich wollte sie nicht mehr, und er war schlicht erleichtert gewesen. Jetzt fragte er sich, ob er darauf hätte bestehen sollen, dass sie mitfuhr. Linnea und Idunn, damals ihre besten Freundinnen, hatten nach ihrer Rückkehr aus Rom nicht wieder den Kontakt zu ihr gesucht. Und seine Tochter hatte sich während des Sommers in sich selbst zurückgezogen.

Menschen sind nicht dafür gemacht, alleine zu sein, dachte er und legte sich rücklings auf die Matratze. Gemeinsam mit anderen entdecken wir unsere Einsamkeit. Marte. Es schmerzte ihn im ganzen Körper. Er sah sie vor sich, alleine auf dem Schulhof. Alleine an einem Tisch in der Mensa. Marte, die mit ihrem Handy hantierte, um zu verbergen, dass sie niemanden zum Reden hatte. Wie sie versuchte, auf dem Weg in die Klasse unsichtbar und eins mit der Wand zu werden. Marte, die in allen Fächern schlechtere Noten bekam, weil sie sich nicht mehr traute, im Unterricht mitzuarbeiten.

In einer Herde war der Andersdenkende eine Bedrohung, dachte Kristian. Marte war anders. Und er, ihr Vater, vertrat Meinungen, die nicht immer akzeptiert wurden. Sich abzuheben, das stellte die neunte Todsünde dar.

53

Der Dampf des warmen Wassers hatte sich auf dem Spiegel niedergeschlagen. Marte stieg aus der Dusche, vermied es jedoch, ihrem eigenen Schatten zu begegnen. Jetzt war sie anders. Sie schlang sich ein Handtuch um ihren Kopf und zog saubere Sachen an, fühlte sich dennoch nicht richtig sauber. Vielleicht würde sie das nie mehr sein. In ihrem Zimmer nahm sie das Tagebuch aus der Tasche und legte es unter das Kopfkissen. Unentwegt waren die Erinnerungen an die Party da, sie wurde die Bilder einfach nicht los. Sie sah den Raum vor sich, in dem sich urplötzlich viele Menschen gedrängt hatten. Idunn. War sie wütend gewesen? Gelächter und Gerüche vermengten sich. Parfum, Rauch, Bier und etwas anderes, Unbestimmbares. Furcht? Körper? Und der scharfe Geruch von Lack. Nie wieder konnte sie den Deckel eines Eddings abnehmen, ohne dass sich dieser grauenhafte Film in ihrem Kopf abspielte.

Ihr kam ein schrecklicher Gedanke. Ob wohl jemand gefilmt, Fotos gemacht hatte? Wurde sie auf Instagram schon mit »Hashtag Hure« verspottet? Sie hatte sich noch nicht getraut, nachzusehen. Es fühlte sich an, als würde sie angefüllt mit Eiswasser. Aber, dachte sie, dann hätte die Polizei das sicher inzwischen entdeckt. Haben die nicht Handys eingesammelt? Sie hatte keiner gefragt. Die Polizei hatte sich nicht einmal mit ihr unterhalten. Allerdings hatte sie die Party ja auch verlassen, bevor sie kamen. Und jetzt hatten sie Papa. Dabei konnte der doch gar nicht wissen, was auf der Party passiert war! Sie versuchte, den Gedanken beiseite zu schieben. Sie musste hinuntergehen und mit Mama essen. So tun, als wäre nichts. Darin war sie gut.

Ihre Mutter erwähnte Papa während des Essens mit keinem Wort, allerdings spürte Marte die Anklagen, die unter der Oberfläche lauerten und nur auf einen kleinen Riss warteten, um hervorzubrechen. Das hatte sie früher schon erlebt. Damals, als sie noch gemeinsam unter einem Dach gewohnt hatten und alle so taten, als wären sie eine glückliche Familie ohne Probleme. Sie erinnerte sich an die Wortgefechte, die sie belauscht hatte, während sie mucksmäuschenstill auf ihrem Zimmer saß – die Geräusche waren die Treppe hinaufgestiegen und unter der Tür hindurchgekrochen. Sie wusste, dass die Worte später heraussickerten, wenn sie mit Mama alleine war. Womöglich beim Fernsehen. Dann würde ihre Mutter etwas vorgeblich Nettes über ihren Vater sagen. Zuerst. Und sie konnte sich nicht mehr beherrschen und lief über. Und Marte hörte zu. Nickte. Verteidigte ihren Vater ein paarmal. Die perfekte Vermittlerin, dachte sie, mit jahrelanger Erfahrung.

Sie holte das Tagebuch hervor, legte es aufs Bett und schloss die Tür, zog, bevor sie sich hinsetzte, die Decke über sich. Beim Zurückblättern stockte sie bei einem zufälligen Eintrag im April.

Liebes Tagebuch,

Papa ist da. Ich sitze auf meinem Zimmer. Sie streiten schon wieder. Wegen mir. Wegen Geld. Wegen der Reise. Wegen allem. Ich kann sie hören, obwohl ich meine Tür geschlossen habe. Zuerst reden sie freundlich wie Erwachsene miteinander, aber dann vergessen sie sich und fangen wieder zu schreien an.

»Aber wir können uns das nicht leisten.«

Papa.

»Du kannst es dir nicht leisten, zieh mich nicht länger in dein Leben rein.«

Mama.

»Also gut, ich kann's mir nicht leisten, weil du auch den letzten Rest aus mir herausgesaugt hast.«

»Dann ist das also wieder meine Schuld?«

»Ich will ein geteiltes Sorgerecht, das weißt du, die Unterhaltszahlungen brechen mir das Genick. Außerdem musst du bald mal ernst machen und mich rauskaufen. Wenn nicht, muss das Haus verkauft werden.«

»Wir reden hier jetzt aber über die Romreise für Marte, können wir das zu Ende diskutieren? Jeder von uns übernimmt die Hälfte, das ist in meinen Augen gerecht.«

»Dann finde ich es gerecht, wenn ich die Hälfte des Unterhalts für diesen Monat nicht zahle. Sie wohnt ja ohnehin nicht bei dir in der Woche, in der sie weg ist, und ich zahl weiß Gott schon genug.«

»Hast du 'ne Ahnung, was so ein Teenager kostet?«

Sie wusste noch genau, wie sie dagesessen und alles aufgeschrieben hatte. Weshalb, wusste sie nicht, aber ein Gefühl hatte sie beschlichen, dass jemand ihnen auf die Finger schauen sollte; damit sie im Nachhinein ihr Buch aufschlagen und sagen könnte: »So war es! Das hier hast du gesagt, Mama! Und dies hast du darauf geantwortet, Papa!« Doch während sie in einem Affentempo mitschrieb, hatte sie mit einem Mal etwas begriffen.

Sie war das Problem. Wäre sie nicht, hätten sie nichts, worüber sie streiten könnten. Ich fahr nicht nach Rom, hatte sie gedacht. Sie konnte sich daran erinnern, wie sich durch diesen Beschluss etwas zurechtrückte. Falls sie nicht fahren würde, bräuchte Papa keine Überstunden machen und Mama könnte ihn nicht beschuldigen, sich wegen des Geldes anzustellen.

Schließlich war sie es ja, die Papas Geld verbrauchte. Immer kaufte er Pizza bei Aspendos, wenn sie am Wochenende kam, manchmal auch mittwochs. Er nahm sie mit ins Kino und zum Fußball ins Marienlyst-Stadion, obwohl sie es eigentlich ein bisschen langweilig fand. Aber es tat so gut, wenn Papa gute Laune hatte. Die Erleichterung in ihren Gesichtern, als sie ihnen mitgeteilt hatte, sie wolle nicht mit auf die Reise, stand ihr noch klar vor Augen. Papa hatte sie gemustert und sie beim nächsten Mal, als sie alleine waren, nach dem Grund gefragt. Sie hatte sich an ihre Version gehalten und geantwortet, sie habe keine Lust.

Im Nachhinein musste sie einsehen, dass das ein Fehler gewesen war. Idunn und Linnea kehrten mit Geheimnissen im Gepäck aus Rom zurück, mit Geheimnissen, in die sie nicht eingeweiht werden durfte. Es hatte irgendetwas mit Fredrik zu tun. Er und Idunn waren auf der Fahrt ein Paar geworden und gingen fortan Händchen haltend über den Schulhof – blitzartig waren alle Rollen über den Haufen geschmissen worden. Und sie hatte eine neue Rolle bekommen, nur ohne Drehbuch. Marte blätterte wieder in ihrem Tagebuch. Tastete sich in der Zeit voran. Unmittelbar vor Schulbeginn war etwas Fantastisches passiert. Der Auftakt aller Grausamkeiten, das wusste sie jetzt.

54

Über das Arbeitsamt erfuhr Bitte Røed, dass Agnar Eriksen vorübergehend eine kommunale Wohnung im Stadtteil Strømsø in Drammen zugewiesen worden war. Verner Jacobsen hatte sich bereit erklärt, sie zu begleiten. Nach den Verhören musste er seine Ohren ohnehin einmal Gassi führen, hatte er wörtlich gesagt.

Im Auto war es ungewöhnlich still. Sie fragte nicht nach, wen er verhört hatte. Ich werde nicht fragen, nein, das werde ich nicht tun, dachte sie, als sie vor dem flachen Holzbau einbog und am Straßenrand parkte.

»Ja, ja«, sagte Verner und stieg aus dem Auto, »dann glaubst du also, ich wäre ein Hundeflüsterer.«

Leise lachend beobachtete er sie aus den Augenwinkeln.

»Du hast einen Hund. Ich hab keine Ahnung. Okay, ich weiß, dass der Schwanz hinten sitzt und so eine Art Thermometer ist, das anzeigt, ob der Hund gedenkt, dir dein Ohr abzulecken oder eher zuzuschnappen, aber ich dachte mir, es wäre besser, jemanden dabeizuhaben, der sich mit Hunden auskennt. Von der Hundestaffel hatte außerdem keiner Zeit«, fügte sie an, wie um zu unterstreichen, dass er nicht die erste Wahl gewesen war.

Bitte Røed öffnete die hintere Wagentür. Der Hund wedelte mit dem Schwanz und sprang heraus. Dann pinkelte er am Straßenrand und hinterließ ein gelbes Loch im schmutzigen Schnee. Sie überließ Verner die Leine, stieg die Treppe hinauf und klingelte an der Tür.

Agnar Eriksen öffnete. Der Hund lief sofort auf ihn zu, stellte die Pfoten auf seine Oberschenkel und brachte ein schwaches, aber durchdringendes Winseln hervor. Der Schwanz bewegte sich wie ein Propeller in der Luft, der Hund schien jeden Moment abzuheben. Bitte brauchte keinen Sachverständigen, um festzustellen, dass die beiden sich kannten.

»Lilly?«

Als Agnar sich hinkniete, setzte der Hund die Pfoten auf seine Brust und schleckte ihm sein Gesicht. Agnar schnitt eine Grimasse und fuhr sich über den Mund.

»Sitz!«, befahl er und stand auf. Er streckte den Arm aus, um zu verhindern, dass der Hund erneut hochsprang.

»Sie sind alte Bekannte«, bemerkte Verner Jacobsen.

»Sie gehört meiner Mutter.«

Agnar blickte auf und schien einen Augenblick ängstlich zu wirken.

»Gehörte, mein ich«, sagte er und räusperte sich, »gehörte Mutter.«

»Er war im Tierheim«, sagte Bitte Røed. »Tja, und jetzt soll er eingeschläfert werden, wenn keiner für ihn die Verantwortung übernimmt. Sind Sie bereit, sich um ihn zu kümmern?«

»Ja, natürlich«, sagte Agnar und stand auf. Gehorsam blieb der Hund zu seinen Füßen sitzen.

»Es gibt da noch eine Rechnung vom Tierarzt und eine für den Aufenthalt im Tierheim, die beglichen werden müssen, bevor Sie ihn behalten können.«

»Die übernehm ich, ich muss nur erst das Arbeitslosengeld kriegen.«

»Das lässt sich bestimmt regeln«, sagte Bitte Røed. Sie war erleichtert, jetzt konnte Julie sie nicht länger zynisch nennen.

»Sie können gleich mit uns zum Tierheim fahren und alles regeln, wenn Sie wollen«, sagte Bitte. Dann hatte sie Gelegenheit, weitere Informationen über den ersten Tag nach seiner Entlassung aus dem Gefängnis aus ihm herauszuquetschen, um sein Alibi zu überprüfen.

Agnar nickte und bat sie, kurz zu warten, bis er sich Schuhe und Jacke angezogen hatte.

Als sie Agnar und seinen Hund zurück zur Wohnung gefahren hatten, setzte die Dämmerung schon ein.

»Ist das nicht ein bisschen komisch?«, sagte Bitte Røed.

»Was denn?«, fragte Verner Jacobsen.

»Agnar hat gesagt, dass er viele Jahre keinen Kontakt zu seiner Mutter gehabt hat. Haben Hunde ein derart gutes Gedächtnis?«

»Lorca erinnert sich jedenfalls nicht daran, wenn er eben erst ein Leckerchen bekommen hat«, antwortete Verner und lächelte.

»Aber was hätte Lorca denn gemacht, wenn du ihn mehrere Jahre nicht gesehen hättest? Meinst du, er wäre begeistert gewesen, dich wiederzusehen?«

»Ich weiß es wirklich nicht, aber es kursieren ja Geschichten über Hunde, die ihr Herrchen einfach nicht vergessen können und treu an seinem Grab sitzen, bis sie selbst das Zeitliche segnen. Was Lorca angeht, bin ich mir da nicht so sicher. Wenn ich länger weg war, ist der gern mal stinkig. Mit Rippchen oder Frikadellen muss ich ihn dann aus seinem Körbchen hervorlocken, aber vielleicht habe ich mir da auch bloß eine sonderbare Rasse angeschafft.«

»Ich meine ja nur«, antwortete Bitte. »Falls es stimmt, was Agnar sagt, hat er den Hund seiner Mutter einige Jahre nicht gesehen. Da muss der Hund noch ein Welpe gewesen sein. Hat ein Hund ein so gutes Erinnerungsvermögen? Auf mich hat es gewirkt, als wäre der Hund überglücklich gewesen, ihn wiederzusehen, als wären sie kürzlich erst noch zusammen gewesen.«

»Ich würde mal im Tierheim nachfragen oder bei Terje von der Hundestaffel. Der hat sein ganzes Leben schon Hunde. Wenn deine Vermutung stimmt, Bitte, dann bist du der Verhaftung eines Täters und eventuellen Brandstifters womöglich einen Schritt näher gekommen. Sehr gute Überlegung, aber hast du nicht gesagt, gleich zwei Leute gäben ihm ein Alibi?«

»Ja«, sagte Bitte. »Ich werd mich noch mal mit denen unterhalten, aber ich hab die Aufnahmen von den Überwachungskameras am Bahnhof für Mittwochnachmittag überprüft. Eine Person, bei der es sich womöglich um Agnar Eriksen handelt, hat das Bahnhofsgelände in die Richtung verlassen hat, in der die Wohnung der Zeugen liegt. Zwar trug diese Person einen langen Bart, aber von dem kann er sich ja getrennt haben. Wir sammeln weiteres Videomaterial aus der Umgebung, um herauszufinden, ob er vielleicht noch an anderen Orten aufgetaucht ist.«

Sie gestattete sich kein Lächeln, aber es zwängte sich zwischen ihren zusammengepressten Lippen hervor. »Sehr gute Überlegung«, hatte er gesagt, und berauscht von dem Kompliment hörte sie sich sagen:

»Hast du Kristian heute verhört?«

In Verners Blick lag aufrichtiger Schmerz. Er entschied sich, ehrlich zu sein.

»Ja.«

»Und …«

»Du weißt, dass ich nichts sagen darf, Bitte.«

Er sah, wie ihr Gesicht zusammenfiel, und fügte nicht ganz ohne Widerwillen hinzu:

»Unter uns, ich glaube, dass er bald wieder bei dir ist.«

Es überraschte ihn, wie sehr es ihn verletzte, zu sehen, was die Neuigkeit bei ihr auslöste. Kristian ist ein glücklicher Mann, dachte Verner Jacobsen und sah einen weiteren stillen Abend auf dem Sofa mit Ingrid vor sich. Er musste endlich wieder mit dem Stricken anfangen.

55

13. August

Liebes Tagebuch!!!!

Ich bin geküsst worden! Aber so richtig! Am Anfang war es ein bisschen ekelig, als ob eine nasse Schnecke nach etwas in meinem Mund suchen würde. Ich wollte beinahe schon lachen, aber dann bekam ich Angst. Angst, dass er mich bloß verarscht, dass Idunn und Linnea ihm gesagt hatten, dass er nur so tun sollte, als wäre er interessiert. Aber danach hat er gesagt, dass es unser Geheimnis bleiben müsse. Ich weiß nicht genau, wieso, aber das spielt auch keine Rolle. Fredrik mag mich. Ich habe versprochen, keinem was zu erzählen, weder Idunn noch Linnea. Könnte vielleicht Schwierigkeiten geben. Idunn und Fredrik waren nach der Sommerreise mit dem Chor zusammen, aber das ist jetzt schon lange her. Jetzt fängt bald das neue Schuljahr an, und das ist einfach nur ein Superstart. Ich habe ihm eine Nachricht auf Facebook geschickt. <3<3<3

Mit ihrem Tagebuch auf dem Schoß saß Marte auf der Bettkante und schaute sich an, was sie vor drei Monaten geschrieben hatte. Jetzt wusste sie, dass alles, woran sie geglaubt hatte, nichts als eine miese Lüge war. Sie holte den Umschlag mit dem silbernen Herz hervor, den jemand in ihren Briefkasten geworfen hatte, und hielt ihn in der Hand. Wie viel wiegt ein leeres Herz, dachte sie und fingerte daran herum. Das Herz setzte sich aus zwei gleich großen Teilen zusammen, genau wie bei der Freundschaftskette, die sie von Idunn bekommen hatte, als sie in die erste Klasse gegangen waren. Jeder hatte eine Hälfte um den Hals getragen, bis Idunn ihre auf einer Klassenfahrt in der dritten Klasse verloren hatte.

Dieses Herz hatte nur eine Kettenöse, man konnte es nicht teilen. Sie sah ihr Spiegelbild in der blanken Oberfläche. Zwei Martes schauten sie aus riesigen Fischaugen an, und wenn sie den Schmuck hin und her drehte, veränderte sich ihr Gesicht, genau wie beim Gesichtsverzerrer bei Photo Booth. Gerade wollte sie es weglegen, als etwas nachgab. Plötzlich hatte sie je eine Hälfte in jeder Hand. Ein viereckiges Metallstückchen ragte aus der einen hervor. Der Schmuck war ein USB-Stick!

Sie ging an ihren Schreibtisch und öffnete ihr MacBook. Während der Laptop hochfuhr, ging sie zur Tür und drehte den Schlüssel herum, ohne genau zu wissen, weshalb. Bestimmt war nichts drauf. Trotzdem zitterten ihre Hände so stark, dass sie Probleme hatte, den Stick anzuschließen.

Sie öffnete den Finder, und in der linken Leiste erschien NO NAME. Als sie darauf klickte, kam ein hellblauer Ordner zum Vorschein. Marte hielt inne. Noch ein Klick. Nur noch ein Klick. Sie hielt die Luft an. Dann führte sie den Mauszeiger auf den Ordner. Doppelklick. Ein Bild füllte den ganzen Bildschirm aus. Sie fühlte, wie sämtliche Körperteile weich wurden. Die Übelkeit stieg ihr in die Kehle. Sie beugte sich vor und bekam gerade noch den Mülleimer zu fassen, als das Mittagessen wieder hochkam.

56

Dienstag, 2. Dezember

Anhand der gefundenen Spuren konnten die Verdächtigen nicht mit Sicherheit mit dem Mord in Verbindung gebracht werden. Verner Jacobsen hatte die Berichte der Hausdurchsuchungen bei Fredrik und Kristian studiert. Die Liste der beschlagnahmten Gegenstände war nicht lang, ein paar Dinge jedoch erschienen interessant. Verner lehnte sich in seinem Schreibtischstuhl zurück. Martes Stiefel. Sie hatten zu Hause bei Kristian im Flur gestanden. Er las den Kommentar. An den Stiefeln fanden sich Punkte schwarzer Farbe. Und zu Hause bei Fredrik hatten sie eine Sprühdose entdeckt. Inzwischen war alles ins Labor überstellt worden, und bald schon würden sie herausfinden, ob die Farbe auf den Stiefeln und des Graffitos auf dem Obelisken aus der Dose stammte. Ich habe das Gefühl, dass es kein Zufall ist, dachte er, während er aus dem Fenster schaute. Dem leichten Schneetreiben im morgendlichen Dunkel zu folgen hatte etwas Einschläferndes. Marte und Fredrik, was habt ihr nur für ein Spiel getrieben?

Verner versuchte, seine Gedanken auf die ihm bekannten Fakten zu konzentrieren. Kristian hatte im Verhör zu Protokoll gegeben, er habe den einen Stiefel seiner Tochter bei Linnea gefunden. Und Fredrik hatte eingestanden, dass er Sprühdosen zur Party mitgenommen hatte. Zudem hatte Erna Eriksen auf der Polizeiwache angerufen und gemeldet, dass einige Jugendliche nach Sprühfarbe gerochen hätten. Wer hatte die Dose benutzt? War Marte dabei gewesen und hatte auch sie getaggt? Er musste sie unbedingt noch vernehmen.

Das Telefon klingelte.

»Verner Jacobsen.«

»Hallo, Verner, Kurt aus dem Labor hier. Du willst ja sicherlich wissen, was wir bisher herausgefunden haben. Auf den Gegenständen aus der Nähe des Tatorts haben wir nach Fingerabdrücken gesucht. Auf der Schnapsflasche, die oben am Weg lag, sind deutliche Spuren, und wir haben auch eine Übereinstimmung in unserer Datenbank mit jemandem, der bereits mehrfach verurteilt worden ist, einem Agnar Eriksen.«

Verner sprang so unvermittelt auf, dass der Stuhl hinter ihm gegen die Wand flog. Er hielt die Luft an.

Sofort fiel ihm Bitte Røed ein.

In einem Büro etwas weiter den Flur entlang saß Bitte Røed mit den Ergebnissen der Fellproben, die das Tierheim von Ernas Hund genommen hatte.

»Agnar, Agnar, jetzt steckst du aber ganz schön im Schlamassel«, sagte sie, stand schnell auf und stürzte auf den Flur hinaus.

Gleichzeitig flog woanders eine Tür auf und Verner Jacobsen erschien auf dem Gang.

»Bitte Røed, ich muss mit dir sprechen«, sagte er laut.

Ein Anflug von Unwohlsein überkam sie. Sein Ton war so schroff, als müsste sie für irgendetwas Rechenschaft ablegen.

Einen Augenblick blieben sie beide mit der Hand auf der Türklinke stehen. Wie zwei Kinder, die sich nicht entscheiden konnten, wer zu wem gehen sollte. Bitte lachte auf.

»Dein Büro oder meins?«, fragte Verner, rührte sich jedoch nicht.

»Meins«, sagte Bitte Røed und sah das sterile Büro vor sich, in dem ihr Kollege saß. Bei ihr war es netter. Sie hatte mehr

Sachen als nur die Liste vom Schichtdienst und das Direktwahlverzeichnis der Abteilung an ihrer Pinnwand hängen. Die beiden anderen, mit denen sie ihr Büro teilte, mochten ebenfalls gerahmte Fotos von der Familie und dem Haustier.

Verner Jacobsen folgte ihr in das Büro und bekam gerade noch mit, wie sie einen Bilderrahmen auf dem Schreibtisch zu sich drehte.

Er mochte keine Büros voller persönlicher Habseligkeiten. Und hier gab es mehr als genug. An der Pinnwand hingen Fotos von ihren Kindern neben ein paar Kinderzeichnungen. Das kleine Plakat eines lächelnden Affen mit einer roten Mütze auf dem Kopf und der Bildunterschrift »If you think I talk too much, let me know. We can talk about it.« hatte sie eingerahmt.

»Im Hinblick auf deinen Fall bin ich auf etwas Interessantes gestoßen«, sagte Verner. Er setzte sich auf den freien Stuhl und versuchte, sich von dem Affen mit seinen gefletschten Zähnen nicht ablenken zu lassen.

»Ich auch«, rief Bitte Røed aus und schaffte es nicht zu verbergen, wie aufgeregt sie war.

»Agnar Eriksen muss sich an besagtem Abend in der Gegend aufgehalten haben«, fuhr sie fort.

»Ich weiß«, sagte Verner Jacobsen.

Einen Moment starrten sie einander an wie zwei Synchronschwimmer, bevor sie genau dieselbe Frage stellten:

»Woher weißt du …«

»Fingerabdrücke«, sagte Verner und zeigte ihr das Foto von der Wodkaflasche, die am Wegrand gelegen hatte. »Die hat Agnar Eriksen gehört.«

»Dann haben wir gleich mehrere Beweise«, sagte Bitte Røed. »Was hast du herausgefunden?«

»Lilly, Erna Eriksens Hund, wurde mit dem Fell voller Blut

aufgefunden. Jetzt stellt sich heraus, dass das Blut im Fell von Agnar stammt.«

»Damit steigt die Wahrscheinlichkeit, dass er tatsächlich da war«, schlussfolgerte Verner. »Natürlich kann jemand anderes die Flasche dort abgelegt haben, und auch auf den Hund kann er woanders getroffen sein, doch es steht schlecht um Agnar Eriksen. Sehr schlecht.«

»Ich bin auch noch ein paar Überwachungsvideos von den Bussen durchgegangen«, sagte Bitte. »Die Bilder sind grobkörnig, aber dieselbe Person, die beim Verlassen der Bahnhofsgegend in Drammen gesehen wurde, die mit dem Bart, ist mit dem Bus am Mittwochabend nach Lierskogen gefahren. Also, wie packen wir die Sache an?«

Auf einmal hatte Bitte Angst, sie würde auch von diesem Fall abgezogen. Erna Eriksen war ermordet worden. Sie wollte den Fall lösen und die Anerkennung dafür bekommen. Und Agnar war bislang der heißeste Kandidat.

»Ist er nun meiner oder deiner?«, fragte sie.

»Weiß der Teufel«, sagte Verner. »Aber wir müssten uns ihm doch auch von zwei Seiten nähern können. Ich halte es für das Beste, wenn wir Agnar Eriksen gemeinsam verhören.«

57

Verner Jacobsen war sich unsicher, ob seine Entscheidung richtig war. Eine Zusammenarbeit einzugehen, ohne Thomas Lindstrand in Kenntnis zu setzen, konnte problematisch sein, aber sie hatten ohnehin nicht genug Leute. Und wer außer Bitte Røed und ihm war besser dazu geeignet, Agnar Eriksen auf die Gegend festzunageln, in der nicht weniger als zwei Morde geschehen waren? Sie standen kurz davor, womöglich beide Fälle zu lösen. Auf dem Opfer des Obelisken-Falls waren Samenspuren gefunden worden. Freilich war Agnar Eriksen nie wegen Sexualdelikten verurteilt worden, doch er konnte sich strafbarer Handlungen schuldig gemacht haben, ohne dass diese jemals aufgedeckt oder gemeldet worden waren.

Und Finn und Elin mussten gelogen haben. Warum bloß gaben sie Agnar ein Alibi?

Agnar Eriksen kam gefolgt von Bitte Røed in den Verhörraum. Sie bat ihn, sich zu setzen.

»Ja, dann fangen wir mal an«, sagte sie lächelnd. »Ich mache Sie darauf aufmerksam, dass dieses Verhör aufgezeichnet wird.« Sie zeigte auf das von der Decke hängende Mikrofon. Agnar nickte.

»Sie sind hier, weil Sie angegeben haben, sich in der Nacht zu Donnerstag, dem 27. November, nicht in der Gegend von Høgdabakkene aufgehalten zu haben. Inzwischen haben wir Informationen erhalten, die darauf schließen lassen, dass Sie lügen. Was haben Sie dazu zu sagen?«

Der Teufel soll dich holen, Finn, wollte er am liebsten schreien. Stattdessen fragte Agnar so neutral wie möglich:

»Wer hat das gesagt?«

»Lassen Sie mich es so ausdrücken: Wir haben Spuren gefunden, die auf Ihre Anwesenheit dort hindeuten«, sagte Verner Jacobsen.

Er blätterte in seinen Unterlagen auf seinem Schoß und schob ihm über den Tisch ein Foto hin. Auf den ersten Blick erkannte Agnar, was das war. Die Schnapspulle! Da also war sie abgeblieben. Das Geschenk für seine Mutter. Das er ausgetrunken hatte. Er meinte zu spüren, wie sein Herz ein paar Zentimeter absackte. Sein Hirn arbeitete. Nun gut, dann hatten die aller Wahrscheinlichkeit nach seine Fingerabdrücke. Wie konnte er sich da noch herauswinden? Sein Hals schnürte sich zusammen, und er schluckte.

»Erkennen Sie, was das ist?«

»Eine halbe Flasche Wodka«, sagte Agnar und schob das Foto zurück. Nichts sagen, bevor du nicht unbedingt musst. Kacke, es musste doch möglich sein, irgendeine Erklärung dafür zu finden, dass diese Pulle da am Straßenrand gelandet war.

»Und kommt Ihnen die Flasche bekannt vor?«

»Verdammt, und ob ich die kenne«, sagte Agnar und probierte ein Lächeln. »Die gibt es in jedem Vinmonopol.«

»Aber können Sie mir auch erklären, wieso sich eine Schnapsflasche mit Ihren Fingerabdrücken nur einige Hundert Meter vom Haus Ihrer Mutter entfernt befunden hat? In der Nacht, bevor es niedergebrannt ist? In derselben Nacht, in der ein junges Mädchen ermordet worden ist? Die Flasche wurde nur wenige Meter entfernt vom Tatort sichergestellt, Herr Eriksen. Ich brauche eine Erklärung.«

Agnar blickte auf seinen Schoß. Er wusste, dass die Überwachungskamera einen Mann einfing, der sich geschlagen geben musste. Ihm blieb keine Wahl mehr. Er musste berichten, woran er sich erinnerte.

»Ich hab große, schwarze Löcher, was den Abend angeht«, sagte er nach einer Weile. Die Stille hatte ihm auf einmal in den Ohren getönt. »Verdammt, ich weiß nicht mehr, was alles passiert ist.«

»Sie sind also nicht bei Ihrem Freund gewesen in dieser Nacht, wie Sie zuvor ausgesagt haben?«

»Nein.«

»Was haben Sie in Tranby gemacht?«

»Ich wollte zu meiner Mutter.«

Sobald er die Worte ausgesprochen hatte, übermannte ihn eine tiefe Trauer. Sie hatten ihn bei einer Lüge ertappt. Er war fertig. Bald schon würde ihn wieder eine warme Zelle erwarten. Vielleicht würde er den Rest seines Lebens dort zubringen. Eigentlich gar nicht so schlimm, schoss es ihm durch den Kopf. Wenn da nicht Lilly wäre.

»Wer kümmert sich um Lilly?«

»Lilly?«, fragte Bitte Røed. »Ach so, ja, der Hund Ihrer Mutter. Um den kümmert sich jemand, falls wir Sie hierbehalten müssen.«

»Ihr werdet sie einschläfern!«

»Nein, beruhigen Sie sich. Wir werden jemanden auftreiben, der sich um sie kümmert«, sagte Bitte milde. »Lassen Sie uns zur Sache kommen«, redete sie weiter und schob den Gedanken an den Hund beiseite. Einen Augenblick war sie kurz davor gewesen, sich selbst als Hundesitter anzubieten.

»Wie sind Sie nach Tranby gekommen, Herr Eriksen?«, fragte sie. »Und wann sind Sie dort gewesen? Es ist wichtig, dass Sie sich an so viele Details wie nur irgend möglich erinnern.«

»Von Drammen aus hab ich den Bus genommen«, sagte Agnar.

Daran erinnerte er sich noch ganz deutlich. Er wusste noch, wie er vergessen hatte, in Lierbyen umzusteigen, und einen langen Umweg die westliche Seite entlang in Kauf nehmen musste, bevor sie wieder auf der Ostseite des Tals anlangten.

»Ich hab meinen ersten Tag in Freiheit mit einem Schnäpschen gefeiert. War wohl nicht mehr ganz nüchtern. Hab vergessen, umzusteigen, weshalb es ein bisschen gedauert hat, bis ich bei Mutter war. Und als ich fast da war, bin ich nicht rechtzeitig ausgestiegen und in Lierskogen gelandet.«

»Wie spät war es?«

»Als ich ausgestiegen bin? So gegen sechs, glaub ich. Ihr könnt ja auf dem Fahrplan nachsehen«, sagte er, um ihnen zu zeigen, dass er zur Zusammenarbeit bereit war. Mit derselben Polizistin hatte er zuvor schon gesprochen. Er mochte sie, obwohl sie jetzt mit angespannterem Gesicht dasaß und ihm nüchterne Fragen stellte. Der Mann neben ihr sagte nichts, solch einen griesgrämigen Polizisten hatte er noch nie gesehen.

»Was haben Sie gemacht, als Sie ausgestiegen sind?«, fragte Bitte Røed und überlegte, dass seine bisherigen Angaben mit dem Video der Verkehrsgesellschaft übereinstimmten.

»Ich hab mich entschieden, zurückzugehen, doch dann entdeckte ich zufällig dieses Restaurant. Mit Schanklizenz.«

Bitte Røed nickte und lächelte schwach. Vorerst hatte Agnar keine Schwierigkeiten, sich an alles zu erinnern. Er sprach davon, wie warm es in dem Restaurant gewesen sei, dass er eine Pizza mit hauchdünnem Boden und Schinken, Käse und irgendwelchem grünen Unkraut, das er nicht mochte, bestellt und Wein, Kaffee, Kognak getrunken habe. Alles, was man sich nur wünschen konnte.

»Doch nach einer Weile bin ich gebeten worden, die Rechnung zu begleichen und abzuhauen«, sagte Agnar. »Danach verliert sich alles ein wenig im Nebel. Ich weiß noch, wie ich ein paar Jugendliche getroffen hab. Dann bin ich zum Haus meiner Mutter gegangen, aber ich bin mir nicht mehr ganz sicher, wie ich da hingekommen bin. Bin wahrscheinlich durch den Wald gelaufen, in altbekannten Gegenden finden die Beine den Weg offensichtlich irgendwie von selbst. Ich kann mich auch noch daran erinnern, dass Mutter die Tür nicht abgeschlossen hatte. Als ich angekommen bin, war ich total durchgefroren, muss zweifellos lange draußen herumgestreift sein. Aber von da an ist alles schwarz.«

»Versuchen Sie trotzdem, sich in die Vergangenheit zurückzuversetzen«, sagte Bitte. »Sie sind hineingegangen. Was haben Sie gesehen?«

Agnar schloss seine Augen. Er sah seine Mutter vor sich auf dem Küchenboden liegen. Er sah das Blut. Wie viel sollte er erzählen? Seine Mutter war nur noch Kohle, von dem Blut mussten die doch nichts erfahren, oder?

»Ich habe mich selbst gesehen«, sagte er, nachdem er ein wenig nachgedacht hatte.

Bitte Røed blickte ihn fragend an.

»Als kleinen Jungen«, fuhr Agnar fort. »Ich hab ein Bild von mir zerbrochen, das auf der Kommode gestanden hatte. Ich glaub, ich habe mich geschnitten.«

Er bemerkte, wie die Augen der Ermittlerin sich zu schmalen Schlitzen verengten. Glaubte sie ihm nicht?

»Haben Sie geblutet?«

»Muss ich wohl.«

»Ich bin froh, dass Sie mir das erzählen, Agnar«, sagte Bitte Røed. »Eine andere Sache bringt Sie nämlich mit dem Tatort in Verbindung.«

»Blut?«

»Ja, Blut.«

Agnar sah wieder seine Mutter vor sich und das Blut, das über Boden und Flickenteppich geflossen war.

»Viel Blut«, wisperte er.

»Wo?«

Agnar antwortete nicht. Er wunderte sich, wie sie das überhaupt herausgefunden hatten. Lag das Haus nach dem Brand doch nicht total in Schutt und Asche? War es möglich, in einem Haufen Asche eine Blutlache zu rekonstruieren? Unfassbar, was die Polizei heutzutage nicht alles herausbekommen konnte.

»Wo befand sich das Blut, Herr Eriksen? Es ist am besten, Sie sagen es gleich, denn wir werden es ohnehin herausfinden, und dann ist es vorteilhaft für Sie, wenn Sie mit uns kooperiert haben.«

Ihre Stimme war warm und mild, es lag keine Verurteilung darin, ganz um Gegenteil, sie wirkte netter als dieser Bulle, den er gestern auf dem Sozialamt getroffen hatte. War das wirklich erst einen Tag her? Weniger als vierundzwanzig Stunden hatte er eine Wohnung gehabt, und nun war er schon wieder zurück.

»In der Küche«, sagte Agnar und entschloss sich, ihnen das bisschen, woran er sich erinnerte, zu erzählen.

»Das war aber erst am Morgen danach«, sagte er. »Sie lag neben der Spüle auf dem Rücken, in einer riesigen Lache.«

Bitte Røed öffnete ihren Mund und schloss ihn wieder, bevor sie ihn erneut öffnete und sagte:

»Ich wollte Sie fragen, weshalb der Hund Ihrer Mutter Ihr Blut auf seinem Fell hatte … und jetzt sagen Sie, dass Sie Ihre Mutter in einer Blutlache in der Küche haben liegen sehen?«

Sie lehnte sich ein Stück vor, wie um sich zu vergewissern, dass das Mikrofon auch alles aufzeichnete.

Scheiße!

Agnar führte zwei Finger an die Lippen, als wollte er verhindern, dass ihm weitere Worte entschlüpften.

Aber natürlich war Blut in Lillys Fell gewesen, ging ihm auf. Er hatte sich geschnitten und danach den Hund gestreichelt. Das hatte sie gemeint, nicht das andere Blut. Sie wussten nichts vom Blut in der Küche. Erst jetzt. Agnar, du Rindvieh, du verdammter, dämlicher Strohkopf, du Idiot. Warum musst du immer so eine verdammt große Klappe haben!

»Agnar«, sagte Bitte Røed ruhig, »die Obduktion Ihrer Mutter hat ergeben, dass ihr mehrere Male ein Brotmesser in die Brust gestoßen wurde. Ich möchte gern, dass Sie mir erzählen, was vorgefallen ist.«

»Das kann ich nicht.«

Die Antwort kam eine Sekunde zu spät, mit einer Verzögerung, als wäre er ein Reporter, der von der anderen Seite der Welt berichtete. Der griesgrämigste Polizist aller Zeiten sagte seinen Namen und wiederholte die Frage.

»Ich kann's nicht«, sagte Agnar abermals, »aber ich weiß noch, wie ich ihr den Kognak geklaut hab und hinaufgegangen bin, auf mein altes Zimmer. Da ist auch noch ein anderer Erinnerungsfetzen, ich hab mich durch die Türöffnung zu ihrem Schlafzimmer mit ihr unterhalten und dachte, sie hat geantwortet, aber ich weiß es wirklich nicht. Verdammt noch mal.«

Bitte Røed betrachtete ihn. In seiner Stimme lag eine Verletzlichkeit, bei der sie sich schwertat, ihr keinen Glauben zu schenken. Sie beschloss, eine andere Herangehensweise zu versuchen, doch es hatte den Anschein, als bräuchte der Mann eine Pause.

58

»Ich weiß nicht, was ich mit Ihnen machen soll, Røed«, sagte Thomas Lindstrand.

Bitte Røed kratzte sich im Gesicht und rieb sich über das Kinn. Weißer Puderzucker rieselte ihr auf den Schoß, ein eindeutiges Zeichen dafür, dass sie bei Bäcker Klausen vorbeigeschaut hatte. Sie fühlte sich wie ein Kind, das auf frischer Tat ertappt worden war.

Man hatte einen Antrag auf Untersuchungshaft gestellt, und Agnar Eriksen war in eine Zelle geführt worden. Das Amtsgericht würde innerhalb kürzester Zeit darüber entscheiden. Der Chef der Kriminalpolizei hatte das Team auf eine neuerliche Pressekonferenz im Lauf des Nachmittags vorbereitet.

»Sie brauchen mich nicht auswechseln«, sagte Bitte.

»An dem Fall Idunn können Sie nicht mitarbeiten«, sagte Thomas. »Und im Hinblick auf den Brand muss ich, mit den uns jetzt vorliegenden Informationen, Sie von diesem Fall womöglich auch noch abziehen.«

Bitte hörte, wie er das Wort dehnte.

»Setzen Sie mich ein!«

»Das ist leider nicht so einfach«, sagte Thomas. »Wir haben Regeln, und Sie …«

Zur Hölle mit den Regeln, wollte sie am liebsten schreien und spürte, wie es unter ihrer Haut pulsierte, unkontrolliert wie ein lebendiges Wesen. Es zischte, als würde man Schinken in eine glühend heiße Pfanne legen.

»Ich kann nachvollziehen, dass es Ihnen nicht gefällt, dass Verner und ich uns die Freiheit genommen haben, Agnar Eriksen zu verhören, obwohl ich streng genommen nicht bei diesem Mordfall ermittele. Aber wir haben die Sachlage so eingeschätzt …«

»Derlei Beurteilungen stehen Ihnen nicht zu.«

Bitte presste ihre Lippen aufeinander, weil sie fürchtete, mit etwas Unpassendem herauszupoltern. Sie war kurz davor, ihm vorzuwerfen, dass er sich wie ein Chauvi verhielt und sie ungerecht behandelte. Beurteilungen stehen Ihnen nicht zu … Bloß weil sie eine Frau war. Weil sie nicht gut genug war. Weil er sie nicht mochte. Weil sie fett war. Und hässlich.

»Bitte Røed«, sagte Thomas Lindstrand, »ich verstehe Ihre Frustration ja.«

Einen Augenblick hatte sie Angst, ihre Gedanken hätten sich ohne ihr Wissen in Worte verwandelt. Als sie sich über die Oberlippe strich, hatte sie einen roten Fleck auf dem Zeigefinger. Lippenstift.

»Wir ziehen Sie fürs Erste nicht von dem Brandfall ab«, fuhr Lindstrand fort, »aber weitere Verhöre Agnar Eriksens führt jemand anderes durch. Und wenn sich herausstellt, dass der Brand etwas mit dem Mord an Idunn zu tun hat, in dem Sie immer noch als befangen gelten, nur für den Fall, dass Sie das vergessen haben sollten …«

Er atmete ein, und sie fühlte denselben Schmerz in der Magengegend wie gestern, als sie erfahren hatte, dass Kristian verdächtigt wurde.

»… muss ich mich beim Generalstaatsanwalt erkundigen«, beendete Thomas Lindstrand den Satz. »Wir können keinen Polizeiskandal gebrauchen. Außerdem«, fügte er hinzu, »die Geschichte mit dem Leichenwagen ist ja auch noch nicht aufgeklärt.«

Bitte Røed fühlte sich wie eine Schülerin, die des Klassenraums verwiesen wurde, als man sie kurze Zeit später in ihr Büro zurückschickte. Sie blieb stehen und spürte den Worten ihres Chefs nach. Um das Zittern zu unterbinden, schlang sie ihre Arme um die Brust.

Selbstbeherrschung hatte ihren Preis.

Sie lehnte sich über ihren Schreibtisch und starrte auf den Ziegelbau auf der anderen Straßenseite. Die neuerliche Mahnung, dass sie befangen war, gefiel ihr nicht. Wenn sie an Kristian dachte, schien eine offene Wunde in ihrer Brust zu klaffen, und plötzlich überkam sie ein Gefühl, dass die Zeit drängte. Die müssen einen Fehler gemacht haben, dachte sie und beschloss, sich in die Arbeit zu vertiefen und die Möglichkeiten auszuschöpfen, die ihr offenstanden. Zwar darf ich nicht mit Agnar reden, aber keiner hat mir verboten, mit Agnars wackligem Alibi zu sprechen – Finn.

59

Eine Frau öffnete, als Bitte Røed wenig später bei Finn Berget klingelte. Sie stellte sich als Elin Berget vor und begleitete sie ins Wohnzimmer, wo Finn auf dem Sofa saß.

»Entschuldigen Sie die Störung«, sagte Bitte Røed, ohne recht zu wissen, weshalb sie ihr Kommen entschuldigte, doch die Stimmung in der Wohnung war irgendwie aufgeladen. Vielleicht fühlten sie sich nervös. Sie entschied sich, sie nicht gleich mit dem Verdacht zu konfrontieren, sie hätten Agnar ein falsches Alibi gegeben.

»Ich möchte Sie gern über Agnar befragen«, sagte sie und lächelte entwaffnend. »Wenn ich das richtig verstehe, waren Sie Jugendfreunde, Herr Berget?«

Finn nickte.

»Waren Sie enge Freunde?«

Abermals ein Nicken, doch sein Blick blieb auf den Boden gerichtet.

»Agnar und Finn sind in dieselbe Klasse gegangen«, warf Elin ein. »Das hast du doch erzählt, Finn. Dass ihr in der Schule unzertrennlich wart, aber dass du den Kontakt zu ihm abgebrochen hast.«

»Aus welchem Grund?«

»Der ist aggressiv aufgetreten, war … tja, wie soll ich das beschreiben …? Finn hat erzählt, dass Agnar nicht gerade Mutters Liebling war, oder besser gesagt, die ganze Familie war ein bisschen … wie sagt man … verschroben.«

»Aber Sie haben sie nicht gekannt, Elin?«

»Nein, ich meine, Finn hat erzählt, dass …«

»Dann möchte ich bitte, dass Finn weitererzählt«, sagte Bitte. »Missverstehen Sie mich nicht«, fügte sie an, »aber es ist wichtig, dass derjenige, der Agnar tatsächlich kennt, eine Aussage macht, woran er sich erinnert.«

Kurz sah Elin leicht verschnupft aus, dann stand sie rasch auf.

»Ich setz Tee auf, möchten Sie auch einen?«

Bitte Røed nickte. Irgendetwas an der Art, wie Elin sich bewegte, ließ sie vermuten, dass Elin ein Kind erwartete.

»Es gibt da eine Sache, von der Elin nichts weiß«, sagte Finn schnell. »Ist schwierig, müssen wir darüber reden?«

Bitte sah ihn an.

»Etwas aus Ihrer Vergangenheit?«

»Ja, Agnar und ich, wir haben 'ne ganze Menge angestellt. Das noch einmal zu durchleben, tut weh, und ich möchte Elin gern schonen. Sie ist noch so jung, und nun, wo sie …«

»Schwanger ist?«, sagte Bitte und lächelte.

Finn nickte stolz.

»Können Sie morgen aufs Präsidium kommen?«

Wieder ein Nicken.

»Abgemacht. Aber jetzt, wo Sie eine Familie gründen, wäre es da nicht angebracht, Ihrer Frau alles zu erzählen? Obwohl es schwierig ist?«

»Sie verstehen das nicht«, sagte Finn. »Agnar ist nicht ganz gesund. Ich habe Angst um … das Kind. Dass er etwas unternimmt, und ich kann jetzt nichts sagen, das Elin aufregt.«

Er schwieg, seine Gesichtszüge verzerrten sich.

»Wir haben schon zwei verloren. Zwei Fehlgeburten innerhalb von zwei Jahren. Sie ist gerade über der magischen Grenze, wo es die letzten beiden Male schiefgegangen ist. Bitte, ich werde kooperieren, vertrauen Sie mir, ich trage gern dazu bei, dass Agnar nicht frei herumläuft, aber ich muss versuchen, Elin und das Kleine zu schonen.«

»Wir haben nur Kräutertee, ist das in Ordnung?« Elin kam mit einer Kanne und drei Tassen auf einem Tablett herein.

»Entschuldigen Sie«, sagte Bitte Røed und erhob sich. »Ich habe einen Anruf bekommen und muss leider fahren. Es hat keine Eile. Mit Ihrem Mann habe ich eine Unterhaltung für morgen verabredet.«

Bitte Røed war schon im Flur, als Finn ihr folgte. Er hielt eine hellblaue Mütze in der Hand.

»Die hier haben wir unter seinem Kopfkissen gefunden«, sagte Finn und reichte ihr die Mütze. »Elin möchte keine Sachen von ihm mehr hier haben. Können Sie die Agnar geben, Sie sehen ihn ja vielleicht?«

»Das kann ich tun«, sagte Bitte.

Als sie die Mütze neben sich auf den Beifahrersitz legen wollte, fiel ihr Blick auf ein einzelnes hervorstechendes Haar. Sie untersuchte die Mütze genauer. Ein dunkelbraunes, kräftiges Haar. Elin und Finn waren beide blond. Und Agnar hat eine Glatze, dachte sie und beugte sich hinüber zum Handschuhfach. Zwischen den Fahrzeugpapieren und einem kleinen Erste-Hilfe-Päckchen fand sie die Plastiktüten für die Beschlagnahme. Vorsichtig packte sie die Mütze hinein und füllte die Felder für Fallnummer, Fundort und weitere relevante Informationen aus. Das Labor sollte sich das erst einmal anschauen, bevor Agnar seine Mütze zurückbekam.

60

Sølvi Olsen saß an Idunns Schreibtisch und drehte ihre Haarbürste zwischen den Fingern hin und her. Sog den Geruch von Haarspray ein, während ihre Hand die langen braunen Haare berührten, die in der Bürste steckten. Es war ein Teil von Idunn, sie kitzelten an der Hand. Behutsam legte Sølvi die Bürste auf den Tisch und nahm den Rougepinsel, der gemeinsam mit dem Lidschatten und einem Lipgloss in einem Körbchen lag. Nur wenige Stunden bevor sie für immer davonging, hatte Idunn hier gesessen und mit dem Pinsel über ihre Wangen gestrichen. Als wollte sie einen Versuch wagen, hielt sie den Pinsel an ihr Gesicht. Die Tränen lauerten dicht unter der Haut und bahnten sich beim geringsten Anlass einen Weg. Lautlos liefen sie ihr übers Kinn, tropften in den Pinsel und verschwanden.

Wie lange hielt sie es noch aus? Wie lange schaffte sie es noch, Sauerstoff in ihre Lungen zu inhalieren? Dass man ausgebrannt ist, stimmt gar nicht. Ich bin nicht ausgebrannt, ich verbrenne. Verliere mich in einem düsteren und sanierungsbedürftigen Haus. Das ist schon immer so gewesen. Die Dunkelheit. Das Misstrauen.

Gustav war im Büro gewesen, sie hier. Ein schreckliches Szenario baute sich auf. Schlagzeilen flimmerten vor ihren Augen. Quatsch, das sind bloß die eifersüchtigen Teufel des Satans, die da zu dir sprechen, dachte sie. Sie wusste, dass Gustavs und Idunns Seelen immer schon unmittelbar miteinander verknüpft gewesen waren. Immer im Netz. Immer dieser besondere Kontakt. Idunn, das Papakind.

Gustav hatte Mittwochabend Überstunden gemacht. Er wollte gleich nach der Tochter suchen, noch bevor sie sich überhaupt ängstigte. Als hätte er etwas gewusst. Als sie ihn im Büro angerufen und erzählt hatte, dass Idunn nicht zur verabredeten Zeit nach Hause gekommen war, war sie der Meinung gewesen, dass sie noch warten sollten. Nur nicht hysterisch werden. Idunn komme sicher jeden Augenblick zur Tür herein. Hör nur, hat da nicht jemand die Türklinke betätigt? Mit einem Mal durchlebt sie wieder jenen fatalen Abend.

Sie sitzt im Wohnzimmer mit übereinandergeschlagenen Beinen und verschränkten Armen und starrt auf den laufenden Fernseher. Soeben ist er nach Hause gekommen. Er ist die gesamte Strecke von Linneas bis zu ihrem Haus langsam abgefahren, bei Kverner und Mega vorbei, ohne Erfolg. Unruhig geht er auf und ab, sieht die ganze Zeit auf die Uhr.

»Sie müsste schon längst hier sein.«

»Vielleicht hat der Bus Verspätung, oder sie hat ihn verpasst.«

»Irgendetwas stimmt da nicht, ans Handy geht sie auch nicht.«

»Sie geht doch nie ran, wenn wir … wenn ich …«

Sie war verstimmt gewesen, dass er solch fürchterliche Angst hatte. Verstimmt, weil er in ihrer eigenen Angst, die sie versuchte zu verdrängen, herumgestochert hatte, wie sie jetzt begriff.

Dabei hatte er recht gehabt. Sie hatten ihre Schritte im Flur nicht vernommen, nicht die Haustür zuknallen hören. Sølvi meinte plötzlich, sie könnte hören, wie sie sich im Bad ihre Zähne putzte. Sie stand auf und ging hinaus. Da war ihre Stimme, sie sagte etwas. Sie ging ins Bad und schloss die Tür hinter sich, blieb stehen und schaute sich im Spiegel an. Sie ist hier, dachte

Sølvi, ich kann ihre Züge hinter meinen entdecken. Für immer werde ich sie unter meiner Haut tragen.

»Was machst du?«

Gustav spähte herein, im Spiegel sah sie sein sorgenvolles Gesicht.

»Die ganze Zeit über sehe ich sie. Höre sie. Du nicht?«

Gustav antwortete nicht gleich.

»Ich kann den Arzt bitten, dir etwas zu verschreiben«, murmelte er.

»Glaubst du, ich bin dabei durchzudrehen? Wo warst du, Gustav?«

Gustav schaute sie verdutzt an.

»Wo warst du in der Nacht, als Idunn …«

»Worüber unterhalten wir uns hier, Sølvi?«

Gustav redete wieder in diesem nachsichtigen Ton.

»Glaube, Sølvi, bedeutet dir dieses Wort überhaupt etwas?«

Sølvi ging an ihm vorbei, ohne ihn eines Blickes zu würdigen.

»Wohin willst du?«

Gustav griff sie am Arm. Sølvi drehte sich um, begegnete seinem Blick. Wie alt er war. Sie brauchte keine Angst zu haben.

»Ich möchte bloß telefonieren«, sagte Sølvi und befreite sich aus seinem Griff.

61

Just als Bitte Røed einen neuen Scheit in den Kamin legte, begann der Rauchmelder zu heulen. Beim Öffnen der Glastür war eine graue Wolke gefolgt von einem sauren Gestank ins Wohnzimmer geweht. Sie musste die Terrassentür öffnen. Mist, nun wurde es noch kälter als vorhin, bevor sie im Kamin eingeheizt hatte, dachte sie, während sie abermals versuchte, das Feuer unter Kontrolle zu bringen. Manche Tage sollte man einfach in einen braunen Karton packen und zukleben. Dann einen Tritt, die Treppe runter und raus. Sie war immer noch beschämt über ihre Aggressionen, die sie in Lindstrands Büro gehabt hatte. Es passte nicht zu ihr, wütend zu werden und wie ein Rotzblag zu quengeln. Und sie hatte Puderzucker am Kinn gehabt. Sie war dumm, dumm und nochmals dumm.

Kristian … Sie sah ihn die ganze Zeit vor sich. An den merkwürdigsten Orten tauchte er auf, wie etwa, als sie das Mittagessen kochte und er auf einmal zwischen Lachs und grünen Bandnudeln hervorgelugt hatte. Oder als sie die Wetteraussichten auf TV2 sah, war es, als legte Kristian sich wie ein Tiefdruckgebiet auf Südostnorwegen.

Verner hatte gesagt, er glaube, er werde bald freigelassen, und sie hoffte, das geschah eher früher als später. Heute, unmittelbar bevor sie Feierabend machen wollte, hatte sie zwei Kollegen belauscht, die auf dem Flur miteinander flüsterten. Sie hatten sich darüber unterhalten, dass irgendjemand ein schlechtes Gespür hatte. War sie etwa damit gemeint? Wenn sie als Ermittlerin etwas nicht gebrauchen konnte, war das ein schlechtes Gespür. Für sie musste Kristian mit weißer Weste aus der Sache herauskommen. Für alle Zeiten würde sie als diejenige gebrandmarkt sein, die kopflos handelte und mangelndes Gespür hatte, falls sich herausstellte, dass ihr Freund etwas mit dem Fall zu tun hatte.

Bitte Røed packte weiter aus. Sie musste endlich die Bücherkisten leer machen. Da fiel ihr Blick auf eine Pappschachtel ohne Aufkleber. Augenblicklich erkannte sie sie wieder.

Das ist alles, was von meiner Kindheit übrig geblieben ist, dachte Bitte Røed, während sie sachte die Gegenstände herausnahm und alles in einem Haufen vor sich hinlegte. Ihr altes Tagebuch roch gammelig. Ein hellblaues Buch mit einem Schloss, das man nur mit dem Fingernagel öffnen konnte. Willkürlich schlug sie eine Seite auf und war postwendend wieder dreizehn Jahre alt.

Unglückstag! Schulzahnarzt in der ersten Stunde, und in der großen Pause hat Bente mich geärgert, weil ich Mett auf dem Brot hatte. Sie hat gesagt, dass ich bestimmt nie frieren würde, so fett, wie ich bin. Als wir nach Hause wollten, hat sie mir ein Bein gestellt, sodass ich auf das Pflaster gefallen bin. Danach haben sie und die Jungs mich aufs Klo gejagt. Da habe ich gesessen, bis es draußen still geworden ist. Ich habe mich kaum getraut, die Tür zu öffnen, aber alle waren weg. Mama ist wütend geworden, weil ich so spät nach Hause gekommen bin, aber ich sage nichts. Nichts!

Das Gefühl, füllig und zugleich so wenig wert zu sein, zog in ihrer Brust. Sie blätterte weiter. Einmal hatte sie einen Fuchsschädel im Wald gefunden, und sie erinnerte sich daran, wie der Gedanke sie fasziniert hatte, dass der Schädel einmal von Fleisch, Haut und Fell überzogen gewesen war. Ob sie deshalb den Polizeiberuf ergriffen hatte? Die Verwunderung darüber, was das Leben ausgemacht hatte, bevor es zu trockenen Knochen verwittert war, der Drang zu erfahren, was unmittelbar vor dem Tod geschehen war. Sie hatte ganz vergessen, weshalb sie den Schädel mit nach Hause genommen, ihn auf den Schreibtisch gelegt, ihn auf Verletzungen untersucht hatte, ohne welche zu finden. Und jetzt erinnerte sie sich an die Frage, auf die sie nie eine Antwort erhalten hatte: Wo war der Rest des Skelettes?

Doch in erster Linie war ihr Tagebuch voll von Angst, was sich ihre Klassenkameraden alles noch ausdenken würden. Einige Seiten waren wellig und beinahe unleserlich, als hätten sie im Regen gelegen. Hatte sie so viel geweint? Das wohlbekannte Gefühl der Ohnmacht überkam sie. Sie war so verzweifelt gewesen, dass sie hätte töten können. Sie schloss das Buch und wiederholte, wozu sie sich einst entschlossen hatte: Sie würde es ihnen zeigen, sie würde ihnen ebenso Angst einjagen, verdammt noch mal.

Sie mochte den Gedanken, dass sie es geschafft hatte.

Auf einem Klassentreffen vor ein paar Jahren hatte sie zwei Schulfreundinnen auf der Toilette dabei überrascht, wie sie sich dünne, weiße Linien auf einem Taschenspiegel zurechtlegten. Ohne ein Wort zu sagen, hatte sie ihren Dienstausweis vorgezeigt. Unter ihrer Schminke waren sie erbleicht, aber Bitte hatte gehört, was sie zueinander sagten, als sie ging. »Wie um alles in der Welt hat die kleine fette Bitte es an die Polizeihochschule geschafft?«

Die Erinnerung an ihren alten Spitznamen hatte den Abend in zwei Teile gespalten. Sie war als Erwachsene auf die Party gekommen, verließ sie aber wieder als Teenager, außerstande, sie wegen Besitzes von Rauschgift anzuzeigen. Bei einer Wiedersehensfeier der alten Klasse ist man nie älter als dreizehn –

die Rolle als dummes und fettes Mädchen war ihr ein für alle Mal zuteilgeworden.

Als sie das Buch in die Schachtel legte, fiel ihr Blick auf die Briefe.

Echte Briefe mit einer Briefmarke. Sie wurden von einem mürben Einmachgummi zusammengehalten. Sie verspürte einen Stich im Magen. Immer noch konnte sie die Worte lesen, ohne die Briefe zu öffnen, sie drangen durch die Kuverts wie Schmelzwasser und verharrten vor ihrem Herzen. Wie seltsam, dass Kristian auch nach Tranby gezogen war, freilich einige Jahre vor ihr, aber dass sie am selben Ort gelandet waren! War das etwa Schicksal? Ihr gefiel der Gedanke, dass einige Menschen durch eine schicksalhafte Fügung füreinander bestimmt waren, dass eine Öffnung in der Zeit es ermöglichte, dass sie sich zum richtigen Zeitpunkt im Leben wieder trafen. Bitte Røed dachte an die alte Wunde, die sich wieder geöffnet hatte und nun wieder von Neuem blutete. Kristian hatte sie zuvor schon einmal verlassen. Als er Pia traf, die zukünftige Mutter von Marte. Aber jetzt gehörte er ihr, und vielleicht muss ein Herz bisweilen bluten, um zu merken, dass es lebt, dachte sie und drückte den Stapel Briefe an ihre Brust. Sie würde sie jetzt nicht öffnen. Das wollte sie nicht alleine machen. Ich warte auf dich, Kristian Skage.

62

»Essen ist fertig, Marte!«

Marte hatte keinen Hunger. Obwohl ihr Bauch nach Nahrung schrie, ertrug sie den Gedanken nicht, unten im Wohnzimmer mit ihrer Mutter zu sitzen, die sie sicher wieder über ihren Vater ausquetschen würde. Blieb sie hingegen sitzen, würde ihre Mutter bloß hysterisch werden, wie schon einmal, als sie sich im Badezimmer eingeschlossen hatte. Sie war jetzt so gut wie weg. Die Farbe. Das Wort, das sie ihr auf den Bauch gesprüht hatten. Mit niemandem konnte sie darüber reden. Niemand durfte davon erfahren. Stimmte es? Vorher hatte Idunn das schon einmal auf Facebook geschrieben, jetzt war es mit schwarzer Sprühfarbe in ihre Haut geätzt. Hure? War sie das? Sie dachte an die Fotos, die sie in dem Herz gefunden hatte. Sie fühlte sich, als herrschte in ihrem Inneren eine eisige Kälte.

Sie nahm das Tagebuch hervor. Vielleicht besserte es sich, wenn sie alles auflistete, wovor sie Angst hatte.

Dass jemand die Fotos entdeckt.
Dass Fredrik mich hasst.
Dass ich schwanger bin (kann man das innerhalb einer Sekunde überhaupt werden?)
Dass Papa herausfi…

»Marte! Kommst du?«

Sie hörte zu schreiben auf, legte den Bleistift in das Buch und das Buch unter die Matratze.

»Ja, Mama.«

Alles würde nur schlimmer, wenn sie nicht herunterginge. Aber sie würde nichts sagen. Nichts.

Doch ihre Mutter meckerte gar nicht über ihren Vater, sondern plapperte in einem fort davon, wie schön Marte und sie es hatten. Und wie schön alles werden würde. Begriff sie denn überhaupt nichts? Nichts wird jemals wieder schön, Mama. Es hat sich alles verändert. Mama, du hast eine Hure als Tochter, eine böse und herzlose Tochter, die niemand liebt.

Sie hatte ihre Mutter lange schon durchschaut. Der ganze Scheiß von wegen, wie schön sie beide es hatten. Das sagte sie nur, um herauszustellen, dass das auf sie und ihren Vater nicht zutraf. Doch da irrte sie sich. Mit Papa zusammen zu sein ist viel schöner, dachte Marte. Als sie zurück auf ihr Zimmer ging, holte sie ihr Tagebuch wieder hervor und fügte der Liste einige Punkte hinzu, bevor sie zum Schluss ein paar Zeilen über Fredrik schrieb.

Du darfst nichts sagen, Fredrik. Erzähl nichts über uns. Du kannst alles wiedergutmachen. Nicht bei Idunn, aber bei mir. Ich bin nicht mehr wütend. Und jetzt, wo Idunn weg ist, können wir neu anfangen, Tabula rasa. Gleichzeitig habe ich eine solche Angst, aber ich glaube, dass du mir helfen wirst, Fredrik. Du musst mir helfen, wenn das Schlimmste passieren sollte.

63

Bitte Røed stand eine Weile da und bewunderte das Bücherregal. Sie hatte alle schwarzen und weißen Buchrücken ins selbe Regal gestellt. Es wirkte aufgeräumt, fast wie Klaviertasten. Und dann tat es auch nichts zur Sache, dass Krimis und Kochbücher sich zu einer glückseligen Mischung vereint hatten.

Es klingelte an der Tür. Das durchdringende Geräusch schnitt ihr in den Körper und traf auf einen Nerv. Sie schaute auf die Uhr. Wer mochte das so spät noch sein? Als sie überlegte, ob sie durch das Küchenfenster spähen sollte, hörte sie das leise Knacksen, das ihr verriet, dass jemand die Türklinke herunterdrückte. Hatte sie vergessen abzuschließen?

Sie ballte ihre Fäuste und versuchte, sich auf ihre gelassene Autorität zu besinnen, die sie bisweilen bei der Arbeit an den Tag legen musste, erblickte sich aber im selben Moment im Spiegel im Eingangsbereich. In ihren Wohlfühlklamotten erinnerte sie sie an einen rosa Panther. Niemand nähme sie ernst und würde ihr glauben, sie könnte sich verteidigen.

»Mein Gott! Du bist das!«

Bitte Røed lachte erleichtert.

»Na, der ist's wohl eher nicht …«, sagte Kristian und lächelte schelmisch, »… ich bin's nur.«

Er breitete seine Arme aus. Bitte Røed spürte, wie ihr Körper nachgab, und sie schmiegte sich an ihn, alles rückte an seinen Platz.

Ihr Gespür funktionierte. Er war hier. Ihr geschah nichts.

»Kristian, sie haben dich freigelassen.«

»Der Anwalt hat denen die Paragrafen auf den Tisch geknallt und nicht nachgegeben, bevor die Polizei eingesehen hat, dass die Beweislage für eine Inhaftierung zu dünn ist.«

Er drückte sie noch fester an sich. Sie sog seinen Geruch ein. Der wohlbekannte Rasierwasserduft fehlte und war durch einen schwachen Geruch nach Schweiß ersetzt worden.

»Ich bin schnurstracks hierhergefahren, das macht hoffentlich nichts? Marte ist bei ihrer Mutter, und ich hab den Gedanken an die leere Wohnung nicht ausgehalten.«

»Hier ist es aber auch ziemlich leer, aber du kannst mir ja beim Auspacken helfen«, lachte Bitte.

Sie trat einen Schritt zurück, wie um zu prüfen, dass er es wirklich war. Er hatte einen Zweitagebart. Wie hab ich es bloß hingekriegt, mir ein solches Raubein zu angeln, dachte sie und fuhr mit ihrer Hand über seine stoppelige Wange. Plötzlich war sie wieder dreizehn und verlegen. Bitte strich über ihren Körper, peinlich berührt über ihr Aussehen. Kristian folgte ihrem Blick und lachte.

»Hast du dich aufgebrezelt, Muminmama?«

Urplötzlich fiel ihr auf, wie dick sie in ihrem Wohlfühlanzug wirken musste.

»Brauch bloß was Bequemes, wenn ich auspacke. Ich kann's nicht mal Julie in die Schuhe schieben. Den hab ich mir selbst gekauft, noch dazu an einem Tag, an dem ich voll und ganz zurechnungsfähig war.«

Sie versuchte zu lachen.

»Julie ist es natürlich äußerst peinlich, versteht sich, aber ich hab versprochen, darin nie vor die Tür zu gehen.«

»Ich finde, du siehst toll aus«, sagte Kristian.

Sie merkte, wie ihre Wangen zu glühen begannen.

»Du passt hier nach Lier«, sagte er und streichelte ihr über die Wange.

»Und das machst du an welchen Kriterien fest?«

»Apfelbäckchen! Du hast runde, rote Apfelbäckchen. Du weißt doch, dass wir uns hier in der Apfelregion schlechthin befinden?«

Bitte Røed fasste sich unbewusst ins Gesicht. Das war anscheinend als Kompliment gedacht.

Sie kochte Tee und stellte Ritz-Cracker und Gouda auf den Tisch. Sie platzte beinahe vor Neugierde, zu erfahren, was sie alles von ihm hatten wissen wollen, und musste sich zügeln, um kein Verhör zu beginnen. Das Team würde ihn weiterhin im Auge behalten, das wusste sie nur zu gut.

»Willst du's nicht wissen?«, fragte Kristian nach einer Weile.

»Hat Verner dich verhört?«

»Der mit dem Pferdeschwanz, stimmt's?«

Bitte nickte. Kristian erwähnte mit keinem Wort, was er von ihm hielt, und sie fragte nicht nach. Verner konnte gnadenlos sein, und sie wusste, dass er ihren Freund herablassend behandelt hatte. Als sei schon entschieden, dass er es war. Sie labte sich ein wenig daran, dass sie ihn hatten gehen lassen müssen. Der mit dem schlechten Gespür bist wohl du, Verner, dachte Bitte.

»Tja, weshalb haben sie dich laufen lassen?«, fragte sie.

»Ich nehme an, dass die begriffen haben, dass ich die Wahrheit gesagt habe. Keine Ahnung, ob Fredrik noch immer dort ist oder was er gesagt hat, aber soweit ich mitbekommen habe, hat er meine Aussage angezweifelt.«

»Ich bearbeite den Fall nicht, Kristian, aber ich kann ohnehin nicht darüber sprechen.«

»Das versteh ich«, sagte Kristian, fuhr aber dennoch fort: »Der Junge hat behauptet, ich hätte das Mädchen nicht angerührt, dabei hab ich sie natürlich angefasst. Ich musste doch prüfen, ob sie verletzt war. Offensichtlich lügt der. Weshalb, muss ich zum Glück nicht herausfinden.«

»Nein, ich auch nicht«, sagte Bitte. »Wir reden nicht mehr über den Fall. Du bist frei, das ist das Wichtigste. Ich ertrag heute keine Arbeit mehr. Außerdem hab ich was gefunden.«

Bitte lächelte geheimnisvoll und holte die Briefe, die ihr zuvor am Abend in die Hände gefallen waren. Sie schmiegte sich eng an ihn, als sie den ersten Umschlag öffnete.

»Was ist das?«

»Erkennst du die nicht wieder? Die hast du geschrieben. Gleich nachdem wir im Pfadfinderlager gewesen sind.«

»Oh nein«, rief Kristian aus. »Du hast doch wohl die Briefe nicht all die Jahre aufbewahrt.«

Bitte zog den ersten Brief aus dem Umschlag.

»Hier küssen!« stand da. Ein Pfeil war eingezeichnet. »Hier habe ich hingeküsst!«

Bitte legte ihren Mund auf das Blatt und hinterließ eine rote Spur.

»So«, sagte sie.

64

Mittwoch, 3. Dezember

Das Team hatte sich im Besprechungsraum zu einem ersten Treffen versammelt. Kriminalpolizeichef Thomas Lindstrand leitete die kleine Gruppe, bestehend aus Verner Jacobsen, Heiki Stenvald, Marius Moe, Ida Madsen, zwei Vertretern der Abteilung für organisiertes Verbrechen, Hildegunn Ebbestad und einem Vertreter der Staatsanwaltschaft.

»Wir sollten den Stand der Ermittlungen zusammenfassen«, begann Thomas Lindstrand und nickte Verner Jacobsen zu.

Bei diesem Fall hätte ich nicht mit von der Partie sein sollen, dachte Verner, nicht ich sollte hier die Übersicht behalten. Er hatte schlecht geschlafen, seine Konzentration ließ zu wünschen übrig, und obwohl er alle Dokumente in dem Fall durchgegangen war, konnte er sich nicht entscheiden, wo er anfangen sollte.

»Ich muss mir noch einen Kaffee holen und den Kopf klar kriegen«, sagte er und entschuldigte sich, um eine Tasse zu holen.

»Teamsitzung?«, fragte Bitte Røed, die vor dem Kaffeeautomaten stand und auf den Knopf für Kakao drückte.

»Tut mir leid, dass du nicht dabei sein kannst«, sagte Verner und verspürte den plötzlichen Drang, sie zur Aufmunterung in den Arm zu nehmen. Als hätte sie geahnt, was er vorhatte, trat sie einen Schritt zurück.

»Alles in Ordnung«, sagte sie. »Ich muss gehen, Finn wartet in meinem Büro auf mich.«

Verner griff nach dem Kaffeebecher und kniff seine Augen einen Moment lang zusammen. Konzentration, ermahnte er sich, während er zu der wartenden Gruppe zurückging.

Er nahm den Laptop, schloss ihn an den Beamer an und warf das von ihm eigens vorbereitete Dokument auf die große Leinwand.

»Kommen wir als Erstes zur Übersicht«, sagte er. »Ihr könnt meine Ausführungen gern ergänzen, sollte ich etwas vergessen haben.«

Alle nickten.

»Was wissen wir? Die fünfzehnjährige Idunn Olsen aus Tranby ist in der Nacht zum 27. November tot beim Obelisken in Tranby aufgefunden worden. Dem vorläufigen Obduktionsbericht nach zu urteilen starb sie nicht durch den Sturz, sondern sie ist erwürgt worden. Zwei Zeugen haben wir in Gewahrsam genommen und umfassend verhört. Die entsprechenden Personen sind beziehungsweise waren Kristian Skage, siebenundvierzig Jahre alt, und Fredrik Paulsen, sechzehn Jahre alt.«

»Sind die schon wieder freigekommen?«, fragte Ida Madsen verwundert.

»Kristian Skage wurde gestern Abend auf freien Fuß gesetzt, doch Fredrik Paulsen befindet sich weiterhin in Gewahrsam. Es sind biologische Spuren ausfindig gemacht worden, die ihn mit dem Fall in Verbindung bringen, und es besteht Verdunklungsgefahr, wenn wir ihn freilassen. In der Vagina des Opfers wurden Samenspuren gefunden. Die DNA kann nicht mit Sicherheit bestimmt werden, da eine gewisse Gefahr besteht, dass sie sich mit den Epithelzellen des Opfers vermengt haben. Doch es deutet vieles darauf hin, dass die Samenspuren von Fredrik Paulsen stammen. Überdies sind Fingerabdrücke und DNA auf einer Wodkaflasche entdeckt worden, die in der Nähe sichergestellt wurde.«

»Konnte die entsprechende Person identifiziert und gefunden werden?«, fragte Heiki Stenvald.

»Ja, es hat sich herausgestellt, dass wir es mit einem früheren verurteilten Straftäter zu tun haben. Agnar Eriksen. Er wurde verurteilt wegen häuslicher Gewalt, außerdem wegen einiger weniger schwerwiegender Vergehen. Interessanterweise ist Agnar Eriksen der Sohn der Frau, die tot bei dem Brand am Donnerstag früh aufgefunden wurde. Laut Obduktion wurde Erna Eriksen erstochen. Das lässt möglicherweise darauf schließen, dass Brandstiftung im Spiel ist. Die Mordwaffe konnte bislang nicht gefunden werden. Das will heißen …«

Verner legte eine Kunstpause ein und schaute in die Runde.

»… dass wir nicht mehr nur in einem Mord, sondern in zweien ermitteln und wir die beiden im Zusammenhang sehen müssen. Agnar Eriksen hat gestanden, vor dem Brand im Haus gewesen zu sein. Er beschreibt, wie seine Mutter in einer Blutlache gelegen hat, er hat sich aber für unschuldig erklärt. Gestern ist er dem Haftrichter vorgeführt worden. Wir haben einen Durchsuchungsbeschluss bekommen und werden seine Wohnung umgehend durchforsten. Das wird wahrscheinlich schnell erledigt sein, wo er doch kaum Zeit zum Einziehen hatte.«

Murmeln war zu hören.

»Mit anderen Worten: Wir haben zwei Möglichkeiten«, fuhr Verner Jacobsen fort. »Wir müssen vorsichtig sein, die Ermittlungen in eine bestimmte Richtung laufen zu lassen, doch meiner Meinung nach deuten die meisten Indizien auf Fredrik Paulsen und Agnar Eriksen hin.«

»Aber«, wandte Ida Madsen ein, »wenn ich das richtig verstanden habe, dann stand Fredrik der ermordeten Idunn Olsen nahe, wogegen Agnar sie gar nicht kannte. Agnar hingegen wurde wegen Körperverletzung verurteilt, wobei Fredrik nichts anderes getan hat, als den Hund von Agnars Mutter zu ärgern. Ist das korrekt?«

Verner Jacobsen imponierten Idas rasche Schlussfolgerungen.

»Du liegst vollkommen richtig«, sagte Verner. »Das Problem ist, dass die beiden ein Motiv für einen Mord haben, allerdings kein Motiv, beide umzubringen. Es ist durchaus denkbar, dass wir es mit zwei gänzlich unterschiedlichen Tragödien zu tun haben. Um es anders auszudrücken: Bei dem Mord an Idunn kommen auch andere als Fredrik Paulsen infrage. Beispielsweise Agnar Eriksen, obwohl der eigentlich kein Motiv hat, oder Kristian Skage. Tatsächlich kann es auch Marte gewesen sein, Kristian Skages Tochter. Sie hat ein Motiv und sich zur fraglichen Zeit in der Gegend aufgehalten. Sie wird heute noch vernommen. Oder es ist ein bislang Unbekannter. Wir haben auch einen anonymen Hinweis erhalten, dass wir uns näher mit Idunns Vater unterhalten sollen. Gestern Abend hat eine Frau sich über die Hotline gemeldet und gesagt: ›Fragen Sie Gustav Olsen.‹ Dann hat sie aufgelegt.«

Verner Jacobsen nahm einen Schluck Kaffee. Er war kalt geworden, und ihm lief ein Schauer über den Rücken.

»Pastor Gustav Olsen hat gesagt«, berichtete Verner weiter, »dass er früher am Abend schon in der Gegend herumgefahren ist und nach seiner Tochter gesucht hat. Doch er hat seinen eigenen Angaben nach nichts entdeckt. Selbstverständlich besteht die theoretische Möglichkeit, dass er seine Tochter im Auto transportiert und sie selbst beim Obelisken abgeladen hat.«

Nun wurde das Murmeln am Tisch lauter. Jemand sprach vom Obelisken und einem womöglich religiös motivierten Mord. Verner unterbrach die Spekulationen.

»Es gibt da bloß ein Problem«, sagte er.

»Zwei«, korrigierte Ida Madsen ihn. »Ein fehlendes Motiv und fehlende Spuren.«

»Ganz genau«, sagte Verner Jacobsen. »Was den Mord an Erna Eriksen angeht«, führte er weiter aus und schob die Tasse von sich, »haben wir vorläufig nur einen Kandidaten: Agnar Eriksen.«

Eine Pause entstand, bevor Heiki Stenvald das Wort ergriff: »Du hast die Tags noch nicht erwähnt.«

»Danke, Heiki«, sagte Verner Jacobsen. »Die kommen jetzt.«

Er suchte ein wenig auf dem Laptop herum und zeigte dann die Fotos vom Obelisken.

»Der Obelisk wurde also getaggt, mit Sprühfarbe versehen. Die Techniker untersuchen das noch, doch scheint die Farbe noch ziemlich frisch zu sein. In der Garage bei Fredrik ist eine Spraydose desselben Typs gefunden worden, der auch hier verwendet worden ist. Sie befindet sich jetzt im Labor und wird auf Fingerabdrücke untersucht. Auch auf Martes Stiefel ist man auf Farbflecke gestoßen. Bei Fredrik hat man keine Rückstände von Farbe gefunden. Doch natürlich war auch schon ein wenig Zeit vergangen, und es ist sehr gut möglich, dass er sich die Farbe abgewaschen hat.«

»Was stand noch gleich auf dem Obelisken? Auf die Entfernung ist es ein bisschen schwer zu lesen«, sagte Hildegunn Ebbestad und schob ihre Brille hoch auf die Nase.

Verner klickte sich weiter durch, bis eine Nahaufnahme des Textes erschien.

»Hure«, sagte Hildegunn Ebbestad.

»Schau noch einmal genau hin«, sagte Verner Jacobsen. »Da steht ›Hure I‹.«

»Hure eins?«, fragte Hildegunn. »Heißt das, es gibt womöglich auch eine Hure Nummer zwei?«

Verner Jacobsen zuckte mit den Schultern und spürte, wie

ihn allmählich die Müdigkeit übermannte. Er hatte gehofft, die Zusammenfassung würde ihm selbst Klarheit verschaffen. Oftmals war es ein kurzer Schnelldurchgang, der das gewisse Etwas ausmachte und einen Fall in neuem Licht erscheinen ließ. Heute fand keine Offenbarung statt, ganz im Gegenteil. Der Versuch eines Resümees sprang ihm bloß im Kopf herum und schuf ein wahres Durcheinander.

»Tatsache ist«, sagte er, »dass Fredrik und seine Kumpel früher an dem Abend Kontakt zu Erna Eriksen hatten und diese ausgesagt hat, sie hätten nach Sprühfarbe gerochen. Erna hat die Polizei gerufen, um vor Sprayern zu warnen. Für die, die's noch nicht gelesen haben, gibt es einen Anhang zu diesem Gespräch bei den anderen Verhören.«

»Haben wir einen Plan, was wir weiter unternehmen wollen?«, fragte Thomas Lindstrand und schaute auf die Uhr.

»Ich schlage vor, dass ich selbst Marte verhöre«, sagte Verner. »Und dann muss Agnar Eriksen erneut verhört werden. Ansonsten müssen wir alle technischen Spuren durchgehen und auch sämtliche zur Verfügung stehenden Handyaktivitäten. Jemand muss sich mit Gustav Olsen unterhalten, Idunns Vater, und wir müssen versuchen, den Gesprächsteilnehmer zu ermitteln, der uns den Tipp gegeben hat. Die Presse will mit Informationen versorgt werden, ich finde, wir sollten uns an die Öffentlichkeit wenden und diese um Hilfe bitten. Möglicherweise gibt es noch Zeugen. Außerdem sollten wir eine Rekonstruktion des Tathergangs mit den beiden Zeugen erwägen. Wir müssen alles unter einem neuen Blickwinkel betrachten, jetzt, wo wir zwei Morde in der unmittelbaren Umgebung haben. Kann jemand die Brandsachverständigen kontaktieren und nachfragen, ob die Brandursache inzwischen geklärt ist?«

»Klar, darum kümmer ich mich«, sagte Heiki und stand auf.

»Ja, dann gehe ich davon aus, dass das Meeting vorbei ist?«

»Nur einen Augenblick«, sagte Lindstrand. »Bitte Røed ermittelt weiterhin im Brandfall, aber von jetzt an deckeln wir auch diesen Fall.«

Lindstrand schaute Verner an, der nickte und die Kaffeetasse mitnahm, um den Inhalt wegzuschütten. Er musste daran denken, nachher noch mit Bitte zu sprechen und sie zu fragen, was sie aus Finn herausbekommen hatte.

65

Finn betrat den Vernehmungsraum, der weder über eine Kamera noch ein Mikrofon verfügte. Er glich einem gewöhnlichen neutralen Büro, so gesehen war es wohl kein formelles Verhör.

»Kaffee?«, fragte Bitte Røed.

Finn blieb stehen, seine Arme hingen schlaff herunter, er nahm aber gern welchen.

»Setzen Sie sich bitte so lange, ich bin gleich wieder da«, zwitscherte sie. Sie hatte so gute Laune wie lange nicht mehr.

Sie kam mit einem Kaffee für ihn und einem Kakao für sich zurück und dachte, wie merkwürdig Verner sich verhalten hatte, als sie sich beim Automaten begegnet waren. Beinahe schüchtern. Nein, mutlos. Ihr schien, als hätte er sie am liebsten getröstet. Als hätte sie Trost nötig! Sie, die sie heute Nacht in Kristians Armen geschlafen hatte. Das war das vollkommene Glück, auf das man sehr selten traf. Kristian liebte sie. Sie! Ein überwältigendes Gefühl, das überzulaufen drohte, sodass sie nicht übel Lust hatte, einen Knoten hineinzubinden, damit es nicht herausfloss. Heute Morgen im Spiegel hatte sie gesehen, wie in ihre Augen ein anderes Licht getreten war.

»Vielen Dank, dass Sie sich die Zeit genommen haben, Herr Berget«, sagte Bitte und lächelte in vollem Bewusstsein darüber, dass ihr Glück mit den Händen zu greifen war.

»Danke Ihnen, dass Sie mich haben hierherkommen lassen, statt das Gespräch zu Hause zu führen.«

Finn rieb immer wieder mit einem Finger über einen unsichtbaren Fleck auf seiner Hose.

»Elin weiß nicht alles über meine Vergangenheit«, sagte er. »Und ich sehe keine Veranlassung, sie zu verängstigen, jetzt wo sie … wo wir, meine ich, also ein Kind erwarten. Wir erwarten ein Kind.«

»Ja, das haben Sie beim letzten Mal schon erwähnt. Wie schön«, sagte Bitte Røed. »Und unser Gespräch ist vertraulich«, beruhigte sie ihn.

»Was möchten Sie wissen?«

»Ich möchte, dass Sie mir das erzählen, was Sie von Agnar Eriksen wissen und wovon Ihre Frau nichts erfahren soll. Ich muss so viel wie möglich über Agnar in Erfahrung bringen. Sie können beginnen, indem Sie mir beispielsweise erzählen, wie Sie und Agnar sich kennengelernt haben.«

Finn ließ den Kopf in die Hände sinken und rieb sich über sein Gesicht, als stünde er über ein Waschbecken gebeugt und würde sich waschen. Unvermittelt richtete er sich auf.

»In unserer Kindheit sind wir Freunde gewesen. Outsider alle beide. Ich war der Sohn des Pastors, wurde streng erzogen, und mein Vater mochte es nicht, dass ich mich mit Agnar abgab. Agnar stammte meinem Vater zufolge aus einer schlechten Familie. Agnars Eltern haben getrunken. Und Agnar hat auch getrunken. Meine Eltern waren Abstinenzler. Vielleicht haben uns die Gegensätze angezogen. Wir standen außerhalb am jeweiligen entgegengesetzten Ende der Skala.«

Finns Blick schien in die Ferne zu schweifen. Er redete leise. Bitte rückte mit ihrem Stuhl näher.

»Ich wünschte, ich hätte damals schon gewusst, dass sich alles so gut regeln würde. Dann wäre das vielleicht nicht passiert.«

»Was wäre nicht passiert?«

Finn schaute sie nicht an. Er umklammerte seine Tasse.

»Ich hab so schreckliche Angst, was Agnar sich ausdenken könnte. Er hat meinem Sohn gedroht.«

»Sie haben einen Sohn?«

»Nein, oder doch, ich weiß nicht, ob es einer wird, aber ich hab es einfach im Gefühl, dass es ein Junge wird.«

»Agnar hat Ihrem Baby gedroht, das noch nicht einmal geboren wurde?«

»Also nicht direkt gedroht, aber er hat angedeutet, dass etwas passieren könnte, wenn ich nicht mit ihm zusammenarbeite.«

»Inwiefern zusammenarbeiten?«

»Wir sollten eine Aussage machen.«

Bitte wartete. Finn erhob sich, ging zum Fenster und blieb mit dem Rücken zu ihr stehen, während er weitersprach.

»Er wollte, dass Elin und ich ihm ein Alibi geben.«

Bitte Røed spürte etwas in sich, das dem Gefühl von Verliebtsein nahekam – eine Art kribbelnde Erwartung.

Hier kam der endgültige Beweis. Agnar Eriksen hatte kein Alibi. Eine kindische Freude darüber, neue Fakten auf den Schreibtisch feuern zu können, ließ ein Lachen in ihrer Kehle aufsteigen. Sie richtete ihren Blick auf Finn, und das Lachen erstarb, bevor es ausbrechen konnte.

»Wann genau ist Agnar zu Ihnen und Ihrer Frau gekommen?«

»Donnerstag, irgendwann im Lauf des Tages, ich erinner mich nicht mehr ganz genau, aber es war mitten am Tag. Wir wollten früh Mittag essen, bevor Elin zum Dienst ins Pflegeheim musste. Doppelschicht, die haben viel zu wenig Personal.«

Wie bei der Polizei, dachte Bitte.

»Hat er erwähnt, wo er gewesen ist?«, fragte sie.

»Nein, aber nachgefragt hab ich auch nicht. Erst später, als wir mitbekommen haben, dass das Haus seiner Mutter niedergebrannt ist, hatte er etwas Bedrohliches an sich. Ich hab geglaubt, er hätte es angezündet. Er mag Feuer, auf seine Kappe gingen nicht gerade wenige Flächenbrände, als wir noch jünger waren.«

»Worum hat er Sie denn gebeten?«

»Er hat uns gesagt, wir sollen die Klappe halten. Zuerst. Doch dann wollte er, dass wir die Behörden informieren. Sie waren ja dabei und haben ihn abgeholt. Er hatte uns instruiert, Ihnen genau das mitzuteilen, was wir Ihnen gesagt haben. Wir waren verängstigt, und er hat versprochen, uns danach nicht mehr zu belästigen. Aber vor allem Elin war besorgt, dass wir Informationen zurückgehalten haben. Jetzt wissen Sie's. Wir haben gelogen. Wir haben Agnar ein Alibi gegeben.«

Er sah erleichtert aus und spielte mit seinem Jackenreißverschluss, als wollte er gehen.

»Setzen Sie sich bitte noch einmal kurz«, sagte Bitte Røed. »Was sollte Elin gestern nicht hören?«

Finn setzte sich wieder, sah sie aber nicht an.

»Was ist in Ihrer Kindheit geschehen, worüber Sie nicht sprechen können, Herr Berget?«

»Kurz gesagt«, sagte Agnar und atmete tief ein, »Agnar war Übergriffen ausgesetzt.«

»Ach ja …«

»Sein Vater, der war ein niederträchtiger Sack. Agnar hat nie was gesagt, aber ich wusste, was vor sich ging.«

»Weshalb können Sie darüber nicht mit Ihrer Frau reden? Es ist doch nicht so schlimm, von einem Freund zu erzählen, der es schwer hatte?«

»Nein«, sagte Finn und atmete aus.

Bitte Røed wartete. Erst als sie schon meinte, die Stille hätte angefangen, an der Deckenlampe zu turnen, wisperte er:

»Ich war verliebt. In Agnar. Und Agnar wusste das.«

66

»Agnar Eriksen soll in den Verhörraum kommen«, rief Bitte Røed ins Telefon, während sie den Flur entlangeilte.

»Bitte Røed«, sagte Thomas Lindstrand, wobei sie seinen fassungslosen Tonfall sehr wohl vernahm. »Sie bearbeiten den Fall nicht.«

»Nein, den Fall Idunn bearbeite ich nicht, aber an dem Brand bin ich doch noch dran, stimmt's?«

Stille am anderen Ende der Leitung.

»Der Brand ist noch mein Fall«, konstatierte Bitte und fuhr mit plötzlichem Selbstbewusstsein fort: »Außerdem wird Kristian Skage nicht länger verdächtigt. Also weshalb sollte ich nicht in beiden Fällen ermitteln? Herr Lindstrand, ich kann mir vorstellen, dass es da einen Zusammenhang gibt. War Fredrik Paulsen Übergriffen ausgesetzt? Hat ihn jemand danach gefragt? Hat man Kampfspuren oder Ähnliches gefunden, blaue Flecke, Kratzer, Samenspuren – was auch immer – irgendwo an seinem Körper oder an seiner Kleidung?«

»Bitte Røed, stopp!«, sagte Thomas Lindstrand resigniert. »Erstens, Kristian Skage ist weiterhin ein wichtiger Zeuge. Deshalb müssen Sie außen vor bleiben, ist das klar?«

Bitte Røed sagte nichts.

»Zweitens«, redete ihr Chef weiter. »Im Fall Idunn gibt es möglicherweise eine Verbindung zu dem Brand, und daher ziehen wir Sie auch von diesem Fall ab. Wir haben einen Einbruch in einer Villa in Konnerud, kümmern Sie sich den Rest des Tages darum.«

Eisstückchen schienen über ihren Rücken zu gleiten.

»Ich habe neue Informationen. Sind Sie interessiert daran zu hören, was ich über Agnar Eriksen herausgefunden habe?«, fragte Bitte.

»Ja?«

Sie bemerkte den etwas milderen Tonfall des Kriminalpolizeichefs.

»Agnar Eriksen hat kein Alibi mehr. Sein Freund, Finn Berget, erzählt nämlich, dass …«

»Gut«, unterbrach Thomas Lindstrand, »aber Spurenfunde aus der Gegend haben doch schon erwiesen, dass sein Alibi nichts taugt. Das wissen Sie doch«, sagte Thomas Lindstrand und fuhr mit derselben milden Stimme fort: »Der Einbruch, Røed. Kümmern Sie sich darum. Und der Diebstahl des Leichenwagens ist auch noch nicht aufgeklärt.«

Bitte Røed ging zurück in ihr Büro, surfte eine Weile mürrisch im Internet herum und checkte die Nachrichten auf Facebook. Sie hatte Lust, ihren Status zu ändern in: »Ich habe den dümmsten Chef der Welt«. Sie loggte sich aus und ermahnte sich, nicht so kindisch zu sein. Thomas Lindstrand tat nur, was er tun musste, sagte ihr ihr Verstand, doch die Enttäuschung steckte ihr immer noch in den Knochen. Sie meldete sich im System an und öffnete die Brandakte, um zu sehen, ob sie nach wie vor ein gültiges Passwort besaß. Was für ein Glück! Sie hatten es noch nicht geschafft, den Zugang zu beschränken. Sofort machte sie sich daran, die Unterlagen durchzulesen, um zu überprüfen, ob sie etwas übersehen hatte.

Agnar Eriksen musste seine Mutter getötet haben, alles andere war unlogisch. Und ihr Instinkt sagte ihr, dass er auch mit dem Mord an Idunn etwas zu tun hatte, auch wenn er so tat, als sei er unschuldig wie ein Lamm. Der Mann hatte sich nachweislich am Tatort aufgehalten und verfügte über eine Akte, die Ungutes verhieß. Wurden nicht oft diejenigen, die körperlicher Gewalt ausgesetzt waren, selbst zu Gewalttätern? Vielleicht war er sowohl auf Idunn als auch auf Fredrik gestoßen. Opfer einer Vergewaltigung geworden zu sein, das konnten Jungen sich noch viel weniger eingestehen als Mädchen. Sie versuchte, sich mögliche Szenarien vorzustellen, doch das mündete nur in Spekulationen.

Bitte klickte sich zum Bericht der Brandsachverständigen durch, der kürzlich erst hochgeladen worden war. Von Heiki Stenvald! Dann war inzwischen also allen klar, dass sie nicht mehr die Verantwortung trug. Dem Bericht nach war der Brand in der Küche ausgebrochen, zudem waren Reste eines Dochtes entdeckt worden. Die Sachverständigen konnten mit großer Wahrscheinlichkeit den Brandherd lokalisieren: eine Kerze.

Sie blätterte weiter, wollte so gern irgendetwas finden, das zeigte, dass sie gute Dienste leistete, oder, wenn sie ehrlich war, dass sie unentbehrlich war. Am Ende war eine Liste über die Funde an der Brandstätte. Darunter befand sich eine uralte Gefriertruhe, die zu einer Zeit produziert worden war, als elektrische Geräte noch ein ganzes Menschenleben halten sollten. Die Gefriertruhe hatte im Keller gestanden und war beinahe unbeschädigt. Die Techniker hatten hervorgehoben, dass sie mit einem Vorhängeschloss gesichert war, und hatten eine Notiz über deren Inhalt angefertigt. Bitte überflog die Liste der ins Labor geschickten Gegenstände und klickte die Fotos an. Zwischen Tüten mit gefrorenem Gemüse und Frikadellen der Firma Gilde lagen zwei Päckchen in Alufolie. Diese trugen die Schrift eines Markers, die so schwach war, dass sie beinahe unleserlich war. Sie vergrößerte das Foto und begriff nicht, weshalb sie ein Schauder überfiel. Suppenknochen. Wieso sollte sie das beunruhigen?

67

Marte setzte sich ganz vorn auf den Stuhl. Ihre Mutter zog den Stuhl nah an ihren heran. Marte verspürte Nervosität. Dasselbe Gefühl, wie beim Zahnarzt zu sitzen und zu wissen, dass man ein Loch hatte. Bloß gab es hier weder alte Se-&-Hør-Zeitschriften noch eine Lego-Kiste. Weiße Wände ohne Bilder und nur einen Schreibtisch mit einem Computer. Der Mann, der sich Verner nannte, wirkte ganz in Ordnung, er war mager und ziemlich hässlich, aber irgendetwas in seinen Augen ließ sie annehmen, er sei nett.

»Weißt du, weshalb wir uns mit dir unterhalten wollen, Marte?«, fragte Verner Jacobsen und setzte sich an den Schreibtisch.

Marte schüttelte den Kopf und antwortete:

»Wird bestimmt irgendwas mit Idunn sein, denke ich.«

»Ja«, sagte Verner. »Wart ihr gute Freundinnen?«

»Selbstverständlich sind sie gute Freundinnen gewesen«, sagte ihre Mutter.

»Ich möchte gern, dass Marte selbst auf die Fragen antwortet«, gab Verner Jacobsen zurück.

Martes Mutter starrte ihn mit halb offenem Mund an, wobei ihr Atem ein gleichmäßiges Säuseln verursachte wie von einer Ventilationsanlage.

»Ja«, sagte Marte und bemerkte, wie ihr die Tränen in die Augen traten.

Gewesen, dachte sie. Ganz richtig, wir sind gute Freundinnen gewesen.

»Es tut weh, einen Freund zu verlieren«, sprach Verner weiter. »Gerade erst habe ich meinen Sohn verloren, er ist bloß ein paar Monate älter geworden als Idunn.«

»Ist er ermordet worden?«

»Nein«, sagte er, »es sei denn, Krebs ist etwas Kriminelles.«

»Oh«, sagte Marte und schaute zu Boden.

Sie hätte nicht danach fragen sollen, aber es ist ihr einfach herausgerutscht. Tod und Mord, ich denke an nichts anderes mehr, dachte sie. Und die Leute reden über nichts anderes mehr. Wohin sie sich auch wandte. In der Schule, im Laden, im Bus, auf dem Gehweg vor den Wohnblocks. Überall drehten sich die Leute um und flüsterten.

»Ich hab bloß gedacht«, murmelte sie, »Idunn ist ja ermordet worden, und da …«

»Ist okay«, sagte Verner. »Erzähl mir ein bisschen von dem Abend am Mittwoch, dem 27. November. Du bist auch auf Lineas Party gewesen?«

»Ja.«

»Ist auf der Party etwas Ungewöhnliches vorgefallen?«

»Nein.«

»Du bist früh nach Hause gegangen?«

»Ja.«

»Wir wissen, dass du deinen Vater angerufen hast. Weshalb hast du das getan?«

»Ich wollte abgeholt werden, wollte nach Hause.«

»Ich war im Theater«, unterbrach ihre Mutter sie. »Marte war eigentlich bei ihrem Vater, aber der war natürlich wieder mal nicht zu Hause und …«

»Weshalb wolltest du nach Hause?«, fragte Verner, ohne die Mutter anzusehen.

Marte zuckte mit den Schultern. Die Fragen machten ihr Angst. Es war nicht dieselbe Angst, wie wenn sie beinahe von einem Lkw überfahren worden wäre und es erst in letzter

Sekunde geschafft hätte, zur Seite zu hechten. Die Angst ergriff langsam Besitz von ihr, wie die Angst, die ihr bisweilen unter ihrem Bett auflauerte, wenn sie sich abends hingelegt hatte. Dann zog sie ihre Beine eng an ihren Körper, schlang die Arme um die Knie und wurde zu einem kleinen Klumpen Angst.

»Ist das wirklich nötig?«

Martes Mutter legte die Hand auf die Schulter ihrer Tochter.

»Sie sehen doch, wie diese Fragen ihr zusetzen.«

Marte drehte sich zur Seite, schüttelte die Hand ab.

Verner Jacobsen sah Marte an. Sie hatte versucht, ihre Beine an sich zu ziehen, doch die Sitzfläche war zu schmal, sodass sie sie wieder auf den Boden stellte. Aus irgendeinem Grund verschloss sie sich mit jeder Frage ein wenig mehr. Ich muss einen anderen Zugang zu ihr finden, dachte Verner Jacobsen, hörte sich zugleich aber dieselbe Frage noch einmal stellen.

»Weshalb wolltest du nach Hause, Marte?«

»Muss ich dafür einen Grund haben?«

Verner Jacobsen sagte eine Weile nichts, während er sich eine Möglichkeit überlegte, ihr entgegenzukommen.

»Ich habe einen Hund«, sagte Verner Jacobsen, nahm sein Handy hervor und wählte ein Foto aus. »Schau mal.«

Er zeigte ihr Lorca, der auf dem Rücken lag, alle viere von sich gestreckt, und schelmisch in die Kamera sah. Marte lächelte höflich.

»Mein Hund bringt mich dazu, mich ein bisschen weniger einsam zu fühlen«, fuhr Verner Jacobsen fort. »Immer habe ich mir einen Hund gewünscht, als ich in deinem Alter war. So furchtbar viele Freunde hatte ich nicht, und ich habe immer gedacht, wenn ich bloß einen Hund hätte, würden mich alle gleich viel mehr mögen.«

Das stimmte zwar nicht ganz, aber er musste versuchen, sich ihr anzunähern. Mobbing spielte eine Rolle. Mobbing-opfer sagten gewöhnlich, ihnen gehe es gut, zumal wenn die Eltern anwesend waren.

Marte schaute ihn mit einem Blick an, der nicht leicht zu deuten war.

»Süß«, sagte sie ohne sonderliches Interesse.

»Hast du ein Schmusetier, Marte?«

»Nein, und ich brauch auch keins.«

»Hast du viele Freunde?«

»Ja, und ob.«

»Hast du jemanden, mit dem du über alles reden kannst?«

Marte überlegte und nickte dann.

»Wer ist das?«

Wieder verging eine Weile, bevor sie antwortete.

»Julie«, sagte sie. »Julie Røed. Mit ihr kann ich reden.«

Verner Jacobsen beobachtete, wie sich vor Überraschung Röte auf dem Gesicht von Martes Mutter ausbreitete. Er bemühte sich, seine eigene Verblüffung nicht zu zeigen. Er hatte damit gerechnet, dass sie Idunn oder jemand anderen aus der Klasse nannte. Aber Julie? Er musste unbedingt Bitte fragen, ob das stimmte. Irgendetwas ließ ihn vermuten, dass das Mädchen ihm direkt ins Gesicht log. Vielleicht war das auch bloß ein Versuch, ihre Mutter zu provozieren.

»Ich möchte, dass du mir von der Party erzählst.«

»Da gibt es eigentlich nichts zu erzählen«, sagte Marte. »Linnea, Idunn und ich sind zusammen zu Linnea gegangen, es sollten eigentlich bloß ein paar Mädchen da sein, doch plötzlich kamen total viele. Und das war's.«

Sie breitete ihre Arme aus.

»Dann hab ich Papa angerufen, bin aber schon gegangen, bevor er da war.«

»Warum hast du das gemacht?«

»Ich dachte, wir würden uns unterwegs treffen. Er hat gesagt, dass er ein Glas Wein getrunken hatte und nicht mehr fahren konnte.«

»Dem war aber nicht so.«

»Er hat den Bus über den Ringveien genommen.«

»Ihr habt euch also verpasst«, sagte Verner und versuchte, sich die Karte in Erinnerung zu rufen, die im Besprechungsraum hing.

»Du bist am Obelisken vorbeigekommen, Marte. Was hast du gesehen?«

»Was ich gesehen habe?«

»Ja?

»Was soll ich denn gesehen haben? Falls Sie Idunn meinen … die war ja noch auf Linneas Party.«

»Und Idunn hat dich nicht eingeholt?«

»Nein.«

Marte antwortete kurz und trocken, als ob sie angewiesen worden wäre, nichts zu sagen. Eigentlich war sie nicht widerspenstig, sie wirkte eher, als würde sie sich unbehaglich fühlen. Verner Jacobsen wünschte, er hätte sich alleine mit ihr unterhalten können. Allerdings war sie minderjährig und hatte das Recht darauf, einen Erziehungsberechtigten dabeizuhaben. Er entschied sich, das Verhör zu beenden, bevor sie sich noch weiter festfuhren.

Den Rest des Tages verbrachte er damit, die Berichte von Linneas Party durchzugehen. Eine ganze Reihe elektronischer Spuren waren zusammengetragen worden. SMS und andere Nachrichten von Handys belegten, dass sich die Gerüchte über die Party verteilt hatten wie Kugeln auf einem Billardtisch.

Die auf der Party gemachten Fotos waren in einem eigenen Ordner gespeichert. Um Idunn schwärmten unentwegt Leute herum, man konnte deutlich erkennen, dass man sich gern mit ihr auf einem Foto zeigte, sie gern dabeihatte, wie eine Trumpfkarte. Mehrere Jungen hatten ihre Brüste herangezoomt. Irgendetwas störte. Er konnte nicht sagen, was es war, aber etwas passte nicht. Er nahm sich die Fotos vom Tatort vor, aber nichts erregte unmittelbar seine Aufmerksamkeit.

Erst als er den Bericht über die Bekleidung des Opfers durchlas, ging ihm etwas auf. Er wusste nicht, ob das wichtig war, aber ein sanftes Kribbeln im Nacken teilte ihm mit, dass er womöglich auf etwas gestoßen war. Noch einmal sah er sich Idunns Fotos von der Party an.

Sie hatte langes braunes Haar, ihr Kinn war spitz, ihr Gesicht herzförmig. Der Mund breit und die Lippen glänzten nur so von Lipgloss, ihre Augenbrauen waren ungewöhnlich hoch und schmal, sicher hatte sie sie gezupft. Sie hatte große Brüste und trug ein großes silbernes Herz an einem schwarzen oder dunkelbraunen Riemen um ihren Hals, wahrscheinlich aus Leder. Abermals ging er den Bericht durch. Idunn hatte eine Daunenjacke und Jeans getragen, als sie aufgefunden worden war. Stiefel der Marke Timberland in Größe neununddreißig. Außerdem hatte sie einen weißen Wollfausthandschuh getragen, der andere hatte ein Stück vom Fundort entfernt gelegen, wahrscheinlich hatte sie ihn verloren, als sie heruntergefallen war. Er verglich die Beschreibung mit den Fotos vom Tatort. Einen Schal hatte sie nicht an, die Jacke war am Hals geöffnet.

Da war's! Oder vielmehr – es war nicht da. Das silberne Herz. Es war weder auf der Liste der gesicherten Gegenstände noch in der Aufstellung über die Kleidungsstücke des Opfers aufgeführt, und auch auf den Fotos vom Tatort fand sich das Herz nicht. Aber auf der Party hatte sie es noch um den Hals getragen. Freilich konnte sie es verloren oder es jemandem ausgeliehen haben.

Idunn, dachte Verner Jacobsen, das herzlose Mädchen.

68

Das Einfamilienhaus in Tranby wirkte viel zu groß, um zwei erwachsene Menschen zu beherbergen. Verner Jacobsen atmete tief ein und klingelte. Gustav Olsen öffnete. Seit letztem Mal war er grauer im Gesicht geworden, und Verner überlegte, ob es mit dem anonymen Anruf wohl etwas auf sich hatte. Konfrontieren musste er ihn ohnehin damit.

Er wurde ins Wohnzimmer gebeten. Sølvi war nicht zu sehen.

»Wo ist Ihre Frau?«, fragte Verner.

»Oben in Idunns Zimmer«, sagte Gustav kraftlos. »Anfangs durften wir ihre Sachen nicht anrühren, aber jetzt hält sie sich den ganzen Tag über dort auf. Geht alle Schubladen und Schränke durch, liest in ihren Schulbüchern und in den Poesiealben von der Grundschule. Ich weiß nicht, wonach sie sucht.«

Gustav Olsen sank auf das Sofa nieder.

»Jeden Tag bete ich, dass Gott uns zeigen möge, welchen Sinn das haben soll. Weshalb stellt er uns auf eine dermaßen harte Probe?«

»Sie glauben, die Geschehnisse haben einen Sinn?«

»Natürlich! Gott will uns etwas zeigen. Das weiß ich, aber im Augenblick ist es ein wenig schwierig zu sehen, worin er besteht.«

»Bei allem Respekt, Herr Olsen, meiner Meinung nach ergibt es keinen Sinn, wenn junge Menschen sterben.«

Verner schluckte und wog ab, wie viel er sagen sollte.

»Soeben erst habe ich meinen Sohn verloren«, sagte er. »Ich glaube, der Tod ist bloß eine Mahnung daran, wie verletzlich das Leben ist.«

»Was ist mit Ihrem Sohn passiert?«

»Krebs. Mir bleibt also erspart, darüber nachzusinnen, wie er starb und wer seinen Tod verursacht hat, aber für Sie ist es wichtig, dass wir Idunns Mörder finden, sodass Sie den Trauerprozess beginnen können. Mein Job ist es, Ihnen dabei zu helfen.«

»Die Ungewissheit nagt am meisten an Sølvi«, seufzte Gustav.

»Ja!«

Auf einmal stand Sølvi da. Lautlos war sie in das Wohnzimmer geglitten. Sie war erdfarben. Ihre Kleidung, die Haut und die Haare. Alles hatte dieselbe schmutzig braune Farbe, als wäre sie aus einer tiefen Grotte emporgestiegen. Ihr Haar muss sie schon mehrere Tage nicht gewaschen und gekämmt haben, dachte Verner. Als er das erste Mal hier gewesen war, strahlte sie noch eine gewisse Würde aus, inzwischen war ihr Selbsterhaltungstrieb Schicht für Schicht abgetragen worden, und sie wirkte in ihrer Trauer sehr verletzlich. Das also bleibt von einem Menschen übrig, wenn alle Hoffnung verschwunden ist, dachte Verner Jacobsen und versuchte, das unheimliche Gefühl von sich abzuschütteln, das ihr ins Zimmer gefolgt war.

»Wann können wir mit einer Antwort rechnen?«, fragte sie.

»Die Ermittlungen werden mit unverminderter Energie vorangetrieben«, sagte Verner Jacobsen, »aber es ist uns unmöglich, einen Zeitplan für die Aufklärung anzugeben.«

Eine eventuelle Aufklärung wollte er beinahe sagen, schluckte die Worte aber herunter, aber er würde nichts unversucht lassen.

»Wir sammeln Hinweise, unsere Techniker sind zudem bald mit allen Analysen fertig«, fuhr er fort.

»Hat es neue Hinweise gegeben?«

»Wir bekommen ständig neue Hinweise«, sagte Verner.

Sie sah enttäuscht aus.

Sie waren das!, schoss es ihm unvermittelt durch den Kopf. Sølvi muss es gewesen sein, die angerufen und sie darum gebeten hatte, sich auf Gustav zu konzentrieren. Weshalb? Verner Jacobsen erhob sich. Beide mussten vernommen werden. Einzeln. Sofort. Das hätten wir als Erstes machen müssen, dachte er und verfluchte sich, dass er nicht von Anfang an die Kontrolle über den Fall gehabt hatte.

»Begleiten Sie mich bitte aufs Präsidium«, sagte Verner und ließ keine Einwände ihrerseits zu.

»Jetzt. Ich fahre.«

69

Es war still gewesen, als sie beim Präsidium angekommen waren. Die Passbehörde mit den immer gleich langen Schlangen war geschlossen. Die meisten hatten schon Feierabend gemacht, und nur auf der Wache war noch jemand. Verner Jacobsen hatte sich Gustav und Sølvi Olsen nacheinander vorgenommen, ohne dass dies zu Resultaten geführt hätte. Trauernde Eltern, jeder auf seine Weise.

Sølvi hatte mit im Schoß verkrampften Händen dagesessen, die dünnen Finger wie knorrige Birkenzweige. Aufgefressen von ihrer Trauer und durchsetzt von einem tief verwurzelten Unmut ihrem Ehemann gegenüber. Schließlich hatte sie eingeräumt, dass sie die anonyme Anruferin gewesen war, die den Hinweis gegeben hatte, Gustav Olsen genauer zu überprüfen.

Gustav seinerseits war vollauf mit der Frage beschäftigt, wie es dem Täter wohl ergehe.

»Gott muss ihm vergeben«, hatte er im Lauf des Gesprächs mehrmals wiederholt. Verner war ein wenig verdattert über die offenkundige Sorge und das Mitgefühl dem Mörder gegenüber, doch es gab keine konkreten Spuren, dass Gustav Olsen seine eigene Tochter umgebracht hatte. Aber er war am Abend des Mordes in der Gegend herumgefahren.

Verner Jacobsen hatte sie beide nach dem Herz gefragt, doch sie konnten nicht mit Sicherheit sagen, ob sie einen solchen Schmuck besaß. Der Mutter nach hatte Idunn so viel Schmuck, dass es unmöglich war, den Überblick zu behalten.

Einige Ehepaare knüpfen stärkere Bande zueinander, wenn sie von einer Tragödie heimgesucht werden, dachte Verner Jacobsen, während er Gustav und Sølvi Olsen wieder nach Hause fuhr. Auf der kurzen Fahrt zurück nach Tranby wechselte sie weder ein Wort noch einen Blick. Er zweifelte daran, dass dieses Ehepaar positiv zu dieser Statistik beitrüge, und erwischte sich, wie er darüber nachdachte, in welche Richtung seine Ehe sich bewegen würde, wenn die Trauer sich gelegt hatte und nur der raue Alltag übrig blieb. Plötzlich bekam er Sehnsucht nach Ingrid, und er fuhr umgehend nach Hause. Den Bericht konnte er auch dort schreiben.

Als er die Haustür öffnete, wusste er es schon. Ingrid, dachte er. Warum jetzt? Halb saß, halb lag sie auf dem Sofa mit Lorca auf dem Schoß. Der Hund hüpfte herunter und begrüßte ihn, anfänglich noch fröhlich und mit wedelndem Schwanz. Doch dann war es beinahe so, als erinnerte er sich, dass er den ganzen Tag weg gewesen war, und begann zu knurren. Sein Schwanz verriet, dass er die Freude, ihn wiederzusehen, aber nicht gänzlich unterdrücken konnte. Auch Ingrid versuchte ein Lächeln.

»Hallo«, sagte sie kleinlaut und griff nach dem Weinglas auf dem Tisch, als hätte sie Angst, er würde es ihr wegnehmen.

»Warum tust du das?«, fragte er milde und versöhnlich.

Trauerte sie etwa auch so sehr wie er? Er setzte sich neben sie und legte einen Arm um ihre Schulter. Sie weinte, und er spürte die lautlosen Tränen an seinem Gesicht, die etwas Verletzliches in ihm trafen. Kurz war er davor, sie zu küssen.

»Ich hab kein Selbstvertrauen mehr bei dem, was ich tue«, schniefte sie und lehnte sich an ihn.

Enttäuscht zog er sich zurück. Also wieder eine Schreibblockade. Deshalb trank sie also, er hätte es wissen müssen. Dass es nicht um Victor ging.

»Quatsch, Ingrid«, seufzte er. »Schau, da in diesem Bücherregal, du hast schon viele Bücher geschrieben, und das schaffst du wieder.«

»Andere Autoren wissen aber, worüber sie schreiben sollen, die haben etwas, das sie mitteilen wollen. Ich weiß bloß, dass es da etwas gibt.«

Erneut trank sie einen gierigen Schluck aus dem Glas.

»Und wenn ich trinke, verwandle ich mich von einer gewöhnlichen Lohnempfängerin zu etwas Göttlichem, zu jemandem, der den Unterschied ausmachen kann.«

Verner lächelte ihr teils entmutigt, teils nachsichtig zu.

»Ich finde fantastische Worte, wenn ich trinke, und ich glaube, ich könnte tatsächlich die intellektuelle Trumpfkarte der Arbeiterklasse werden, verstehst du? Mama hat nie daran geglaubt, dass aus mir mal was würde, und Papa …«

»Pscht!«, sagte Verner, zog sie dicht an sich und wiegte sie, als wäre sie ein Kind.

»Du sagst doch selbst, dass du schlecht schreibst, wenn du betrunken bist, also nein, ich verstehe dich nicht, Ingrid. Und deine Mutter und dein Vater sind stolz auf dich. Sehr stolz.«

»Du hast recht, Verner«, sagte sie, und ihr nach Alkohol riechender Atem entwich mit einem Stöhnen. »Ich trinke bloß, weil ich im Finstern herumstochere, und das hier …« Sie hielt das Glas hoch, das in ihrer Hand hin und her schwankte, doch bevor es überschwappen konnte, setzte sie es an ihren Mund. »… bringt mich dazu zu glauben, dass es ein Licht gibt.«

»Ich stochere sicher auch im Finstern herum«, sagte Verner und blätterte ziellos durch die *Drammens Tidende*, die vor ihm auf dem Tisch lag. Der Fall Idunn ging über mehrere Seiten.

»Ich bin mir sicher, einer der Jugendlichen, die wir verhört haben, erzählt uns nicht die Wahrheit oder hält bestenfalls etwas zurück. Ich bin überzeugt davon, dass die Antwort im Jugendlichenmilieu von Tranby zu finden ist, doch die Lokalzeitung ist so patriotisch und glaubt, es müsse jemand von außerhalb sein.«

»Könnten sie recht haben?«

Verner zuckte mit den Schultern.

»Tja, ausschließen können wir zum jetzigen Zeitpunkt nichts. An besagtem Abend sind keine Fremden in der Gegend beobachtet worden, mal abgesehen von Agnar Eriksen, doch der ist ja streng genommen auch von dort.«

Lorca sprang auf das Sofa und legte seinen Kopf auf Ingrids Schoß. Sie strich ihm über das Fell.

»Hund müsste man sein«, nuschelte sie. »Ein vollkommen nutzloser Schoßhund, dessen einzige Aufgabe darin besteht, süß auszusehen.«

»Klappt schon ganz gut«, sagte Verner und lächelte. »Aber ich sollte dir noch ein paar Tricks beibringen.«

»Haha, an welche hast du da gedacht?«

»Tja, Wollknäuel hervorzuholen, die unter das Sofa gekullert sind, zum Beispiel.«

»Aber du strickst doch gar nicht mehr.«

»Nein, aber ich habe darüber nachgedacht, vielleicht wieder anzufangen. Hast du schon gesehen, dass man auch Weihnachtskugeln stricken kann? Ich habe mir überlegt, wenn …«

»Du meinst doch nicht ernsthaft, dass wir gestrickten Weihnachtsschmuck aufhängen?« Blitzartig sah sie nüchtern aus. »Kommt gar nicht infrage. Wir machen alles so, wie wir's schon immer gemacht haben.«

Verner sagte nichts. Sie hatte getrunken, unmöglich, jetzt mit ihr zu diskutieren. Alles sollte so sein wie immer? Nichts würde mehr so sein wie zuvor. Manchmal, so wie jetzt, überkam ihn der unheimliche Drang, auszubrechen. Damit er nicht mehr den ekelhaften Geruch aus ihrem Mund riechen, ihrem unklaren Blick begegnen musste, damit er nicht mehr den Widerwillen spürte, dass er sie immer noch liebte. Er spann den Gedanken weiter. Das Haus würde verfallen. Alles verschwände, der Garten, die Terrasse, die er mit seinen zwei linken Händen gezimmert hatte. Er sah das behagliche Leben dahinschwinden, das durch eine kleine Wohnung ersetzt wurde. Zu bleiben war einfacher. Er brauchte keine Selbstverwirklichung, konnte das Glück auch finden, wo er war, sagte er sich und schloss die Tür zu einer verheißungsvollen unsicheren Zukunft ein weiteres Mal.

»Darf ich mir die Nachrichten auf deinem Mac ansehen?«, fragte er und ließ das Thema Weihnachtsschmuck fallen.

Sie stellte ihm das Gerät auf den Schoß, und er öffnete die Nachrichtenseite der *VG*. Die letzte Neuigkeit lautete:

»Die Polizei spekuliert über Ritualmord«.

Liebe Leute, dachte er. Dass das Mädchen bei diesem Obelisken gefunden worden war, beflügelte die Fantasie vereinzelter kreativer Seelen offenbar ungemein. Ritualmord? Doch konnte da etwas dran sein? Er dachte an das Tag auf dem unteren Teil der Säule.

»Hure I«.

Gab es denn mehrere? Erna Eriksen? War sie womöglich Hure Nummer zwei? Nein, eine II hatte niemand irgendwohin gesprayt. Soweit sie wussten, hatte das Taggen nichts mit dem Fall zu tun. Aber die Jugendlichen, auch Fredrik, hatten Sprühfarbe auf der Party bei sich. Martes Stiefel waren mit Sprenkeln derselben Farbe bedeckt. Hatte das etwas zu bedeuten? Er kratzte sich am Kopf und schrieb »Obelisk« in das Suchfenster.

Wikipedia zufolge handelte es sich offenbar um ein phallisches Symbol, das wahrscheinlich als Sonnenuhr verwendet worden war und den Namen »Sonnenfinger« getragen hatte; er war aber auch als Grabmonument verwendet worden. Er erfuhr nichts Neues. Erst als er »Høgdabakkene, auch Gamle Kongevei genannt« hinzufügte.

Der Obelisk befand sich an der sogenannten Gjellebekk Skanse. Und ausgerechnet dieser acht Meter hohe Obelisk erwies sich als etwas ganz anderes als ein Phallussymbol. Er war zum Gedenken an den Besuch von Frederik V. im Marmorbruch im Jahre 1749 errichtet worden. Auf dem Obelisken stand: »Als der großmächtige König und Herr König Friderich IV. das Königreich Norwegen erstmalig besuchte und am __________ 1749 diesen Marmorbruch mit seiner hochwürdigen Gegenwart beehrte, wurde dieser Obeliscum zur ewigen Ermahnung errichtet, um, wenngleich unvollkommen, die Nachfahren über die mehr als väterliche Fürsorge zu unterrichten, die seine höchste Majestät der Aufnahme dieses Werkes und seines Bestehens zuteilwerden ließ«.

Dem Vernehmen nach soll der König selbst bei der Enthüllung zugegen gewesen sein, doch da das Datum niemals eingemeißelt wurde, bestanden Zweifel. Spekulationen schossen ins Kraut, der König sei am Abend zuvor auf einer Gesellschaft in Asker so betrunken gewesen, dass er in der Kutsche eingeschlafen sei. Sicherlich hatte sich keiner getraut, ihn zu wecken.

Also hat sich König Frederik V. so besinnungslos besoffen, dass er nichts mehr mitbekommen hat, dachte Verner. Konnte es tatsächlich so einfach sein, dass die Geschichte sich wiederholte? Agnar behauptete hartnäckig, er sei so betrunken gewesen, dass er sich an fast nichts erinnere. Konnte er Idunn überfallen, vergewaltigt und den Abhang hinuntergeschleppt haben, um anschließend nach Hause zu gehen und sich dort mit seiner Mutter zu streiten? Das ergab keinen Sinn, musste er einräumen, zumal keine Kampfspuren in der Nähe des Fundorts von Idunns Leiche ausgemacht werden konnten. Doch auf der anderen Seite des Weges hatten sie etwas gefunden.

Die Hundestaffel hatte bei ihrer ausgeweiteten Suche eine Art Mulde im Schnee entdeckt, gleich neben einem der vielen Pfade, die es in der Umgebung gab. Das Forstamt hatte zurückgewiesen, Elche oder Damwild seien dafür verantwortlich. Aller Wahrscheinlichkeit nach waren es Kinder, die im Schnee umhergetollt waren. Aber konnte es sich hierbei nicht genauso gut auch um Spuren eines Übergriffs drehen?

Oder was war mit Fredrik, dem jungen Fredrik, dem König der Nachbarschaft, dem populären Aufschneider? Er war auch angetrunken gewesen. Verner Jacobsen gab den Mac Ingrid zurück und gähnte. Eigentlich könnte er sich jetzt schlafen legen, doch graute ihm davor, die halbe Nacht wach zu liegen. Die Schlaflosigkeit schien ihn von innen her aufzufressen. Die üblicherweise klaren und offensichtlichen Gedankengänge waren in Watte eingepackt. Victor hielt ihn wach, und wenn er endlich eingeschlafen war, begegnete er seinem Sohn dort im Dunkeln.

70

Als sie nach Hause kamen, begab sich Sølvi auf Idunns Zimmer. Der Polizist hatte schließlich aus ihr herausgekitzelt, dass sie die Polizei angerufen hatte. Ihr war, als hätte er es schon gewusst, bevor sie es ihm sagte, und sie konnte sich des Gefühls nicht erwehren, dass er sie nicht ernst nahm. Gustav hatte es sicher auch bereits erfahren. Auf dem Heimweg im Auto hatte er sie mit diesem düsteren Blick angesehen. Dem zügelnden Blick. Sollte er ihr doch ihretwegen verbieten, wieder hinauszugehen. Sie blieb ohnehin bei Idunn, auf ihrem Zimmer.

In einem Fach von Idunns Schreibtisch lag ihre hellblaue Clutch-Tasche. Sie nahm sie und strich behutsam über das Leder. Weich. So weich. Mit einem leisen Klick öffnete sie die Tasche. Nichts war darin. Kein Geld. Idunn hatte kein Geld gehabt. Ich hätte ihr mehr geben sollen, dachte Sølvi und spürte, wie das Weinen sich von weit unten in ihrem Bauch hoch bis zu dem Punkt presste, an dem die Oberfläche am dünnsten war, wo es am ehesten ausbrechen würde.

Eine Quittung von H&M. Nagellack für 39,90. Das Datum verriet, dass sie ihn am Tag ihres Verschwindens gekauft hatte. Sølvi wusste noch, wie sie bemerkt hatte, bevor sie ging, dass lila Nagellack vulgär sei, und sie gefragt hatte, wohin sie dermaßen aufgedonnert wolle. Genau das Wort hatte sie benutzt, aufgedonnert. Mein hübsches Mädchen. Und sie erinnerte sich noch, wie sie gestritten hatten. Darüber, dass sie es nicht mochte, wenn Idunn zu Linnea ging. Deren Mutter zeigte sich immer im kurzen schwarzen Lederrock, der mehr preisgab, als er verdeckte. Die Familie hatte etwas Billiges und Schäbiges an sich, und Linnea kam nach ihrer Mutter, gefärbtes Haar und dieser Hüftschwung. Kannst du nicht mehr Zeit mit Marte verbringen, hatte sie vorgeschlagen. Die stille, süße Marte, die sich nicht so herausputzte. Linnea übte einen schlechten Einfluss aus. Und sie hatte recht behalten, oder etwa nicht? Linneas Eltern hatten keine Kontrolle. Es waren Gerüchte im Umlauf, dass sie nach Schweden fuhren und Alkohol, Bier, Snus und Tabak schmuggelten. Und ich hatte keine Kontrolle über dich, mein Mädchen. Ich hätte dich nicht gehen lassen sollen. Sølvi schloss die kleine Tasche wieder, blieb jedoch sitzen und nestelte am Schloss.

»Du hast geglaubt, ich wär's gewesen?«

Gustav füllte den Türrahmen aus. Seine Arme hingen schlaff herab, doch sie gewann den Eindruck, er könnte sie mit seinen großen Händen mit Leichtigkeit packen und gegen die Wand schleudern. Er brauchte sie bloß anstupsen, dann würde sie fallen. War er wütend? Selbstverständlich war er wütend.

»Ich habe nie gesagt, dass …«, stammelte sie und zog sich instinktiv zurück.

»Der Kommissar hat gesagt, sie hätten einen anonymen Anruf erhalten. Der kam von dir, nicht wahr?«

Sølvi atmete durch den Mund, sie merkte, wie angestrengt sich das anhörte.

»Du weißt, dass das nicht stimmt, und trotzdem … Hasst du mich so sehr, Sølvi?«

Sølvi schüttelte den Kopf. Nein, hassen? War das Hass?

»Ich habe meine Tochter verloren«, sprach Gustav weiter. »Wieso machst du's mir noch schwerer?«

»Du hast … verloren …«, murmelte Sølvi. »Ihr hattet ein so enges Verhältnis, wenn du da warst, wohlgemerkt, aber ich bin die ganze Zeit über mit ihr zu Hause gewesen. Ihre ganze Kindheit und Jugend hindurch. Ich war da. Habe mich geopfert, genau so, wie du es gewollt hast.«

»Es war deine Entscheidung.«

»Ach tatsächlich?«

»Ist sie für mich weniger tot als für dich, Sølvi?«

Sie standen jeweils auf ihrer Seite einer tiefen Kluft und blickten sich an, ein Riss in der Kommunikation, ein Abgrund aus Trauer. Sie verfolgte, wie sich sein Gesicht verzog, und auf einmal erkannte sie es in seinen Augen. Den Verlust. War der überhaupt messbar?

»Entschuldigung.«

Sie flüsterte.

»Entschuldigung«, flüsterte sie kaum hörbar, sah aber, dass es zu spät war. Er hatte seine Augen geschlossen, seine Tochter mit sich genommen, dorthin, wo sie keinen Zutritt hatte.

»Aber ich bin doch die Mutter«, fuhr sie fort, während sie der Schmerz wieder überwältigte. »Verstehst du nicht, dass ich am meisten verloren habe?«

Sie dachte an all die Pausenbrote, die sie geschmiert hatte. Jeden Morgen. Und die vielen Male, die sie bei Idunn die Temperatur gemessen hatte, als sie Fieber hatte. Sie wusste noch, wie sie ihr unter Zwang den Mund geöffnet hatte, um ihr Penicillin zu verabreichen, während Gustav derjenige war, der sie anschließend auf den Schoß genommen hatte, um sie zu trösten. Sie war es gewesen, die mit ihr gestritten hatte, als sie älter geworden war, die ihr die Verwendung von Schminke verweigert hatte, während Gustav ihr einen Hunderter zugesteckt und sie zum Liertoppen-Einkaufszentrum gefahren hatte. Immer war ich es, die die harten Entscheidungen treffen musste. »Man züchtigt, wen man liebt«, lauteten Gustavs Worte. Und Gustavs Wort war Gesetz. Sie war gesetzestreu. Gustav war derjenige, der es gebrochen hatte.

Er war zu schwach gewesen. Zu schwach für Idunn, nie jedoch für mich, dachte Sølvi und merkte, wie sie in die Märtyrerrolle abglitt. Ich habe sie aber doch in meinem Bauch getragen. Idunn war ein Teil von mir, war in mir, mein Körper hat sie geboren. Der Schmerz fühlte sich an wie bei der Geburt. Nur sie konnte ihn in ihrem Körper spüren, wie er gesprengt wurde und sie nach Luft schnappte. Sauerstoff! Lachgas! Gebt mir irgendetwas! Und dann eine Hand auf ihrem Rücken. Warm. Tröstlich, gleichsam lindernd.

»Geh!«, rief sie. »Du kennst meinen Schmerz nicht. Ich fühle ihn im ganzen Körper. Im ganzen Körper! Sie sitzt unter meiner Haut, jedes Mal, wenn ich in den Spiegel schaue, sehe ich sie. Damit werde ich bis zum Ende meiner Tage leben, ich trage sie in mir. Hier!«

Sølvi klatschte sich ins Gesicht, sank auf den Boden und kauerte sich zu einem Bündel zusammen. Sie lag ganz still. Horchte. Kein Geräusch. Sie öffnete ihre Augen und sah unmittelbar auf seine Füße. Er hatte immer noch die Stiefel an. Wenn er mir ins Gesicht tritt, habe ich das bestimmt verdient, dachte sie und kniff ihre Augen zu. Ihr stockte der Atem, als sie begriff, dass er vor ihr in die Hocke ging. Es spielte keine Rolle mehr, was er mit ihr anstellte. Er hob sie hoch, trug sie aus Idunns Zimmer und legte sie auf ihr Bett. Verdutzt spürte sie, wie er vorsichtig die Decke um sie schlang.

»Ich vergebe dir«, flüsterte er und küsste sie auf die Stirn.

71

Donnerstag, 4. Dezember

Als Verner Jacobsen erwachte, duftete es nach frisch gebrühtem Kaffee. Verwundert stellte er fest, dass Ingrid in der Küche hantierte und es ihr nichts auszumachen schien, dass sie am Abend zuvor ziemlich heftig getrunken hatte. Er nahm die Tasse, die sie ihm reichte, und setzte sich an den Küchentisch. Es schneite große, luftige Flocken, die es anscheinend nicht besonders eilig hatten und sanft umherwirbelten und sich zunächst ein wenig aufwärts bewegten, bevor sie auf die Erde fielen. Ingrid setzte sich ihm gegenüber. Wenn sie Kaffee trank, schlürfte sie auf irritierende Weise, nahm große Schlucke, gefolgt von einem Aaah. Wieder und wieder, bis die Tasse leer war. Das dauerte ungefähr drei Minuten.

»Was sollen wir deiner Mutter zu Weihnachten kaufen?«, fragte sie.

»Ach, darüber hab ich mir noch gar keine Gedanken gemacht«, sagte Verner und trank seinen Kaffee auffallend geräuschlos, wie um ihr zu zeigen, dass das auch möglich war.

»Sie begreift wohl kaum, dass Weihnachten überhaupt vor der Tür steht«, fuhr er fort. »Wir können ihr etwas zu essen schenken. Pralinen vielleicht. Sie liebt Schokolade.«

Ingrid starrte auf den Tisch, als bereitete sie sich auf eine Antwort vor, und als sie den Mund öffnete, kamen ihr die Worte stockend über die Lippen und legten sich wie kleine Schatten zwischen ihre Kaffeetassen.

»Entschuldigung«, sagte sie. »Entschuldigung wegen gestern.«

Sie sprach so leise, dass er sie kaum verstehen konnte, und glättete unsichtbare Falten in der Decke.

»Schon in Ordnung«, sagte Verner.

Er ergriff ihre Hand und brachte sie dazu, ihn anzuschauen.

»Weißt du, Ingrid, als du urplötzlich einen erwachsenen Stiefsohn bekommen hast, da hat mir die Art und Weise, wie du damit umgegangen bist, ganz schön imponiert.«

Er spürte, dass er das aufrichtig meinte. Und ich lebe wirklich gern mit Ingrid zusammen, dachte er. Er musste sich nur häufiger daran erinnern, doch zugleich wusste er, dass dies nur die feige Seite der Wahrheit war. Ingrid schenkte sich nach, und Verner stand auf, bevor er sich noch mehr aufregen konnte.

»Gehst du mit Lorca raus?«, fragte er.

»Klar.« Ingrid lächelte ihn an. »Aber der will bei diesem Wetter wahrscheinlich erst raus, wenn er wirklich muss.«

Verner Jacobsen entschied sich, zu Fuß zur Arbeit zu gehen. Auch die letzte Nacht hatte er schlecht geschlafen. Er begriff nicht, warum. Ihm war, als wäre er auf einmal mit einem besonders feinen Gehör ausgestattet. Er hätte schwören können, in der vergangenen Nacht von einer Stecknadel geweckt worden zu sein, die im Waschkeller, zwei Etagen weiter unten, auf den Boden gefallen war. Ein zackiger Spaziergang, bei dem ihm der Schnee ins Gesicht blies, würde in seinem Gehirn vielleicht für Klarheit sorgen.

Als er die Rosenkrantzgata hinunterging, nahm er den flüchtigen und unbestimmbaren Geruch von Schnee um den Gefrierpunkt wahr. Selbst hier, vermengt mit Abgasen der stark befahrenen Straße, konnte er ihn riechen. Er bog auf den Gehweg ab, der den Fluss entlangführte. Der Spaziergang belebte ihn, dennoch war er froh, als er endlich das Ypsilon, die Ypsilonförmige Brücke, überquerte und das Polizeipräsidium auf der anderen Seite sehen konnte.

Ich sollte demütiger sein, dachte er, und nicht hier entlangspazieren und überlegen, ob ich die Brücke hinter mir abbrechen oder sie überqueren sollte. Ich will nicht mehr an sie denken und ständig diejenige, die ich nie bekommen werde, vergleichen mit der, die ich habe. Doch ihm war, als hätte sich durch den Tod seines Sohnes seine Einsamkeit verdoppelt. Er hatte ihn noch einmal verstärkt auf Suchmodus gestellt, ohne dass er eindeutig bestimmen konnte, wonach er eigentlich suchte. Dasselbe hatte er bei Ingrid beobachtet. Auch sie schien auf der Suche zu sein, versuchte, eine aktualisierte Version von ihm zu finden, einen Verner 2.0.

Als er vor der Bibliothek Per Sivle mit Stock und Hut passierte und bemerkte, wie jemand der Statue einen Keks auf den Arm gelegt hatte, war sie wieder da. Bitte Røed hätte sich den Keks bestimmt geschnappt und sich ihn in den Mund gesteckt. Er ertappte sich bei einem Lächeln.

Zur Morgenbesprechung kam er zwanzig Minuten verspätet, und sein Lächeln verschwand, als der Leiter der Kriminalpolizei Thomas Lindstrand unterstrich, wie wichtig es sei, hundertprozentigen Einsatz zu zeigen.

»Es geht auf Weihnachten zu«, appellierte er, »und wenn es eine Sache gibt, die wir Idunns Eltern und der gesamten Bevölkerung von Tranby schenken können, dann sind das Antworten auf die Vorkommnisse. Hat jemand Neuigkeiten?«

Ida Madsen reckte ihren Arm in die Höhe.

»Gestern bin ich noch einmal sämtlichen Handyverkehr durchgegangen. Dabei hat sich herausgestellt, dass Idunn bei Linnea angerufen hat, kurz nachdem sie die Party verlassen hatte. Als Linnea danach gefragt worden ist, hat sie behauptet, sie hätten nicht miteinander gesprochen. Als ich sie gestern noch einmal vernommen habe, hat sie etwas anderes erzählt.«

»Und zwar?«

Verner Jacobsen stierte sie ungeduldig an, als wollte er die Information, auf der sie da saß, direkt aus ihr herausholen.

»Linnea hat Idunn etwas flüstern hören. Sie meint, ›Marte‹ oder ›Martes‹ gehört zu haben. Ich habe die Uhrzeit überprüft, das Telefonat wurde am Mittwochabend um 21.16 Uhr beendet.«

Alle Ermittler im Team setzten sich gleichzeitig auf, als begriffen sie, dass es sich hierbei um etwas Entscheidendes handeln konnte.

»Und davon hat sie nichts erzählt!«, rief Verner Jacobsen aus, der sich mit einem Mal hellwach fühlte.

»Linnea hat gesagt, sie habe Angst gehabt, den Verdacht auf jemanden zu lenken, der womöglich unschuldig ist. Jemanden, den sie als eine ihrer besten Freundinnen bezeichnete.«

»Aber was dachte Linnea, was das bedeuten könnte?«, fragte Verner Jacobsen. »Hat Idunn denn nicht mehr gesagt?«

»Nein, und Linnea wollte keine Spekulationen anstellen, doch sie hat angedeutet, dass Idunn möglicherweise ›Martes Schuld‹ hatte sagen wollen.«

72

Kriminalpolizeichef Thomas Lindstrand gestattete dem Team fünf Minuten, um sich mit Kaffee zu versorgen. Als sie sich wieder im Besprechungsraum trafen, erörterten Verner Jacobsen und einige andere Teammitglieder die Möglichkeit, ob das eine fünfzehnjähriges Mädchen das andere fünfzehnjährige Mädchen umgebracht haben könnte. Weder Thomas Lindstrand noch Heiki Stenvald waren zurückgekehrt, und es vergingen weitere fünf Minuten, bevor alle sich wieder versammelt hatten.

»Bitte vielmals um Entschuldigung für die Verspätung«, sagte Thomas Lindstrand, »aber ich habe einen Anruf von der Staatsanwaltschaft erhalten. Sie bittet uns, Fredrik Paulsen freizulassen, weil ihrer Ansicht nach nicht länger die Gefahr der Zeugenbeeinflussung oder Verdunklungsgefahr besteht. Und weil er noch so jung ist, bedarf es entscheidender Beweise, wenn wir ihn weiter festhalten wollen.«

»Wir dürfen nicht nur in eine Richtung ermitteln«, sagte Heiki Stenvald und unterbrach das entstandene Stimmengewirr. »Denkt dran, dass wir mehrere mögliche Täter haben. Zum einen Kristian Skage, und natürlich immer noch Fredrik Paulsen. Und wenn wir Fredrik auch gehen lassen müssen, er ist weiterhin der, auf den ich mein Geld setzen würde. Und was ist mit Gustav Olsen, dem Vater des Opfers? Wolltest du dich nicht gestern mit dem Ehepaar unterhalten?«

Heiki sah Verner Jacobsen fragend an.

»Doch, sie waren gestern Abend beide zur Zeugenvernehmung hier. Es hat sich herausgestellt, dass Sølvi Olsen die anonyme Anruferin war. Natürlich sollten wir Gustav Olsen nicht ausschließen, doch ich glaube, dass die Beschuldigungen sich darauf zurückführen lassen, dass die Eltern unter Schock stehen und verzweifelt nach einer Lösung suchen. Unter der Oberfläche brodelt es in dieser Familie, um Mord geht es allerdings kaum.«

»Okay«, sagte Heiki, »dann setze ich den Namen Gustav Olsen vorerst in Kammern. Doch wir können der Liste jetzt einen weiteren Namen hinzufügen: Marte Skage. Und nicht zu vergessen: Agnar Eriksen. Der sitzt ja noch in Haft. Und genau das meine ich, wenn ich sage, wir sollten nicht nur in eine Richtung ermitteln, ich hab in der Pause nämlich mit dem Labor telefoniert und mich erkundigt, ob es was Neues gibt, sowohl hinsichtlich des Brandes als auch im Fall Idunn. Bitte Røed hat offensichtlich eine Mütze im Labor abgegeben, die Agnar Eriksen gehören soll.«

Thomas Lindstrand spitzte seine Ohren. Verner Jacobsen konnte sehen, wie seine Kiefer zu mahlen begannen, als kaute er Kaugummi.

»Bitte Røed hat außerdem gesagt, wir kämen dafür auf, wenn sie die Analysen so rasch es geht durchführten.«

Verner meinte den Druck zu spüren, der sich hinter der Stirn von Thomas Lindstrand aufbaute, und fürchtete einen Augenblick, er könnte explodieren. Er erwog, Bitte eine SMS zu schicken, dass sie schnellstmöglich weit weg vom Polizeipräsidium in Deckung gehen sollte.

»Wir wissen alle, dass Agnar Eriksen glatzköpfig ist«, referierte Heiki weiter, offenbar, ohne zu bemerken, wie der Kriminalpolizeichef seine Kiefer anspannte.

»Allerdings wurden Haare in dieser Mütze gefunden. Braune, lange Haare.«

Rund um den Tisch wurde es still. Alle waren damit beschäftigt, sich vorzustellen, wie dieses Teil ins gesamte Puzzle passen könnte. Heiki lächelte ruhig und atmete ein, bevor er weitersprach.

»Soeben habe ich mit Bitte Røed gesprochen und sie gefragt, wo sie die Mütze herhatte. Sie hat mir gesagt, dass sie bei Finn Berget gewesen sei, der seinem Kumpel Agnar Eriksen für ein paar Tage Unterschlupf gewährt habe. Agnar hat seine Mütze bei ihm liegen lassen, die Bitte Røed, nachdem sie einige vereinzelte Haare entdeckt hatte, zur Analyse geschickt hat. Deshalb, Thomas«, sagte Heiki, »hoffe ich, dass du Bitte Røed die gesonderte Inanspruchnahme unserer Mittel verzeihst.«

Er bedachte seinen Chef mit einem dümmlichen Lächeln, bevor er fortfuhr.

»Bitte Røed hat offenbar ein gutes Gespür, denn die Haare gehören …«

Er legte eine Kunstpause ein, tat, als suchte er nach etwas in ein paar Unterlagen, und sah jeden Einzelnen an.

»Mann, hör mit dem Theater auf, Heiki! Das ist hier verdammt noch mal kein verfluchter Krimi, aus dem du vorliest«, platzte Verner Jacobsen heraus.

Der Schlafmangel hatte ihn ungeduldig und gereizt gemacht.

»Komm zur Sache!«

Heiki zuckte nicht mit der Wimper, antwortete aber umgehend.

»Idunn«, sagte er. »Die Haare gehörten Idunn Olsen.«

Stille breitete sich aus, als alle gleichzeitig einatmeten.

»Wir haben ihn!«, frohlockte Verner Jacobsen.

73

Jählings verwandelte sich der Besprechungsraum in ein Stimmenchaos. Alle redeten durcheinander, bis Thomas Lindstrand einschritt und Arbeitsaufträge verteilte.

»Wir haben einen anstrengenden Tag vor uns«, sagte er. »Ich hoffe, alle sind dazu bereit, auch ein bisschen mehr zu arbeiten, und wenn jetzt jeder extra Gas gibt, können wir uns über ein Abfeiern der Überstunden noch vor Weihnachten unterhalten.«

Verner hatte gehofft, das Vergnügen zu haben, noch einmal Agnar Eriksen zu verhören, doch Heiki und Ida Madsen wurde diese Aufgabe zugeteilt. Er sollte Marte holen. Es ist ein Fehler, dachte er, und Zeitverschwendung, sich noch einmal mit ihr zu unterhalten. Fünfzehnjährige trachteten einander nicht nach dem Leben.

Sie hatten sich die Fotos angesehen und mit Idunns Mutter gesprochen. Alle Zeugen sagten dasselbe aus: Die Mütze, die Agnar Eriksen als die seine ausgegeben hatte, gehörte zweifelsfrei Idunn oder dem herzlosen Mädchen, wie Verner sie mittlerweile unbewusst bezeichnete. Da erst kam er darauf, dass er den Rest des Teams über den Herzschmuck hätte informieren sollen. Offenbar war er der Einzige, der dessen Fehlen auf den Fotos des Opfers bemerkt hatte. Aber das konnte noch warten. Die Hälfte des Teams war ohnehin schon verschwunden. Ich werde Marte danach fragen, dachte er. Mädchen achten immer auf Schmuck und dergleichen.

Falls er das noch richtig im Kopf hatte, hatte man bei der Leiche von Idunn keine Mütze gefunden. Das herzlose Mädchen hatte keine Mütze und Handschuhe getragen, kam es ihm in den Sinn, oder nein, nicht ganz. Einen Handschuh hatte sie angehabt, an der Hand, die verborgen unter ihrem Körper gelegen hatte.

»Er weigert sich, mit uns zu sprechen!«

Heiki Stenvald trat, dicht gefolgt von Ida Madsen, aus dem Verhörraum, während Verner Jacobsen und Marte den Flur hinuntergingen. Dieses Mal begleitete Marte eine Vertreterin vom Jugendamt. Verner hatte das damit begründet, dass ihr Vater fortwährend ein wichtiger Zeuge sei, doch eigentlich hoffte er, Marte würde sich ihm mehr öffnen, war ihre Mutter nicht zur Stelle. Er führte sie in einen Raum und ging wieder hinaus, um etwas zu trinken zu holen. Marte wollte gern eine Cola haben.

»Und, was gibt's?«, fragte Verner Jacobsen, als er auf seine Kollegen am Getränkeautomaten traf.

»Agnar Eriksen«, zischte Heiki. »Der ist verschlossen wie eine mürrische Auster. Er will nur mit demjenigen sprechen, der ihn beim ersten Mal verhört hat«, sagte er. »Keine Ahnung, wer das war.«

»Bitte Røed«, sagte Verner. »Bitte Røed hat ihn verhört.«

»Ja, wunderbarer Mist«, seufzte Heiki. »Die ist doch von dem Fall abgezogen. Ich weiß nicht mal, ob sie überhaupt hier ist. Hast du sie gesehen?«

Ja, ich sehe sie die ganze Zeit vor mir, dachte Verner Jacobsen, schüttelte jedoch den Kopf und unterließ es, sich anzubieten und in ihrem Büro nachzusehen. Stattdessen sagte er:

»Wenn du sie findest, sollte sie sich alleine mit ihm unterhalten. Ihr Lebensgefährte ist raus aus dem Fall, sodass ich ehrlich gesagt nicht verstehen kann, wieso sie nicht wieder voll einsteigt in die Ermittlungen. Bitte Røed ist gut, sie bringt die

Leute dazu, sich zu öffnen. Nehmt einen Abhörraum mit Aufnahmemöglichkeit, lasst sie alleine mit ihm, und verfolgt das Geschehen nebenan. Ich nehme meinen Teil der Schuld auf mich, falls Lindstrand mucken sollte.«

»Tja, Thomas hat doch selbst gesagt, dass wir auf Resultate aus sind«, sagte Heiki und steuerte auf Bitte Røeds Büro zu.

74

Agnar grinste breit, als Bitte Røed die Tür öffnete.

»Kommen Sie mit mir«, sagte sie, ohne sein Lächeln zu erwidern. Eigentlich war sie froh darüber, dass sie wieder dabei sein durfte, mochte es aber nicht so sehr, dass dies nur auf Verlangen von Agnar Eriksen geschehen war. Und noch weniger gefiel ihr, dass ihr Chef nichts davon wusste.

»Wir wechseln den Raum«, sagte sie und führte ihn den Korridor entlang. »Ein nettes kleines Zimmer für Sie und mich, eine Videokamera und ein Mikrofon.«

Dass der sich bloß nichts einbildet, dachte Bitte Røed. Es vermittelte ihr Sicherheit, Heiki und Ida als Beobachter nebenan zu wissen. Agnar Eriksen war groß und kräftig, und obwohl sie einige Griffe gelernt hatte, ganz sicher konnte sie sich nicht fühlen. Schließlich war er trotz allem ein verurteilter Gewaltverbrecher und womöglich ein Doppelmörder. Mit solchen Typen war nicht zu spaßen.

»Ich mache Sie darauf aufmerksam, dass dieses Verhör aufgezeichnet wird«, sagte sie. Er fläzte sich auf den Stuhl. Auf dem Tisch stand eine Kanne Wasser, und sie schenkte zwei Gläser voll, schob ihm eins hin und leerte das andere in einem Zug.

Agnar Eriksen ließ das Wasserglas stehen. Es erinnerte ihn an reinen Sprit, doch da es sich nur um Quellwasser handelte, ließ er es unberührt. Zu dieser Frau, die ihn schon das erste Mal verhört hatte, hatte er Vertrauen gefasst. Jedenfalls hatte sie nicht geäußert, davon überzeugt zu sein, er habe seine Mutter umgebracht, so wie der Trottel mit dem bescheuerten

Namen das getan hatte. Heiki! Der Typ war bestimmt nicht mal Norweger. Diese Frau wirkte dagegen ein wenig gutgläubig und dumm, er war sich sicher, sie leicht manipulieren zu können. Außerdem schien sie ihn nicht zu verurteilen, sondern aufrichtig an dem interessiert zu sein, was er zu sagen hatte. Wenn sie ihm zuhörte, wollte er ihr erzählen, wie es gewesen war.

»Sie trugen eine Mütze, als Sie zu Finn kamen«, sagte Bitte Røed und kam direkt zur Sache.

»Ja«, sagte Agnar unbeschwert.

»Sie haben sie bei Finn vergessen.«

»Ja«, antwortete Agnar wieder.

Er wirkte fröhlich. Bitte stutzte. Sollte er nicht eigentlich besorgt sein?

»Woher haben Sie diese Mütze, Herr Eriksen? Denn Ihre ist es nicht, oder?«

Er fiel in sich zusammen und merkte, wie sich ein trüber Film über seine Augen legte. Wie konnte sie bloß wissen, dass es nicht seine war? Vielleicht war sie ja doch nicht so dumm? Er schluckte.

»Die hat Mutter gehört«, sagte er. »Ich hab die mitgenommen, als ich weg bin, weil es so verflixt kalt war, aber jetzt ist sie wohl das Einzige, was noch von ihr übrig ist. Darf ich sie haben? Haben Sie die?«

»Sie kann unmöglich Ihrer Mutter gehört haben«, sagte Bitte barsch. Sie wollte sich nicht von seinem offensichtlich emotional aufgeladenen Blick beeinflussen lassen.

»Und wieso nicht? Ich hab sie im Flur bei meiner Mutter gefunden.«

In seiner Stimme lag eine Aufrichtigkeit, bei der sie sich schwertat, ihr keinen Glauben zu schenken.

»Wir haben Spuren entdeckt, die darauf schließen lassen,

dass sie dem getöteten Mädchen gehört hat«, sagte Bitte Røed und fixierte ihn mit ihrem Blick.

Agnar schüttelte mit dem Kopf.

»Ich kapier überhaupt nichts«, sagte er mit einer Leichtigkeit, die sie dazu brachte, das Thema zunächst auf sich beruhen zu lassen.

»Darauf kommen wir später zurück«, sagte sie und machte sich frei von dem Gefühl, die Angelegenheit wäre nicht so eindeutig, wie sie anfänglich angenommen hatten.

»Erzählen Sie mir doch ein wenig über sich«, sagte sie und ahmte seinen leichten Tonfall nach.

»Was wollen Sie hören?«

»Was auch immer. Ihre Kindheit. Ihr Verhältnis zu Ihrer Mutter. Was ist an dem Abend passiert, als Sie zu ihr nach Hause gefahren sind? Fangen Sie an, wo Sie wollen.«

Genauestens hatte er sich überlegt, was er sagen und wo er anfangen wollte. Endlich käme nun alles ans Licht. Alles, was er in all den Jahren mit sich herumgeschleppt und verschwiegen hatte. Endlich gab es da jemanden, der zuhören wollte. Er wollte mit der schmerzhaftesten Sache beginnen.

Bitte Røed schenkte sich wieder Wasser ein, griff das Glas mit beiden Händen und lehnte sich zurück, als erwartete sie eine gute Geschichte.

»Immer schon bin ich am liebsten alleine gewesen«, fing Agnar an. »Dabei verstehe ich sehr wohl, dass es für einige dem Tod gleichkommt, außen vor zu sein. Finn ist so jemand. Der würde sterben, wenn der alleine wäre. Und meine Mutter. Sie konnte nicht anders. Niemand wollte mit ihr etwas zu tun haben. Ich auch nicht, aber als ich rauskam, wollte ich nach Hause fahren und ihr eine letzte Chance geben. Aber entweder hat sie was gesagt, das mich so wütend gemacht hat, dass alles schwarz geworden ist, oder sie kam nicht dazu, was zu sagen.

Kann das sein, wissen Sie das? Wo Sie doch so hochgebildet und auf feine Schulen gegangen sind, ist es möglich, dass bei einem Menschen alles schwarz wird? Dass, falls meine Mutter etwas gesagt hat, das mir nicht gefiel, ich sie getötet habe, ohne mich daran zu erinnern?«

»Agnar«, sagte Bitte Røed, »Sie hatten sehr viel getrunken, was an sich schon für einen Blackout sorgen kann. Wenn man dann obendrein noch etwas Traumatisches erlebt hat, kann das Gehirn in Einzelfällen gewisse Erinnerungen eliminieren. Das bedeutet nicht, dass die nicht noch irgendwo wären. Vielleicht kann ein guter Psychologe sie wieder hervorholen. In Ihrem Fall, mit einer so hohen Konzentration Alkohol im Blut, bin ich mir nicht so sicher, ob das möglich ist. Und Sie hatten womöglich auch Medikamente genommen?«

Sie überflog die spärlichen Informationen, zu denen sie über unterschiedliche Institutionen Zugang bekommen hatten. Zeitweise hatte er Psychopharmaka genommen.

»Außerdem«, fuhr sie fort, »kann der Alkohol bei Ihrer Diagnose eine akute Psychose ausgelöst haben. Aber erzählen Sie lieber von Ihrer Kindheit, zur Gegenwart können wir später noch kommen, wir haben viel Zeit.«

Bitte Røed hatte ein paar Zeitungsartikel über seinen Vater gefunden, der irgendwann in den Achtzigern verschwunden war. Agnar war damals sechzehn Jahre alt gewesen. Der Fall war noch immer nicht aufgeklärt, und vielleicht war sein Vater noch irgendwo da draußen?

»Erzählen Sie von Ihrem Vater«, bat sie.

Agnar schwieg. Er saß da und hatte seinen Blick in die Vergangenheit gerichtet.

Agnar erinnerte sich an das Gefühl, auf dem kalten Fliesenboden im Kellergeschoss zu sitzen. Er versteckte sich im entlegensten Winkel des Waschkellers, wo die Rohre durch die Decke nach oben in den Spülschrank der Küche führten. Schlechte Dichtung, hatte sein Vater ihm erklärt und eine Blechdose unter das lecke Rohr gestellt. Nun saß Agnar davor und beobachtete jeden einzelnen Tropfen, wie er zu einer Träne anschwoll, bevor er in die Dose fiel. Er bemerkte, wie die Haustür sich öffnete und Schritte die Treppe herunterkamen, löschte eilends das Licht und saß mucksmäuschenstill da und starrte ins Dunkel. Das Geräusch des lecken Rohres war jetzt deutlicher.

Tropf.

Tropf.

Tropf.

Er wusste, dass sein Vater draußen stand. Dann ging die Tür auf und ein Lichtstrahl traf sein Gesicht. Sein Vater lächelte.

»Hier sitzt du also und versteckst dich?«

Eine Zeit lang hatte Agnar stumm am Tisch gesessen. Bitte wartete. Schließlich blickte er auf. Das kleine Lächeln, das gewöhnlich seine Mundwinkel umspielte, war verschwunden.

»Ich kann Ihnen erzählen, wie ich im Heim gelandet bin. Wollen Sie sich das anhören?«

Bitte nickte. Sie erlag der Versuchung und schlug die Beine auf dem Stuhl unter. Ganz professionell war das nicht, doch es verlieh dem Ganzen nicht so sehr den Charakter eines Verhörs. Sie hatte nicht vorgehabt, besonders viele Fragen zu stellen, wollte lediglich zuhören.

»Finn und ich waren oft im Wald und haben gespielt, als wir klein waren. Wir hatten da unseren eigenen Ort. Ganz tief im Wald und trotzdem nicht weit von unserem Haus entfernt. Eine Schlucht. Am Bachlauf da unten haben wir herumgetollt, Hütten gebaut, Indianer und Cowboy gespielt, solche Sachen halt. Das war unser Geheimversteck. Nach und nach hat sich zwischen uns eine Freundschaft entwickelt, die … äh … gewisse Grenzen gesprengt hat.«

Bitte sah Finn Bergets beschämten Blick vor sich und machte sich unmittelbar ein Bild davon, in welche Richtung sich die Freundschaft der beiden entwickelt hatte.

»Ich bin nicht schwul, nicht dass Sie das glauben«, sagte er.

Bitte beobachtete, wie seine Augen zu runden grünen Murmeln wurden, wenn er sie aufsperrte. Er stierte sie an. Die Intensität seines glasigen Blicks war unheimlich.

»Ich glaube gar nichts«, sagte Bitte ruhig.

»Tja, also«, räusperte sich Agnar, »weder war noch bin ich schwul, ich bin aber durchaus vertraut gewesen mit …«

Er schloss seinen Mund und blieb mit einer verzerrten Miene sitzen, offensichtlich hatte er eine schreckliche Erinnerung. Plötzlich riss er seine Augen auf und sagte:

»Ich glaub, Finn ist's aber. Also schwul. Aber vielleicht war das auch bloß so eine Verwirrung der Jugend. Wer weiß? Jetzt ist er ja verheiratet und bekommt ein Kind und so. Aber seinerzeit, damals. Da ist es in der Schlucht zu einer gewissen Episode gekommen.«

Agnars Blick wurde weit, sein Körper sank gleichsam in sich zusammen, und seine Stimme veränderte sich – als wäre er physisch zurück in seiner Kindheit. Bitte hielt den Atem an, um ihn nicht zu stören. Er hörte sich jünger an, als er wieder zu sprechen begann, und sie meinte, den Schatten des kleinen Jungen ausmachen zu können, der er einstmals gewesen war.

»Wir sitzen am Ufer des Baches. Es ist Winter. Schnee. Der Bach ist vereist. Trotzdem können wir es glucksen und plätschern hören. Wir haben uns aus Tannenzweigen eine Bank gebaut und sitzen dicht nebeneinander und teilen uns eine Packung Kaugummi, die ich im Landhandel geklaut hab. Finn lehnt sich an mich, was nicht unangenehm ist. Ich habe keine

Angst. Finn bedeutet Sicherheit. Er legt seinen Fausthandschuh auf meinen Schenkel, gleich über dem Knie. Er sagt nichts. Ich schaue ihn an. Er schaut mich an, und ehe ich mich's versehe, fällt er mir um den Hals. Er hält mich umschlungen, als ahnte er, dass ich ihn wegstoßen würde. Ich überlege, ob ich ihn in den Schritt treten soll, tu es dann aber nicht. Regungslos bleibe ich sitzen und schließe meine Augen. Dann küsst er mich. Seine Lippen schmecken nach Stimorol.«

Agnar griff nach dem Wasserglas und nahm einen großen Schluck, bevor er fortfuhr.

»An jenem Tag war es so, als hätte die Sonne ein paar Sonnenstrahlen in die Schlucht heruntergeschickt und mich im Nacken gekitzelt. Ich erinner mich noch ganz genau. Und dabei hätte es gar nicht schieflaufen müssen. Ich hätte mich einfach sanft zurückziehen und Finn auf eine erträgliche Weise mitteilen müssen, dass das nicht so mein Ding ist. Dass er sich nicht schämen musste oder so ähnlich, ganz im Gegenteil, dass ich ihn sehr viel besser verstand, als er vermutlich glaubte. Doch dann spürte ich anstatt der warmen Strahlen in meinem Nacken einen kalten Handschuh. Buchstäblich.«

Agnar schaute auf, um zu überprüfen, ob Bitte Røed auch zuhörte.

»Der Handschuh griff meinen Hals, der andere Handschuh lag in Finns Nacken. ›Ah ja, hier sitzt ihr also und vergnügt euch, nicht schlecht, muss ich schon sagen‹, hörte ich. Den Worten folgte eine Pause, die ich nur allzu gut kannte. Das Lächeln meines Vaters glich einer Furche in seinem Gesicht.

Ich hatte nicht gehört, wie er gekommen war, und ich dachte, er wüsste nicht, wo wir uns für gewöhnlich herumtrieben. Doch er war anscheinend unseren Spuren gefolgt. Vielleicht hatte er das schon öfter gemacht, uns aus einiger Entfernung zugeschaut, während wir halb nackt herumgerannt sind mit

Federn im Haar und einer Plastikknarre im Bund unserer kurzen Hosen.

Mein Vater hielt uns beide mit eiserner Faust fest. Dann ließ er uns unvermittelt los, stellte sich vor uns, breitbeinig und mit verschränkten Armen. Ich hatte gedacht, er würde jeden Augenblick lächeln, um die Situation ein wenig zu entschärfen. Denn er wollte ja wohl nicht unser Geheimnis verraten, dachte ich, dämlich, wie ich war. Finn setzte zu einer Entschuldigung an, hat gesagt, dass alles bloß ein dummes Spiel sei. Dann quasselte er weiter von der Verdammnis Gottes und seinem Vater, von wegen Vergebung und bitte erzählen Sie keinem was davon, als mein Vater sich herunterbeugte und sein Maul mit voller Wucht auf Finns Mund presste. Zuerst war ich schockiert, dann wurde ich wütend. Ich hab den Ausdruck in Finns Augen gesehen, der dem des kleinen Katzenjungen glich, das wir im Jahr zuvor ein Stückchen weiter unten im Bach ersäuft hatten, da, wo das Wasser höher stand.«

Agnar hielt die Luft an. Und in diesem Augenblick selbst auferlegten Sauerstoffmangels erkannte er, dass das, was er jetzt erzählen würde, ihm ungefähr jede Nacht seit dem Vorfall Albträume bereitet hatte.

»Ich war fünfzehn, fast sechzehn, Finn zwei Jahre jünger«, sagte Agnar.

Er betrachtete seine Hände, als er weitersprach. Bitte bemerkte, wie er rhythmisch seine Fäuste ballte, als besäßen sie einen eigenen Puls.

»Finn hat eine Bisswunde in der Oberlippe, und ein Blutstropfen vermischt sich mit Vaters Spucke und läuft ihm das Kinn herunter. Vater sieht mich an, hält mich mit seinem Blick fest. Dann wirft er Finn auf den Bauch nieder in den Schnee und zerrt an seiner Hose. Ich drehe mich um, denn ich weiß nur zu verdammt gut, was jetzt kommt. Vater drückt Finns

Kopf in den Schnee hinein, damit seine Schreie gedämpft werden. Mein Vater ist nicht besonders groß, aber er ist stark, und ich sehe, dass sich eine deutliche Vertiefung in Finns Rücken bildet, dort, wo er sein Knie aufsetzt, um ihn unten zu halten, während er seine eigene Hose aufknöpft.

›Das erzähl ich Mutter‹, rufe ich. Mein Vater dreht sich um, und ich begreife, dass ihn das nicht beeindruckt. Meine Mutter kann nichts machen. Was soll sie sagen? Zum Pastor gehen und erzählen, dass ihr Mann seinen Sohn vergewaltigt hat? Mutter ist eine Schlampe, läuft in alten Klamotten herum und wäscht sich selten. Mutter und Vater trinken, das wissen alle. Auf sie kann man nicht zählen, das wissen auch alle. Aber sie versuchen es, immerzu versuchen sie es. Und manchmal, wenn sie ihre kurzfristigen nüchternen Perioden haben und Mutter ihrem Putzjob im Altenheim nachgeht, da hab sogar ich geglaubt, auf uns könnte man endlich doch zählen.

›Ich sag's dem Pastor‹, versuche ich's noch mal.

Vater sieht mich bloß an. Er hat diesen Blick, mit dem er mir zeigen möchte, dass ich einen Scheißdreck ausrichten kann. Dass ich nie was ändern kann. Aber von Finn lässt er ab, der seitlich in den Schnee kippt, als wäre er besoffen. Steht auf, probiert, sich seine Sachen anzuziehen. Er ist weiß. Wird beinahe eins mit seiner Umgebung. Auf einmal kapier ich, dass er verschwinden wird. Dann kotzt er einen blutigen Haufen in den Schnee.

Irgendwie begreift mein Vater plötzlich, dass er was ziemlich Dummes angestellt hat, lacht und klopft Finn auf die Schulter.

›Ich erzähl nicht weiter, dass du versucht hast, dich an meinem Sohn zu vergehen, Finn. Ich sag deinem Pastorenpapa nicht, dass du ein kleiner Schwuli bist. Und du hältst dicht, was die Sache hier angeht …‹

Wir hören nichts als das Gelächter meines Vaters, und es scheint, als hielte selbst der Bach den Atem an – er hatte aufgehört zu gluckern. Ich werfe Finn einen Blick zu, und genau in dem Augenblick glaube ich, hat Finn alles verstanden. Vielleicht habe ich es da selbst zum ersten Mal verstanden. Dass das, was mein Vater mit mir machte, seit ich ein kleines Drecksblag war, nicht normal, sondern verboten war.

Bevor ich auch nur weiterdenken kann, geht Finn auf meinen Vater los. Der kann gar nicht reagieren, rechnet nicht mit Widerstand, das kennt der gar nicht. Alles geschieht so schnell, dass ich gar nicht weiß, ob das wahr ist oder ob ich mir das zusammengereimt hab.«

Agnar beugte sich vor und stützte den Kopf in seine Hände.

»Die Szene ist mir so oft durch den Kopf gegangen, dass sie wahr geworden ist, die Version, die ich am liebsten mag.«

Seine Schultern bebten, und Bitte Røed fragte sich, ob er weinte. Sie war versucht, ihm über den krummen Rücken zu streichen, doch stattdessen sagte sie:

»Das ist wie bei Zeugenverhören. Wenn jemand dieselbe Geschichte oft genug erzählt hat, tendiert derjenige dazu, ihr Glauben zu schenken. So funktioniert unser Gehirn. Wir sollten vielleicht froh sein, dass das so ist«, fügte sie an. »Ansonsten wären die Irrenanstalten voller normaler Leute, deren Geschichte eigentlich zu kompliziert ist, um damit noch weiterzuleben.«

Sie machte eine Pause, bevor sie fortfuhr: »Erzählen Sie mir, Herr Eriksen, was Sie sehen, wenn Sie zurückschauen, und anschließend sollen sich andere darum kümmern, ob das der Wahrheit entspricht oder nicht.«

»Ich sehe Finn«, sagte Agnar. »Ich sehe Finn, wie er meinen Vater nach hinten schubst. Mein Vater fasst nicht, was abgeht. ›Ich kann ihn für dich klarmachen‹, schreit Finn.

›Wir machen ihn zusammen klar‹, sage ich, während irgendetwas in mir zerbirst. Oder es fällt endlich etwas mit einem Schlag an seinen Platz. Wir werden zu zwei wilden Hunden mit Schaum vorm Maul, die sich über meinen Vater werfen und zuschlagen.

Schlagen.

Schlagen.

Schlagen.

Ich spüre etwas zerreißen und das berauschende Gefühl, mich endlich richtig gehen lassen zu können. Ich weiß nicht, ob mein Vater schreit. Meiner Version nach ist er vollkommen still. Er liegt nur da und empfängt unsere Schläge. Wir schlagen, bis wir nicht mehr können und der Blutdunst sich lichtet.

Finn und ich bleiben noch ein bisschen stehen. Atemlos schauen wir uns an. Mein Vater liegt auf dem Rücken, halb im Bach. Das Eis knackt unter seinem Gewicht, und auf einmal kann ich den Bach wieder hören. Tropf. Tropf. Tropf, macht es. Oder vielleicht ist es auch das Geräusch von Vaters Blut, das ihm aus der Nase tropft, ich bin mir nicht sicher.

›Wir erzählen keinem was davon‹, sage ich zu Finn.

Finn sagt nichts. Er sieht mich an, und wir wissen beide, dass wir soeben einen Pakt eingegangen sind.

Im selben Moment hustet mein Vater. Wir schreien beide. Die Angst zerrt in uns. Es ist noch nicht zu Ende. Ich hab gedacht, es wäre vorbei. Mein Mund ist trocken, und ich weiß, dass ich dastehe und gaffe, gierig die raue Winterluft in mich hineinsauge – ich bin ein Eiskanal. Immer noch kann ich es spüren, wie meine Lungen von innen heraus ganz eisig werden.«

»Was ist dann passiert?«

Bitte flüsterte, bugsierte die Frage vorsichtig über den Tisch, wollte schonend vorgehen, aus Angst, er würde es nicht über sich bringen, seine Aussage zu vollenden. Mit beiden Armen eng vor seiner Brust verschränkt saß Agnar auf seinem Stuhl. Er schaute nicht auf, als er weitersprach.

»Wir schleppen den schlaffen Körper meines Vaters auf das Eis hinaus, und zusammen, jedenfalls meine ich, dass wir es zusammen tun, schlagen wir mit Vaters Schädel ein Loch ins Eis. Wir sind so stark. Mein Vater ist so schwach. Im Eis öffnet sich schließlich ein breiteres Loch, und wir halten seinen Kopf so lange unter Wasser, bis wir kein Gefühl mehr in den Fingern haben.«

Bitte Røed bemerkte, wie sie den Atem angehalten hatte.

»Ihr habt deinen Vater ermordet«, sagte sie, wobei sie ihren Atem langsam wieder aus sich herausströmen ließ.

75

»Tja, Marte«, sagte Verner Jacobsen. »Weißt du, warum du schon wieder hier bist?«

Sie hatte etwas Verletzliches an sich, das unter dem feindlichen Mantel hervorlugte, den sie um sich gebreitet hatte. Es musste ihm gelingen, dass sie ihn abnahm, er wusste bloß noch nicht wie.

»Eigentlich nicht.«

»Bei unserem vorigen Gespräch hast du gemeint, du hättest eine gute Freundin, mit der du reden könntest«, begann Verner. »Julie. Seid ihr schon lange Freundinnen?«

»Wir haben uns kennengelernt, als ihre Mutter mit meinem Vater zusammengekommen ist. Ist die nicht auch Polizistin? Bitte Røed?«

Er stand kurz davor, rot zu werden. Meine Güte, sie war regelrecht zu einer Besessenheit geworden.

»Dann seid ihr also noch nicht so lange Freundinnen«, sagte er so entspannt wie möglich. »Wer kennt dich am besten, Marte? Mit Ausnahme von Julie.«

»Weshalb wollen Sie das wissen?«

Ja, wieso eigentlich wollte er das wissen. Er wusste es nicht so genau, ging einfach davon aus, dass ein Gespräch über Freunde ein guter Anfang war. Jetzt fiel ihm auf, wie sie sich dadurch nur noch weiter abschottete. Falsche Strategie. Er schaute in seine Unterlagen, als stünde dort etwas von Nutzen für ihn. Dann ging er ein Risiko ein und tat so, als wüsste er mehr, als er eigentlich tat.

»Du hast keine Freunde, Marte, stimmt's?«

Sie lief rot an. Ihm wurde mulmig zumute.

»Das wird nicht immer so sein, Marte«, sagte Verner und hatte gleichzeitig mit Erinnerungen zu kämpfen, die er zu verdrängen versucht hatte.

»Ich weiß das, weil ich selbst auch ein einsames Kind gewesen bin«, sagte er.

Sein Eingeständnis stieg wie eine flüchtige Seifenblase in die Luft und platzte in dem Augenblick, als die Worte heraus waren.

»Aber das kommt in Ordnung, glaub mir.«

Sie glaubte ihm nicht, stieß Luft durch ihre Nase aus, was sich nach einem Schnaufen anhörte.

»Das sagen alle Erwachsenen. Aber ihr kapiert gar nichts.«

»Vielleicht sagen wir Erwachsenen das, weil wir auch einmal jung waren. Sieh mich an, Marte. Idunn ist tot. Jemand hat sie umgebracht. Doch du lebst. Das bringt Verantwortung mit sich. Du kannst mir helfen, denjenigen zu kriegen, der ihr das angetan hat.«

»Und was, wenn ich gar nicht leben möchte?«, fragte sie trotzig.

»Jeder wünscht sich tief in seinem Innern zu leben. Du bist so jung, du hast noch das ganze Leben vor dir …«

»Ja, eben. Ein langes und beschissenes Leben hab ich noch vor mir. Ich weiß nicht, ob ich das ertrage.«

»Hast du schon einmal an Selbstmord gedacht?«

Abermals ein Risiko, das wusste er. Die Vertreterin vom Jugendamt räusperte sich ermahnend, doch irgendetwas vermittelte ihm den Eindruck, dass Marte seine unverblümte Redeweise schätzte.

Marte lachte. Dann wurde sie ernst.

»Das dürfen Sie Papa auf keinen Fall erzählen.«

»Dass du darüber nachgedacht hast, dir das Leben zu nehmen?«

Sie nickte.

»Das würde er nicht überleben. Deshalb halt ich es wahrscheinlich überhaupt noch aus, aber der Gedanke daran, dass ich kann, wenn ich will …«

»Gib mir deine Hand«, sagte Verner milde, und sie tat, worum er sie bat, ein bisschen verwundert zwar, doch sie streckte ihm ihre Hand entgegen.

Verner Jacobsen ergriff sie, und bevor sie ihre Hand wieder zurückziehen konnte, hatte er ihren Pulloverärmel bis zum Ellbogen hinaufgeschoben.

Verschreckt riss sie ihren Arm wieder an sich, doch er hatte es bereits gesehen.

»Dir geht es nicht gut, Marte. Tut es weniger weh, wenn du dich selbst ritzt?«

Lange war sie still. Er ließ sie gewähren.

»Haben Sie sich auch geritzt?«, fragte sie schließlich.

Verner war versucht zu lügen, doch irgendetwas sagte ihm, dass sie scharfsinnig genug war, ihn zu entlarven, sollte er sich nicht an die Fakten halten.

»Nein«, sagte er, »aber ich kenne einige, die das tun.«

Das grenzte an die Wahrheit, doch er betrachtete Ingrids Quartalssäuferei auch als eine Art der Selbstverletzung. Wenn sie ihrem Körper Schmerz zufügte oder Schmerzstiller nahm, wie Ingrid es gern bezeichnete, blieb der wirkliche Schmerz eine Weile aus.

»Aber, Marte, was die Freunde angeht. Du bist doch nicht immer alleine gewesen, wie ich das verstanden habe?«

»Das hat Papa Ihnen wohl erzählt.« Sie lachte kurz auf. »Bis letzten Sommer sind Idunn und Linnea meine besten Freundinnen gewesen.«

»Und was ist im Sommer passiert?«

»Ist nicht so leicht zu erklären.«

»Ich habe viel Zeit«, sagte Verner und lehnte sich auf seinem Stuhl zurück.

Wieder verschloss sie sich. Verner wartete, ließ die Stille dicht und ungemütlich werden. Schließlich musste er sich doch geschlagen geben.

»Wir können später darauf zurückkommen, Marte. Du brauchst nichts zu sagen, aber wenn du denkst, du würdest gern jemandem erzählen, was im Sommer vorgefallen ist, dann sollst du wissen, dass ich dir zuhören werde und ich an die Verschwiegenheitspflicht gebunden bin. Oder du kannst dich mit deinem Arzt unterhalten oder mit der Krankenschwester in der Schule. Oder mit ihr.« Er nickte in Richtung der Frau vom Jugendamt.

»Ich möchte sowieso, dass wir beide uns im Anschluss einmal unterhalten, Marte«, warf sie ein.

Verner Jacobsen sah den Anflug eines Schocks in Martes Augen, doch dann nickte sie, beinahe ohne den Kopf zu bewegen.

»Aber, Marte, ich frage mich, ob du mir bei einer anderen Sache behilflich sein könntest. Ich bin ein Mann und weiß nur sehr wenig über junge Mädchen …«

Die Skepsis stand ihr ins Gesicht geschrieben, und er meinte, dass es sich dramatischer anhörte, als er beabsichtigt hatte. Er versuchte, entmutigt zu lächeln.

»Dummer Einstieg, ich weiß, aber ist es normal, dass ihr euch untereinander Kleidungs- und Schmuckstücke leiht?«

Erleichterung in ihrer Miene.

»Das ist ja eine komische Frage«, sagte sie und lachte kurz. »Aber, ja, das tun wir. Ab und an.«

»Weißt du noch, welchen Schmuck Idunn auf der Party getragen hat?«

»Nein, das weiß ich nicht mehr.«

»Okay«, sagte Verner. »Jetzt möchte ich, dass du dir diese Fotos hier einmal ansiehst.«

Er klappte den Laptop auf und öffnete ein paar der Handyfotos, die auf der Party geschossen worden waren. Eine Nahaufnahme von Idunn mit silbernem Herzen um den Hals füllte den ganzen Bildschirm, weitere folgten. Marte starrte auf die Fotos, lehnte sich auf ihrem Stuhl zurück und zuckte mit den Schultern.

»Kennst du diesen Schmuck? War das Idunns? Und weißt du, ob sie ihn jemand anderem auf der Party geliehen hat?«

Marte strengte sich an, damit ihr Gesichtsausdruck möglichst neutral wirkte. Sie tat, als gähnte sie. Benimm dich ganz gewöhnlich!, ermahnte sie sich. Aber sie wusste nicht, wie man sich normal verhielt in einem Büro auf dem Polizeipräsidium, zudem in Anwesenheit eines Kriminalkommissars und einer Frau vom Jugendamt, und noch viel weniger wusste sie, was sie sagen sollte. Idunns Schmuck. Idunn hatte das Herz auf der Party getragen. Dann war es in ihrem Briefkasten aufgetaucht. Die auf dem USB-Stick gespeicherten Fotos und der Post-it-Zettel: JETZT BIST DU SICHER. Wer wollte, dass sie sich sicher fühlte? Wusste die Polizei, dass sie den Schmuck hatte?

»Nein«, sagte sie und hörte gleich, dass ihre Stimme brach. Ich bin eine schlechte Lügnerin, dachte sie, jetzt bin ich entlarvt und muss alles gestehen, muss ihnen die Fotos zeigen.

»Nein!«, wiederholte sie mit festerer Stimme. »Ich hab keinen blassen Schimmer.«

Verner Jacobsen stutzte ein wenig über ihre aggressive Reaktion. Wieder gähnte sie, und wenn sie das tat, formte sie ihren Mund zu einem O, sodass es wirkte, als hätte sie keine Zähne. Du bist nicht müde, dachte er. Du hast Angst. Gerade wollte er sie fragen, ob sie etwas von dem Anruf wusste, den Idunn bei Linnea gemacht hatte, als sein Handy klingelte.

»Entschuldigung«, sagte er, als er sah, dass der Anruf vom Pflegeheim seiner Mutter kam. »Da muss ich drangehen.«

Stumm saß er am Tisch und fühlte, wie ein ermattendes Gefühl sich seines ganzen Körpers bemächtigte, als er aufgelegt hatte.

»Wir müssen jetzt aufhören, Marte. Ich fahre dich nach Hause«, sagte er und dachte, er könnte sie im Auto noch nach dem Telefonat fragen. Falls er es fertigbrachte.

»Komm«, forderte er sie auf. »Ich muss nach Lier.«

76

Bitte Røed erlaubte Agnar Eriksen, eine Pause zu machen. Als er vom Mord an seinem Vater erzählte, hatte sich etwas in ihm gelöst, doch nun hatte es den Anschein, als wäre er plötzlich am Ende seiner Kräfte. Sie wollte die Pause nutzen und überprüfen, was seinerzeit über diesen Fall geschrieben worden war, und machte sich auf den Weg, um in den alten Archiven zu wühlen.

In Verbindung mit Agnar Eriksens Vater fand sie keine Strafprozesse. Nichts Neues, bloß dieselbe Notiz im Archiv der Lokalzeitung, die sie zuvor schon gelesen hatte. Vor einunddreißig Jahren war ein Mann namens Ragnvald Eriksen vermisst gemeldet worden. Ragnvald Eriksen war von einer Waldwanderung nicht nach Hause zurückgekehrt. Suchmannschaften hatten die Gegend durchkämmt. Das Einzige, auf was sie stießen, waren Blutreste an einem Bachlauf, von denen man jedoch annahm, sie stammten von einem verletzten Tier. Zu keiner Zeit hatte es den Verdacht gegeben, es könnte eine kriminelle Handlung stattgefunden haben, Ermittlungen in diese Richtung waren nie aufgenommen worden.

Bitte dachte an Agnars Bericht. Er hatte gestanden, seinen Vater ermordet zu haben, eine Leiche war jedoch nie gefunden worden. Und nun war der Fall verjährt. Finn muss trotzdem erneut vernommen werden, beschloss sie, wollte aber zunächst noch einmal mit Agnar sprechen.

Er sah schläfrig aus, rieb sich wie ein Kind mit beiden Händen die Augen.

»Möchten Sie Kaffee? Sieht so aus, als könnten Sie welchen brauchen«, sagte Bitte Røed lächelnd. Sie hatte schon eine Kanne vorbereitet, auf dem Tisch standen zwei Pappbecher. Er nahm den Kaffee und gähnte übertrieben.

Er tut so, als wäre er entspannt, dachte Bitte Røed und fragte sich, weshalb er so bereitwillig von einem in der Vergangenheit begangenen Mord erzählte, zugleich aber darauf bestand, sich nicht an den Mord seiner Mutter erinnern zu können.

»Sie sind sich bestimmt im Klaren darüber, dass Sie für den Mord an Ihrem Vater nicht mehr zur Rechenschaft gezogen werden können«, sagte sie.

Agnar schaute auf. Ein kurzes Aufscheinen von Verblüffung, doch er sagte nichts.

»Die Verjährungsfrist beläuft sich auf fünfundzwanzig Jahre, Sie haben also einen ordentlichen Spielraum.«

Die Neuigkeit hatte offenbar keine besondere Wirkung, er schien gleichgültig.

»Die Scham«, murmelte er, »hat verdammt noch mal keine Verjährungsfrist.«

Bitte Røed nickte.

»Das verstehe ich. Sie gestehen also, dass Sie am Mord Ihres Vaters beteiligt gewesen sind?«

Agnar blickte das Mikrofon an, das zwischen ihnen über dem Tisch hing. Er beugte sich vor und schnippte es an, sodass es hin und her pendelte.

»Ja«, sagte er, als das Mikrofon wieder zur Ruhe gekommen war.

»Sie waren Kinder, als das geschehen ist. Haben Sie eigentlich verstanden, was Sie getan haben?«

»Ich war fünfzehn. Dumm war ich nicht.«

»Was haben Sie anschließend gemacht?«

»Wir haben getan, was die meisten Jugendlichen machen«,

sagte Agnar mit einem Grinsen. »Wir sind abgehauen, jeder zu sich nach Hause. Nach Hause zu Mutter. Und wir haben gelogen. Ich bin nach Hause gerannt und hab erzählt, dass Vater am Bach lag, gefallen war und sich am Eis den Kopf aufgeschlagen hatte. Mehr hab ich nicht gesagt, hab nie verraten, dass Finn dabei gewesen ist. Ich ließ sie selbst nachsehen, während ich auf meinem Zimmer saß und zitterte, ein Heft zu lesen versuchte, doch die Worte flatterten zu allen Seiten. Ich hab das Titelblatt von einem Donald-Duck-Heft herausgerissen und es mit Holzleim an die Wand geklebt, etwas anderes hatte ich nicht. Es hängt immer noch da. Daran erinnere ich mich wenigstens. Oder, nein, es hängt wohl doch nicht mehr da«, sagte er und sah die Fernsehbilder von den Ruinen seines Elternhauses vor sich.

»Was hat Ihre Mutter getan, als sie ihn gefunden hat?«

»Das weiß ich nicht. Sie ist nach Hause gekommen und hat mich aus dem Haus gejagt. Sie hat mich darum gebeten, zur Hölle zu fahren, um es klar auszudrücken.«

Bitte Røed war erschüttert und wusste nicht, dass ihr dieser Gefühlszustand vom Gesicht abzulesen war. Ihre Gedanken sprangen in rasantem Tempo hin und her. Hätte sie es fertiggebracht, Peder und Julie dorthin zu schicken, wo der Pfeffer wächst? Was brachte eine Mutter dazu, ihr einziges Kind davonzujagen? Was hätte ich gefühlt, hätte ich begriffen, dass mein Kind seinen Vater umgebracht hat? Ein unmöglicher Gedanke.

»Was haben Sie getan?«

»Was glauben Sie?«

»Ich glaube gar nichts«, sagte Bitte, »aber es scheint, als wären Sie gezwungen worden, Entscheidungen zu treffen, die Konsequenzen für den Rest Ihres Lebens gehabt haben. Ich möchte, dass Sie es mir erzählen.«

»Ich hab eine Tasche gepackt und bin gefahren. Sie hat mir mitgegeben, was sie an Geld hatte, das muss man ihr lassen.«

»Hat Sie Ihnen nicht gesagt, wohin Sie fahren sollten?«

»Doch, hat sie. Sie hat mich gebeten, zu meiner Tante nach Oslo zu fahren. Und ich hab gesagt, in Ordnung, mach ich.«

»Und, haben Sie's getan?«

»Nein, ich bin zu Finn gefahren. Ich hab ihm erzählt, dass ich abhauen würde, und falls jemand fragte, dann sollte er leugnen, dass er an jenem Tag in der Schlucht gewesen ist. Dass der Vorfall unser Geheimnis bleiben sollte. Weder vorher noch nachher habe ich jemals wieder jemanden gesehen, der so erleichtert war. Und ich erinner mich noch wortwörtlich daran, was er gesagt hat: ›Ich schulde dir einen Gefallen, einen großen Gefallen. Solltest du jemals meine Hilfe brauchen, dann weißt du, dass ich da bin. Egal, um was es geht.‹

Genau das hat er gesagt.

Dann bin ich in den Bus nach Asker gestiegen und von dort weiter mit dem Zug nach Oslo. Zu meiner Tante bin ich nie gefahren, sondern alleine umhergestreift, hab da ein paar nette Typen an der Østbanen getroffen, die sich um mich gekümmert haben.«

Stumm blieb er sitzen. Seine Haut straffte sich. Bitte konnte sehen, wie seine Kiefer sich verspannten.

»Damals hab ich gedacht, meine Mutter wäre bloß sauer gewesen, weil ich ihren Mann umgebracht habe, dass sie mich bestrafen wollte, meinen Anblick nicht mehr ertrug. Und obwohl ich eigentlich nur froh war, dass mein Vater tot war, stand es um meine Mutter schlecht. Ich glaub echt, die hat diesen Scheißkerl geliebt. Und tief in meinem Innern hab ich meine Mutter wahrscheinlich auch geliebt. Ich weiß noch, wie ich gedacht habe, dass sie viel Zuneigung von den Nachbarn und Leuten aus dem Dorf erfahren würde, wenn ihr Sohn vermisst würde und ihr Ehemann ermordet worden wäre. Auf eine merkwürdige Weise wollte ich sie beschützen und bin davon ausgegangen, dass es das Beste für uns beide wäre, wenn ich wegfahren würde und niemand wüsste wohin.

Tief in mir drin hab ich wohl gedacht, die Polizei würde mich irgendwann finden. Die mussten den Todesfall ja schließlich untersuchen und darauf kommen, dass ich das war? Indem ich abgehauen bin, hab ich es ja so gut wie gestanden. Später hab ich von Gerüchten gehört, wonach Ragnvald Eriksen Frau, Kind auf einem Schuldenberg habe sitzen lassen und ins Ausland abgedampft sei. Und die Leute haben gedacht, ich hätte 'nen Job gefunden oder wäre auf 'ne Schule gegangen, oder was weiß ich. Den Leuten war's egal. Hauptsache, die hatten jemand, über den sie herziehen konnten. Verantwortungsloser Vater. Schlampige Mutter. Dummer Sohn. Eine Familie, die in den Arsch geht – immer gute Unterhaltung. Ich glaub, damals ist mir zum ersten Mal aufgegangen, dass ich weniger wert als alle anderen bin. Mir hat zu viel gefehlt.«

Agnar lehnte sich vor und bat um mehr Kaffee. Stumm saß er wieder da und trank. Bitte schenkte sich nach. Die Stille war nicht unbehaglich.

»Ich denke, dass Mutter«, begann Agnar und schluckte laut, als bereitete die Wortwahl ihm Übelkeit, »oder ich hoffe, dass Mutter, indem sie mich wegschickte, mich ebenso auf irgendeine verworrene Art schützen wollte. Deshalb bin ich immer wieder nach Hause zurückgekehrt, eine Weile geblieben, musste immer aber enttäuscht wieder abziehen. So verflucht dämlich kann man also werden.«

»Wusste sie eigentlich, was Ihnen angetan wurde?«

»Sie meinen, ob sie wusste, dass ihr Mann ihren Sohn gefickt hat, wenn er Bock dazu hatte?«

Bitte beobachtete, wie der Panzer seines harten Humors wie

ein Damm brach. Er schüttelte mit dem Kopf, ihm rann Rotz aus der Nase, den er mit einer aggressiven Geste wegwischte.

»Keine Ahnung.«

Er blickte sie mit seinen Murmelaugen an.

»Meinen Sie nicht, dass eine Mutter so etwas merkt?«

Bitte Røed ertappte sich dabei, wie sie den Kopf schüttelte.

»Ich weiß es nicht, Herr Eriksen«, antwortete sie. »Für einige ist das aber sicher allzu schmerzhaft, um es an sich heranzulassen, vielleicht ist die Furcht in manchen Fällen einfach zu groß – und berechtigt«, fügte sie an.

»Mir ist es nie gelungen, die Wahrheit aus ihr herauszuquetschen«, sagte Agnar.

Er machte eine Pause und fuhr dann fort:

»Oder vielleicht hab ich es doch geschafft, kann mich nur nicht mehr an ihre Antwort erinnern, bevor sie gestorben ist.«

Dieses Mal war die Stille drückend, und Bitte durchbrach sie.

»Agnar Eriksen, es deutet einiges darauf hin, dass Sie Ihre Mutter in der Nacht zu Donnerstag, den 27. November, ermordet haben, doch bis das erwiesen ist, möchte ich, dass Sie mir möglichst viele Details berichten. Es ist wichtig, dass wir einander vertrauen können, Herr Eriksen. Sie können sich auf mich verlassen, wenn ich mich darauf verlassen kann, dass Sie nicht lügen. Aber eines kann ich Ihnen versprechen, wenn ich Sie bei der Lüge erwische, dann hab ich keine Lust mehr. Dann überlass ich Sie einem Kollegen, und ich kann Ihnen nicht versprechen, dass der dieselbe Geduld aufbringt wie ich. Nicht jeder hier im Haus rennt gern los und holt Taschentücher für einen Erwachsenen, der rumsitzt und flennt.«

Sie reichte ihm ein Papiertaschentuch.

»Erzählen Sie mir, woran Sie sich noch erinnern. Sie sind nach Oslo gefahren und …«

»Wie gesagt, ich hab da ein paar Typen kennengelernt. Denen habe ich es wahrscheinlich zu verdanken, dass ich heute noch lebe. Und dass ich Geschmack an der Pulle gefunden hab.«

Er lachte, doch sein Lachen währte nicht lange.

»Ich weiß noch, wie ich die Zeitungen an der Østbanen danach durchsucht hab, ob nach mir gesucht wird. Da ist nie was gekommen. Auch stand nie was davon drin, dass er tot wäre. Ich habe gedacht, er wäre vielleicht zugeschneit worden und würde nicht vorm Frühling gefunden werden.«

»Wie lange waren Sie in Oslo? Wo haben Sie gewohnt?«

»Mal in einer schäbigen Pension, mal in einer Hofzufahrt, manchmal bin ich bei der Heilsarmee untergeschlüpft, hab ein Feldbett und ein bisschen Suppe gekriegt.«

»Hat denn niemand sich darüber gewundert, dass Sie noch so jung waren?«

»Ich weiß nicht, aber ich hatte mir angewöhnt, zu sagen, ich sei achtzehn. Nach ein paar Wochen bin ich nach Hause gefahren. Meine Mutter hat jegliches Gespräch verweigert, und als ich gefragt hab, ob sich jemand von der Schule erkundigt hat oder irgendjemand anderes wissen wollte, wo ich oder mein Vater abgeblieben sind, antwortete sie mit einem Schulterzucken. Sie verstehen das, Sie als Polizistin, meine Mutter war nicht ganz richtig im Kopf. Das wussten alle. Niemand hat sich drum geschert. Um keinen von uns.«

»Ich heiße Bitte«, sagte Bitte. »Sie dürfen mich gern so nennen.«

»Okay, Bullen-Bitte.«

Auf einmal sackte Agnar in sich zusammen. Bitte fragte sich einen Augenblick, ob er sich nicht wohlfühlte. Sie beugte sich über den Tisch und berührte ihn.

»Agnar?«

Jählings schoss er hoch, kehrte ihr den Rücken zu.

»Nein«, sagte Agnar so laut, dass sie zusammenfuhr. »Ich verarsch dich bloß.« Er drehte sich plötzlich um. Sein kleines Lächeln war wieder da. Bitte fühlte sich unruhig, zwang sich jedoch, sitzen zu bleiben.

»Was meinen Sie?«, fragte sie. »Seien Sie so gut und setzen Sie sich wieder.«

Er gehorchte, und Bitte atmete wieder ein wenig ruhiger. Heiki sitzt da draußen im Nebenzimmer und verfolgt das Ganze, dachte sie. Falls etwas passiert, greift er ein. Wenn er sich nicht gerade einen Kaffee holte oder auf der Toilette war.

Agnar setzte sich gelassen wieder hin, doch in seinen Blick war diese unangenehme Intensität zurückgekehrt. Seine Augen waren eisig grün und starrten sie schamlos an.

»Ich hab diese Geschichte schon so viele Male erzählt, dass ich fast schon selber dran glaube«, sagte Agnar. »Aber das stimmt nicht. Ich werd dir erzählen, was wirklich passiert ist.«

77

Es hatte also einen Namen, dachte Verner Jacobsen, Dyspnoe. Die Krankenschwester hatte ihm geschildert, es fühlte sich so an, als würde man erstickt. Er nahm auf dem Stuhl Platz, den die Krankenschwester ans Bett seiner Mutter gestellt hatte. Seine Mutter saß halb aufgerichtet mit geschlossenen Augen im Bett, gestützt von Kissen. Die Knie hatte sie unter der Decke leicht angewinkelt. Die Krankenschwester hatte die Tür so leise hinter sich zugemacht, dass er erst, als er sich umdrehte, bemerkte, dass sie den Raum verlassen hatte.

Dyspnoe heißt das also, dachte er, während er abwog, ob er die Hand seiner Mutter, die bleich auf dem Laken lag, nehmen sollte. Eine Erinnerung tauchte auf. Zehn, vielleicht zwölf Jahre war er gewesen, als er plötzlich entdeckt hatte, dass er atmete. Sein Atem ging schwer, er steckte tief in ihm fest. Er dachte daran zurück, wie er sich gefürchtet hatte, dass er vergessen könnte, ihn wieder freizugeben. Nicht so besonders merkwürdig, dass ich es mit der Angst zu tun bekommen habe, dachte er. Sicher empfand er deshalb eine Abneigung gegen Meditation, die für ihn etwas Angestrengtes an sich hatte, als säße einem ein strammer Riemen um die Brust. Wenn er dann vergaß auszuatmen! Lange war es her, dass er sich seines eigenen Atems bewusst geworden war, doch nachdem Victor gestorben war, trat dieser Druck auf der Brust wieder deutlich zutage.

Unvermittelt schlug seine Mutter ihre Augen auf. Ohne Anzeichen des Wiedererkennens sah sie ihn an. Verner griff ihre

Hand. Sie war kalt. Ängstlich starrte sie ihn an und bewegte ihre Lippen, als versuchte sie, etwas zu sagen, doch es kam kein Laut.

»Ich bin's, Mutter«, flüsterte er. »Hab keine Angst.«

Die Krankenschwester hatte ihm erklärt, dass Patienten oftmals Angstgefühle hatten, und der Arzt hatte seiner Mutter etwas zur Beruhigung gegeben. Die Atemnot konnte mehrere Ursachen haben, teilte man ihm mit, aber er hatte nicht genügend überschüssige Kräfte, um weiter nachzufragen. Er blieb sitzen und streichelte seiner Mutter übers Haar.

»Ich möchte nach Hause«, flüsterte seine Mutter.

»Du bist zu Hause«, sagte Verner.

»Aber Mama sitzt doch oben und wartet. Ich muss den Bus kriegen.«

»Du kriegst den Bus«, sagte Verner, wobei er ihr fortwährend den Kopf streichelte, als wäre sie ein kleines Kind. Er hörte, wie sie mit dem Atem kämpfte. Seltsam, dass man immer Sehnsucht nach Hause hat, dachte er. Nach Hause zu Mutter. Wie auch immer es einem in seiner Kindheit ergangen war. Plötzlich spürte er eine lähmende Angst, sie zu verlieren.

Dass seine Mutter krank wurde, war schlechtes Timing, doch zugleich tat es gut, hier am Bett zu sitzen, ohne weitere Pflichten, als einfach nur da zu sein. Eine Ruhe kam über ihn, die sich neben seiner Ängstlichkeit niederließ. Von mir kann gerade keiner etwas erwarten, dachte er und schloss seine Augen. Der angestrengte, aber gleichmäßige Atem seiner Mutter wirkte merkwürdigerweise einschläfernd. Als er die Augen wieder öffnete, schlief seine Mutter ruhig und hatte ein Rinnsal getrockneten Speichels im Mundwinkel. Verner Jacobsen stand auf und trat ans Fenster. Es schneite, ein sanftes Treiben in der Luft, nichts Dramatisches.

78

Im Polizeipräsidium saß Bitte Røed mit sämtlichen Sinnen in Alarmbereitschaft. Offen gestanden wusste sie nicht, was sie von Agnar Eriksen halten sollte. Sie war davon ausgegangen, dass er ihr die Wahrheit erzählt hatte. Träge geworden hatte sie vergessen, nach Anzeichen Ausschau zu halten, ob er möglicherweise log. Dabei hatte er so aufrichtig gewirkt.

»Sie gehen ein Risiko ein, Agnar«, sagte sie scharf. »Ich habe gesagt, dass Sie nicht lügen sollen.«

»Aber ich wollte doch gar nicht lügen, aber ich habe so lange diese Version geübt, dass ich mich nicht mehr erinnere, was wirklich passiert ist.«

»In Ordnung«, sagte sie. »Ich geb Ihnen eine neue Chance. Eine!«

Agnar schloss die Augen, kniff sie zusammen, als versuchte er, die Erinnerungen hervorzuzwingen. Die wahren Erinnerungen. Ohne seine Augen zu öffnen, begann er zu reden.

»Mein Vater ist da unten am Bach nicht eingeschneit. Mutter hat den Weg nicht alleine gefunden, ich hab ihn ihr gezeigt. Wir sind zusammen zu der Stelle gegangen, wo Vater lag.«

Er schluckte, war jetzt wieder zurück am Ort des Geschehens. Die Schlucht. Der Abgrund.

»Ich seh, wie er da liegt. Auf dem Rücken. Sein dicker Bauch quillt hervor, seine Jacke ist geöffnet. Und sein Hosenstall, ein Zipfel seiner Feinrippunterwäsche schaut hervor. Sein Kopf liegt in dem Eisloch. Dicke Blutstriemen sind ihm aus der Nase gelaufen, über die Wange ins Ohr und weiter den Hals herab.

Seine Haare bewegen sich im Wasser, das unter ihm hinwegfließt. Mutter sagt nichts. Sie atmet mit offenem Mund. Ich seh den kondensierenden Atem, wie er förmlich aus ihr herausgepumpt wird. Wir stehen da und schauen auf den Schnee, der sich rund um sein Gesicht rot verfärbt hat, wir sehen die weißen, harten Kristalle im Eis, an denen sein Blut vorbeigeflossen ist, ohne sichtbare Spuren zu hinterlassen – sie glitzern im zarten Sonnenlicht. Ich weiß noch, wie schön ich das fand. Ist das nicht verrückt?«

Er schaute auf. Bitte nickte kaum, dann schüttelte sie mit dem Kopf.

»Lange hätte ich da noch stehen und dem Geräusch des Baches zuhören können. Doch dann war es so, als würde meine Mutter erwachen. Sie befiehlt mir, seinen Arm zu packen, während sie den anderen ergreift. Obwohl Vater eher klein war, ist er jetzt schwer wie sonst was. Wir haben uns abgemüht, aber meine Mutter war sehr stark und ich sehr ängstlich, und so haben wir es schließlich geschafft, seinen Körper auf einen Schlitten zu wuchten. Den ganzen lang ansteigenden Hügel haben wir ihn hinauf- und dann durch den Wald gezogen, wobei seine Beine über den Boden schleiften. Ich seh's immer noch vor mir – die parallel verlaufende Spur seiner Stiefel im Schnee. Ein Wunder Gottes, dass uns niemand unterwegs gesehen hat. Manchmal muss man aber auch Glück haben.«

Bitte spürte, wie ihr übel wurde, hielt seinem Blick aber stand. Das ist der Blick eines brutalen Mörders, dachte sie. Trotzdem hatte sie keine Angst. Agnar war ein Mensch, ein missratener Mensch, zerstört vom Missbrauch, von den Sünden des Vaters und der missverstandenen Fürsorge der Mutter. Verurteile ihn nicht. Hör einfach nur zu. Keine Gefühle.

»Wir haben ihn ins Hause geschleppt«, sprach Agnar weiter. »Mein Vater lag viele Stunden auf dem Küchenboden, während wir uns überlegt haben, was wir tun sollten. Ich hab gesagt, dass ich mich der Polizei stellen kann. Dass ich noch so jung bin und die sicher gnädig wären, und ich dachte, denen könnte ich vielleicht erzählen, was er mir angetan hat. Aber ich glaub, dass sich meine Mutter genau davor am meisten gefürchtet hat. Dass es herauskommen würde. Dass sie das zugelassen hat.«

Langsam schüttelte Agnar den Kopf. Womöglich war das der größte Verrat von allen, dachte Bitte, dass seine Mutter sich dafür schämte, dass sie es wusste und doch nichts davon wissen wollte.

»Sie hat mich gebeten, zu gehen. Ich hab mich geweigert. Sie musste mich davonjagen. ›Fahr zur Hölle‹, hat sie gesagt, ihr Portemonnaie geholt und einen Haufen Zehner auf den Tisch geblättert. Als ob sie sich freikaufen wollte. Dann bin ich zu Finn gefahren, und was ich von Oslo erzählt hab, war nicht gelogen.«

»Was ist mit Ihrem Vater geschehen?«

Agnar schüttelte mit dem Kopf, zuckte mit den Schultern.

»Ich weiß nicht, verdammt. Vielleicht hat sie ihn an die Köter verfüttert?«

Er lachte. Sein Lachen war leise und verstummte rasch.

»Im Keller Ihres Elternhauses haben wir eine Gefriertruhe gefunden«, sagte Bitte Røed und blätterte in ihren Unterlagen, die auf ihrem Schoß lagen.

»Wir haben uns den Inhalt mal genauer angesehen, und es fanden sich zwei Päckchen, die mit der Aufschrift ›Suppenknochen‹ versehen waren«, sagte sie und beobachtete Agnars Reaktion.

Er schien nicht überrascht.

»Du kannst Gift darauf nehmen, dass das die letzten Überreste meines Vaters sind«, sagte Agnar, er wirkte weder schockiert noch reumütig. »Meine Mutter wollte mir nie erzählen, was mit ihm passiert ist. Sie hat bloß gesagt, dass man sich um ihn gekümmert hätte. Ich hab mich nicht weiter drum geschert und tatsächlich gehofft, sie hätte ihn den Hunden vorgeworfen – kann durchaus sein, dass sie das auch getan hat. Damals hatten wir zwei Köter, hungrig und stark, aber kinderlieb.«

Bitte Røed schüttelte den Kopf und spürte, wie sie erschauderte.

»Für lange Zeit gratis Hundefutter und keine Spur von meinem Vater. Sie hat immer gemeint, das Vorhängeschloss an der Gefriertruhe hätte sie für den Fall, dass eingebrochen werde. Dann sollten die wenigstens nicht ihre Elchsteaks klauen. Auf ihre alten Tage ist sie dann ein bisschen schusselig geworden und hat sicher vergessen, was da ursprünglich in den Päckchen drin war.«

»Wie oft haben Sie Ihre Mutter besucht, nachdem Sie sie an jenem Tag verlassen hatten?«

»Die Male kann man an einer Hand abzählen. Als ich am Mittwoch vorbeigeschaut hab, lag mein voriger Besuch fast sieben Jahre zurück. Unmittelbar bevor ich verhaftet worden bin, tja, du hast ja in meiner Akte gelesen, dass ich meiner Mutter eine Tracht Prügel verpasst hab.«

»Natürlich weiß ich, wofür Sie verurteilt worden sind«, sagte Bitte Røed. »Doch das macht Ihre Situation nicht besser. Sie sind sich darüber im Klaren, dass Sie weiterhin in Untersuchungshaft bleiben müssen?«

»Jau«, sagte Agnar.

»Wann haben Sie das Haus verlassen?«

»Am Morgen danach. Ich erinner mich aber bloß an den Hund, Lilly hat unten gestanden und gewinselt. Ich bin mir wieder vorgekommen wie ein kleiner Rotzlöffel. Dann bin ich in die Küche gegangen und hab sie gefunden. Anschließend hab ich mein Feuerzeug aus der Tasche geholt und das Haus angezündet, dacht mir, dass ich bei der Geschichte verdammt schlecht aussehen würde, ganz gleich, was auch passiert war. Es würde doch viel schwieriger sein, die Wahrheit unter einem Haufen Asche freizulegen, stimmt's?«

Bitte nickte.

»Danach bin ich abgehauen, den Weg hinunter und über den festgetrampelten Pfad durch den Wald. Kurzzeitig hab ich überlegt, ob ich mich wieder nach Oslo abseilen soll, genau wie damals. Aber dann ist mir ein Auto in der Waschstraße bei Statoil ins Auge gefallen. Ich war verzweifelt und wollte einfach nur weg.«

»Sie haben was getan!«, rief Bitte Røed, wobei sich auf einmal ein Lächeln auf ihrem Gesicht ausbreitete.

»Ja doch, du brauchst gar nicht so zu grinsen. Ich hab den verdammten Wagen geklaut, scheiße, war doch nicht meine Absicht, da jemandem in die Quere zu kommen, das hab ich nie gewollt. Es hat mich auch keiner gesehen. Schon wieder Glück gehabt«, sagte er tonlos.

Bitte Røed schaute auf die Uhr. Schon nach Mittag. In ihrem Magen rumorte es laut. Agnar ist nie gesehen worden, dachte sie und beendete das Verhör mit der sorgenvollen Erkenntnis, dass das, was Einzelne als Glück bezeichneten, eigentlich eine ziemliche Tragödie war. Es hätte ihn jemand sehen müssen. Irgendjemand hat das bestimmt auch getan, dachte sie. Immer sieht jemand ein Kind leiden, doch nur sehr wenige tun auch etwas.

79

Verner Jacobsen parkte und blieb im Auto sitzen und beobachtete die Schneeflocken im Scheinwerferlicht. Sie wirbelten umher und wirkten völlig desorganisiert. Wie ich, dachte Verner und drehte den Zündschlüssel herum. Er fühlte sich in ein Chaos hineingezogen, an allen Ecken und Kanten umgeben von Krankheit und Tod. Söhne. Töchter. Und Mütter. Bevor er vom Pflegeheim losgefahren war, hatte ein Krankenpfleger ihm erzählt, dass Dyspnoe gewöhnlich als Problem bei fortgeschrittenem Lungenkrebs auftrat. Da dies bei seiner Mutter nicht zutraf, konnte die Ursache ein Fremdkörper in den Atemwegen sein, oder schlimmstenfalls hatte sie Probleme mit dem Herzen. Er legte zwei Finger an seinen Hals und fühlte sein Herz trotzig weiterschlagen. Der Körper beherbergt den Tod unentwegt, dachte er. In den Genen lag er auf der Lauer und konnte von jetzt auf gleich einen Doppelknoten um eine Hauptschlagader schlingen oder unmerklich das Rückgrat hinaufkriechen, sich in den Kopf schleichen und dessen Inhalt glätten, sodass das Gehirn mit seinen Windungen nicht länger seine Arbeit verrichten konnte.

Ein Knacksen am Seitenfenster ließ ihn zusammenschrecken. Plötzlich sah er Ingrids Gesicht, dicht an der Scheibe.

»Bist du festgefroren?«

Ingrid öffnete die Autotür und eine Wolke von Schneeflocken stob hinein. Wie lange hatte er hier gesessen? Er wusste es nicht, doch bestimmt schon eine Weile, wenn Ingrid herauskam, um nachzusehen.

»Sie haben den Autodieb, es kam gerade in den Nachrichten.«

Sie streckte ihm ihre Hand hin, als wäre er ein kleines Kind, dem man aus dem Kindersitz helfen musste.

»Bist du deshalb so spät dran? Sitzt du deshalb hier?«

Verner Jacobsen schüttelte den Kopf, nahm ihre Hand und ließ sich ins Haus führen. Die Wärme schlug ihm entgegen, und Lorca kam angelaufen und sprang an ihm hoch. Der Hund reichte ihm gerade bis zu den Knien.

»Willst du nicht wissen, wer den Wagen mit Victor gestohlen hat?«, fragte Ingrid, nachdem sie ihm aus der Jacke geholfen hatte, antwortete aber, bevor er fragen konnte. »Dieser Eriksen war's, der Sohn von dieser Frau, deren Haus abgebrannt ist. Sie haben's gerade in den Nachrichten auf TV2 gebracht.«

Verner Jacobsen lächelte leicht und dachte, dass Bitte Røed gute Arbeit geleistet hatte.

»Gut«, sagte er, ging ins Wohnzimmer und ließ sich auf das Sofa fallen.

»Weißt du, was Glück ist, Ingrid?«, fragte Verner, als ihm eine alte Geschichte, die er einmal gehört hatte, plötzlich einfiel.

Ingrid zuckte mit den Schultern, blieb aber mit einem bekümmerten Gesichtsausdruck vor ihm stehen.

»Vater stirbt … Sohn stirbt … Enkel stirbt …«

»Ich glaube, Polizeihauptkommissar Verner Jacobsen sollte sich jetzt schlafen legen«, sagte Ingrid. »Und vielleicht einmal ernsthaft über eine Krankmeldung nachdenken.« Sie setzte sich neben ihn und legte ihre Hand auf seinen Arm. »Was um alles in der Welt hat denn das mit Glück zu tun?«

Verner Jacobsen nahm ihre Hand und antwortete:

»Sie sind in eben dieser Reihenfolge gestorben.«

Ingrid lehnte sich an ihn und streichelte ihm über den Rücken. Lange blieben sie schweigend sitzen.

»Du hast gerade deinen Sohn verloren«, sagte Ingrid. »Da darfst du dir die Zeit zum Trauern nehmen.«

»Ich bin gerade bei Mutter gewesen«, sagte er.

»Ist etwas passiert?«

»Sie ist krank.«

Verner spürte, wie in seinem Innern etwas zerriss, und entschied sich, sich für den morgigen Tag krankzumelden. Er hoffte, dass die Ermittlungen zum ersten Mal in seiner Karriere ohne nennenswerte Vorkommnisse verliefen und seine Anwesenheit nicht vonnöten war.

80

Grauenhaftes Tagebuch,

die ganze Zeit über sehe ich sie. Die ganze Nacht hindurch. In meinen Träumen ist nichts geschehen. Alles, wie es gewesen ist, und trotzdem ist nichts wie vorher. Ich bin gefangen. Werde festgehalten. Eingesperrt in der geballten Faust des Teufels.

Den ganzen Tag über sehe ich sie. Sie ist in allen Zeitungen. Im Fernsehen. Sie ist ein Promi geworden. Haha. Dann ist wenigstens einer ihrer Wünsche in Erfüllung gegangen. Einen anderen hat sie sich auch erfüllt, denn ich bin mir sicher, sie wollte, dass es mir schrecklich geht. Und trotz all dem … vermisse ich sie. Morgen die Beerdigung. Die Schule ist geschlossen. Ich muss wohl hin. Mir graut's davor, dicht neben den anderen zu sitzen und trotzdem alleine zu sein. Und vielleicht sieht mir das sogar jemand an. Ich habe mir zwei neue Ritzer am linken Arm gemacht. Die brennen richtig gut. Ich will nur noch diesen Schmerz spüren, nur diesen Schmerz.

81

Freitag, 5. Dezember

Die Kirche lag hoch oben am Berghang. Der Parkplatz war schon voll, und einige hatten ihre Autos am Weg abgestellt, der am Gemeindehaus vorbeiführte. Marte ging alleine den eisbedeckten Fußweg zwischen den Gräbern entlang. Ganz oben bei der Kapelle entdeckte sie einen frisch aufgeworfenen Erdhügel. Sie fror. Ihre dünnen Stiefeletten waren eiskalt. Vor und hinter ihr gingen ihre Klassenkameraden in kleinen Gruppen, eng umschlungen. Linnea war nur zwanzig Meter vor ihr. Sie drehte sich um. Gerade als sich ihre Blicke eigentlich begegnen sollten, blickte Linnea zur Seite. Marte steckte ihre Hände in die Taschen, fixierte ihre Schuhe, die sie rätselhafterweise vorwärts trugen.

Am Eingang empfing sie Orgelmusik. Alle Bänke waren besetzt. Sie blieb auf dem roten Teppich im Mittelgang stehen und merkte, wie die Kirche sich füllte. Sie wurde vorwärts geschubst, es war wie auf einem Konzert. Mitten in der Arena zu stehen, Teil einer Masse und zugleich alleine zu sein. Sie betrachtete das Altargemälde. Jesus stand mit einem Bein in einer Pfütze, während Johannes ihm aus einer Kammmuschel Wasser über den Kopf goss. Jesus wirkte ziemlich unglücklich, wie er so das Haupt beugte und die Arme vor der Brust verschränkte; nicht besonders verwunderlich, er war halb nackt, nur ein rotes Laken hatte er um seine Hüften geschlungen. Das leise Flüstern um sie herum wurde zu einem Brausen, das sie ans Meer erinnerte. Sommerferien. Ein kalter Tag am Strand, während der Wind Gänsehaut unter dem dünnen Sommerkleid verursachte. Idunns Eltern sah sie nicht, nahm aber an, dass sie ganz vorn saßen. Sie war erleichtert, ihnen nicht begegnen zu müssen, und drängte sich dicht an eine Kirchenbank, um nicht noch weiter nach vorn geschoben zu werden.

Dann war er auf einmal da, direkt hinter ihr. Sie brauchte sich nicht umzudrehen, um das zu wissen. Ganz nah stand er bei ihr, sodass das Atmen auf einmal schwer wurde. Fredrik. Schnell wandte sie sich um, begegnete seinem Blick. Die zarte Membran zwischen ihnen zitterte. Der Organist spielte jetzt lauter und wurde von einer tiefen Männerstimme begleitet, die ein bekanntes Lied von Bjørn Eidsvåg sang. Sie wusste, sie würde unmöglich dem Text folgen können, ohne dabei in Tränen auszubrechen.

Ich sehe, dass es dir schlecht geht.

Sie konzentrierte sich darauf, nachzuspüren, wie es sich anfühlte, dass Fredrik so nah bei ihr stand, fühlte, wie die Wärme seines Körpers unmittelbar durch ihre Kleidung drang und ihr Rückgrat sich auf einmal anfühlte wie Gummi. Ich bin Abschaum, dachte sie. Hier zu stehen und das auch noch zu genießen. Auf einer Beerdigung – also echt.

Ich sehe, dass du aufgeben willst.

Eine Hure, das war sie. Es gab keinen Zweifel mehr. Keinen Ausweg mehr. Es war alles ihre Schuld.

Ich sehe, dass du Angst hast.

Wenn sie nicht gewesen wäre, hätte sie nicht hier sein müssen. Dann wäre es allen erspart geblieben.

82

Im Polizeipräsidium saß der Rest des Teams, diejenigen, die nicht auf der Beerdigung waren, im Besprechungsraum und studierten Fotos vom Tatort. Thomas Lindstrand räusperte sich.

»Verner Jacobsen ist krank, das ist schade, denn er hat die beste Übersicht über alle Details in diesem Fall, aber ich werde versuchen, zusammenzufassen und zu zeigen, wo wir stehen, jetzt, am neunten Tag der Ermittlungen. Heiki, du warst bei der Rekonstruktion des Tathergangs gestern Abend anwesend. Kannst du uns kurz auf den aktuellen Stand bringen?«

Heiki nickte in die kleine Runde und rief den Bericht auf dem Bildschirm auf, schloss den Beamer an, sodass alle der Filmaufnahme folgen konnten.

Völlige Stille senkte sich über den Raum, als die ersten Bilder einen einsamen Waldweg für Autos zeigten, Straßenlaternen Fehlanzeige. Sie konnten die Gestalten, die sich am äußersten Bildrand bewegten, kaum ausmachen. Das Mädchen. Sie kam direkt auf die Kamera zu. Ida Madsen hatte die Rolle des Opfers übernommen, und einen Moment sah sie tatsächlich ebenso jung und verletzlich aus wie ein Teenager. Blaue Daunenjacke, weiße Fausthandschuhe, Jeans, langes, offen über die Schulter fallendes Haar, keine Mütze, der Mode entsprechende Stiefel.

»Wir nehmen an, dass das Mädchen in diese Richtung ging«, sagte Heiki. »Sie kam von Linneas Haus und nähert sich hier der Stelle, an der das Verbrechen begangen wurde.«

Straßenbeleuchtung gab es auf dem Weg wie gesagt keine, doch es lag ein gelber Schimmer in der Luft, ein schwefliges Licht.

»Die Treibhäuser in Lier verursachen dieses spezielle Licht, habe ich mir sagen lassen«, fuhr Heiki fort. »Über die niedrige Wolkendecke streut es sich ziemlich weit. Wir hatten Glück, dass wir in etwa die gleichen Wetterverhältnisse hatten wie an dem Abend, als die Untat geschah. Durch dieses besondere Licht ist der Wald nicht ganz so dunkel wie bei klarem Wetter, aber wie ihr seht, ist es trotzdem schwierig, Details zu erkennen.«

Ida Madsen alias Idunn Olsen hielt inne und blieb eine ganze Weile mitten auf dem Weg stehen.

»Was während dieser Minuten geschehen ist, wissen wir nicht«, sagte Heiki. »Vielleicht ist ihr jemand gefolgt, vielleicht hat sie jemanden getroffen. Möglicherweise ist ein Auto gekommen, obwohl wir keine Spuren entdeckt haben, die darauf schließen lassen. Aus diesem Gebiet hier könnte jemand gekommen sein.«

Er wies auf die Projektionsfläche.

»Vom Obelisken. Wir wissen nicht, wie sie dort gelandet ist.«

Ein anderes Bild. Nun befanden sie sich unten beim Fundort. Ida Madsen lag mit einem Arm unter sich auf dem Rücken. Fredrik kam über den Pfad, der zum Obelisken führte, auf sie zu.

»Jetzt sehen wir, wie Fredrik sich dem Opfer nähert. Seiner Aussage nach hat er sich neben das Mädchen gekniet. Dann ruft er nach Hilfe, weil er oben auf dem Weg eine Bewegung sieht.«

Die Bilder zeigten Kristian, wie er auf den Tatort zulief. Er nahm sein Handy und telefonierte, während er parallel den Puls des Mädchens prüfte.

»Und hier stimmen die Zeugenaussagen nicht länger überein«, fuhr Heiki fort. »Fredrik besteht darauf, dass Kristian ein Stück weit entfernt stehen geblieben ist und die Notrufnummer gewählt hat. Kristian Skage behauptet, den Puls des Mädchens überprüft zu haben.«

»Wie haben die Zeugen während der Rekonstruktion gewirkt?«, fragte Thomas Lindstrand und richtete seinen Blick auf Ida Madsen, von der er wusste, dass sie das Geschehen aus dem Blickwinkel des Opfers genau verfolgt hatte.

»Alle beiden waren sehr aufgewühlt und fühlten sich verständlicherweise nicht besonders wohl«, sagte sie. »Fredrik war unsicherer als Kristian, hat seine Ausführungen zwei Mal abgeändert. Zuerst hat er behauptet, von hier gekommen zu sein«, sagte sie und zeigte auf die Übersichtskarte der Umgebung. »Dann hat er gesagt, er sei diesem Pfad hier gefolgt«, erklärte sie weiter und wies auf einen anderen Weg, der zum Tatort führte.

»Es gibt ein ganzes Netzwerk von Pfaden in der Gegend«, warf Heiki ein. »Wir haben die Aussagen mit dem uns zugänglichen ausgewerteten Spurenmaterial abgeglichen, aber es ist unmöglich, den Tathergang auf diese Weise zu rekonstruieren. Was wir wissen, ist, dass beide Zeugen unter Alkoholeinfluss standen, was natürlich zu einem schlechteren Erinnerungsvermögen beiträgt, oder dass das, woran sie sich tatsächlich erinnern, schlicht falsch ist. Fredrik hatte den Angaben nach zweifelsohne ein ganzes Stück mehr getrunken als Kristian, doch da der Promillegehalt an diesem Abend nicht gemessen wurde, können wir unmöglich sagen, inwieweit sie wirklich vom Alkohol beeinflusst waren.«

»Und wann kommt Agnar Eriksen ins Bild?«, fragte Thomas Lindstrand. »Den sehen wir hier gar nicht.«

Heiki hob entmutigt die Schultern.

»Er hat bereitwillig an der Rekonstruktion teilgenommen,

aber weil er voll wie ein Eimer war, konnte er sich nicht an viel mehr erinnern, als dass er irgendwann diesen Weg entlanggegangen ist. Er meint, noch zu wissen, dass er irgendwo vom Weg abgebogen ist, was unserer Meinung nach mit den gesicherten Spuren übereinstimmen kann. Es deutet einiges darauf hin, dass er in den Wald hineingestapft ist und sich unter eine Tanne gelegt hat. Selbstverständlich kann er auch vorher schon auf Idunn gestoßen sein. Da er ihre Mütze hatte, ist das sogar wahrscheinlich, aber er leugnet nach wie vor, sie überhaupt gesehen zu haben. Hier kommen wir also nicht weiter. Bitte Røed zufolge redet er offen über seine Vergangenheit, außerdem hat er zugegeben, das Haus seiner Mutter angezündet zu haben. Und zudem steht er kurz davor, auch den Mord an seiner Mutter zu gestehen, das Problem ist nur, dass er sich einfach nicht daran erinnert.«

Im selben Moment flog die Tür auf und ein junger Kollege aus der IT-Abteilung stand mit einem Laptop unter dem Arm im Zimmer.

»Sind Sie an Neuigkeiten interessiert?«

Ohne eine Antwort abzuwarten, ging er zum Beamer und schloss den Laptop an. Ein Foto erschien, alle hielten den Atem an.

Ein nackter Bauch. Der Kopf war nicht auf dem Bild zu sehen, aber es war klar, dass es sich um einen jungen, flachen Bauch eines Mädchens handelte. Quer über den Bauch war etwas mit schwarzer Farbe gesprüht worden. Direkt auf die Haut. Große Buchstaben.

HURE.

Sie starrten das Foto an.

»Wer ist das?«, fragte Thomas Lindstrand.

»Das wissen wir nicht, aber das Foto ist von Idunn Olsens Tablet gelöscht worden.«

83

Verner Jacobsen hörte das Telefon klingeln. Er lag auf dem Sofa unter einer Decke, die er selbst vor einigen Jahren gestrickt hatte, und starrte auf den Fernseher, wo eine Fernsehsendung über das Weltall lief. Er hatte keine Ahnung, worum es ging. In seinem Innern befand sich ein Vakuum, ein Hohlraum, der dem Gefühl von Hunger ähnelte. Ob er die Kraft aufbrachte, das Gespräch anzunehmen, konnte er nicht sagen.

»Du bist jetzt drei Mal nicht ans Telefon gegangen«, sagte Ingrid, die unvermittelt mit seinem Handy in ihrer Hand vor ihm stand. »Soll ich's nicht einfach ausschalten?«

»Nein, gib mal her«, sagte Verner und richtete sich mühevoll auf.

Thomas Lindstrand hatte ihn drei Mal angerufen und ihm Nachrichten geschickt.

»Ich muss zur Arbeit.«

Schon war er vom Sofa aufgestanden, nur die Decke lag noch zusammengeknüllt da.

Resigniert schaute Ingrid ihn an.

»Weißt du was?«, sagte sie. »Du bringst es noch fertig, dass ich bald wieder zu einer Beerdigung muss.«

Verner antwortete nicht, ging an ihr vorbei die Treppe hinauf, um sich umzuziehen. Als er wieder herunterkam, stand sie noch immer am selben Fleck.

»Du hast so viel aufgestaute Energie in dir, dass wir bald den Vertrag mit unserem Stromversorger kündigen können. Verner, du solltest es wirklich mal ruhig angehen lassen. Wir sollten lieber zu deiner Mutter fahren und schauen, wie es ihr geht, wir sollten …«

Was wir nicht alles sollten, dachte Verner. Ein wohlbekannter Schmerz im Zwerchfell. Sein Atem, der unter seinen Rippen stockte. Genau da sitzt sie, die Sehnsucht nach etwas anderem. Sitzt da und nagt an meinen Eingeweiden.

»Es sind neue Spuren im Fall Idunn aufgetaucht. Tut mir leid …«, sagte er, hörte jedoch selbst, dass in seiner Stimme kein Bedauern mitschwang, sondern vielmehr eine Art Erleichterung. »Ich bin nicht dafür gemacht, auf dem Sofa herumzuliegen und zu grübeln, Ingrid. Ich muss in Bewegung sein, sonst ertrinke ich. Es wird nicht spät.«

»Nein, das wird's wohl nicht«, sagte sie.

Er konnte hören, wie ihr das Herz blutete. Ich will dich nicht verletzen, Ingrid, dachte er, war aber nicht imstande, das laut auszusprechen.

Verner Jacobsen atmete sofort unbeschwerter, als er durch die Eingangstür des Polizeipräsidiums trat. Hier mussten all die Gedanken an sein eigenes Leben den Dingen im Leben anderer weichen. Das fühlte sich gut an. Auf dem Flur traf er auf Thomas Lindstrand.

»Gut, dich zu sehen, Verner! Tut mir aufrichtig leid, dich belästigen zu müssen, wo du doch mitten in der ganzen Sache mit deinem Sohn steckst, aber wir brauchen dich und …«

»Ist schon okay«, unterbrach Verner ihn. Er vermied es, zu erwähnen, dass seine Mutter krank war. Redete er nicht darüber, musste er dazu auch nicht Stellung beziehen.

Thomas Lindstrand sah erleichtert aus und lief hektisch weiter den Flur entlang. Unschlüssig blieb Verner stehen. Da merkte er, dass er vor Bitte Røeds Büro stand. Zweimal klopfte er an und trat ein, ohne auf eine Antwort zu warten.

»Hallo! Besten Dank, dass du den Leichenwagendieb aufgespürt hast«, sagte er mit einer Stimme, die weitaus freundlicher klang, als er es erwartet hatte.

»Na ja, der Dieb hat eher mich aufgespürt«, gab sie lachend zurück.

Ihr Lächeln verursachte ein sanftes Ziehen in seinem Körper. Die roten Lippen glänzten. Wie frisches Blut, kam es ihm in den Sinn, und er ertappte sich dabei, sich zu fragen, weshalb er immer Assoziationen hatte, die mit Tod und Verderbnis in Verbindung standen.

»Agnar Eriksen hat bloß erzählt, wie er an besagtem Morgen von Tranby weggekommen ist«, fuhr sie fort, »man könnte also sagen, die Klärung dieses Falls war ein schöner Nebeneffekt des Verhörs. Hast du die Berichte gelesen? Dass Agnar seinen Vater umgebracht hat?«

»Das Gröbste habe ich mitbekommen. Verhörst du ihn heute noch einmal?«

Bitte Røed nickte.

»Ist schön, behilflich sein zu können, aber irgendwie kommt es mir ironisch vor, dass ich seinetwegen wieder mit an dem Fall arbeiten darf.«

»Ich bin froh, dass du wieder dabei bist. Und du hast eine gute Ausgangsposition. Fast alle Spuren führen zu Agnar Eriksen, und würdest du ihn zu einem Geständnis bewegen, könnten wir uns bald alle auf Weihnachten konzentrieren.«

Verner blieb stehen, ohne richtig zu wissen, was er noch von ihr wollte. Der Gedanke an Weihnachten durchdrang ihn plötzlich. Ohne Victor. Vielleicht sogar ohne Mutter. Ingrid und er würden trotzdem ruhige Festtage verbringen.

»Was ist los?«

Bitte sah ihn bekümmert an.

»Mutter ist krank«, rutschte es ihm heraus, und auf einmal

fühlte er, wie leer das klang. Sein Blick fiel auf das Foto auf ihrem Schreibtisch. Womöglich würden sie Weihnachten zusammen feiern, dachte er. Sie und der fotogene, hübsche Kristian Skage. Frisch verliebt und verrückt. Gegen so was habe ich nie auch nur den Hauch einer Chance gehabt, dachte er und fuhr sich automatisch mit einer Hand übers Gesicht. Spürte die unebene Haut mit ihren alten Aknekratern. Ihm war, als ginge ihm die Luft aus.

Bitte erhob sich, und bevor er sich noch wehren konnte, hatte sie ihre Arme um ihn gelegt. Sie drückte ihn an sich, und er fühlte, wie sein Körper ihn verriet.

»Na, dann seh ich mal zu, dass ich loslege«, sagte er und schob sie von sich. »Marte, Fredrik und Linnea werden heute im Laufe des Tages noch einmal verhört. Es sind da ein paar Fotos auf Idunns Tablet aufgetaucht und …«

Er ging zur Tür.

»Bin in Ordnung«, murmelte er, »mir geht's gut.«

Er taumelte in sein Büro, blieb stehen und rang vor dem Fenster stehend nach Luft. Er beobachtete, wie sich sein Atem an der Fensterscheibe niederschlug und das Gebäude auf der anderen Straßenseite unklar wurde. Fokussiere dich!, schrieb er mit einem Finger, bevor die dünne Schicht aus Wasserdampf verschwand.

84

Marte betrat den Raum mit kleinen, vorsichtigen Schritten. Sie erinnerte an jemanden, der das Badewasser an einem kalten Sommertag prüft. Ihr Unbehagen vermochte sie nicht zu verbergen. Wieder war sie in Begleitung der Frau vom Jugendamt.

»Bitte setz dich, Sie bitte auch«, sagte Verner Jacobsen und wies auf die freien Stühle.

»Du musst keine Angst haben, Marte, aber du begreifst doch, dass wir dich noch einmal fragen müssen, was in der Nacht zu Donnerstag, dem 27. November, vorgefallen ist.«

Er bemühte sich, die Gedanken an seine Mutter auf Abstand zu halten, und wusste, dass er deshalb wahrscheinlich ein wenig brüsk wirkte.

»Du hast angegeben, du seist alleine nach Hause gegangen an jenem Abend und hättest niemanden unterwegs getroffen. Stimmt das?«

Marte saß ganz vorn auf der Stuhlkante.

»Bist du an diesem Abend alleine nach Hause gegangen?«

»Ja«, antwortete sie, ohne ihn anzusehen.

»Du bist dir darüber im Klaren, dass du dich strafbar machst, wenn du in einem Zeugenverhör nicht die Wahrheit sagst?«

»Ich bin aber alleine nach Hause gegangen.«

»Marte«, begann Verner und ließ seine Stimme so freundlich wie möglich klingen, »du weißt, dass wir deine Fußspuren am Tatort gefunden haben?«

Das war ein riskantes Manöver. Spuren von Socken konnte man kaum eindeutig zuordnen, doch ihr Vater hatte gesagt, dass sie mit nur einem Stiefel nach Hause gegangen war. Marte schaute auf, und in ihrem jungen Gesicht stand Angst geschrieben. Er hörte ihren unregelmäßigen Atem, der beinahe einer Schnappatmung glich. Unfreiwillig wurde er an seine Mutter erinnert. Sie schnellte vom Stuhl hoch und schrie:

»Sie sind ja total bescheuert! Sie glauben, ich hätte Idunn ermordet!«

Die Vertreterin vom Jugendamt brachte sie dazu, dass sie sich wieder hinsetzte.

»Ich glaube gar nichts«, sagte Verner.

»Eins sollen Sie wissen …«, sagte sie langsam, als prüfte sie jedes einzelne Wort und befände sie für ekelerregend, bevor sie sie ausspuckte, »… in der letzten Zeit habe ich tatsächlich oft davon geträumt, aber Sie wissen ja, Träume verwandeln sich nicht in die Realität. In Ihrem Alter müssten Sie das doch wissen. Ich jedenfalls hab das schon geschnallt. Was auch immer man sich erträumt, es wird nichts draus. Es endet sowieso alles nur in einem Albtraum. Meine Güte! Was wollen Sie denn hören, hä? Ja, ich hab sie ermordet, ich hab sie ermordet! Ich habe sie ermooordet!«

Verner fühlte sich von der Vehemenz ihres Ausbruchs in den Stuhl gedrückt. War er gerade Zeuge eines Geständnisses geworden?

»Könnten wir es jetzt bitte mal ein bisschen ruhiger angehen«, sagte die Frau vom Jugendamt.

Verner war sich nicht ganz sicher, wen sie hier zurechtwies.

»Marte«, sagte er beherrscht. »Setz dich wieder. Soeben hast du gesagt, dass du sie ermordet hättest. Bist du dir über die Tragweite deiner Aussage bewusst?«

»Noch nichts von Ironie gehört?«

Marte sank wieder auf ihren Stuhl.

»Das war also Ironie?«

»Natürlich«, murmelte sie.

Eine ganze Weile lang blieb es still. Unangenehm still. Marte kratzte sich Nagellack vom Daumen und schien nichts mehr sagen zu wollen.

»Wo hast du deinen Stiefel verloren?«, fragte Verner.

»Den hab ich nicht verloren«, antwortete Marte, sah auf und warf ihm einen verwunderten Blick zu. »Den hab ich Idunn an den Kopf geknallt.«

85

Im Vernehmungsraum nebenan saßen Ida Madsen und Marius Moe zusammen mit Fredrik Paulsen. Ida hatte die Fotos dabei, die sie auf Idunns Tablet gefunden hatten. Ein typisches Jungenfoto. Aufgenommen von jemandem, der andere gern erniedrigt, dachte Ida.

»Kennst du diese Fotos, Fredrik?«

Sie drehte ihm den Bildschirm zu, während sie ihren Blick schärfte, um jede noch so winzige Regung in dem jungen Gesicht mitzubekommen.

»Hast du diese Fotos hier gemacht?«, fragte Ida.

Fredrik schüttelte mit dem Kopf, wobei er versuchte, seine Gedanken zu sortieren. Wie verflucht noch mal waren die Fotos auf dem PC der Polizei gelandet? Er hatte gesehen, wie Idunn die Fotos auf ihren Stick gezogen und dann alles von ihrem Tablet gelöscht hatte.

»Sieh dir die Fotos an, Fredrik.«

Die freundliche, aber unnachgiebige Stimme der Polizistin zwang ihn, auf den Bildschirm zu starren. Er wollte aber nicht hinsehen. Der weiche Bauch. Die harten Striche. Ihren Arm konnte man auf dem Foto kaum erkennen, doch die weißen Querstreifen auf der Haut machte er deutlich aus. Das, worüber sie nicht sprechen wollte. Er vermutete, es brachte ihr dieselbe kurzfristige Linderung, wie wenn er sich über die dünne Haut an seinen Rippen rieb, aber er begriff nicht, wie sie sich so tief schneiden konnte.

»Was weißt du über dieses Foto?«

Die Stimme brachte ihn zurück ins Polizeipräsidium und in die Wirklichkeit, aber er würde nichts sagen. Er würde nichts über Marte erzählen. Er hatte sich geschworen, Marte nicht zu verraten.

Es herrschte eine unangenehme Stille.

»Fredrik«, sagte Marius und lehnte sich vor. »Wenn du etwas über dieses Foto weißt, wer das ist, wo das Foto gemacht wurde und was hier eigentlich abgeht, dann möchte ich, dass du mir das sagst. Wenn du nichts sagst, endest du noch hinter dicken Mauern und Panzerglas; wir haben feste Abläufe im Angebot mit Auf- und Einschluss, einem eigenen Zimmer ohne Internetzugang und vier Mahlzeiten am Tag, die du selbst zuzubereiten mithelfen musst. Hört sich das nicht verlockend an, Fredrik?«

Fredrik spürte, wie er erbleichte. Womit der Mann hier drohte, verstand er nur allzu gut. Ohne Netz? Er schluckte. Ein grausamer Gedanke.

»Du hast vorher schon einmal ausgesagt, dass du eine Sprühdose mit auf der Party hattest, aber nicht du es warst, der sie benutzt hat. Wir haben bei dir zu Hause einige Dinge beschlagnahmt. Unter anderem haben wir eine Dose mit der entsprechenden Farbe gefunden – mit deinen Fingerabdrücken drauf. Wahrscheinlich ist es dieselbe Farbe wie auf dem Obelisken. Wenn nun also ein Foto mit dem Bauch eines Mädchens auftaucht, der auf dieselbe Weise getaggt wurde, finden wir das nicht bloß interessant, sondern verdächtig. Begreifst du, was ich damit meine?«

Zaghaft nickte Fredrik, ohne die beiden Polizisten anzuschauen. Wenn er irgendwie aus dieser Nummer herauskommen wollte, musste er jetzt etwas sagen.

»Diese Dose da …«

»Ja …«

»Die hab ich auf dem Rückweg von der Party mitgenommen und wollte bloß was regeln.«

Er wog ab, mit wie wenig er durchkommen konnte, sah auf und schaute die Ermittler kurz an, die stumm dasaßen.

»Ich hab nicht als Erster getaggt«, sagte er. »Ich wollte nur etwas hinzufügen.«

»Wo? Und was stand da zuerst?«

»›Hure‹ stand da … auf dem Obelisken.«

»Und wer hatte das geschrieben?«

Er zögerte, biss sich auf die Lippe, als er fortfuhr.

»Das war nicht an demselben Abend, sie hatte das vorher schon geschrieben.«

»Wer, Fredrik?«

Wieder zögerte er, atmete dann aber tief ein und sagte:

»Idunn.«

»Idunn hat ›Hure‹ auf den Obelisken geschrieben?«

»Ja, aber wir waren eine ganze Truppe. Wir hängen da öfter herum, und es war bloß aus Scheiß, das verstehen Sie doch, oder?«

»Ihr hängt dort herum?«

»Wir sind dort hingegangen und haben getrunken. Gibt ja keinen anderen Ort für uns. Wenn wir nicht bei Linnea sind.«

»Aber wieso hat sie ausgerechnet dieses Wort geschrieben? Wem galt die Bezeichnung ›Hure‹, Fredrik?«

Fredrik antwortete nicht.

»Wem?«, hakte Ida nach.

Fredrik stieg augenblicklich die Röte ins Gesicht, als er ihren Namen aussprach.

»Marte«, flüsterte er. »Sie war sauer auf Marte.«

»Warum war Idunn sauer auf Marte?«

»Weil sie gedacht hat, dass Marte … ach, ich weiß auch nicht, ist doch alles zu dämlich. Es gab bestimmt mehrere Gründe, aber Marte und ich hatten ein bisschen geknutscht, das war's.«

Ida und Marius schauten einander an.

»Und was wolltest du da am Obelisken, am Mittwoch?«

»Ich wollte nur was nachtragen. Ich war wütend, wollte schreiben, dass Idunn die eigentliche Hure ist. Ich hab schon angefangen, ihren Namen zu schreiben, als ich sie entdeckt habe.«

Ida und Marius ergriffen beinahe gleichzeitig das Wort, doch Marius hielt inne.

»Du wolltest Idunn schreiben?«, fragte Ida und unterdrückte ein Lächeln, als ihr klar wurde, dass nicht »Hure 1« auf dem Obelisken stand, sondern »Hure I«. I für Idunn.

Fredrik nickte.

»Ist sie dir gefolgt? Hat sie dich aufgehalten?«

»Hä?«

»Hast du deshalb den Rest nicht mehr schreiben können? Weil Idunn dich gestoppt hat?«, sagte Marius, dem langsam dämmerte, was geschehen war.

»Wovon reden Sie denn da? Ja, sie hat mich ziemlich effektiv aufgehalten, indem sie da auf dem Steinhaufen lag und sich nicht gerührt hat. Da erst hab ich sie gesehen. Ich bin hingelaufen und hab gesehen, dass ...«

Verwundert registrierten Marius und Ida, dass er den Tränen nahe war.

»Okay, Fredrik«, sagte Ida milde. »Erzähl uns zuallererst mal, weshalb du sauer warst auf Idunn.«

»So sauer war ich auch wieder nicht, Mann«, sagte Fredrik, als ahnte er, dass er dabei war, in eine Falle zu tappen. »Wir sind schließlich zusammen gewesen, haben ein bisschen rumgefummelt.«

»Hast du mit ihr geschlafen?«, fragte Marius.

Wieder flammte die Röte auf und verteilte sich über sein ganzes Gesicht, inklusive der Ohren.

»Am selben Abend?«

Er nickte kurz.

»Ziemlich früh am Abend«, sagte er.

»Ich möchte noch einmal zurück zu dem Moment, an dem du Idunn entdeckt hast«, sagte Ida. »Was hast du gemacht?«

»Ich bin zu ihr hingelaufen und hab gemerkt, wie sie dalag und mich angestarrt hat, ich hab überhaupt nicht geblickt, dass sie tot war, und dann hab ich ihren Schmuck gesehen. Hat Marte Ihnen den Schmuck gegeben? Deshalb haben Sie diese Fotos, stimmt's?«

»Welchen Schmuck?«

Ida und Marius tauschten einen fragenden Blick.

»Das Herz mit den Fotos, der USB-Stick. Daher haben Sie ja die Fotos von Marte, oder?«

Verwirrt schaute Fredrik die Ermittler an, die augenscheinlich nicht mitkamen.

»Also ist das Marte auf dem Foto hier?«, fragte Ida leise.

Fredrik fluchte innerlich, er quasselte zu viel. Jetzt würde Marte ihn umbringen.

»Die Fotos waren auf dem Stick, den Idunn um den Hals getragen hat«, sagte er und antwortete nicht auf die Frage. »Der sieht aus wie ein silbernes Herz und hing an einem dünnen Lederriemen. Den hab ich entzweigerissen und das Herz eingesteckt, dachte, das könnte Marte retten. Marte hat mir so verdammt leidgetan …«

»Fredrik«, sagte Ida und hielt seinen Blick fest. »Wer hat Idunn getötet? Bist du's gewesen? Oder vielleicht Marte?«

Fredrik kniff seine Lippen zusammen, schüttelte den Kopf. Seine Haut war bleich, und er flüsterte, als er antwortete.

»Ich weiß es nicht.«

86

»Ich glaub, er weiß es«, sagte Ida, als sie alleine waren.

»Kann schon sein. Aber er will ein Mädchen nicht verraten, für das er offensichtlich Gefühle hegt. Oder«, fügte Marius hinzu, »kann er es trotzdem gewesen sein? Immerhin war er sauer auf Idunn.«

»Ich glaube, Marte ist die Lösung«, sagte Ida. »Sie weiß etwas. Sie ist gerade in Verners Büro, wir sollten ihm Bescheid geben, dass er das Verhör so lange wie möglich hinauszögern soll. Die Faktenlage ist zu dünn, als dass wir Fredrik großartig länger als für ein Verhör hierbehalten können. Aber es ist wichtig, dass die beiden nicht miteinander reden.«

»Ich geb Verner Bescheid«, sagte Marius und verschwand durch die Tür. Er klopfte nebenan, und als Verner einen Moment später öffnete, erblickte er Marte, die mit dem Rücken zu ihm auf einem Stuhl saß.

Marius gab ihm zu verstehen, dass er herauskommen sollte. Verner kam auf den Flur und schloss die Tür hinter sich, und Marius erzählte ihm kurz, was Fredrik gesagt hatte.

Verner spürte, wie ihn die Müdigkeit übermannte, und einen Augenblick erwog er, Marius zu bitten, das Verhör von Marte zu übernehmen. Aber er mochte das Mädchen, es hatte etwas, das ihn an seine eigene Kindheit erinnerte. In sich gekehrt und still, aber dennoch trotzig entschlossen. Starke Emotionen, die unmittelbar unter der Oberfläche lauerten und vibrierten. Einen Moment sah er sich als Fünfzehnjährigen. Ein schlaksiger Jugendlicher, der sich in Federico García Lorca vertiefte. Der sich mit dem Töten beschäftigte. Sich in die Einsamkeit vergrub. Schmerz. Schreie. Und in Herzen, die ihren Weg alleine gingen. Einige dieser Gedichte steckten ihm noch wie Krallen in der Brust. Ay! Meine Welt ist zerstört. Nur Stille ist übrig. (Lass mich allein in meinem Weinen.)

Ging es Marte auch so? Nein, mir geht es so, dachte er und blieb nach der Unterhaltung mit Marius noch eine Weile stehen. Er atmete ein paarmal kräftig ein und aus und hoffte, das würde ihn wieder runterfahren. Marius' Angebot, ihn beim Verhör von Marte zu unterstützen, hatte er ausgeschlagen. Dann wären es zwei gegen zwei. Jetzt war er alleine gegen Marte und die Dame vom Jugendamt.

In Verner Jacobsens Kopf hatte ein möglicher Tathergang Form angenommen, als Marte erzählt hatte, sie habe ihren Stiefel nach Idunn geworfen. Und mit den neuen Informationen von Fredrik stand es ihm nun noch klarer vor Augen. Hatten sich die beiden Mädchen dort oben auf dem Weg geprügelt? Hatte Marte ihren Stiefel ausgezogen und ihn nach Idunn geworfen? Schluss, dachte er. Stell dir nichts vor, analysier nicht. Bring sie zum Reden und zieh anschließend deine Schlussfolgerungen.

Er lehnte sich auf seinem Stuhl zurück, nachdem er in seinem Büro am Schreibtisch wieder Platz genommen hatte.

»Möchtest du mir erzählen, was passiert ist, als du mit deinem Stiefel nach Idunn geworfen hast?«, fragte er so sanft er konnte.

Marte kratzte sich immer noch Nagellack vom Daumen.

»Ja«, sagte sie etwas atemlos, aber mehr kam nicht.

Verner wagte nicht, die Stille zu brechen, obwohl es sich anfühlte, als würde sie sich an den Wänden festsetzen. Seine Haut kribbelte. Erfahrungsgemäß ein sicheres Zeichen, dass bald etwas Wichtiges käme, dachte Verner. Irgendetwas, das sie vorher nicht auszusprechen gewagt hatte.

»Ich hab sie an der Stirn getroffen, und sie hatte eine Wunde, es begann zu bluten, womöglich hat sie eine von den Metallösen abgekriegt. Da bin ich weggelaufen. Der Stiefel war mir scheißegal. Hab mir gedacht, den könnte ich auch am nächsten Tag noch holen. Ich hab es dort einfach nicht mehr ausgehalten, obwohl Fredrik …«

Sie wurde rot.

»Ja?«

»Obwohl Fredrik mich zuvor noch verteidigt hat, aber ich war mir nicht sicher, ob er es jetzt auch wieder tun würde.«

Sie schloss ihre Augen. Verner konnte sie atmen hören, als bereitete sie sich auf etwas Unangenehmes vor.

»Fredrik hat mich mit runter in den Keller genommen, und wir …«

Wieder schoss ihr die Röte ins Gesicht. Verner tat, als bemerkte er das nicht.

»Es ist so schrecklich gewesen, die hatten sich zusammengerottet und Fredrik auf ihre Seite gezogen und …«

»Wer sind die?«

»Idunn und Linnea.«

»Was haben sie getan?«

»Die haben Fredrik dazu gebracht, ach … nein, wissen Sie, ich ertrag's nicht. Können wir später darüber reden …«

»In Ordnung, Marte, aber wo hast du Idunn deinen Stiefel an den Kopf geworfen?«

»Im Wohnzimmer bei Linnea. Mir ist plötzlich schwarz vor Augen geworden, als ich aus dem Keller hochgekommen bin und Idunn mit meinem Buch da hab stehen sehen.«

»Welches Buch?«

»Mein Tagebuch! Ich hab gar nicht begriffen, wie Idunn da drangekommen ist. Und jetzt stand sie da und hat alles laut vorgelesen. Alle haben zugehört. Ich hab geschrieben über …«

Sie atmete laut ein und mit einem Stöhnen wieder aus.

»Ich hab geschrieben, dass Fredrik und ich uns geküsst haben.«

Marte wurde abermals rot.

»War das denn so schlimm?«

»Ja!«

Ich muss Bitte danach fragen, dachte er. Sie hat eine Tochter im selben Alter. Machte man wirklich so viel Wirbel um einen kleinen Kuss?

»Ich wäre gestorben, hätte Idunn weitergelesen. Es stimmte nicht einmal alles. Alle hätten gesehen, wie eingebildet ich war, und ich hatte ja nicht nur über Fredrik geschrieben, sondern auch über Idunn und Linnea. Da stand ich also mit Leuten, die mich rumgeschubst haben, und plötzlich hab ich geschnallt, dass ich eine kranke Krebszelle war, die alle nur loswerden wollten.«

Verner schluckte. Das Wort Krebs traf ihn mit unvorhergesehener Wucht. Er bohrte seinen Daumennagel hart in den Handrücken, um den Schmerz an seinen Rippen zu betäuben, während er versuchte, einer längeren und zusammenhanglosen Geschichte über das Drama in den Sommerferien zu folgen. Über eine Reise ins Ausland, auf der sie nicht dabei gewesen war, über Eifersucht und Handgreiflichkeiten unter Mädchen, Dolchstöße und über ironische Nachrichten in den sozialen Medien. Sie redete fahrig, sprang von der einen Episode zur nächsten. Es war schwierig, ihr zu folgen, und die Müdigkeit war wie ein Band, das sich um seinen Kopf zurrte und ihn in seinem gesunden Urteilsvermögen blockierte.

Verner vermied den Blick auf die Uhr und ließ sie gewähren, wobei er sich Stichworte auf den vor ihm liegenden Block notierte. Es schien eine weitaus längere Geschichte zu werden, als er zunächst angenommen hatte. Marius hatte ihn darum gebeten, das Gespräch möglichst lange hinauszuzögern, so gesehen war es also sehr positiv, dass sich ihre Zunge endlich gelockert hatte. Doch dann schien es, als wären ihr unversehens die Wörter ausgegangen. Er überlegte, an welchem Teil ihrer Geschichte er erneut ansetzen konnte – bei den Sommerferien oder dem restlichen Verlauf von der Party? Langsam wurde es spät, und sie waren beide müde. Die Dunkelheit kroch schon ans Fenster heran.

»Idunn ist also irgendwie an dein Tagebuch gekommen«, sagte er. »Wieso hast du das mitgenommen auf die Party?«

»Sag mal, sind Sie bekloppt, oder was?«

Sie funkelte ihn an. Verner fühlte sich zurechtgewiesen.

»Ich hab Ihnen doch erzählt, dass Idunn und Linnea bei mir waren, bevor wir los sind. Weil wir doch zusammen zur Party wollten. Dachte ich. Ich hab wirklich geglaubt, wir wären wieder Freunde. Idunn muss das Buch geholt haben, als sie aufs Klo ist, bevor wir gegangen sind. Sie ist nach oben gegangen, während Linnea und ich uns im Flur angezogen haben. Die hatten das geplant. Dass sie sich in mein Zimmer schleichen würde. Sie wusste, wo ich mein Tagebuch normalerweise aufbewahre. Ich hab's nur zu spät geblickt. Die sind nicht bei mir vorbeigekommen, damit alles wieder so war wie früher. Als Idunn dastand und laut vorlas, hatte ich mit einem Mal alles verstanden. Die Leute haben gelacht. Ich wusste nicht, was ich tun sollte, aber ich konnte denen doch nicht mein Tagebuch überlassen.«

Verner Jacobsens Büro verschwand vor ihren Augen, als sie an den Abend zurückdachte. Ihr war, als könnte sie Idunn hören.

»Oh, passt mal auf, jetzt kommt's! Hört zu!«

Idunn ist auf einen Stuhl gestiegen. Sie hält das Tagebuch mit beiden Händen und blickt sich im Wohnzimmer um, als wäre sie eine Schriftstellerin in der Schulbücherei und wollte gerade einen schlüpfrigen Auszug aus ihrem letzten Buch vorlesen. Marte spürt, dass ihre Knie allmählich nachgeben.

»Er ist einfach sooo süß, ich weiß nicht, wie ich es anders sagen soll, aber heute habe ich bemerkt, dass er mich ansieht. Ich muss an seine Lippen denken. Die ganze Zeit denke ich an seine Lippen und wie es wohl ist, ihn zu küssen. Ihn küssen. Ihn küssen. Ihn küssen. Ich denke bloß noch daran, ihn zu küssen.«

Das Gelächter trifft sie. Ein Schneeball mitten ins Gesicht. Mit Steinchen drin. Ich kann nicht abhauen, denkt sie. Ich kann nicht im Teppich versinken, durch das Parkett. Ich kann schreien. Ich kann schlagen. Ich kann weinen, dachte Marte, doch sie bleibt stehen, als wäre sie gar nicht da. Marte hat ihren Körper verlassen. Er ist aus Eis und völlig steif, außerstande, sich zu rühren. Das Gelächter zieht mit schweren, lautlosen Flügelschlägen an ihr vorüber. Sie spürt es wie einen kalten Luftzug. Es wird dunkel. Jemand muss das Licht gedimmt haben. Sie kann fast keinen mehr sehen. Aber Fredrik sieht sie. Mit einer Bierflasche in der Hand steht er da, führt sie an den Mund, immer wieder, beinahe rhythmisch. Trinkt und trinkt. Sie erinnert sich an seine Worte, die er vor wenigen Minuten erst ausgesprochen hat. »Lasst sie doch in Ruhe, Mann.«

Das war, wie Waffeln und Saft zu bekommen, nachdem man auf den Asphalt gefallen ist. Freude, die sich in die Traurigkeit einschleicht. Die Hoffnung hatte an der Deckenlampe über ihr gehangen und ihr zugeblinzelt, als die anderen auf ihn gehört und aus dem Keller gegangen waren. Sie war aufgestanden, hatte sich angezogen und war die Treppe hinaufgestiegen. Sie musste nach Hause. Sie rief ihre Mutter an, doch ihre Mutter konnte sie nicht abholen. Rief ihren Vater an. Wenn er das Auto nähme, ginge es schnell, dachte sie. Doch der war bei seiner neuen Freundin, und sie erinnerte sich an die Weinflasche, die auf dem Küchentisch gestanden hatte, bevor er gefahren war. Dann würde er wahrscheinlich laufen. Er nähme die Abkürzung durch den Wald. Eine halbe Stunde oder länger würde es dauern, bis er hier wäre.

»Es ist warm gewesen heute. Linnea, Idunn und ich waren am Damtjern-See und haben uns gesonnt.«

Idunn liest weiter. Marte weiß, was in der nächsten Zeile steht. Die darf sie nicht laut vorlesen! Dann ist sie tot. Es stimmt nicht, was sie da geschrieben hat, dass sie mit Fredrik geschlafen hat. Das war bloß eine Idee, eine Fantasie, doch das weiß nur sie. Alle anderen werden glauben, dass es stimmt. Idunn bringt mich um, denkt sie. Und Fredrik erfährt, dass ich eine Lügnerin bin, er wird mich hassen. Wenn Idunn das laut vorliest, muss sie die Rasierklinge benutzen. Dann gibt es kein Zurück mehr. Noch vor dem nächsten Morgen wird sie tot sein.

Sie denkt nicht. Sie muss Idunn daran hindern, noch mehr aus dem Buch vorzulesen. Sie muss ihr die Fresse stopfen. Aber sie steht zu weit weg. Die Worte werden Idunn nicht erreichen, selbst wenn sie schreit. Sie bückt sich, zieht sich einen Stiefel aus, wirft. Der Stiefel trifft Idunn mitten ins Gesicht, und sie taumelt nach hinten. Als sie hinfällt, lässt sie das Buch los. Linnea und ein paar andere knien neben ihr. Marte drängt sich durch das aufkommende Chaos nach vorn, greift sich ihr Tagebuch. Läuft weg.

»Und dann, wohin bist du gelaufen?«

Marte hatte sich in ihrer eigenen Welt befunden, geflüstert, als spräche sie zu sich selbst, zögerlich, als behielte sie die Worte am liebsten in sich. Als er sie fragte, wandte sie den Kopf zu ihm um, beinahe überrascht, dass sie noch existierte oder in Verner Jacobsens Büro saß.

»Wohin bist du gelaufen?«

»Nach Hause.«

»Alleine?«

»Ja glauben Sie denn, jemand wäre mir nachgerannt?«

Sie lachte hohl. Die Leere in ihr erzeugte ein Echo.

»Ich bin so schnell gelaufen, wie ich konnte, hatte erst Angst, jemand könnte mir tatsächlich folgen. Es war ziemlich schwer, mit nur einem Stiefel zu rennen. Und kalt. Erst am Obelisken habe ich mich getraut, anzuhalten, musste wieder zu Atem kommen. Ich habe den Weg verlassen, bin auf diesen Abhang da zu … na ja, Sie wissen schon … Ich hatte Angst, dass mir jemand hinterherkommt. Ich wollte mich verstecken und mich ein bisschen ausruhen. Es kam aber keiner, natürlich kam keiner. Und ich weiß nicht, ob ich erleichtert war oder es mich traurig gemacht hat. Ich war es also nicht einmal wert, dass sie mich kriegten, verstehen Sie? Genauso gut hätte ich unsichtbar, hätte ich tot sein können.«

Sie hob den Kopf und sah ihn an, wie um sich zu vergewissern, dass er auch zuhörte.

»Dann bin ich nach Hause gelaufen.«

»Und als du nach Hause gekommen bist, wie spät war es da?«

»Keine Ahnung. Ich bin sofort ins Bett gegangen.«

»War jemand zu Hause?«

»Nein, Papa war ja losgegangen, um mich abzuholen. Oder, tja, ich hab mich schon gefragt, wo er wohl war, weil ich eigentlich davon ausgegangen bin, ihn auf dem Weg zu treffen. Aber eigentlich war ich bloß erleichtert, dass ich ihm nicht begegnet bin, dass ich einfach ins Bett fallen und mich beruhigen konnte, bevor er kam.«

»Du hast nicht daran gedacht, ihm Bescheid zu geben, dass du wieder zu Hause warst?«, fragte Verner Jacobsen.

Marte zuckte mit den Schultern.

»Hab nicht dran gedacht.«

Stille. Verner verwunderte es, dass ihr das Schweigen nichts auszumachen schien. Normalerweise plapperten die Leute nur so drauflos, wenn die Stille allzu aufdringlich wurde. Marte wirkte entspannt, als schliefe sie jeden Augenblick ein. Gepriesen sei, wer einen jugendlichen guten Schlaf hat, dachte Verner Jacobsen und empfand einen Anflug von Neid.

»Aber als dein Vater nach Hause gekommen ist, hat er da erzählt, wo er gewesen ist?«

»Ja, natürlich. Er hatte den Bus genommen, als er mich abholen wollte, deshalb hab ich ihn nicht getroffen. Er ist bei Linnea zu Hause gewesen, hat meinen Stiefel gefunden. Dann ist er zurückgelaufen und hat versucht, mich einzuholen. Da hat er Fredrik getroffen, nehm ich an.«

»Hat er das gesagt? Dass er Fredrik getroffen hat?«

»Nein, da nicht. Er hat bloß eine Weile an meinem Bett gesessen. Ich konnte nicht sprechen. Aber am nächsten Tag hat er's mir erzählt.«

Sie flocht auf dem Schoß ihre Finger ineinander. Dann richtete sie ihren Blick so plötzlich auf ihn, dass es sich wie ein Messerstich anfühlte.

»Glauben Sie, dass er es war? Fredrik?«

»Es ist an mir, hier die Fragen zu stellen, Marte«, sagte er. »Was ich glaube oder nicht, ist unwichtig. Ich sammle nur die Fakten. Beinahe so wie beim Pilzesammeln.« Er lächelte. »Ich sammle alle Fakten in einen Korb, doch auf einmal entdecke ich, dass sich da ein Zauberpilz untergemogelt hat.«

Marte runzelte die Stirn und starrte ihn verständnislos an.

»Ein giftiger Pilz«, erklärte er. »Kann Halluzinationen hervorrufen und dir den Blick auf die Realität verstellen. Es ist wichtig, dass man die aus dem Korb nimmt.«

»Okay«, murmelte Marte.

Verner Jacobsen spürte, dass er eine Unterbrechung brauchte. Dass er mit Metaphern daherkam, die die Zeugin verwirrten, war ein deutliches Zeichen dafür, dass es an der Zeit für eine Pause war.

»Es ist spät, Marte, doch eine Sache noch. Ich glaube, da ist noch mehr auf dieser Party passiert. Irgendetwas, das du mir nicht erzählst. Was ist passiert, bevor Idunn aus deinem Tagebuch vorgelesen hat? Vorhin hast du schon einmal davon angefangen. Es hat etwas mit Fredrik zu tun, stimmt's?«

Marte antwortete nicht. Sie wühlte in ihrer Jackentasche. Dann streckte sie ihm ihre Faust hin und knallte etwas auf den Tisch.

Das silberne Herz mit dem zerrissenen Lederband zitterte einen Augenblick.

87

Bitte fuhr auf den Garagenhof und ließ ihr Auto im Leerlauf stehen, während sie ausstieg, um das Tor zu öffnen. Den ganzen Tag über hatte es geschneit, aber jetzt wurde der Schneefall dichter. Bei der milderen Witterung war der Schnee wie Puderzucker, und die Räder drehten durch, als sie das Auto durch die schmale Öffnung manövrieren wollte. Sie setzte zurück, versuchte es noch einmal, kam jedoch keinen Millimeter vorwärts.

»Verdammte Scheiße!«

Wieder setzte Bitte zurück, bis ganz nach hinten, legte den Gang ein und gab Gas. Die durchdrehenden Räder kreischten, und sie fluchte abermals. Wo zur Hölle waren die Räumfahrzeuge, wenn man sie mal brauchte? Sie hatte sich schon damit abgefunden, ihr Auto stehen lassen zu müssen und sämtlichen Verkehr zu blockieren, als an ihrem Seitenfenster ein Schatten erschien. Sie erschrak. Als sie rückwärts gefahren war, hatte sie niemanden gesehen.

Der Mann stand an der Autotür mit einem Grinsen auf dem Gesicht und hatte einen riesigen Rottweiler an der Leine. Er klopfte ans Fenster, und Bitte fuhr es herunter.

»Hallo, brauchen Sie Hilfe? Sie müssen unsere neue Nachbarin sein, oder?«

Sie nickte und streckte zum Gruß die Hand aus dem Fenster.

»Ich dachte mir schon, dass ich Sie neulich tagsüber hier gesehen habe«, sagte er lächelnd und gab seinem Hund einen Befehl, worauf er Sitz machte. Dann ging er zum Heck, um anzuschieben.

Oh nein, dachte Bitte, der muss mich gesehen haben, als ich halb nackt nach draußen gelaufen bin und den Kindern hinterhergerufen habe. Ich hoffe bloß, er weiß nicht, dass ich bei der Polizei bin. Vorsichtig gab sie Gas, und das Auto glitt an seinen Platz. Der Mann wartete und begleitete sie auf dem Fußweg.

»Sie sind also bei der Polizei«, sagte er. »Ich muss schon sagen, das ist beruhigend.«

Bitte schaute ihn an. War das etwa ironisch gemeint?

»Es hat hier ein paar Einbrüche gegeben, sodass ich mir eine Alarmanlage installiert habe.« Er lachte und wies auf den Hund.

»Ein bisschen teuer im Unterhalt, funktioniert aber gut. Und Sie wohnen alleine? Mit zwei Kindern?«

Meine Güte, was die Leute alles so mitbekommen, dachte Bitte.

Es war schon dunkel geworden, und sie hatte vergessen, die Außenbeleuchtung anzuschalten. Sie fummelte mit den Schlüsseln herum. Auch hatte sie vergessen, drinnen Licht anzulassen. Das Haus war dunkel. Sie tastete sich zum Lichtschalter vor. Es geschah nichts. Sie öffnete die Haustür wieder und schaute über die Straße, um nachzusehen, ob es auch in den anderen Häusern dunkel war. Aus allen Fenstern schien warmes Licht. Also betraf es nur sie. Der Sicherungskasten, wo war der noch gleich? Und die Taschenlampe? Im Flur erspähte sie das flache Schränkchen mit den veralteten Schraubsicherungen. Sie konnte nichts erkennen, fühlte, ob eine noch warm war.

Sollte sie dem Mann mit dem Hund nachlaufen und um Hilfe bitten? Nein, verdammt, dachte sie. Das würde den gesamten Polizeiapparat in Verruf bringen. Stattdessen ging sie in die Küche und wühlte in den Schubladen herum in der Hoffnung, dort Streichhölzer zu finden. In der Schublade mit den Trockentüchern fand sie schließlich eine Schachtel. Gott sei Dank hatte sie drei große Stumpfkerzen gekauft und sie in eine Schale auf den Wohnzimmertisch gestellt. Sie zündete die Kerzen an und beobachtete, wie der Widerschein und ihr Spiegelbild in der dunklen Fensterscheibe zu erkennen waren. Durch ihren Körper hindurch konnte sie den Garten und den Rest der Wohnanlage sehen.

Bitte Røed prüfte den Sicherungskasten noch einmal und bemerkte, dass glücklicherweise nur der eine Stromkreis unterbrochen war. Das Obergeschoss schien in Ordnung zu sein, doch Reservesicherungen hatte sie keine. Sie brachte es nicht über sich, ihr Auto wieder aus der Garage zu lavieren. Das konnte warten. Immerhin hatte sie Licht im Badezimmer. Und außerdem schufen Kerzen auch eine ganz eigene Stimmung.

Mit einem Kugelschreiber und der Rückseite eines alten Einkaufszettels bewaffnet kroch sie auf das Sofa, um die Weihnachtseinkäufe zu planen. Ihre Gedanken irrten umher. Das Verhör von Agnar Eriksen hatte dazu geführt, dass sie sich wie eine Sozialarbeiterin fühlte, die sich um jemanden mit tiefen psychischen Verletzungen kümmerte. Immer noch konnte er sich nicht an die Mordnacht erinnern. Alles wirkte verschlossen, und solange sie keine schlagkräftigen Beweise hatten, die ihn auf die Verbrechen festnagelten, hatten sie weiterhin einen unaufgeklärten Fall. Sie schaute auf die leere Geschenkeliste und schrieb »Peder: Fußballschuhe? FIFA-Spiel für Xbox«. Er wünschte sich ein iPhone, aber das kam überhaupt nicht infrage. Julie wollte wahrscheinlich am liebsten einen Gutschein fürs Liertoppen haben, damit sie sich zwischen den Jahren mit Klamotten im Sonderverkauf eindecken konnte. Sie nahm eine prickelnde Freude wahr, als sie an die bevorstehenden Feiertage dachte. Sie fragte sich, was sie Kristian kaufen sollte. Er hatte sie nach ihren Wünschen gefragt, doch ihr fiel nichts ein. Was bin ich glücklich, dachte sie, ich hab alles, was man sich nur wünschen kann.

Ein plötzliches Ziehen machte sich in ihrer Brust bemerkbar, als ihre Gedanken Idunns Eltern streiften. Und Verner. Eltern, die keine Kinder mehr hatten. Was hätte Weihnachten dann noch für einen Sinn, hätte sie eines ihrer Kinder verloren? Was hätte dann überhaupt noch einen Sinn?

Sie nahm ihr Handy und schrieb zwei kurze SMS mit Herzen und Smileys und schickte sie ab, eine an Peder, eine an Julie. Sie waren bei Robert an diesem Wochenende. Mit einem Mal war es so still im Haus. Und kalt. Sie machte Feuer im Kamin, blieb davor sitzen und starrte in die Flammen, dachte darüber nach, ob sie Kristian auf eine Stippvisite einladen sollte, verwarf den Gedanken. Sie wollte nicht nerven. Außerdem hatte er gesagt, er müsse arbeiten.

Sie vermisste ihn, glaubte, seine Stimme zu hören. Allein die Art, wie er ihren Namen aussprach, ließ sie frösteln. Sie legte die Liste mit den Geschenkideen auf den Tisch. Sie verspürte eine unerklärliche Rastlosigkeit. Als sie den Laptop holte, fiel ihr ein, dass sie unten keinen Strom hatte, und sie ging ins Obergeschoss, um ihn aufzuladen. Die Tür zu Julies Zimmer stand einen Spalt weit offen. Dort drinnen herrschte wie gewöhnlich ein wahrhaftes Chaos, das drohte, sich bis auf den Flur auszubreiten. Vielleicht sollte sie ein bisschen aufräumen?

Das Bettzeug war zusammengeknüllt, und Bitte setzte sich auf die Bettkante. Als sie Julies Kissen an ihr Gesicht drückte und den süßen Geruch ihrer Tochter einatmete, überfiel sie eine große unbegreifliche Trauer. Wie lange bleibt ein solcher Geruch wohl hängen? Ob Idunns Mutter auch so dasaß auf der Bettkante, um den letzten Rest ihrer Tochter einzufangen? Unversehens standen ihr Tränen in den Augen.

»Herrjemine, reiß dich zusammen«, sagte Bitte laut. »Deine Tage stehen bloß wieder vor der Tür, und du bist übersensibel. Julie ist bei Robert, hallo! Sie ist nicht gekidnappt oder ermordet worden. Deine Kinder sind sicher. Du siehst sie am Sonntag.«

Sie schüttelte das Kopfkissen auf und machte das Bett. Als sie die Bettdecke hochhob, um sie ordentlich auf das Bett zu legen, fiel ihr etwas Hartes auf den Fuß. Sie hob ein Buch auf, das aus dem Bettwäschengewirr herausgepurzelt war. Ich wusste gar nicht, dass Julie Tagebuch schreibt, dachte sie und öffnete den Deckel. Gerade wollte sie das Buch auf den Schreibtisch legen, als ihr bewusst wurde, was sie da in der Hand hielt.

Das war nicht Julies Tagebuch. »Marte Skage« stand mit Kugelschreiber auf der Innenseite. Sie verspürte einen Adrenalinschub, und ihre Ohren begannen zu rauschen. Wieso lag das hier in Julies Zimmer? Sollte sie der Versuchung nachgeben und einen heimlichen Blick in etwas werfen, das bald schon ein Beweisstück sein könnte? Als sie soeben die erste Seite mit der zierlichen Handschrift aufgeschlagen hatte, hörte sie ein Knacken wie von einer Tür, die geöffnet wurde. Sie lauschte.

Stille.

Ich muss mich langsam mal an die Geräusche in dem Haus gewöhnen, dachte sie und schlug das Buch wieder auf. Sie blätterte zur letzten beschriebenen Seite.

Ich sehe Idunn an meinem Bett stehen, wenn ich aufwache. Ich sehe, wie sie mir den Rücken zukehrt. Dann verlässt sie das Zimmer. Wenn ich ins Badezimmer gehe, sitzt sie auf dem Badewannenrand. Durch ihren Körper hindurch kann ich verschwommen die Flaschen mit Duschgel sehen. Sie schaut mich an. Horror, wie sie ihre Lippen schürzt und lächelt. Ihre Zähne sind schwarz, und ihre Augen verändern sich, werden zu Hohlräumen. Ich versuche, sie nicht zu beachten. Stelle mich unter die Dusche und drehe den Warmwasserhahn auf. Wenn ich die Badebürste benutze und mir die letzten Farbflecke abreibe, die sie mir auf die Haut gesprüht hat, verschwindet sie im Dampf. Aber wenn ich aus der Dusche steige und nach dem Handtuch am Halter greife, ist sie wieder da. »Du bist tot«, sage ich. »Kannst du mich nicht in Ruhe lassen?« Sie antwortet nicht. Starrt mich weiter aus diesen leeren Augenhöhlen an. Sie folgt mir, wenn ich auf mein Zimmer gehe. Und jetzt, wo ich hier sitze und schreibe, sitzt sie neben mir. Ich kann ihre kalte Schulter spüren, die sich an mich lehnt.

Bitte erschauderte. Was um alles in der Welt hatte das zu bedeuten? Als das Handy neben ihr vibrierte und einen Ton von sich gab, dass sie eine SMS empfangen hatte, ließ sie das Buch mit einem Knall auf den Boden fallen. Die Kinder. Sie lächelte. Sie hielten sie für einen sentimentalen Schwachkopf, der immerzu Hab-dich-lieb-SMS verschicken musste, wenn sie bei Papa übernachteten. Doch die Nachricht kam weder von Peder noch von Julie. Sie kam von Marte.

Hallo Bitte. Bestimmt fragst du dich, wieso ich dir schreib, aber irgendwie glaub ich, dass ich dir vertrauen kann. Muss mit dir reden. Wichtig! Kannst du sofort kommen? Bitte! Bin beim Obelisken. Brauche dich!!

Verdutzt las Bitte Røed die SMS noch einmal. Marte war heute vernommen worden. Wusste sie etwas, das sie den anderen nicht erzählt hatte? Warum sprach sie nicht mit ihrem Vater? Sie schrieb zurück:

Natürlich kannst du mir vertrauen! Worüber willst du mit mir reden?

Sie schickte die SMS ab und wartete. Noch einmal betrachtete sie das Tagebuch und erwog, ob sie weiterlesen sollte, doch das war nicht richtig. Gerade noch hatte sie geschrieben, Marte könne ihr vertrauen. Bitte ging wieder hinunter ins Wohnzimmer. Das Feuer im Kamin brannte, und wie jedes Mal breitete sich der Geruch von Birkenholz aus, als sie den Kamin mit einem neuen Scheit fütterte. Fünf Minuten vergingen, dann erklang der Nachrichteneingang wieder.

Hab dich auch lieb, Mama <3

Von Julie.

Bitte lächelte und schickte ein Herz zurück.

Wieder ein Pling. Eine SMS von Marte.

Kann ich dir nicht schreiben. Hab Angst. Komm!

Sie drückte auf den Telefonhörer neben Martes Namen im Display und hoffte, die Angelegenheit ließe sich regeln, ohne dass sie ihr warmes Wohnzimmer verlassen musste. Sie ließ es lange klingeln, doch es nahm niemand ab. Ein plötzliches Gefühl, dass etwas nicht stimmte, überkam sie.

Nicht noch ein Mädchen, dachte Bitte Røed und pustete die Kerzen auf dem Wohnzimmertisch aus. Schnell zog sie sich Jacke und Schuhe an und ließ hinter sich die Haustür scheppernd ins Schloss fallen. Der Weg war nicht geräumt, und der Schneematsch reichte ihr bis über die Knöchel. Sie ließ das Garagentor offen stehen und hoffte, sie würde bei ausreichender Geschwindigkeit wieder hineingelangen.

Geschwindigkeit brauchte sie auch, als sie die ersten Steigungen der Høgdabakkene hochfuhr. Was Marte wohl von ihr wollte? Und wieso war sie hier, tief im Wald? Hatte sie etwas oder jemand an den Tatort zurückgetrieben? Sie fuhr an der Brandstätte vorbei, und bald darauf wurde die Straße flacher. Im Licht der Scheinwerfer sah sie das weiß-rote Flatterband. Sie hielt an, ohne den Motor auszuschalten, und schaute sich um. Keine Spur von Marte.

Bitte Røed wendete das Auto und parkte am Straßenrand. Ein Zipfel des Absperrbandes hatte sich gelöst und flatterte im Wind. Marte hatte sich hoffentlich keinen Zutritt verschafft und war zum Obelisken hinuntergelaufen? Sie nahm die Maglite aus dem Handschuhfach, ließ das Auto unabgeschlossen. Eine Weile blieb sie stehen und horchte. Ein schwaches Rauschen von der Schnellstraße. Und das leise Geräusch von Schneeregen. Sonst nichts. Sie ließ das Licht der Taschenlampe über die Umgebung schweifen. Nichts. Sie trat an die Kante des Abhangs und leuchtete zum Obelisken hinunter. Nichts. Auch keine Spuren im Schnee. Wo steckte Marte?

Bitte Røed wurde ärgerlich. Trieb da etwa jemand seine Späße mit ihr? Sie bekam Angst. Mein Gott, vielleicht war Marte etwas zugestoßen, und sie lag hier irgendwo verletzt oder ... ihr kam ein fürchterlicher Gedanke. Ich ruf Verner an!

Sie wählte die Nummer im Display aus. Es half nichts, dass er vorhin im Büro ziemlich groggy ausgesehen hatte, sie hatte das akute Bedürfnis, seine sichere Stimme zu hören, und schließlich war er der hauptverantwortliche Ermittler und hatte eine klare Übersicht.

»Hallo, Bitte?«

Er hörte sich fröhlich an.

»Ja, hallo, stör ich?«

»Nein, wir machen gerade eine Pause, alles in Ordnung.«

»Bist du noch bei der Arbeit?«

»Fahre bald nach Hause.«

»Ich hab ein paar SMS von Marte erhalten«, sagte Bitte. »Ich glaub, sie weiß was, aber jetzt bin ich mir ein bisschen unsicher, inwieweit ich mich einmischen darf, ich weiß ja, dass ich befangen bin, aber Marte vertraut mir. Ich kann sie bestimmt dazu bringen, mehr zu erzählen, als du das kannst … Also, versteh mich nicht falsch, aber …«

Stille am anderen Ende. Der Teufel soll meine große, rot angemalte Klappe holen, dachte sie. Wie schaffte sie es bloß, so viel dummes Zeug in so kurzer Zeit zu reden? Sie hörte, wie Verner sich räusperte.

»Was sagt sie?«

»Ich hab noch nicht mit ihr gesprochen, und genau das verursacht mir Bauchschmerzen, sie geht nicht an ihr Handy. Ich hab Angst, dass ihr vielleicht was zugestoßen sein könnte. Sie hat gesagt, sie sei beim Obelisken, und hat mich gebeten, dorthin zu kommen, sie wollte mir was Wichtiges erzählen. Sie wirkte verängstigt.«

»Bitte, wo bist du gerade?«

Er wirkte aufgeschreckt, so gar nicht typisch für ihn.

»Ich bin beim Obelisken.«

»Mach, dass du da wegkommst!«

»Nein«, sagte Bitte. »Stell dir vor, sie ist hier irgendwo und …«

»Bitte Røed, fahr nach Hause und bleib da. Sofort!«

Sie hörte, dass er es ernst meinte. Sie ging auf ihr Auto zu, während sie in ihrer Jackentasche nach dem Schlüssel kramte. Wo war der denn abgeblieben?

»Das ist eine Falle, Bitte«, sagte Verner Jacobsen. »Irgendjemand weiß etwas, und derjenige muss wohl glauben, dass du auch etwas weißt. Ich schicke umgehend eine Streife los, die die Gegend rund um den Obelisken überprüfen soll.«

»Verner, entspann dich, was zum Kuckuck sollte ich schon wissen? Ich bin doch von den Ermittlungen ausgeschlossen.«

Sie redete weiter, vornehmlich, um ihre schleichende Furcht zu dämpfen. Sie öffnete die unverschlossene Autotür, setzte sich hinein und sah in den Spiegel. Die Dunkelheit blickte sie an.

»Marte ist doch bloß eine Jugendliche«, sagte Bitte. »Ich bin es gewohnt, mit Teenagern klarzukommen.«

Sie versuchte zu lachen. Die Schlüssel! Wo waren bloß die Schlüssel?

»Bitte«, sagte Verner, langsam, als redete er mit einem Kind. »Marte hat dir die Nachrichten nicht geschickt.«

Endlich fischte sie das Schlüsseletui aus dem Chaos aus Lippenstift, Lakritzpastillen und alten Quittungen in ihrer tiefen Jackentasche heraus. Es hatte sich in einem Loch im Futter verheddert. Sie steckte den Schlüssel ins Zündschloss und ließ den Motor an, die Scheibenwischer knirschten unter der Last des schweren Schnees auf der Windschutzscheibe.

»Doch, hat sie wohl.«

Sie nahm sich nicht die Zeit, ihr Handy an die Freisprechanlage anzuschließen, sondern hielt es zwischen Wange und Schulter geklemmt, während sie das Auto den schmalen Forstweg entlanglenkte. Aufgrund des Schneetreibens war die Sicht schlecht.

»Nein, hat sie nicht, weil sie immer noch hier im Polizeipräsidium sitzt«, hörte sie Verner sagen. »Wir haben sie darum gebeten, uns ihr Handy einmal ansehen zu dürfen, doch sie behauptet, es verloren zu haben. Sie hat kein Handy.«

88

Vor der Garage gab Bitte Røed Vollgas, blieb jedoch wieder hängen, und die Reifen drehten durch. Sie fuhr rückwärts und stellte das Auto an der Bushaltestelle ab, obwohl das streng genommen verboten war, aber was sollte sie anderes tun? In der Nachbarschaft würde vor morgen früh nicht wieder geräumt werden. Mit dem Handy im Schoß blieb sie sitzen, dann öffnete sie die Nachricht noch einmal. Wer bist du, dachte sie und stierte auf die Worte. Konnte Fredrik dahinterstecken? Bei Fredrik und Marte war irgendetwas im Busch. Machten die gemeinsame Sache?

Sie steckte ihr Handy in die Jackentasche, ging den Weg zu ihrem Haus entlang und dachte zurück an das Gespräch zwischen Marte und Julie, das sie vor ein paar Tagen mitgehört hatte. Es hatte nicht in ihrer Absicht gelegen, zu lauschen, doch sie hatte der Versuchung auch nicht widerstehen können, ihr Ohr an die Tür zu Julies Zimmer zu legen. An die Worte Martes konnte sie sich noch genau erinnern:

»Bei der war's irgendwie so, als hätte die gar keine Gefühle gehabt, als hätte sie kein Herz. Sie hat alle ausgenutzt. Sogar Fredrik.«

Und dann Julie:

»Jeder hat ein Herz, Marte, aber der eine hat eben ein kälteres als der andere.«

»Idunns ist jetzt jedenfalls kalt …«

Stille.

Dann Julies flüsternde Stimme:

»Du bist froh darüber, oder, Marte?«

Darauf folgten Geräusche, und Bitte bekam nichts mehr mit. Dann hörte sie Marte weinen.

»Und jetzt bin ich es …«, hatte Marte gesagt. »Es fühlt sich an, als ob ich jetzt diejenige wäre, die herzlos ist.«

Bitte Røed steckte den Schlüssel ins Schloss und wollte ihn gerade umdrehen, als sie bemerkte, dass die Tür gar nicht abgeschlossen war. Hatte sie abzuschließen vergessen? Sie wusste noch, dass sie die Tür hinter sich zugeworfen hatte, als sie das Haus verlassen hatte. Doch, sie musste es vergessen haben. Sie zog Stiefel und Jacke aus und vergewisserte sich, dass die Haustür von innen verriegelt war.

Noch immer dachte sie darüber nach, weshalb Fredrik oder jemand anderes wollte, dass sie zum Obelisken fuhr. Was wollte derjenige damit sagen? Und was wollten sie ihr erzählen? Was dachten sie, was sie wüsste? Verner hatte gesagt, er wolle sie zurückrufen, doch ihr Handy blieb stumm.

Die Kerzen auf dem Tisch flackerten, als hätte jemand ein Fenster geöffnet, als sie das Wohnzimmer betrat. Es muss durch die Fensterrahmen ziehen, dachte Bitte und ging zur Terrassentür hinüber. Sie schaute hinaus. Ihr Gartenfleckchen schneite völlig zu. Ein kleiner Weihnachtsbaum da draußen wäre schön, dachte sie. Die Kerzenflammen spiegelten sich im Fenster, und plötzlich fiel es ihr auf. Gut möglich, dass sie vergessen hatte, abzuschließen, aber sie erinnerte sich noch deutlich, wie sie die Kerzen auf dem Tisch ausgepustet hatte.

Eine Tür knackte im Obergeschoss. Sie hatte das Gefühl, als würde ihr ein Insekt den Nacken hinaufkriechen.

Das sind keine normalen Geräusche in einem Haus, durchfuhr es sie. Es ist jemand hier.

89

Verner Jacobsen entschloss sich, selbst nach Lier zu fahren. Er bekam Ida Madsen zu fassen, die auch noch bis spät arbeitete. Sie bot sich an, zu fahren. Keiner redete großartig unterwegs. Einen Augenblick dachte er darüber nach, mit welchen Kollegen er am liebsten arbeitete – den eher stillen, kontrollierten, wie Ida, oder doch eher den etwas forscheren. Wie Bitte.

Er starrte auf das iPad auf seinem Schoß und überflog die Protokolle der Verhöre von Fredrik, Kristian und Agnar. Es fühlte sich an, als befände er sich unter dem Eis. Er vernahm die Stimme seines Vaters: »Such immer nach dem Dunkeln! Die Öffnung ist da irgendwo.«

»Wusstest du, dass einem die Gedanken in so hoher Geschwindigkeit durchs Hirn fliegen, dass ein durchschnittlicher Mensch bis zu siebzigtausend pro Tag denkt?«, fragte Ida.

»Hm?«

»Die Information ist da«, fuhr Ida fort und nickte auf das iPad. »Wir müssen nur einen Augenblick mal aufhören, siebzigtausend Gedanken zu denken. Ich glaube, die Antwort liegt in einem der Verhörprotokolle. Irgendwie hab ich das Gefühl, dass wir was übersehen haben.«

Ja, dachte Verner, hier oder an einer anderen Stelle, sicher wie die Öffnung im Eis. Es galt nur, sie zu finden. Er richtete seinen Blick wieder auf den Bildschirm.

Der Wald wirkte, wenn das überhaupt möglich war, noch düsterer. Das Schneetreiben hinderte das Licht der Treibhäuser daran, sich in der Umgebung auszubreiten. Vor den Autoscheinwerfern bildeten die Schneeflocken eine dichte Wand. Man sah nur eine weiße Wand, dahinter war es dunkel. Sie fuhren an der Brandstätte vorüber. Das Haus lag wie ein Skelett mit seinen schwarzen Schlotknochen da, reckte sich und verschwand im Schneetreiben.

Ida nahm Schwung, um den letzten Hügel hinaufzugelangen, bevor das Terrain abflachte. Das Auto schlitterte zur Seite, und um ein Haar wären sie in den Graben gefahren. Er beobachtete, wie sie sich in den Sitz presste und den Atem anhielt, sagte aber nichts. Als es wieder ein wenig bergab ging, nahm sie ein wenig den Fuß vom Gas. Dann waren sie da.

Die rot-weißen Flatterbänder waren zerrissen.

»Dass die Leute auch vor nichts Achtung haben!«

Verner erschrak. Lautstarke verbale Äußerungen vonseiten Idas waren außergewöhnlich. Doch sie zügelte sich rasch.

»Ich wünschte, wir hätten eine Dienstwaffe«, flüsterte sie.

Eine Weile starrten sie aus dem Autofenster, doch das Einzige, was sie sahen, war Dunkelheit und Schnee.

90

Bitte Røed verharrte mit geballten Fäusten, horchte, wobei sie versuchte, sich an effektive Selbstverteidigungsmaßnahmen zu erinnern. Sie wusste, wohin sie schlagen und treten musste, um größtmöglichen Schaden anzurichten, es galt bloß, den richtigen Zeitpunkt abzupassen. Von oben kamen keine Geräusche mehr. War alles nur Einbildung gewesen? Sie wollte gerade schon ins Obergeschoss gehen, als sie hörte, wie sich eine Tür öffnete und Schritte sich auf der Treppe näherten.

»Da bist du ja endlich!«

Die Stimme durchstieß sämtliche dicke Adrenalinschichten und ließ ihr Verteidigungsbollwerk zusammenkrachen wie einen alten Bretterzaun.

»Kristian?«

Sie merkte, wie sich ihr Hals in einem Versuch, die nahende Tränenflut zu stoppen, zusammenschnürte. Und dennoch ließ sie sich nicht aufhalten.

»Scheiße, du bist doch nicht ganz gescheit«, schrie sie. »Du kannst einen ja zu Tode erschrecken! Hast du eine Ahnung, wie viel Angst du mir gemacht hast?«

Kristian, der sie zunächst nur angestarrt hatte, lächelte und sagte:

»Hab gar nicht gewusst, dass Polizistinnen Angst haben.«

»Wir haben am meisten Angst«, sagte Bitte und ging die Treppe hinauf. Sie sank in seine ausgestreckten Arme. »Wir sind für gewöhnlich bloß ein bisschen geschickter als andere, das zu verbergen.«

»Gut, dass du keine Überfrau bist«, sagte Kristian und drückte sie eng an sich.

»Aber was machst du eigentlich hier? Im Obergeschoss?«, fragte Bitte, als sie hinunter ins Wohnzimmer gingen.

»Musste nur mal aufs Klo«, sagte Kristian. »Tut mir leid, dass ich dich erschreckt habe, aber du bist nicht die Einzige gewesen, die Angst bekommen hat, das kann ich dir sagen. Du hast ja keine Ahnung, welche Schreckensszenarien ich mir schon ausgemalt hab, als ich die Tür offen vorgefunden habe und du nicht da warst. Und außerdem ist es total finster hier, da hab ich die Kerzen angemacht.«

»Die Hauptsicherung fürs Erdgeschoss ist durchgebrannt«, sagte Bitte. »Möchtest du ein Glas Cola?«

Ihr Mund war trocken, und sie brauchte einen Augenblick für sich, um sich wieder zu beruhigen.

»Ja, danke.«

Bitte ging in die Küche, während Kristian sich aufs Sofa setzte. Sie nahm eine Flasche Cola aus dem dunklen Kühlschrank und schloss die Tür schnell wieder, damit nicht noch mehr Kälte verloren ging, bis sie die Sicherung ausgetauscht hatte.

»Ich dachte, du wolltest heute Abend arbeiten«, sagte sie, als sie ihm das Glas reichte.

Er sah aus, als hätte er schon ewig nicht mehr geschlafen, und die Bartstoppeln, die sie zuvor als männlich wahrgenommen hatte, ließen ihn in dem schwachen Licht auf einmal ungepflegt erscheinen.

»Ja, doch, wollte ich auch, aber dann brauchte ich einfach jemanden zum Reden.«

Als er das sagte, schaute er sie nicht an und erwog sorgfältig jedes seiner Worte.

»Wegen Marte?«, fragte Bitte, ohne eine Antwort zu erwarten.

Sie überlegte, wie viel sie sagen sollte, zögerte, doch fuhr dann fort:

»Ich hab eine SMS von ihr bekommen.«

Kristian trank von der Cola und verzog sein Gesicht zu einer Grimasse, als schluckte er eine bittere Medizin. Er sagte nichts und schien nicht mitbekommen zu haben, was sie gerade gesagt hatte. Ob sie ihm erzählen sollte, dass die Polizei davon ausging, sie würde in eine Falle gelockt? Sie setzte sich neben ihn, kuschelte sich an und war froh darüber, nicht alleine zu sein. Sein Körper war völlig steif.

»Marte«, sagte er auf einmal. »Die werden sie mir noch wegnehmen. Wenn ich nichts unternehme, verlier ich sie für immer. Ich bin bereit, alles zu tun, verstehst du? Alles!«

Der Eifer in seiner Stimme verebbte, doch seine Augen waren klar. Bitte starrte ihn an. Eine Erinnerung flammte aus dem Pfadfinderlager auf, als sie zum ersten Mal zusammen gewesen waren. Eine Diskussion am Lagerfeuer mit einem Leiter. Sie wusste nicht mehr genau, womit Kristian nicht einverstanden war, aber an seine Augen konnte sie sich noch genau erinnern. Sie hatten Funken gesprüht.

»Was meinst du damit, Kristian?«

Dann ging ihr ein Licht auf. Marte hatte Idunn ermordet. Marte und Fredrik. Und er wusste es. Ein Vater versucht natürlich alles, um sein Kind zu schützen. Selbst bei einem Verhör würde er lügen.

»Kristian, ich verstehe ja, dass du Marte beschützen willst, aber wenn sie …«

Kristian drehte sie zu sich, griff ihre Hände und packte sie an den Handgelenken. Er war stark.

»Kristian«, sagte sie. »Lass los. Das tut weh.«

Er gab sie genauso plötzlich wieder frei, wie er sie gepackt hatte.

»Entschuldigung, Bitte, ich habe dich geliebt. Das hab ich wirklich. Und ich tu's immer noch. Aber Marte, sie bedeutet mir mehr. So viel mehr. Sie ist alles, was ich habe. Alles!«

Er redete, während er einatmete, als bekäme er nicht ausreichend Luft. Für eine Sekunde verunsicherte sie seine Wortwahl. Habe dich geliebt? Hatte er gerade gesagt … habe dich geliebt? Er hatte sich in sich zurückgezogen, einen Kokon um sich gesponnen.

»Kristian, ich verstehe ja, dass du es gerade nicht leicht hast, aber ich bin hier, um dir zu helfen. Wir sind ein Paar, wir stehen zueinander, was auch kommen mag. Was auch immer.« Sie streichelte ihm über den Rücken.

»Ich hab eine SMS von Marte bekommen«, wiederholte sie.

Kristian stierte sie an, sagte jedoch nichts.

»Sie hat mich gebeten, zum Obelisken zu kommen, wollte mir sicher was Wichtiges sagen. Hat gemeint, ich müsste sofort kommen.«

»Und warum bist du dann nicht da?«

Etwas Fremdes war in seinen Blick getreten, und er schaute sie vorwurfsvoll an.

»Ich bin da gewesen, aber … dann stellte sich heraus, dass Marte die SMS gar nicht gesendet haben konnte. Ich glaub, dass Fredrik vielleicht …«

Er unterbrach sie.

»Und wie willst du das wissen?«

Seine Stimme war kühl. Bitte Røed erhob sich, es fühlte sich plötzlich sicherer an, zu stehen.

»Weil«, hob sie an, während sie ihren Blick fest auf eine Stelle des Sofas richtete.

Die Worte, die sie hatte sagen wollen, stauten sich in ihrem Mund und blockierten die weitere Luftzufuhr.

»Weil …«

Mit einem Schlag ging ihr die Wahrheit auf. Ein scharfes Fallbeil wie von einer Guillotine senkte sich rasend in ihre Brust hinab. Sie presste die Worte hervor und hoffte, er bemerkte nicht die in ihr aufwallende fein zerhackte Angst. Noch hatte er nicht entdeckt, was sie soeben gesehen hatte. Ein rosa Handy war ihm aus der Hosentasche geglitten.

91

»Hier ist niemand.«

Ida Madsen ließ den Lichtkegel ihrer Taschenlampe über das abgesperrte Areal gleiten. Im Neuschnee fanden sich nur wenige Spuren.

»Abgesehen von Bitte Røed ist auch niemand hier gewesen«, sagte Verner. »Komm!«

Ida stürzte hinter Verner her zum Auto. Der saß schon am Lenkrad und hatte den Motor angelassen.

»Røed befindet sich womöglich in Gefahr«, sagte er, während er versuchte, das Auto zu wenden.

Auf dem schmalen Weg musste er mehrmals vor- und zurücksetzen, um das Auto in die gewünschte Richtung zu bringen. Die Räder drehten durch. Er versuchte, vorsichtig zu sein, damit die Reifen sich nicht festfuhren. Führe er jetzt in den Graben, könnte er zu spät kommen. Zwar wusste er nicht, was los war, doch er hatte das Gefühl, dass Eile geboten war.

»Røed hat eine SMS von Martes Handy aus bekommen. Jemand anderes muss ihr Handy benutzt haben, um Røed aus irgendeinem Grund hierher zu locken. Ich habe da so eine Ahnung, um wen es sich möglicherweise drehen könnte.«

Verner wunderte sich, warum er plötzlich nur ihren Nachnamen verwendete.

»Wer?«

Mit demselben bitteren Unterton, mit dem er stets diese Worte aussprach, antwortete er auch jetzt.

»Ihr Lebensgefährte.«

92

Kristian Skage lehnte sich im Sofa zurück. Er hatte nicht bemerkt, dass ihm Martes Handy aus der Tasche geglitten war. Instinktiv trat Bitte einen Schritt zurück.

»Ich muss nur mal kurz zur Toilette«, sagte sie und gab sich Mühe, sich so normal wie möglich zu verhalten, und stieg ruhig die Treppe hinauf. Sie öffnete die Tür zum Bad, nahm den von innen steckenden Schlüssel, zog die Tür geräuschvoll zu, sodass er glaubte, sie wäre hineingegangen. Dann schloss sie von außen ab, bevor sie in Julies Zimmer huschte und sich dort einschloss. Was sollte sie jetzt tun? Hoffentlich glaubte er, sie hätte sich im Badezimmer eingesperrt. Das würde ihr ein bisschen Zeit verschaffen. Zeit wofür? Sie schaute aus dem Fenster. Würde sie sich die Beine brechen, wenn sie sprang? Feuertreppen, dachte sie, wir haben keine Feuertreppen!

Wieso war sie bloß ins Obergeschoss gegangen? Ich muss Verner anrufen, dachte sie und klopfte sich mit der flachen Hand auf die Hosentaschen. Ihr Handy! Es steckte noch in der Jackentasche, und die hing im Flur. Auf der Treppe hörte sie Schritte. Kristian war auf dem Weg nach oben. Seine Schritte waren schwer. Vor gerade mal einer Minute hatte er doch noch in Strümpfen auf dem Sofa gesessen. Weshalb nur hatte er sich jetzt seine Stiefel angezogen? Ihre Gedanken wurden wirr. Offenbar hatte er sich als Marte ausgegeben. Warum? Warum wollte er, dass sie zum Obelisken fuhr? Was wollte er von ihr?

Ihr Blick fiel auf Julies Bett. Das Tagebuch. Sie nahm es. Steckte die Lösung irgendwo auf diesen Seiten? Wusste Marte etwas? Kristian musste begriffen haben, dass ihr Tagebuch hier war. Wollte er sie deshalb aus dem Weg haben?

»Bitte?«

Kristian befand sich jetzt im Flur vorm Bad. Sie konnte nicht antworten, ohne zu verraten, dass sie nicht dort drinnen war.

»Bitte, stimmt was nicht?«

Seine Stimme hatte immer noch diesen fürsorglichen Ton, den sie so gut kannte. Doch sie verstand nicht, weshalb ihr das so viel Angst bereitete. Wer bist du, Kristian?, dachte sie. Ich hatte gedacht, dich zu kennen.

Sie hörte, wie er die Klinke an der Badezimmertür herunterdrückte. Hoch und runter, ein paarmal hintereinander. Dann wurde es wieder still auf dem Flur.

Hier und da überflog sie die Seiten des Tagebuchs, während sie auf jedes Geräusch horchte. Kristian stieg die Treppe wieder hinunter. Vielleicht würde er einfach gehen? Er war nicht er selbst. Ihr fiel auf, dass sie eigentlich gar nicht wusste, wie er war, wenn er er selbst war.

Es fühlt sich an, als ob ich in einem Haus ohne Wände wohne. Alle kommen an mich heran. Die ganze Zeit. Natürlich kann ich es auch ausschalten, und es kommt sogar vor, dass Papa den Netzzugang ausschaltet, damit ich nicht die ganze Nacht davorsitze. Aber das bringt nichts. Es ist ja doch alles da am nächsten Morgen.

Cybermobbing, dachte Bitte und blätterte weiter. Einen Abschnitt las sie hier, einen da, ohne dass sie auf etwas stieß, das Licht in die Geschehnisse brachte.

Der Schmerz tut seltsamerweise weniger weh, wenn ich mir mit der Rasierklinge in die Haut schneide. Der Schnitt ist et-

was, mit dem ich umgehen kann. Es ist ja so viel einfacher, mit einem konkreten Schmerz fertigzuwerden. Eine sichtbare Wunde. Und wenn ich spüre, dass das Blut herauströpfelt, stelle ich mir vor, wie es all das Abscheuliche mit sich nimmt – das, was in meinem Herzen sitzt.

Ihr Blick hielt inne, als sie den Namen Julie entdeckte. Ziemlich weit hinten im Buch stand er, mit mehreren leeren Seiten dazwischen. Kein Datum.

Ich werde Julie fragen. Ob ich mein Tagebuch bei ihr verstecken darf. Papa liest es. Und er darf es nicht lesen. Schlimm genug, wenn er herausfindet, dass ich mich ritze und Angst davor habe, schwanger zu sein, aber er darf auf keinen Fall lesen, dass ich ihn eigenartig fand, als er in jener Nacht nach Hause gekommen ist. Mein armer Papa, er strengt sich immer so sehr an.

»Bitte?«

Ihr fiel das Tagebuch aus der Hand, als sie Kristian gegen die Badezimmertür treten hörte. Sie hatte ihn nicht die Treppe wieder heraufkommen hören. Es wurde still. Bitte atmete nicht. Wieder ein Tritt. Und noch einer. Er glaubt, ich verstecke mich da drinnen, dachte sie und betete, dass die Tür halten würde. Gib auf, Kristian! Gib auf.

Noch einmal krachte ein Tritt, dieses Mal allerdings gefolgt vom einem durchdringenden Geräusch, als die Türangeln herausgerissen wurden.

Bitte schaute sich um nach etwas, womit sie sich verteidigen konnte, fand jedoch nichts anderes als Julies Parfumflasche. Womöglich konnte sie ihm das Parfum ins Gesicht sprühen und fliehen.

»Wo steckst du, verdammt!«

Die Parfumflasche glitt auf den Boden und kullerte unter die Kommode. Seine Stimme war geprägt von einer Mischung aus Verwunderung und Zorn, als er entdeckte, dass sie nicht im Bad war.

Dann hörte sie seinen Atem. Er keuchte schwer. Direkt vor der Tür. Die Tür tritt er auch ein, dachte Bitte und ballte ihre Fäuste. Nur fünf Zentimeter brüchiges Sperrholz und Furnier trennten sie. Metallgeschmack im Mund. Übelkeit. Ihre Nervenfasern lagen dicht unter der Hautoberfläche und zitterten. Die jähe und abstoßende Erkenntnis: Mein Freund wird mir wehtun! Außen an ihrer Tür hatte Julie ein Schild hängen. Es schepperte, als er an der Türklinke rüttelte. Plötzlich konnte Bitte sich nicht mehr daran erinnern, was überhaupt auf dem Schild stand. Sie sah bloß noch Julie. Mein Kind! Ich muss hier raus! Aber die Gewissheit, alleine und in eine Ecke gedrängt zu sein, breitete sich in alle Körperteile aus und brachte das Herz, die Lunge, die Leber und die Nieren zu einem kollektiven Aufschrei: Jetzt sterben wir!

93

Verner Jacobsen bog auf den schmalen Weg zwischen den Reihenhäusern ein und parkte vor Bitte Røeds Haus. Die Fenster waren dunkel.

»Es sieht nicht so aus, als wäre sie da«, sagte Ida.

»Ich habe sie gebeten, zu Hause zu bleiben«, sagte Verner und war hoffnungslos entnervt darüber, dass sie immer ihren eigenen Stiefel durchziehen musste.

»Das Haus sollten wir trotzdem checken. Rufst du sie an?«

Verner nahm sein Handy und wählte die Nummer.

»Sie nimmt nicht ab«, sagte er und öffnete die Autotür.

Ida ging hinter ihm, als er die Treppe zur Haustür hinaufstieg und kurz darauf die Türklinke herunterdrückte. Abgeschlossen. Er nahm seinen Dietrich aus der Hosentasche, den er immer bei sich hatte. In der Tür steckte ein altes Schloss, und einen Augenblick später glitt die Tür auf. Das Haus lag tatsächlich im Dunkeln, aber im Wohnzimmer flackerten Kerzen. Oh Mann, dachte Verner, ich habe falsch gelegen. Die beiden machen sich einen romantischen Abend, und wir platzen herein und zerstören die Idylle. Da blieb er wie angewurzelt stehen. Irgendetwas stimmte nicht.

»Sollen wir nicht reingehen?«, flüsterte Ida ihm in den Nacken.

»Doch«, gab er leise zurück.

Beinahe stolperte Verner über einen auf dem Boden liegenden Schal und ein Paar Fausthandschuhe. Im Haus war es vollkommen still, nur ein leises, diffuses Geräusch drang von einem der Nachbarhäuser herüber, wahrscheinlich der Fernseher.

»Sie sind nicht hier«, sagte Ida. »Wieso haben sie die Kerzen angelassen?«

Vom Flur aus konnten sie ins Wohnzimmer sehen, wo drei große Stumpfkerzen brannten. Verner hob die Handschuhe vom Boden auf und fühlte einen plötzlichen Schwindel, als er sich über das wichtige Detail in den Verhören klar wurde.

»Was ist los?«, sagte Ida und fasste ihn am Arm. »Sieht aus, als hättest du ein Gespenst gesehen.«

»Die Zeugenvernehmung von Kristian«, flüsterte er. »Das ist es. Er beschreibt genau, was Idunn anhatte, weißt du noch?«

»Ja?«

»Er hat ausgesagt, sie habe weiße Fausthandschuhe getragen.«

Ida neigte ihren Kopf ein wenig.

»Ja, das wissen wir. Aber die trug sie ja auch.«

»Führ dir die Fotos vom Tatort noch einmal vor Augen, Ida. Idunn liegt da, die Hand mit dem Handschuh unter ihrem Rücken. Der andere Fäustling wurde ein ganzes Stück weiter weg gefunden und war vom Fundort aus nicht zu sehen. Kristian Skage muss Idunn gesehen haben, bevor sie gestorben ist!«

»Ach du meine Güte! Aber wo ist er? Und wo ist Bitte?«

Da hörten sie, wie sich im Obergeschoss jemand bewegte. Ein dumpfer Schlag, als ginge etwas Großes und Schweres zu Boden.

»Bitte!«

Verner war die Treppe hinaufgeeilt, noch bevor er richtig nachdenken konnte, unmittelbar gefolgt von Ida. Der Anblick der Badezimmertür, die nur noch in einer Angel hing, jagte ihm einen Kälteschauer über den Rücken. Und dann sah er es. Ein bisschen weiter den Flur hinunter, eine weitere Tür. Sie stand offen. War zertrümmert. Ein Schatten, ein ihnen zugewandter Rücken, der über einem Körper am Boden kniete.

»Kristian Skage, lassen Sie sie los!«

Kristian hielt eine Hand um ihren Hals, die andere über ihren Mund. Bitte Røed lag auf dem Boden, bleich vom Sauerstoffmangel oder vor Schreck – oder von beidem.

»Loslassen! Machen Sie jetzt nicht alles noch schlimmer.«

Verner versuchte, die Ruhe zu bewahren, die in dramatischen Situationen für gewöhnlich in seiner Stimme lag, doch das hier war anders.

Kristian Skage ließ von ihr ab. Er machte keine Anstalten, zu fliehen oder sie angreifen zu wollen. Ganz im Gegenteil, er stand auf und wankte auf sie zu. Dann reckte er seine Hände vor, als rechnete er damit, dass aus dem Nichts die Handschellen zuschnappen würden. Ida reagierte als Erste. Wie ein gehorsamer Hund führte er seine Hände auf dem Rücken zusammen, um die sie die Handschellen klicken ließ.

»Bitte, ich … Ich wollte dich nicht verletzen.«

Kristian weinte. Er hatte ihr den Rücken zugekehrt und blickte zu Boden, während er zwischen den aufeinandergebissenen Zähnen hervorstieß:

»Ich hab nur versucht, dich zum Schweigen zu bringen. Ich liebe dich.«

Ida hatte schon die Bereitschaft angerufen und gerade mitgeteilt, dass Verstärkung unterwegs war. Nicht dass sie die jetzt noch brauchten, dachte Verner und schaute der in sich zusammengesackten Gestalt nach, die die Treppe hinunterging, dicht gefolgt von Ida.

»Verner …«

Bitte Røed hatte sich aufgesetzt. Sie fasste sich an den Hals.

»Bist du in Ordnung?«

Sie nickte.

»Ich bin noch ganz, mal abgesehen von meinem Ego, das sich ein aggressives, bösartiges Virus eingefangen hat und sich elend fühlt.«

Sie probierte ein Lächeln.

»Ich fahre dich für einen Check zur Notaufnahme, sobald ein Streifenwagen ihn abgeholt hat«, sagte Verner und blieb unschlüssig stehen, während er mit seinen Gefühlen kämpfte. Er legte den Arm um sie und half ihr auf.

»Die Selbstverteidigung, ich hab alles vergessen«, flüsterte sie. »Ich hab ihm vertraut.«

»Natürlich«, sagte Verner.

Er war ihr so nah, dass er ihren Geruch wahrnahm.

»Natürlich hast du ihm vertraut, er war …«

»Mein Lebensgefährte.«

Sie beendete den Satz für ihn, damit er die verdammten Worte nicht noch einmal aussprechen musste.

»War«, sagte sie und sah ihn aus weit geöffneten Augen an.

Einem Impuls folgend beugte er sich vor, sodass seine Lippen die ihren streiften.

Sie wich jedoch zurück, als hätte sie einen Schlag bekommen.

94

Samstag, 6. Dezember

»Konnten Sie irgendwie schlafen?«, fragte Verner Jacobsen.

Kristian Skage schaute ihn aus matten Augen an und sank auf den Stuhl in dem kleinen Verhörzimmer nieder. Der Mann hatte jeglichen Elan eingebüßt und erinnerte an einen Fußball, der während eines langen, verregneten Sommers draußen gelegen hatte. Es schien, als würde er mit jedem Atemzug ein wenig schrumpfen. Einen Moment fragte Verner sich, was Bitte in ihm gesehen hatte. Womöglich war er, was manche Frauen verwegen nannten. Dreist, dachte Verner, obwohl von dem selbstbewussten Journalisten nicht viel übrig war.

»Hab bestimmt seit über einer Woche nicht geschlafen«, sagte Kristian schließlich. »Überall ist mir mein eigenes grauenvolles Ich begegnet. Das ist nicht besonders angenehm gewesen.«

Verner nickte, sagte aber kein Wort.

»Nichts konnte ich machen, konnte nicht frühstücken, nicht duschen, Marte nicht ansehen, den Computer nicht einschalten, keinen Kaffee kochen und auf gar keinen Fall die Zeitung lesen, ohne daran erinnert zu werden, wie grausam ich bin.«

Ja, das bist du, du falscher Sack! Ein verdammter kleiner falscher Drecksack, dachte Verner Jacobsen und war überrascht über seinen aufflammenden Hass. Das sah ihm so gar nicht ähnlich. Als Ermittler sah er normalerweise in jedem etwas Gutes. Selbst der schrecklichste Mörder konnte positive Eigenschaften haben. Nun ertappte er sich, wie er mit geballten Fäusten dasaß und sich an seinen Stuhl klammern musste, um dem ihm gegenübersitzenden Mann nicht an die Gurgel zu springen.

»Entschuldigen Sie mich«, sagte Verner und stand auf. »Bin sofort zurück.«

Verner lief zum Kaffeeautomaten. Ich bringe es verflucht noch mal nicht fertig, dazusitzen und mir seine Lügen anzuhören, dachte er, während er sich darauf konzentrierte, normal zu atmen. Im Hals blieb ihm der Atem stecken. Dyspnoe, dachte er. Bei mir ist das aber keine Krankheit wie bei Mutter, bei mir liegt das ausschließlich an der Psyche. Alles in Ordnung. Atme. Atme einfach ganz ruhig, in den Bauch hinein und durch die Nase wieder aus, langsam mit geschlossenen Lippen. Er überlegte, ob er nach dem Verhör seine Mutter besuchen sollte. Vielleicht sollte er jemand anderen diesen Job machen lassen und sofort losfahren? Nein, verdammt noch mal, der soll schmoren, entschied er und eilte zurück.

Mit einem dumpfen Knall stellte Verner zwei Kaffeebecher auf den Tisch. Er hatte Kristian Skage nicht gefragt, ob er auch einen wollte, sah aber sein nervöses Lächeln, als er einen Becher über den Tisch schob.

»Legen Sie einfach los, wenn Sie so weit sind«, sagte Verner Jacobsen.

»Ich nehme an, Sie wollen eine Erklärung?«

»Ja, deshalb sitzen Sie hier«, sagte Verner.

Er zwang sich, ihn anzublicken. Es war ihm unmöglich, diesen Mann anzuschauen, ohne zugleich auch Bitte Røed vor sich zu sehen. Trotzdem musste er das Verhör professionell durchführen. Keinesfalls konnte er das Risiko eingehen, dass die Aufnahmen seine innersten Gedanken verrieten.

»Sie sind wütend«, sagte Kristian. »Und ich weiß, weshalb. Ich weiß, dass Sie …«

»Ich bin nicht wütend«, unterbrach Verner ihn unvermittelt aus Angst, schon enttarnt worden zu sein.

»Doch, natürlich sind Sie das. Bitte hat erzählt, dass …«

»Wir reden hier jetzt über Sie, Kristian Skage!«

Seine Haut kribbelte, sobald Verner auch nur den Namen seiner Kollegin hörte.

»Sie haben einen Sohn verloren. Bitte hat mir das erzählt. In Ihren Augen muss ich ein Monster sein.«

Verner wusste nicht, was er sagen sollte. Ein Fitzelchen seines Herzens empfand widerstrebend Sympathie für diesen Mann, während sich an einer anderen Ecke leise Freude breitmachte. Bitte Røed hatte über ihn geredet.

»Nun möchte ich gern von Ihnen hören, was eigentlich vorgefallen ist«, sagte Verner und fühlte, dass der alte professionelle Ermittler jetzt wieder zur Stelle war.

»Ich wünschte, ich könnte die Zeit bis zum vorigen Mittwoch zurückdrehen. Könnten Sie auch nur erahnen, wie aufrichtig ich alles bereue … Aber mir ist klar, dass das keine Rolle spielt. Nichts von dem, was ich sage, kann die Vergangenheit beeinflussen. Ich bin schuldig.«

»Ich möchte trotzdem, dass Sie mir alles erzählen«, sagte Verner.

Kristian setzte sich vorn auf den Stuhl, legte die Ellbogen auf die Knie und umfasste mit beiden Händen den Kaffeebecher. Er hob seinen Blick nicht, doch Verner beobachtete, wie ein paar Tränen in den Kaffee tropften – kleine Ringe in der dunklen Flüssigkeit.

»Wenn Sie wüssten, wie ohnmächtig ein Vater ist …«, begann er. »Sie hat Martes Leben zerstört. Was kann ein Vater da tun?«

»Sich zum Mörder zu machen ist jedenfalls nicht die beste Lösung«, sagte Verner.

»Ich werde Ihnen erzählen, wie es abgelaufen ist«, sagte Kristian Skage und sah ihn entschlossen an. »Wenn Sie wollen, erzähle ich Ihnen alles.«

Verner Jacobsen lehnte sich auf seinem Stuhl zurück.

»Ich höre«, sagte er.

»Marte ruft mich an jenem Abend von Linneas Party aus an. Erst bin ich froh gewesen, verstehen Sie? Endlich war sie wieder mit ihren Freundinnen zusammen losgezogen. Ich hab nicht durchschaut, dass die sie nur dorthin gelockt haben, um sie bloßzustellen. Vielleicht ist es so gewesen, vielleicht hat Marte sich aber auch mobben lassen. Wir haben oft über dieses Thema geredet, dass sie sich nicht an der Nase herumführen lassen sollte, dass sie probieren sollte, ein bisschen härter zu werden. Für einen Erwachsenen ist das so leicht zu erkennen. Aber hinaus in die Welt zu gehen als Fünfzehnjährige und sein Leben an einem Schulpult zu verbringen, dem man nicht entkommen konnte … Wir foltern unsere Kinder, wissen Sie?«

Kristian stand auf und ging im Zimmer auf und ab.

»Schlimmer als Gefängnis ist das! Unsere Kinder haben keine Wahl, jeden Tag müssen sie an diesen verdammten Ort gehen mit all den Mobbern um sie herum, ohne auch nur die geringste Möglichkeit, dem zu entkommen. Sie können nicht einfach den Job wechseln wie wir, wenn irgendjemand deine Visage nicht leiden kann. Haben Sie eine Ahnung, wie weh es getan hat, sie jeden Morgen zur Tür hinausgehen zu sehen mit einem Rucksack auf dem Rücken schwer wie Blei? Sie hat immer ihre Haare in die Stirn fallen lassen, damit ich nicht sehen konnte, wie sie weinte. Und zugleich konnte ich nichts anderes tun, als mir meine pseudodraufgängerische Maske aufzusetzen und ihr hinterherzuwinken. Sie war gezwungen, sich ins Leben zu stürzen und zu versuchen, es zu leben, und das musste sie alleine tun.«

Deutlich war sein Gesicht von Trauer gekennzeichnet. Er atmete angestrengt und ungleichmäßig.

»Atmen Sie tief in den Bauch hinein«, sagte Verner. »Und atmen Sie durch eine kleine Öffnung zwischen Ihren Lippen wieder aus, langsam. So«, sagte er und führte vor, was er meinte.

Kristian tat, wie ihm geheißen, und Verner Jacobsen verfolgte, wie er sich langsam sammelte und wieder eine Art von Kontrolle gewann.

»Ich bin bei Ihrer Kollegin gewesen, das wissen Sie sicher. Wir sind … waren …«

Ratlos blickte Kristian um sich und hielt inne.

»Hat sie etwas gesagt?«, fragte er unversehens. »Über mich?«

Verner Jacobsen schüttelte schwach den Kopf. Er sah Bitte Røed auf der Ergebnisbesprechung am Morgen vor sich. Bleich und ohne Lippenstift.

»Sie hat uns mitgeteilt, dass Sie in der Mordnacht bei ihr waren«, sagte Verner.

»Bitte und ich hatten uns eine Flasche Wein geteilt«, fuhr Kristian fort. »Ich durfte nicht mehr fahren, als Marte angerufen hat und abgeholt werden wollte. Ich hatte Glück und hab einen Bus erwischt, aber als ich zum Haus von Linneas Eltern kam, habe ich sie nicht angetroffen. Nur wenige Jugendliche waren geblieben. Linnea hat erzählt, dass die Polizei da gewesen war. Wo Marte steckte, wusste niemand, aber sie nahmen an, sie sei nach Hause gegangen. Einer hat gemeint, sie sei im Keller eingesperrt worden. Das ganze Haus habe ich durchsucht, hab mir die schlimmsten Horrorszenarien ausgemalt. Dass sie gefesselt und geknebelt, geschlagen und vergewaltigt worden war. Ich hab mir schon vorgestellt, dass ich mein kleines Mädchen nie wiederfinden würde, und selbst wenn, sie nicht länger Marte wäre, sondern jemand anderes. Ein Vergewaltigungsopfer.

Linnea wollte überhaupt nichts sagen, doch als ich nachgefragt habe, hab ich verstanden, dass es irgendetwas mit Fredrik und Idunn zu tun hatte. Ich kenne Idunn. Sie ahnen ja nicht, wie oft ihr Name im Zusammenhang mit Vorfällen aufgetaucht ist, um die sich der Elternrat nach und nach immer mehr gekümmert hat. Es hatte den Anschein, als ginge ihr jegliches Einfühlungsvermögen ab.«

Kristians Blick war inzwischen klar und zielgerichtet. Verner hatte damit angefangen, sich ein Bild von diesem Mann zu machen, und obwohl er sich sträubte, erkannte er einige der Eigenschaften, die Bitte Røed hatten schwach werden lassen. Der Mann war ein Löwe, der sein Revier mit allen Mitteln verteidigte, und dennoch war er nicht blind für die Gedanken anderer oder so egoistisch und kaltblütig, wie Verner zunächst angenommen hatte.

»Es ist alles so kompliziert«, sagte Kristian aufrichtig verzweifelt. »Ich hab mir ein paar ihrer Unterhaltungen über Facebook angesehen. Die Worte konnte man genauso gut auch als Lob und Schmeicheleien auffassen. Die Codes dieser Teenagerinnen sind schwierig zu knacken. Die nennen sowohl Freund als auch Feind ›Süße‹. Winzig kleine Änderungen in der Tonlage geben den Ausschlag, ob sie das auch tatsächlich so meinen oder jemanden bloß quälen wollen. Oft sind es nur das Mobbing-Opfer und der Täter selbst, die den Unterschied hören oder lesen und ihn verstehen. Im Netz können Außenstehende das unmöglich nachvollziehen. Doch das macht es nicht leichter für den, der damit umgehen muss. Ganz im Gegenteil! Marte wurde nervös, misstrauisch. Ich weiß, dass sie anfangs alle sozialen Medien gecheckt und nachgesehen hat, ob jemand etwas über sie gepostet hatte. Heutzutage gibt es dich in Form von Bildern, Filmen und Beurteilungen, du kannst verfolgt und gepeinigt werden, ohne es mitzubekommen. Aber das fühlt man natürlich, denn es schwirrt umher, ist überall, genau wie die kleinen lästigen Mücken im Sommer. Du siehst sie nicht, merkst aber, wie sie dich stechen. Marte stand im Begriff, sich selbst zu verlieren. Ich hatte Angst, eines Tages würde sie das alles einfach nicht mehr ertragen. Irgendetwas ist auf der Party passiert. Als ich in das Haus kam, hab ich das gleich gespürt. Linnea war ausweichend und ängstlich.«

Verner Jacobsen dachte an das Herz, den Schmuck, den Idunn um den Hals getragen hatte und auf dem sich die Fotos von Marte befanden, wie sie mit wütenden schwarzen Lackbuchstaben quer über den Bauch besprüht worden war. Vorerst wollte er sich dazu nicht äußern. Vor Gericht würde es ohnehin von der Verteidigung angeführt werden, aber vorläufig sollten ihm die Details erspart bleiben.

Inzwischen weinte Kristian ganz offen.

»Es war der Punkt gekommen, an dem ich alles unternommen hätte, um sie zu retten. Ich bin los, um Marte einzuholen, als ich begriffen hatte, dass sie alleine nach Hause gegangen war. Dass sie nicht gewartet hatte, bis ich kam, war für mich ein Zeichen, dass ihr etwas Fürchterliches zugestoßen war.«

Er sank in sich zusammen. Verner Jacobsen ließ ihm Zeit. Mit zusammengebissenen Zähnen fuhr Kristian fort:

»Und dann sehe ich sie. Idunn. Sie läuft vor mir auf dem zugeschneiten Schotterweg. Wackelt mit den Hüften. Ihre Haare schauen unter der hellblauen Mütze hervor und schwingen auf ihrem Rücken hin und her.

Sie wirft einen Blick zurück.

Ich gehe schneller. Sie geht schneller.

Ich fange an zu rennen. Sie rennt.

Sie hält irgendetwas in der Hand, doch es ist zu dunkel, als dass ich es erkennen könnte. Ihre Tasche vielleicht. Als sie zur Lichtung kommt, hole ich sie ein, packe sie am Arm. Blitzschnell dreht sie sich um, ihr Gesicht dicht an meinem. Ohne etwas zu sagen, halte ich sie fest. Jetzt hat sie Angst. Soll sie auch ruhig haben. Ich will, dass sie die Angst spürt. Dann sehe ich, was sie in der Hand hat. Martes Stiefel.

›Woher hast du den?‹, frage ich und zeige auf ihre Hand.

Sie antwortet nicht.

Wieso gibt sie keine Antwort?

Doch dann begreife ich. Den hat Idunn Marte weggenommen. Marte läuft draußen bei minus zwanzig Grad herum. Barfuß.

Ebenfalls begreife ich, dass Idunn dabei ist, mein Kind zu zerstören. Ich begreife, dass ich etwas tun muss, und eine klare, echt klingende Stimme bringt mich dazu, sie an ihrem dünnen Hals zu packen. Sie vom Weg wegzuziehen, dorthin, wo die Dunkelheit dichter ist. Das ist nicht weiter schwer, ich bin stärker als sie. Und dann, plötzlich …

Ihr Körper wird schlaff.

Was ist passiert?

Ich lasse sie nicht los.

Was ist passiert?

Ein scharfer stechender Schmerz explodiert in mir, als mir klar wird, dass das, was gerade geschehen ist, nicht wieder rückgängig gemacht werden kann. Der Speichel verschwindet aus meinem Mund, und meine trockene Zunge schmeckt metallisch. Meine Hände beben.

Bewegt sie sich?

Oder bewege ich sie?«

Kristian Skage blieb sitzen und starrte vor sich hin.

»Und dann hab ich sie runtergestoßen.«

95

Verner Jacobsen hatte sich kaum zu rühren getraut aus Angst, Kristian Skage damit zu unterbrechen.

»Sie war doch noch ein junges Mädchen …«, setzte Verner Jacobsen an.

»Dass ein fünfzehn Jahre altes Mädchen einen solchen Hass hervorrufen kann, ist beinahe unbegreiflich, nicht wahr?«, sagte Kristian. »Und doch war es so, durch ihr Wesen, ihre provozierende Art.«

»Ist es vorstellbar, dass Idunn Marte nachgelaufen ist, um ihr ihren Stiefel zurückzugeben?«

Einen Augenblick sah Kristian verunsichert aus, bevor sein Blick sich verhärtete und er antwortete:

»Niemals! Ich kenne sie. Jetzt musst du Lehrgeld zahlen, hab ich gedacht, das weiß ich noch, du bist eine kleine egozentrische Person, die in der Zukunft noch viel Unruhe stiften wird. Ich muss dir jetzt mal einen gehörigen Schrecken einjagen und dich zur Vernunft bringen, dir einbläuen, wie du dich zu verhalten hast und dass es nicht in Ordnung ist, wenn du das Leben anderer kaputt machst. Ich weiß nicht, wie ich das gemacht habe. Dass ich meine Hände um ihren Hals gelegt und plötzlich zugedrückt habe, daran kann ich mich noch erinnern. Sie ist sofort zusammengesackt, ist vielleicht vor Schreck ohnmächtig geworden, was weiß ich, aber ich hab eine so schreckliche Angst bekommen und sie noch weiter vom Weg weggezerrt, weil ich gefürchtet hab, es könnte jemand kommen. Klar denken konnte ich nicht. Als wir am Abhang standen, hab ich's einfach getan und sie über die Kante gestoßen. Vielleicht ist sie durch den Sturz umgekommen. Womöglich ist sie auch erfroren, ich weiß es nicht.«

»Sie haben sie erdrosselt«, sagte Verner.

Kristian Skage rieb die Hände an seiner Hose ab, als versuchte er, sich von dieser Tatsache zu befreien.

»Sie hat mir gedroht«, sagte er. »Sie hat gesagt, sie wolle mich anzeigen, tja, und wem würden die wohl eher glauben. Sie hat sich so ausgedrückt: ›Du bist Vorsitzender des Elternrats, und es wissen doch alle, dass Priester und Politiker die schlimmsten Vergewaltiger sind, Leute in Führungspositionen. Tolle Sache für die *VG*.‹ Und dann hat sie gelacht. Sie hat gelacht!«

»Sie haben sie also erwürgt und hinabgestoßen. Was ist dann geschehen?«, fragte Verner Jacobsen. »Sind Sie jemandem begegnet?«

Er dachte an Agnar Eriksen, der sich in der Gegend aufgehalten hatte. Agnar, der sich nicht daran erinnern konnte, ob er seine Mutter umgebracht hatte; aber bislang fanden sich keine Beweise dafür, dass er den Mord begangen hatte. Die Beobachtungen eines Zeugen könnten ihn mit der Tat in Verbindung bringen. Es wäre toll, vor Weihnachten zwei Fälle aufzuklären, dachte Verner.

»Eine Weile bin ich stehen geblieben«, sagte Kristian. »Ich weiß nicht mehr, wieso. Vielleicht stand ich unter Schock. In meinem verwirrten Zustand hab ich wohl nachgeschaut, ob ich Spuren hinterlassen hatte. Es schneite leicht, und ich habe gehofft, im Lauf der Nacht würde der Schneefall sich verstärken. Idunns Mütze habe ich gefunden, die lag noch an der Kante. Aber dann, nachdem ich die Mütze aufgehoben hatte, stand sie da auf der anderen Seite des Obelisken und hat mich angestarrt.«

»Wer?«

»Es war ziemlich dunkel, und sie stand ein ganzes Stück weit entfernt. Erst dachte ich, sie kann gar nichts gesehen haben, aber sie stand einfach da, wie zur Salzsäule erstarrt, und sah herüber. Und der Hund hat gebellt und an der Leine in meine Richtung gezogen. In Richtung von Idunn. Ich hab mich umgedreht und so getan, als würde ich gehen, aber ich hab mich am Waldrand versteckt, sobald ich außer Sichtweite war. Flach unter eine Tanne mit niedrigen Zweigen habe ich mich gelegt.«

Die Mulde, dachte Verner Jacobsen. Nicht nur Agnar Eriksen war im Unterholz herumgekrochen und hatte sich versteckt. Er dachte an König Frederik, der so besoffen gewesen war, dass er sich nicht an die Enthüllung des Obelisken erinnern konnte.

»Erzählen Sie weiter«, bat er und schluckte den Drang herunter, brillanter Ermittler spielen zu wollen, denn nun schälte sich langsam ein Handlungsverlauf heraus.

»Sind Sie entdeckt worden?«

»Nein«, antwortete Kristian. »Aber ihrer aufgebrachten Körpersprache konnte ich entnehmen, dass sie meine Tat beobachtet hatte. Bestimmt würde sie die Polizei benachrichtigen, das wäre bloß eine Frage der Zeit. Vielleicht hatte sie mich auch wiedererkannt, die meisten in Lier wissen, wer ich bin. Ich konnte nur noch an Marte denken. Was sollte bloß aus Marte werden, wenn ich nicht länger wäre und sie beschützen könnte? Das ist es doch, wofür ein Vater da ist, oder nicht? Sein Kind mit allen Mitteln zu verteidigen.

Also bin ich ihr bis nach Hause gefolgt, ohne dass sie mich bemerkt hat. Sie hat die Haustür nicht abgeschlossen, und ich hab mich in den Flur geschlichen. Ich konnte noch sehen, wie sie den Telefonhörer in die Hand nahm, der auf der Küchenanrichte lag, und gerade eine Nummer wählte.

Es ist so schnell geschehen. Schneidebrett und Brotmesser lagen da. Ich brauchte bloß meinen Arm ausstrecken und danach greifen. Und das hab ich auch getan. Hab das Brotmesser genommen und auf sie eingestochen, bis sie mich nicht mehr verraten konnte.«

Kristian sackte in sich zusammen, verzweifelt, aber trotzdem nicht ohne Erleichterung. Verner Jacobsen hatte das zuvor schon beobachtet, die Befreiung, die ein Mensch verspürte, wenn er sich endlich von einer Lüge befreit hat.

»Aber eine Sache verstehe ich nicht«, sagte Verner Jacobsen. Er hatte richtig gelegen damit, dass Kristian Erna Eriksen ermordet hatte aus Furcht, entlarvt zu werden.

»Warum sind Sie noch einmal zum Tatort zurückgegangen?«

»Der Stiefel«, sagte Kristian.

»Der Stiefel?«

»Martes Stiefel, den Idunn in der Hand gehalten hatte. Mir fiel ein, dass der noch irgendwo am Weg liegen musste, wo ich Idunn zuerst ins Gebüsch gezerrt habe. Ich hab mir gedacht, dass, wenn Sie den finden, Sie davon ausgehen würden, dass es Marte war.«

Kristians Haut war grau. Es ist also möglich, innerhalb von nur einer Woche um zehn Jahre zu altern, schoss es Verner Jacobsen durch den Kopf, während er darüber nachdachte, wie er wohl aussah.

»Sie sind also zurückgegangen, um den Stiefel zu holen«, schlussfolgerte er. »Und in der Zwischenzeit hatte Fredrik Idunn gefunden?«

»Ja.«

»In Erna Eriksens Küche muss viel Blut gewesen sein. Was war mit Ihrer Kleidung?«

»Ich habe eine schwarze Jacke getragen, und ob sich auf der Blut befunden hat, weiß ich wirklich nicht. Sicherheitshalber hab ich die aber am nächsten Tag mit in die Wäsche geschmissen.«

Er schauderte.

»Das Messer hab ich mitgenommen. Wenn Sie die Tatwaffe nicht finden, hab ich mir gedacht, würde das die Ermittlungen erschweren.«

Verner nickte.

»Und, wo ist es jetzt? Es ist immer noch nicht aufgetaucht.«

»Ich hab es in der Jacke versteckt und zu Hause abgewaschen. Am nächsten Tag habe ich eine von diesen großen Vier-Kilo-Packungen Hackfleisch beim Mega gekauft. Dann hab' ich das Messer in der Fleischmasse versteckt, das Ganze in eine Plastikbox gefüllt und in die Gefriertruhe gelegt. Ich wollte die Dose in den großen Container für Restabfall schmeißen, sobald ein bisschen Zeit ins Land gegangen wäre.«

»Fredrik hat angegeben, Sie hätten Idunn nicht angerührt, bevor Sie den Notruf gewählt haben. Er hat also nicht gelogen«, konstatierte Verner Jacobsen.

»Nein, wegen des Messers hatte ich Angst, mich niederzuknien, und ich dachte wirklich, das würde gut gehen. Vor allem nachdem das Haus niedergebrannt ist, weil mir noch eingefallen ist, dass ich Idunns Mütze bei Erna Eriksen im Haus vergessen hatte. Glück für mich.«

»Wir haben die Mütze aber gefunden«, bemerkte Verner ruhig.

Kristian schaute verwirrt drein, aber Verner brachte es nicht über sich, ihm eine Erklärung zu liefern. Stattdessen sagte er:

»Meinen Sie, es wäre Glück gewesen, wenn wir eine falsche Person für Ihre Untaten verhaftet hätten?«

Kristian wurde bleich und schüttelte leicht mit dem Kopf, bevor er flüsterte:

»Ich wollte doch bloß mein Kind retten.«

96

»Ich hätte ihn durchschauen müssen, mein Gott, hab ich wirklich eine so schlechte Menschenkenntnis?«

Bitte Røed plumpste auf den Stuhl neben dem Schreibtisch in Verner Jacobsens Büro.

»Du warst verliebt«, sagte Verner milde, »das verzerrt oftmals das normale gesunde Urteilsvermögen.«

Warst, dachte Bitte, er betrachtet es schon als abgeschlossene Sache. Ist es vorbei, bin ich nicht mehr verliebt? Kann man sich einfach entscheiden, nicht mehr verliebt zu sein?

»Trotzdem«, fuhr sie fort und versuchte, die Trauer herunterzuschlucken, die sich wie ein feuchter Lappen auf ihre Brust gelegt hatte. »Irgendwelche Anzeichen hätte ich ausmachen müssen, aber er war so fürsorglich. Er hat seine Tochter geliebt.«

Und mich hat er geliebt, dachte sie, sprach es aber nicht laut aus.

»Bitte, gerade aus diesem Grund hat er es ja getan, aus Liebe. Er meinte, sie zu beschützen, er war bloß ein verzweifelter Vater, der seine Tochter mit allen Mitteln verteidigen wollte.«

»Den Teil kann ich ja noch nachvollziehen«, sagte Bitte. »Aber dass er diese alte Frau ermordet hat …«

»Bitte«, sagte Verner und hielt umgehend inne, als er beobachtete, dass sie in Tränen ausbrach. Was sollte er sagen? Was konnte er sagen? Dass die Sünden der Väter sich auf irgendeine Weise auf ihre Kinder auswirken? Auf einmal erinnerte er sich an Bruchstücke des Textes, der in den Obelisken eingemeißelt war. Etwas von wegen väterlicher Fürsorge. Die väterliche Fürsorge eines Mannes, der sein Kind mit allen Mitteln beschützen wollte, war ironischerweise der Grund, dass nun ein anderer Vater einen unersetzlichen Verlust erlitten hatte. Und merkwürdig, dachte er, wie die Aufklärung des einen Mordes zur Aufklärung eines anderen führen kann. In diesem Fall sogar zwei, fiel ihm ein, als er sich an die Knochenreste erinnerte, die man in Erna Eriksens Gefriertruhe gefunden hatte.

Er mochte den Gedanken, dass Agnar Eriksens Leben von nun an ein anderes werden würde, nun, da alles ans Licht gekommen war. Die Liebe eines Vaters auch in diesem Fall, wenngleich in all ihrer Ungeheuerlichkeit.

»Erschreckend, wozu die Liebe alles führen kann, dass sie so gefährlich werden kann«, sagte Bitte Røed, als hätte sie seine Gedanken gelesen.

Verner Jacobsen antwortete nicht. Du bist gefährlich, dachte er und widerstand dem Drang, sie zu berühren. Du bringst mich um mein Urteilsvermögen. Oder habe ich das bereits eingebüßt? Hat sie recht? Hat sie eine schlechte Menschenkenntnis? Sehe ich sie, wie ich sie sehen möchte – als eine tüchtige Ermittlerin mit einem roten, warmen Herzen?

»Letztes Jahr noch habe ich mir einen Freund gewünscht, mit dem ich Weihnachten feiern kann«, sagte Bitte, die sich nicht anmerken ließ, dass Verner etwas abwesend war. »Und bis gestern war ich noch davon ausgegangen, dieses Jahr würde ich das tatsächlich erleben.«

Verner wusste nicht, was er sagen sollte. Er wusste bloß, dass sich ihre Herzen auf Abwegen befanden, während es auf Weihnachten zuging.

»Du hast Glück, Verner Jacobsen«, sagte Bitte Røed und lächelte. »Du hast eine Ehefrau, auf die du dich verlassen kannst, und den besten Freund des Menschen, der jeden Tag auf dich wartet.«

»Ja«, sagte Verner und musste erkennen, dass er das trotz seiner Verwirrung tatsächlich so meinte. »Ich bin ein Glückspilz.«

Bitte Røed schaute auf die Uhr. Es war spät. Sie beobachtete Verner, wie er die Papierstapel zusammenräumte, den Computer ausschaltete und sich auf den Heimweg vorbereitete.

»Musst du sofort nach Hause? Gleich kommen die Nachrichten, und es wäre schön, wenn ich die nicht alleine gucken muss.«

»Ich habe Zeit«, sagte Verner und erhob sich.

Sie setzten sich auf das Sofa im Aufenthaltsraum und starrten auf den Fernsehbildschirm. Als sie die Bilder ihres Reihenhauses sah, wühlte sie hektisch in ihren Jackentaschen. Ihr Handy fiel auf den Boden, und das Gehäuse löste sich und fiel unter das Sofa.

»Meine Güte, ich hab vergessen, den Kindern Bescheid zu geben«, sagte sie und versuchte, sich unter das Sofa zu quetschen, um die losen Einzelteile einzusammeln.

Verner Jacobsen glotzte auf den runden Hintern, der in der Luft ragte, und unterdrückte ein Lächeln.

»Brauchst du Hilfe?«, fragte er und kämpfte mit einem Lachen.

»Schon alles gefunden«, antwortete sie lächelnd und plumpste wieder neben ihn aufs Sofa, weit näher nun, als es die gewöhnliche Komfortzone erlaubte. Er hörte sie beruhigend auf ihre Kinder einreden, die offenbar gerade bei ihrem Vater saßen und ihr Zuhause in den Nachrichten sahen.

Als sie aufgelegt hatte, blieben sie sitzen und starrten wieder auf den Bildschirm. Verner Jacobsen spürte, dass seine Aufmerksamkeit inzwischen ausschließlich ihr galt. Die Haare auf ihrem Arm, die den seinen fast berührten. Die Nähe ihres Körpers aktivierte all seine Sinne. Er tat so, als würden ihn die Äußerungen des Nachrichtensprechers vollkommen vereinnahmen. Er bekam Gänsehaut, und die Luft zwischen ihnen hatte mit einem Mal etwas Physisches, eine elektrische Membran, die schwach vibrierte. Nicht einen Muskel traute er sich zu bewegen vor lauter Angst, sie könnte entdecken, dass er neben ihr saß und ihre Gegenwart genoss.

»Unglaublich, was die so alles von sich geben«, sagte Bitte unvermittelt.

»Hm?«

»Bist du denn nicht bei der Sache? Der Nachrichtensprecher …«

Sie warf ihm einen forschenden Blick zu.

»Du warst ja gar nicht bei der Sache. Wo bist du denn eigentlich gerade gewesen?«

Er wusste nicht, was er antworten sollte, also lehnte er sich ein bisschen an sie, wusste, dass er mit einem dämlichen Grinsen dasaß, das weder zur Situation noch zu seinem Gesicht passte, doch er konnte es einfach nicht unterdrücken.

»Na, ich fahr mal besser nach Hause«, sagte Bitte und stand in dem Moment auf, als er sich überlegt hatte, sie noch einmal zu küssen.

»Bist du alleine?«

Die Frage entschlüpfte einfach seinen Lippen. Sie lachte. Nicht das geräuschvolle Lachen, das sie für gewöhnlich zu allen passenden und unpassenden Anlässen von sich gab, sondern ein leises Lachen, als wäre sie den Tränen nah.

»Was willst du damit andeuten, Polizeihauptkommissar?«

Die Worte schoben sich zusammen. Er wusste, was er sagen wollte, doch die Worte waren so ineinander verkeilt, dass er nicht eine Silbe herausbrachte.

»Nichts«, sagte er mit gespielt lockerer Stimme. »Es kann ja nicht unbedingt angenehm sein, in ein verwüstetes Heim zurückzukehren und … und … hast du das mit den Türen schon geregelt?«

»Es ist alles in Ordnung«, sagte Bitte Røed. »Ich kann ziemlich geschickt sein, wenn's drauf ankommt. Muss bloß einen Schraubendreher finden und mir ein paar neue Sicherungen kaufen. Ich möchte nicht, dass meine Kinder ihr Zuhause im jetzigen Zustand sehen.«

»Brauchst du Hilfe?«, fragte Verner.

Sein Handy klingelte. Sie sahen beide, was im Display stand. Ingrid.

»Nein«, sagte Bitte, ohne ihn anzusehen. »Ich brauch ein bisschen Zeit für mich.«

Dann ging sie. Verner ließ das Handy klingeln, blieb sitzen und schaute ihr mit Aufruhr im Herzen nach. Warum konnte er nicht aufhören, an sie zu denken? Mit Ingrid geht es mir gut, verdammt! Er schickte Ingrid eine SMS, dass er später komme, und ging in sein Büro. Dort kramte er Stricknadeln und den Rest des grünen Wollgarns hervor. Bevor er nach Hause fuhr, musste er sich abregen, die ganzen Gefühle wegstricken.

Bitte war zu Hause bei sich so verletzlich gewesen. Ihr Blick, als sie begriff, dass er sie gerettet hatte. Er! Und sie hatte ihm das Gefühl gegeben, Superman zu sein, und genau in diesem Moment, als er diese Superkräfte spürte, hatte er mit seinen Lippen die ihren gestreift.

Er nahm vierzig Maschen auf vier Stricknadeln auf, entschied sich dann anders und nahm zwei weitere auf jeder Nadel auf, als er die molligen Hände seiner Kollegin vor sich sah. Immerzu klagte sie darüber, dass sie fror. Handschuhe ohne Finger sollte sie zu Weihnachten bekommen. Er kratzte sich am Kopf. Einem Impuls folgend löste er seinen Pferdeschwanz und zog ein einzelnes langes Haar heraus. Dann legte er das Haar an das Garn und arbeitete es behutsam in die kraus gestrickte Borte mit ein. Ganz ohne es zu wissen, sollte sie ihn um ihr Handgelenk tragen. Sein Weihnachtsgeschenk an sie.

Ein kleines Nachwort und ein großes Danke

In diesem Roman wurden authentische Ortsnamen verwendet, doch besteht ein Privileg des Schriftstellers darin, die Wirklichkeit zu verändern. Weil ich es unheimlich finde, ein Haus in meiner eigenen Nachbarschaft in Brand zu stecken, gibt es das Haus gar nicht, das in Høgdabakkene brennt. Auch in der Gegend rund um den Obelisken habe ich mir einige dichterische Spatenstiche erlaubt.

Ein großes Dankeschön geht an die Leiterin der Kriminalabteilung Nina Bjørlo und an Polizeioberkommissar Øyvind Aas, die mich korrigiert und meine eifrigen Ermittler begleitet haben. Die Fehler und Mängel hinsichtlich der Polizeiarbeit, die möglicherweise dennoch vorkommen, hat die Autorin also trotz kundiger Hilfestellung allein zu verantworten.

Danke auch an meinen Lektor und all die enthusiastischen Leute vom Gyldendal Verlag, an Freunde und Schriftstellerkollegen und -kolleginnen für lautes Jubelgeschrei und nützlichen Widerstand.

Und an meine Familie – ich bin mir im Klaren darüber, dass ich zeitweise aggressiv und unzugänglich war. Vielen Dank für eure Langmut.

Tranby im Dezember 2013